Michael Opoczynski
Schmerzensgeld

Michael Opoczynski

Schmerzensgeld

BENEVENTO

SALZBURG – MÜNCHEN

FSC
www.fsc.org
MIX
Papier aus verantwortungsvollen Quellen
FSC® C014138

1. Auflage

Dieses Werk wurde vermittelt durch die Montasser Medienagentur, München.

Medieninhaber, Verleger und Herausgeber:
Red Bull Media House GmbH
Oberst-Lepperdinger-Straße 11–15
5071 Wals bei Salzburg, Österreich
Lektorat: Anja Freckmann, Bernried
Satz: MEDIA DESIGN: RIZNER.AT
Gesetzt aus der Minion Pro
Umschlaggestaltung: Büro Jorge Schmidt, München
Umschlagmotiv: plainpicture
Printed in Czech Republic
ISBN 978-3-7109-0044-0

Sämtliche Personen und Handlungen in diesem Buch sind frei erfunden. Sollten sich Ähnlichkeiten zu lebenden Personen oder realen Ereignissen ergeben, so sind diese rein zufällig.

1

Der Frühling konnte schön sein. Auch in Berlin. Und ganz besonders in Charlottenburg, jenem Stadtteil, in dem viele gepflegte ältere Menschen in gepflegten Wohnungen ein gepflegtes Leben lebten. Wo sie unauffällig gut gekleidet zu Fuß einkaufen gingen, am Arm die politisch korrekte Einkaufstasche aus haltbarem Material, darin eine Flasche französischen Weißweins und zwei Stücke Lachs-Quiche von *Aux Delices Normands*. Aber heute – der Frühling zeigte, was er draufhatte – waren nicht nur gediegene Altersversorgungsempfänger unterwegs. Da war auch diese vergleichsweise junge Frau. Rotes Kleid, eng und kurz. Absätze hoch. Sie zeigte ihre Figur. Sie swingte sich durch die Suarezstraße, nicht auf dem Bürgersteig, wie es sich gehörte, sondern provozierend am Rande der Fahrbahn. Das war auch kein Problem, eigentlich, denn es war nicht viel los in der Suarezstraße, eigentlich. Sie sprach in ihr Telefon. Oder sie tat so.

Charlottenburg im Frühling. Die Straßen links und rechts der Kantstraße waren still, breit, lichtgrün, bebaumt. Hohe Häuser aus den Gründerjahren, nach dem Krieg zunächst provisorisch, spätestens nach der Jahrtausendwende sorgfältig renoviert. Vier Meter hohe Räume, weiße Flügeltüren, Stuckdecken. Wenn Makler so etwas in die Hände bekamen, löste das echte Begeisterung bei ihnen aus. Hochherrschaftlich, aufwendig saniert, originalgetreu, anspruchsvoll, mit solchen Adjektiven priesen sie derartige Objekte. Auf Deutsch: richtig teuer. Es war still in diesen Wohnungen. Still in den Straßen. Die Bäume trugen frisches Grün, Amseln konzertierten.

Dann knallte es.

Ein lauter Knall. Umso lauter, als alles andere sanft und fröhlich daherkam. Ein Knall von Blech auf Blech auf der Kreuzung zweier Wohnstraßen. Danach für ein paar Sekunden leises Geschepper. Und dann?

Stille!

Richtig tiefe Stille.

Keine plaudernden Passanten. Kein Blätterrauschen. Keine Amseln.

Zwei Autos, beide eigensinnig auf ihrem Kurs, das eine zielstrebig geradeaus über die Kreuzung, das andere von rechts, beide wie ferngesteuert, exakter Treffer mitten auf der Kreuzung. Keine Verletzten, verformtes Blech, Arbeitsbeschaffung für das deutsche Kraftfahrzeughandwerk.

Auf der einen Seite stand das nicht mehr so ganz neue, tiefergelegte und breitbereifte 3er-BMW-Coupé mit Narek Petrosian am Steuer, das sich auf der Suarezstraße fortbewegt hatte, auf der anderen Seite der angejahrte Golf, ein Mann vom Typ Handwerker am Steuer, der von rechts aus der Trendelenburgstraße auf die Kreuzung gestoßen war. Sie waren sich in die Quere gekommen. Der BMW hatte Zierleisten eingebüßt. Der rechte Außenspiegel war abgefallen, auf dem Pflaster zersprungen. Der Golf hatte jetzt eine Boxernase. Stand ihm gut.

Blechschaden. Ein eigentlich harmloser Blechschaden im frühlingsfröhlichen Charlottenburg – und dennoch: Da war was.

Da war was?

Es hatte geknallt, weil der Dreier ohne Vorfahrt zu haben einfach über die Kreuzung gefahren war und weil der Golf mit Vorfahrt ebenfalls über die Kreuzung gefahren war. Weil dessen Fahrer vielleicht einfach nicht mit einem gerechnet hatte, der ihm die Vorfahrt nahm. Oder weil er stur von seinem Vorfahrtrecht Gebrauch machen wollte. Letztlich aber hatte der Fahrer des Dreiers nicht gebremst. Sein Problem.

Normalerweise fuhr Narek Petrosian sorgfältig. Er war oft auf diesen Straßen unterwegs. Er kannte rechts vor links, na klar. Er beachtete rechts vor links, meist jedenfalls. Aber diesmal: Während er so fröhlich vor sich hin fuhr, das Autoradio laut Kanye West spielte, war linker Hand plötzlich diese Blondine aufgetaucht. Die Straße entlanggegangen. Nein, nicht gegangen, geswingt hatte sie. Fast gesteppt!

Frühling, kurzes Kleid in Rot, schöne Beine, hohe Absätze: Das war doch zum Hinblinzeln. Und dann? Nicht zu fassen! Hatte sie zurückgeblinzelt. In diesem Augenblick hatte Narek seinen Kopf einfach nicht nach rechts wenden können. Das wäre zu viel verlangt gewesen. Er war weitergefahren.

Nach dem Knall. Als steckte das Echo noch zwischen den Häuserwänden fest. Da – unglaublich – kam die Blonde auf Nareks Auto zu. Sie blieb vor seiner Tür stehen. Narek, noch halb betäubt von Knall und Ruck, öffnete willenlos, als wollte er sie einladen. Und dann hörte er sie hauchen: »Du Armer! Das wird böse!« Nö, dachte Narek spontan, wieso böse? Aber sinnvolles Sprechen fiel ihm schwer: »Wollen Sie … wollen wir … haben Sie …?« Die Frau lächelte versonnen und drehte ab.

Im selben Moment setzte der Golf trotz beschädigter Schnauze zwei Meter zurück, fuhr um den lädierten BMW herum und verschwand in zügigem Tempo in der Suarezstraße. »Oh! Du! Warte!«, säuselte Narek in Richtung Blond. Dann brüllte er Richtung Golf: »He, hallo, was soll das denn …!« Als er zurückschwenkte zur hauchenden Frau, war auch sie verschwunden. Sie war weg. Der Golf war weg. Niemand mehr zu sehen.

Narek fluchte, stieg aus, lief konfus um sein Auto herum. Die rechte Seite sah übel aus. Nicht nur der Spiegel hatte ein Problem, die ganze rechte Seite war eingedellt, verbogenes, verschrammtes Blech vom Kotflügel vorne über die Tür hinweg bis zur Mitte. Ein ziemlicher Schaden. Das sah nach größerer Reparatur aus. Der andere musste auch ganz schön etwas abgekriegt haben. Aber der war weg. Das verstehe einer. Dabei war der doch von rechts gekommen!?

Hatte jemand das alles verfolgt? Vielleicht. Aber zu sehen war niemand auf der Straße. Die Fenster dezent geschlossen. All die gepflegten Leute – nicht zu sehen. Verschluckt von eindrucksvollen breiten Hauseingängen mit schweren hölzernen Haustüren, die von weißem Stuck links und rechts gerahmt wurden. »Bitte keine Werbung«. Hundespaziergänger waren von ihren Hunden weggezogen worden. Ein Rollstuhlfahrer hatte sich weggerollt.

Narek sah das Polizeiauto kommen. Blaulicht. Wieso Polizei? Wozu Blaulicht? Und so schnell? Ein Polizist und eine Polizistin stiegen aus ihrem Passat, setzten ihre Mützen auf und näherten sich ihm.

Ein Ambulanzwagen der Johanniter bog rasant um die Ecke, das hohe Fahrzeug neigte sich in der Kurve, ebenfalls Blaulicht. Die Sanitäter sprangen heraus und kamen auf das trübselige Unfallfahrzeug zu. »Sind Sie verletzt?« Narek merkte: Er war gemeint. Er schüttelte den Kopf, er war einfach völlig verblüfft und deshalb langsam. Aber verletzt? Nein.

Die Johanniter blickten die Polizisten fragend an. Die winkten ab: Nein, nichts passiert außer Blechschaden. Die Sanitäter zeigten keine Enttäuschung über den entgangenen Job, stiegen emotionslos in ihren Rettungswagen und fuhren ohne Blaulicht ab.

»Sie hatten keine Vorfahrt!« Der Polizist runzelte die Stirn und blickte auf das Unfallfahrzeug. »Wo ist der andere?« Und die Polizistin sagte: »Wieso haben Sie den wegfahren lassen?« Ungerechte Welt. Narek hatte gar nichts. Er war nicht gefragt worden. Und überhaupt: Wo war eigentlich die Blonde?

Polizist und Polizistin wechselten Blicke. Bei dieser Szene stimmte etwas nicht. Der Fahrer kam ihnen merkwürdig vor, und dieser Unfall auch. Wo gab's denn so was, dass der Geschädigte sich davonmachte?

Der Polizist fragte Narek Petrosian nach seinen Papieren, während die Beamtin um das Unfallfahrzeug wanderte. Vorurteile durften sie sich nicht leisten, aber dass sie zu einem Verkehrsunfall gerufen wurden, bei dem der Fahrer mit der offensichtlich geringeren Unfallschuld abhandenkam – das hatten beide noch nie erlebt.

Ein Fahrer mit ausländischem Namen, das beschädigte Fahrzeug sein Eigentum. Ein kritischer Blick stand an, und zwar in den Führerschein dieses Menschen, der konfus wirkte und offensichtlich von der Rolle war. Ihr Kollege sagte: »Was heißt das, Herr Petrosian: Sie wurden abgelenkt?« Gleichzeitig tippte die Polizistin bereits auf ihrem mobilen Informationsgerät herum.

»Na, da war diese blonde Frau!«

Der Polizist rollte die Augen: »Aha, blonde Frau? Der haben Sie nachgeschaut? Beim Fahren?«

»Nein …! Ja …!« Normalerweise stotterte Narek nicht. »… Sie hat mir zugezwinkert!« Narek hasste sich dafür, dass er stotterte. »Ich dachte, also, ich dachte, die will was von mir, und gerade da kam dieser Golf von rechts.«

»Zugezwinkert? Blonde Frau?«

Musste dieser Bulle alles wiederholen? Und dazu noch mit dieser Betonung? Ekelhaft. Als wäre es ein Verbrechen, Frauen hinterherzuschauen. Jetzt war die Polizistin wieder dran. »Wir prüfen gerade einmal Ihre Personalien. Darf ich die Papiere sehen? Dauert einen Moment. Kann Ihr Wagen noch fahren? Ja? Dann parken Sie ihn bitte da.« Sie zeigte auf einen freien Parkplatz.

Parken? Wozu das denn? Die sollten lieber dem Golf hinterhermachen. In Nareks Kopf ging der Alarm an. Und tatsächlich, zwei Minuten später erklärte der Polizist mit finsterem Blick: »Sie kommen mit uns zum Revier!«

Inzwischen hatte die Polizistin nämlich in ihrem Informationssystem sowohl zu dem BMW als auch zu seinem Halter etwas gefunden. Offenbar wollten sich die beiden Beamten den Mann näher ansehen.

Narek konnte ganz schön renitent werden. Auch gegenüber Bullen. Hatte er schon mehr als einmal bewiesen. Im Moment aber stand er neben sich. Was passierte hier? Resigniert steuerte er sein zerbeultes Auto auf den Parkplatz zwischen zwei Bäumen, stieg brav aus und ließ sich willig auf den Rücksitz des Polizeiwagens bugsieren. Die beiden Polizisten nahmen vorne Platz. Motor an, ein paar Sätze in den Sprechfunk, und los ging's. Der blau-weiße VW entfernte sich zügig. Die Sonne schien wieder, und die Amseln holten Luft, um ihr Konzert fortzusetzen.

In einiger Entfernung wurde ein Motor angelassen. Es war ein Caddy Lieferwagen, »B. Fromm Innenausbau« stand an der Bordwand. Ein Mann und eine Frau saßen darin. Der Wagen fuhr zügig ab.

Er stand im kleinen Büro hinter dem Laden auf einem Bein, schlüpfte geschickt in die saubere Baumwollhose und zog anschließend den weißen Kittel drüber. Dann beugte sich Vural Tabak über den Schreibtisch, legte seinem Vater, der am Computer langsam und sorgfältig eine Bestellung beim Großhändler aufgab, eine Hand auf die Schulter. »So, Baba«, sagte Tabak, »bin wieder da!«

Der Vater knurrte missbilligend (wegen der Abwesenheit) und zugleich zufrieden (weil der Sohn zurück war). Tabak strich ihm liebevoll über den kahlen Kopf. Hoffentlich bleibt mir das noch eine Weile erspart, dachte er und ging hinaus, um den Kollegen an der Fleischtheke zu unterstützen.

Den Golf hatte er auf den Schrottplatz zurückgebracht. Das Kurzzeitkennzeichen würde er morgen abgeben. Die Versicherung würde er anrufen. Alles schön ordentlich.

Das rote Kleid hing im Schrank. Die roten Pumps standen drunter. Abteilung Verführung, dachte Feli. Sie trug wieder den üblichen Hosenanzug in Anthrazit, die schwarzen halbhohen Schuhe – Typ Business, die weiße Bluse, brav. Sie bestieg ihren Mini und fuhr zu ihrer Bürogemeinschaft, wo sie sich ihr Geld mit dem Makeln von Versicherungen und dem Vertrieb von Anlageprodukten verdiente. So ein schöner Tag, dachte sie, eigentlich zu schade fürs Büro.

Er rangierte rückwärts in den Hof. Stellte den Caddy (»B. Fromm Innenausbau«) in die Ecke, schloss ab und trat durch die Hoftür ins Treppenhaus. Erster Stock. Van de Loo machte auf. Pfister hatte sein Kommen per WhatsApp angekündigt. Van de Loo guckte fragend, Pfister nickte.

»Sag was!«, sagte van de Loo.

»Alles nach Plan«, sagte Pfister. »Blechschaden. Die Polizei war schnell, na klar! Er hat blöd geguckt. Sie haben ihn mitgenommen.«

»Gut«, sagte van de Loo. »Hoffentlich hat er's kapiert.«

Ich müsste mal wieder Wein bestellen, dachte Cromm, während er den Lagerraum begutachtete. Er hatte Dienst. So nannte er das, wenn er in der Pizzeria seiner Schwester pflichtgemäß den Papierkram machte, die Vorauszahlung der Umsatzsteuer errechnete, die frische Pasta bestellte, die Rechnungen der Lieferanten bezahlte – und dann noch die Personalbuchhaltung erledigte. Er konnte das. Aber er musste es nicht mögen!, dachte er. Es war einfach eine Vereinbarung zwischen ihnen. Er war zuständig dafür, und sie bezahlte seine Arbeit.

Wein bestellen. Das war seine Lieblingstätigkeit. Wenn auch die richtig guten, teuren Italiener tabu waren. »Finger weg!«, hatte seine Schwester gemahnt, »unsere Gäste haben keinen Sinn für teuren Wein.« Dennoch machte es Spaß. Da kannte er sich aus. Während er am Schreibtisch saß und die Preise der Weißen aus dem Friaul verglich, machte sein iPhone ein Geräusch. »Erfolg«, schrieb van de Loo. »Gut«, schrieb Cromm zurück.

2

Noch nicht lange her, keine drei Wochen, als es nachts noch frisch gewesen war, manchmal sogar frostig, war die alte Frau ins Büro gekommen. Eine alte Frau auf der Suche nach Hilfe. Sie hatte zögernd die Hand auf die Klinke des ehemaligen Friseurladens gelegt. Nachbarn, denen sie von ihrem Erlebnis erzählt hatte, hatten sie hergeschickt. Da könne man ihr helfen – vielleicht, hieß es. Die Leute in dem Büro wären ein bisschen merkwürdig, aber wenn sie anbissen, dann ging's zur Sache. Sie müsse halt überzeugen.

»Verbraucherbüro« stand über der Tür, ein Plastikschild mit Versalbuchstaben, rot auf weißem Grund, von beiden Seiten durch einen Strahler beleuchtet, also eine eher bescheidene Variante, auf sich aufmerksam zu machen, angesichts der Möglichkeiten moderner Lichtwerbung. Aber in dieser Straße in Gesundbrunnen passte das. Es war eine Straße, wie sie gerne im Fernsehen gezeigt wird, wenn TV-Journalisten Multikulti vorführen wollen. Der Supermarkt türkisch. Die Bäckerei fest in eritreischer Hand. Gegenüber der Ein-Euro-Shop – Thermobecher, Haarband, Boxershorts oder eine Messer-Gabel-Löffel-Kombo aus Alu, alles für nur einen Euro. Ein buntes Sortiment, afghanische Geschäftsführung. An der Ecke eine Raucherkneipe; ein Zufluchtsort für die letzten alten deutschen Männer im Kiez, die hier Darts spielen, rauchen und trinken durften. Was sie heftig und hoffnungslos taten.

Links und rechts Mietshäuser. Viele stammten aus der Zeit der Jahrhundertwende. Die ehemals hohen Räume waren nicht selten von Heizkostenfanatikern durch abgehängte Decken (Eiche, hell, Furnier) ruiniert worden, ansonsten hatte man die Gebäude seit Jahrzehnten nicht mehr renoviert, die großen Wohnungen waren geteilt oder gedrittelt. In manchen gab es Etagenheizung, in manchen einzelne Öfen. Wer die quietschenden Haustüren zu den alternden Treppenhäusern aufstieß, roch Keller und Gekochtes, blickte auf abgeschliffene Holzstufen, verbeulte Blechbriefkästen, verschlissene Tapeten und von vielen Händen glatt geschliffene Handläufe von Geländern. In den Hauseingängen hingen zwanzig bis dreißig Briefkästen, obwohl hier ursprünglich nur jeweils fünf Wohnungen untergebracht gewesen waren. Ein paar deutsche Namen an den Kästen, viele türkische, dazwischen auch kosovarische und bulgarische, neuerdings auch ein paar aus Syrien. Kinderwagen im Treppenhaus, außerdem alte Fahrräder, mit dicken Stahltrossen gesichert. Fahrräder waren begehrt.

Und es gab die Neubauten. Auch schon gealtert, errichtet in den Lücken, die Kriegsbomben im Straßenzug hinterlassen hatten. Häuser mit dünnen Nachkriegswänden, mit vielen Dreizimmer- und Zweizimmer-Appartements, mit Badezimmern ohne Fenster. Mit engen Treppenhäusern und Aufzügen mit Angstzuschlag. Hier herrschte schlechte Luft, weil Menschen auf zu engem Raum lebten; Geschrei, weil Menschen sich stritten, wenn es eng wurde; Lärm aus vielen Fernsehern, die immer liefen und kaum Zuschauer hatten. Alle lebten dicht an dicht, aber keiner grüßte keinen, wenn man sich zufällig begegnete. Hier wurde die Miete noch direkt kassiert, zum Monatsanfang. Wer dann nicht zahlte oder nicht zahlen konnte, sollte nicht auf Mieterrechte pochen.

So war sie, die Straße, in die sich die alte Frau getraut hatte. Sie kam aus einem besseren Kiez, und hier war es ihr nicht ganz geheuer. Dieses alte Ladenlokal passte wunderbar hierher, mit dem kleinen Schaufenster, das vermutlich vor Jahren zuletzt geputzt worden und ebenso lange mit Pappschildern vollgestellt war. »Finanzierungen« stand auf einem, »Kaufberatung« oder auch »Reparaturservice« auf anderen. Ein Werbefoto zeigte glückliche Menschen vor einem schrecklichen Reihenhaus. Alles nicht ganz frisch, alles nicht richtig sauber.

Neben dem Schaufenster eine ehemals verglaste Tür, die Füllung war durch Sperrholz sicherer geworden. Im Schaufenster rechts ein »open/closed«-Schild zum Umdrehen. Heute guckte »open« nach außen. Über dem Türgriff klebte ein Zettel:

Verbraucherbüro

Private kostenpflichtige Hilfe für Kunden und Verbraucher

Montags, mittwochs, freitags 10 bis 17 Uhr

Gesellschaft für unkonventionelle Maßnahmen e.V. i. G.

Telefon 26 51 62 00 oder 0170 70070090

Die alte Frau legte die Hand auf den Griff. Die Tür öffnete sich in einen etwa zwanzig Quadratmeter kleinen Raum, der überheizt war, möbliert mit Schreibtisch (ältlich, gebraucht), einem Stuhl davor und einem dahinter (stabil und hässlich, aus dem Schäfer-Katalog). An den Wänden Raufasertapete in schmuddeligem Weiß. Ein Selbstzusammenbau-Regal, vollgestopft mit Broschüren, die lange nicht geordnet worden waren. An der Decke Halogenstrahler aus dem Baumarkt. Der Schreibtisch fast leer und fast sauber.

»Hallo? Jemand da? Ist da jemand?«

Silvio Cromm, in grauer Wollhose, grauem Pullover und weißem Hemd – ein uniformähnlicher Stil, der sich aus seiner Vergangenheit erklärte –, trat aus dem Flur, ein halb volles Glas in der Hand, setzte sich hinter den Schreibtisch, seufzte und nickte: »Ich bin da. Was kann ich für Sie tun?«

Er lief in der Hierarchie als – wohlgemerkt: selbst ernannter – Spezialist Nummer 1. Er war 52 Jahre. Mittelgroß. Bauchansatz. Zu wenig Bewegung. Zu viel Rotwein. Trug nicht nur heute Pullover, sondern immer. Dicke im Winter, dünne im Sommer. Haare *brizzolato*, wie er, der halbe Italiener, selber sagte, und wenn man ihn fragte, was das heißt – und diese Frage wünschte er sich –, sagte er lächelnd: »Elegant angegraut!« Seine Mutter war Deutsche, sein Vater kam aus Italien, er selbst war in West-Berlin geboren, hatte sich zum Musterdeutschen entwickelt und zeigte manchmal einen unangenehmen Hang zur Pedanterie, hasste zum Beispiel südländische Unpünktlichkeit, streute aber gerne italienische Brocken ein. Er war Ex-Polizist (LKA, gehobener Dienst). Das war ihm irgendwann widerwärtig geworden. Die Jobs waren blöd. Die Politik mischte sich immer öfter ein. Und er musste den Kollegen verheimlichen, dass er schwul war. Polizei und schwul? Das war praktisch nicht akzeptiert. Also hatte er jahrelang Herrenwitze erzählt. Freundinnen erfunden. Auf Chauvi gemacht. Bis er sich selbst blöd fand. Bis er es nicht mehr ausgehalten hatte. Vor vier Jahren hatte er gekündigt. Lebte seither gut von der halben Pension, die ihm als Polizist zustand, und dem Gehalt, das ihm die Schwester aus dem Restaurantgeschäft überwies. Er lebte solo, hatte manchmal vorübergehende Freundschaften. Und er investierte Zeit und noch viel mehr in die Gesellschaft. Seiner Schwester gefiel das nicht. Er wehrte sich: »Hier kann ich tun, was ich als Polizist nicht durfte«, sagte er, »Gerechtigkeit schaffen.«

Cromm nestelte an dem Monitor im Ohr, beguckte die Besucherin und nickte und schob ein »Guten Tag!« hinterher.

Sie hatte sich zögernd in den Raum hineingewagt und den Mann vorsichtig angeschaut. Komisch, der war noch gar nicht alt und schon schwerhörig? Sie war eine alte Frau wie viele andere: leicht gebeugt, weiße kurze Haare, beige Jacke, braune Hose, gesunde Schuhe, Einkaufsbeutel am Arm. Aber dazu ein wacher Blick.

»Also, mir haben Freunde gesagt, ich könnte zu Ihnen kommen. Ich brauche Hilfe. Mein Name ist Waltraud Stöffel.«

Sie schaute ihm in die Augen, er schaute zurück: »Aha, Sie brauchen Hilfe!?«

Sie blickte sich um: »Kann ich reden?«

»Setzen Sie sich bitte. Und reden Sie! Sagen Sie mir erst mal: Wer sind die Freunde?«

Im ersten Stockwerk über dem Büro hatte van de Loo seine Augen auf dem Bildschirm, er prüfte den Sitz seines Headsets und sagte in das Mikrofon: »Aha. Eine Referenz. Unsere Kundschaft vermehrt sich. Mundpropaganda.« Cromm nickte kaum merklich.

Sie setzte sich. »Meine Freunde, das sind Karl und Emma Schröder. Dr. Karl Schröder, er war mal Anwalt. Die wohnen in meiner Straße, im Händelweg. Sie haben Ärger mit einem Elektrohändler gehabt. Dann waren sie bei Ihnen, das hat glaube ich genützt.«

»Ach. Und jetzt brauchen Sie Hilfe.«

In seinem linken Ohr räusperte es sich und sprach: »Stimmt. Es gibt die Schröders. Fall vor acht Monaten gelöst.«

Inzwischen hatte die Frau zu erzählen begonnen: »Ja. Man hat mich reingelegt. Beim Autofahren. Ich fahre Auto, noch ganz gut. Ich habe einen Polo, und eigentlich bin ich noch fit, aber vorige Woche ist es passiert …«

»Sie wird ausführlich.« Cromm konnte van de Loos Grinsen hören.

Beide, Cromm unten, van de Loo oben, ahnten, was jetzt kommen würde. Es waren wieder welche unterwegs, die es auf einen Crash anlegten. Die Fälle ließen sich kaum aufdecken, und es kam nie zur Anzeige.

»An der Kreuzung bei mir zu Hause, Körnerstraße, Ecke Kapellenstraße, letzten Dienstag, da ist einer von rechts gekommen. Ja, von rechts. Ja, er hatte Vorfahrt, aber er war weit weg, wirklich weit weg, gar kein Problem. Also bin ich losgefahren. Ich habe genau aufgepasst. Aber dann hat der andere Fahrer Gas gegeben, richtig Vollgas. Ich bin sicher, er hat es darauf angelegt: Der ist absichtlich in mich reingefahren. Im letzten Moment hat er dann doch noch gebremst. Ich konnte nichts tun. Wissen Sie, ich sag es Ihnen: Der wollte in mich reinfahren. Und nach dem Knall ist er ausgestiegen und schreiend auf mich zugelaufen, hat die Fahrertür aufgerissen. Er hat rumgebrüllt …«

»Was haben Sie getan?«

»Na, ich habe sofort die Polizei geholt – auch weil ich vor dem Mann Angst hatte. Die haben ihm gesagt, er soll sich beruhigen, und dann alles aufgenommen. Aber zu mir waren sie auch nicht sonderlich nett. Vom absichtlichen Reinfahren wollten sie überhaupt nichts hören. Im Gegenteil, sie meinten, rechts vor links sollte ich am besten immer beachten, und haben gefragt, ob ich denn noch fit wäre, ob ich alles mitkriegen würde … Da habe ich lieber nichts mehr gesagt. Jetzt ist meine Versicherung dran. Die werden alles zahlen. Bis auf dreihundert Euro, die muss ich dazuzugeben. Und ich werde herabgestuft.«

»Na, da kann man kaum was machen.«

»Aber das war ja auch nicht das Schlimmste.«

»Ja?«

»Danach ging es erst richtig los. Als die Polizei weg war, hat sich der Fahrer des anderen Wagens an mich rangemacht. Der hat total gedrängelt. So ein Türke war das, und jung. Er wollte zweitausend Euro. Extra. Weil das Auto nicht ihm gehörte, sondern seinem Chef. Der würde ihm jetzt Ärger machen. Die Versicherung würde nur einen Teil ersetzen, weil das ein altes Auto sei. Er müsste dem Chef den Wertverlust ersetzen. Der hat so Druck gemacht, es war schrecklich. Ich bin dann mit ihm zur Bank und – haben Sie eben den Kopf geschüttelt? Hören Sie mal! Der hat mich bedroht!«

Er unterbrach: »Also, Sie haben wirklich gezahlt?«

»Deswegen bin ich doch hier. Ich habe verhandelt, gebettelt, ich bin doch nicht reich. Schließlich war er mit tausendfünfhundert Euro zufrieden. Aber jetzt tut das weh, das Geld …«

Im Ohr: »Lass dir die Daten geben. Das könnte was für uns sein.«

»Haben Sie Name und Adresse von dem Mann?«

»Ja. Habe ich. Die hat die Polizei aufgenommen. Der Mann ist ein Ausländer, ein türkischer Deutscher, er heißt Narek Petrosian. Meine Versicherung brauchte das auch. Hier, bitte, ist alles …«

Im Ohr: »Sag mal, wir sollten mal wieder eine schöne Tour durch Kreuzberg machen. Mit Wein und Weib. Was meinst du?«

»Bitte, ernsthaft!«, sagte Cromm laut und deutlich.

Im Ohr: »Na gut. Verstehe. Für dich ohne Weib?«

Frau Stöffel guckte verwirrt: »Ich bin ernsthaft!«

»Ja, natürlich«, sagte Cromm, drehte sich um, guckte zur kleinen fast unsichtbaren Kamera und zog die Augenbrauen so hoch er nur konnte. Nachdem er sich zurückgedreht hatte, fischte er ein Tablet aus der Schreibtischschublade und sagte: »So. Ernsthaft. Wir können Ihnen nicht versprechen, dass wir Ihnen das Geld wiederbeschaffen. Das wird schwierig.«

Frau Stöffel schob die Unterlippe vor.

»Frau Stöffel, wenn das Ihr Ziel ist, sollten Sie zu einem Anwalt gehen. Aber da mache ich Ihnen keine Hoffnung. Im Gegenteil, das könnte Ihnen noch mehr Ärger bringen. Ihr Gegner ist vermutlich ein harter Brocken. Nachtragend, rachsüchtig. Nicht gut für Sie.«

Frau Stöffels Unterlippe zeigte einen bedenklichen Überhang.

»Wir können eins versuchen«, sagte Cromm. »Wir können zu diesem Petrosian Kontakt aufnehmen. Und versuchen, ihm klarzumachen, dass er mit solchen Sachen aufhört. Dass er Sie endgültig in Ruhe lässt. Schluss und Aus!«

Frau Stöffel blickte skeptisch: »Und was habe ich davon?«

»Ruhe. Sie werden in Ruhe gelassen. Das ist was wert.«

»Und mein Geld?«

»Tja …! Vielleicht kommen wir dran. Vielleicht nicht. Wir sind nicht die Polizei.«

Frau Stöffel seufzte.

»So viel kann ich Ihnen anbieten«, sagte Cromm. »Wenn Sie einverstanden sind, tun Sie etwas Gutes. Sie verhindern nämlich, dass der Mann die Masche auch bei anderen probiert. Und jetzt überlegen Sie ganz in Ruhe: Sollen wir? Oder sollen wir nicht? Ja? Oder nein?

Frau Stöffel dachte nach. Dann sagte sie mit fester Stimme: »Ja!«

»Gut«, sagte Cromm. Er klappte die Abdeckung des Tablets auf und sagte: »Dann brauche ich jetzt bitte die Einzelheiten …«

Im Laden waren damals die Einzelheiten beschrieben worden. Frau Stöffels Zuhörer hatte viel Geduld gezeigt und alles notiert, was ohnehin elektronisch aufgezeichnet wurde. Er hatte auch möglichst viel zur Person des Fahrers wissen wollen, sein Aussehen, irgendwelche Auffälligkeiten. Aber darüber brachte er nicht mehr viel aus der alten Dame heraus.

Der Kaffee war schrecklich. In der Kantine hatten sie eine alte Maschine aus der Zeit, als das Wort »Espresso« noch einen exotischen Klang hatte. Das stolze Produkt dieses Automaten hier, der nie kaputtging, war eine Flüssigkeit mit der Bezeichnung »Filterkaffee«. Eigentlich sollte man so was nicht trinken, dachte Polizeiobermeister Johann Knapp wieder einmal, aber er sah keine Alternative, also griff er zu einem Pappbecher, zapfte sich »Filterkaffee« und ging zur Kasse, wo ein Praktikant Dienst schob. Wortlos legte Knapp seine Speicherkarte auf die Kontaktfläche, nahm Milch und Zucker und suchte sich einen Platz an einem der freien Sechsertische, nah am Fenster, damit er zusehen konnte, wie sich draußen die Frühlingssonne gerade wieder verabschiedete.

Kaum hatte er sich hingesetzt, trat ein Mann in den Pausenraum, kam an seinen Tisch, zeigte fragend auf einen Stuhl und ließ sich nieder. Es war ein Kollege, Werner Dreier, Kriminalkommissar beim LKA, Abteilung für Wirtschaftskriminalität im vierten Stock, ein netter Kollege, weil er sich trotz höherer Laufbahn und Karriere nicht zu schade war, bei einem uniformierten Kollegen am Tisch zu sitzen.

»Na?«, fragte er, »schönen Tag gehabt?«

»Na ja, normaler Dienst halt, Streife mit der Schülerin, der Anwärterin. Du kennst sie?«

Dreier nickte. »Ich kenne sie, macht keinen schlechten Eindruck.«

»Ja, die wird noch was. Sie ist ehrgeizig. Aber mir fällt ein: So ganz normal war es heute doch nicht. Wir haben etwas erlebt, also ich sag mal: sehr speziell.« Knapp nahm einen Schluck von seinem Kaffee und verfluchte im Stillen die Maschine. »Es fing schon komisch an: Wir waren auf Streife in Charlottenburg, da wurden wir zu einem Verkehrsunfall in der Suarezstraße gerufen. Das Revier sagte, sie hätten einen anonymen Hinweis zu dem Unfall bekommen, von einem nicht identifizierbaren Handy. Außerdem hatten wir im Nachhinein den Eindruck, dass der Anrufer den Unfall schon angekündigt hatte, bevor er überhaupt passiert war, denn als wir vorfuhren, war noch keine Minute vergangen.«

Dreier nickte höflich, mäßig interessiert.

Knapp geriet in Fahrt: »Dann der Unfall. Da hatte einer rechts vor links ignoriert, und es hatte gekracht. Routine eigentlich. Das Problem war nur, dass der mit der Vorfahrt sich davongemacht hatte. Zurück blieb ein Typ mit einem 3er-BMW, ziemlich von der Rolle, hat seine Fahrlässigkeit gar nicht erst bestritten. Viel Blech- und kein Personenschaden. Warum bleibt der Geschädigte nicht da und wartet auf uns? Komisch, oder?«

Dreier horchte auf. Tatsächlich, das war ungewöhnlich. »Und, weiter?«, fragte er neugierig.

»Na ja, wie gesagt, uns kam das komisch vor, zumal der Typ mit dem Dreier was von einer blonden Frau am Straßenrand erzählt, der er nachgeguckt hätte, weil sie ihn angemacht hätte. Jedenfalls – der hatte ja einen Migrantennamen …«

»Oh-oh!«, unterbrach ihn Dreier mit hochgerecktem Zeigefinger.

Aber Knapp ließ sich nicht aufhalten. »… also habe ich ihn und sein Auto mal gecheckt. Also, zum Fahrer: deutsche Staatsangehörigkeit, gemeldet in Spandau, Nachname Petrosian, gibt's ja nicht so häufig, oder?«

»Armenisch«, warf Dreier ein. Es hatte da mal einen Weltklasse-Schachspieler gleichen Namens gegeben.

»Jedenfalls gab es über diesen Herrn Petrosian ein Dossier. Keine Verurteilungen, nur Anzeigen und Ermittlungen, ohne dass der Staatsanwalt es bis zur Anklage gebracht hätte. Aber immerhin. Er war in acht Monaten dreimal aktenkundig geworden. Mit Verkehrsunfällen, bei denen er jedes Mal Vorfahrt hatte. Immer rechts vor links. Immer alte Autos. Immer nur Blechschaden, allerdings heftiger. Es hatte Zeugen gegeben, aber eine Unfall-Absicht nachweisen konnte man ihm nicht. Also eine Absicht, es krachen zu lassen.«

Dreier wurde nachdenklich. Es gab seit längerem Gerüchte über eine libanesische Rechts-vor-links-Bande. Die kauften ausgelutschte Youngtimer und lauerten an unübersichtlichen Ecken auf unbedarfte ältere Fahrer. Wenn die naiv über die Kreuzung tuckerten, kamen sie mit Vollgas von rechts, bremsten in letzter Sekunde (die Bremsspuren waren wichtig, damit es keine Diskussion über eine Mitschuld geben konnte) und ließen es schließlich krachen. Nach dem Unfall jammerten sie ihren Opfern vor, dass die Versicherung nicht den ganzen Schaden übernehmen würde. Das Auto wäre ein wertvoller Oldtimer. Sie machten den verunsicherten Opfern Druck, um zusätzlich zum Geld von der Versicherung abzukassieren. Insgesamt waren sie mehrfach erfolgreich gewesen und dabei kaum zu überführen.

»Aber diesmal ist er von links gekommen?«, fragte Dreier.

»Das war's ja! Diesmal war *er* der Dumme!«

»Und?«

»Wir haben ihn mitgenommen, hier ins Präsidium.«

»Was!? Mitgenommen? Eine Vernehmung? Mit welchem Vorwurf? Das hat er sich gefallen lassen?«

»Na ja, für uns war das eine Zeugenvernehmung.« Knapp trank einen Schluck von dem Kaffee, der kälter noch schlechter war. »Außerdem stand der Mann so was von neben sich! Den hätten wir gar nicht ans Steuer seiner beschädigten Blechschüssel lassen dürfen.«

»War sein Auto nicht mehr fahrfähig?«

»Na ja, doch, schon. Der 3er-BMW ist zwar auf der rechten Seite ein bisschen schlanker, und man kann vorne rechts nicht mehr einsteigen. Aber fahrfähig? Doch, geht noch.«

»Na, dann wart ihr mit der Vernehmung aber auf dünnem Eis, mein Lieber!«

»Weiß ich. Aber wir haben ihn hier doch wirklich nur als Zeugen befragt: Erst zur Sache selbst. Und dann überhaupt. Warum er so oft

Unfälle hätte. Ob er uns das erklären könne. Aber inzwischen war er zu sich gekommen. Kaum saß er am Tisch und hatte sein Glas Wasser, wurde er schweigsam. Wir mussten ihn gehen lassen, schließlich lag nichts vor.«

»Interessant. Kann ich das mal sehen?«

»Du willst den Vorgang?«

»Hmhm!«

»Du kriegst die Vorgangsnummer.« Damit konnte Dreier alles einsehen. Und das hatte er auch vor.

Die Sonne war untergegangen, der Filterkaffee getrunken, die Pause vorbei, Dreier und Knapp gingen ihrer Wege. Knapp müde, Dreier nachdenklich.

3

Eigentlich war er in der Stadt lieber mit Bahn oder Bus unterwegs. Tagsüber war das bequem und schneller als mit dem Auto. Heute aber hatte er viel vor, und in der späten Nacht mit der U-Bahn zurück, na ja – da wurde es manchmal eklig. Nicht alle Menschen, die nachts in der U-Bahn rumhingen, waren angenehme Zeitgenossen. Ein paarmal hatte er fast Ärger bekommen. Heute wollte er einfach kein Risiko eingehen. Deshalb hatte der Sharan gewonnen.

Der VW-Van war sein »Dienstwagen«, für Dreharbeiten mit dem Kamerateam, für Einkäufe und Lasttransporte. Blau und noch glänzend. Ein Diesel mit Automatikgetriebe, den die VW-Pressestelle seinerzeit freundlichst rabattiert hatte, weil sie hoffte, dass man als Journalist der Welt mitteilte: der Sharan Diesel ist großartig. VW ging es gerade nicht so gut, und man war dort in der Pressestelle hungrig auf Lob. Er sah dafür keinen Grund, aber den Rabatt nahm er gerne. Er sah in dem geduldigen Volkswagen einen Packesel für werktags, pflegte ihn weder, noch schonte er ihn. Die Sonntage jedoch, die waren seiner Bella vorbehalten, seiner Giulia Super, einer alten Dame von 1968, gut in Schuss, verhätschelt, immer gewaschen; wenn es möglich gewesen wäre, hätte er sie sogar onduliert.

Er folgte der Navi-Stimme: »Nach fünfhundert Metern rechts abbiegen.« Und nach zwanzig Sekunden: »Sie haben Ihr Ziel erreicht.« Die Wollankstraße. Das »Ziel«, von dem das Navi sprach, lag in Gesundbrunnen. Der etwas schäbige Ortsteil des ansonsten ziemlich feinen Bezirks Mitte. Vor der Reform war dies hier der Wedding. Jenes legendäre Viertel, in dem in den Zwanzigerjahren die Arbeiter lebten, die Kommunisten die Mehrheit hatten, die Nazis auf den Straßen beschossen wurden. Heute hieß es Gesundbrunnen, auch wenn an Kneipenschildern und Graffitis noch der Wedding auftauchte. Jetzt waren die Arbeiter und ihre Frauen sehr alt und mussten Platz machen: den Osteuropäern und Türken, den Studenten und vereinzelt auch Künstlern. Hier also hatte die Gesellschaft für unkonventionelle Maßnahmen ihren Sitz. Allein die Ortswahl bewies schon den Mut zum Unkonventionellen.

Von dieser sogenannten Gesellschaft hatte er schon vor Monaten gehört und war neugierig geworden. Ein privates Etablissement, eine Art Verbraucherschutz-Büro, aber doch wohl mehr als nur eine Konkurrenz zu den staatlichen Verbraucherzentralen. Wie er erfahren hatte, boten sie handfeste Hilfe für Kunden, die sich schlecht behandelt fühlten. Denen Unrecht geschehen war, wo man aber mit freundlicher Vermittlung oder auch juristischer Unterstützung nichts machen konnte. Da konnte diese Gesellschaft helfen – ganz praktisch, sehr direkt, sehr wirksam, häufig jedoch mit nicht zulässigen Methoden.

So etwas gab's sonst nirgendwo. Es gab die gemeinnützigen und staatlich geförderten Verbraucherzentralen. Die waren überlaufen und manchmal überfordert. Dann gab es Verbraucheranwälte, die – weil es zu viele von ihnen gab – händeringend und nicht immer auf ganz saubere Weise Klienten suchten. Das konnte für die Kläger teuer werden – ohne Garantie auf einen Sieg vor Gericht. In dieser Marktlücke hatte sich anscheinend diese Gesellschaft für unkonventionelle Maßnahmen eingerichtet. War das eine Geschäftsidee? Ein Start-up? Oder steckten Wohltäter dahinter? Was er so über diese Gesellschaft hörte – und die Erzählungen hatten ihn bislang alle auf seltsam verschlungenen Wegen erreicht –, klang immer ein bisschen geheimnisvoll.

Also hier: die Mitte der Wollankstraße. Er fand in der Nähe einen nicht ganz korrekten Parkplatz. Kein Problem. In diesem Kiez schrieb die Polizei keine Strafzettel. Er stieg aus und schaute sich um. Die Straße empfing ihn mit Krach, Gewusel und mit dem Klang unterschiedlicher Sprachen. Es gab hier schon noch ein paar Deutsche. Aber sie waren die Minderheit. Entweder alt und dageblieben. Oder jung und auf Durchreise: Studenten, die sich über niedrige Mieten freuten. Der Rest war türkisch, polnisch, bengalisch, libanesisch und so weiter. Meist funktionierte das reibungslos. Überfremdungspöbler aus ostdeutschen Städten hätten mal vorbeikommen sollen, um zu sehen, wie so was ging. Aber das hätte ihr Weltbild ins Wanken gebracht.

Als eine Frau mit Kind und Einkaufstüte vorbeikam, sprach er sie spontan an: »Kennen Sie die Gesellschaft für unkonventionelle Maßnahmen?« Die Antwort waren staunende Augen, Schulterzucken, Kopfschütteln. Es war also nicht so, dass der Laden ein Begriff war. Obwohl sie praktisch vor dem Ladenlokal des Vereins standen, hatte die Frau nicht die geringste Ahnung. Manchmal, dachte er, ist unverhohlene Präsenz das beste Versteck.

Als Freelancer suchte er immer nach Storys. Meist konnte er sich aussuchen, was er machen wollte. Er arbeitete auch für Printmedien, vor allem aber fürs Fernsehen. Für die Dokumentationsformate im Fernsehen. Manchmal fragten sie nach ihm und packten ein schwieriges Thema auf den Tisch, eins, das sie selbst nicht anfassen wollten, wo es gefährlich werden konnte oder wo am Ende nach langer Recherche möglicherweise nichts rauskam. Aber oft entdeckte er auch selbst eine Story und ging damit zu den Redaktionen. Immerhin: Er war sowohl bei den politischen als auch bei den Wirtschaftsmagazinen im Geschäft. Das konnte nicht jeder Kollege von sich sagen. Also bitte, dachte er, beklag dich nicht.

Inzwischen stand er direkt vor dem trübseligen Schaufenster der Gesellschaft. Man konnte kaum glauben, dass die hier irgendetwas Ernsthaftes bewegten. Es sah unscheinbar aus und billig. Drinnen funzelte Baumarktlicht an der Decke. Eine alte Frau saß mit dem Rücken zu ihm. Ein nicht mehr junger Mann saß hinter dem Schreibtisch. So einer hatte ihn angerufen: Man hätte vielleicht eine Geschichte.

Neugier war die Grundvoraussetzung in seinem Beruf. Und er gestand sich ein, dass es ihnen gelungen war, ihn neugierig zu machen. Warum nahmen sie überhaupt Kontakt auf? Wozu brauchten sie ihn?

Der am Telefon nannte seinen Namen nicht, dafür aber den Namen einer Bank. Einer großen deutschen Bank. Von der man gehört hatte, dass sie gute Geschäfte mit ihren Privatkunden machten, mit den kleinen Leuten – gerade mit denen. Wie konnte man mit kleinen Leuten, die kleines Geld hatten, gut verdienen? Dachte er so vor sich hin, als der Mensch am Telefon sagte, sie hätten eine gute, vielleicht eine sehr gute Geschichte über diese Bank und ihre Geschäfte mit kleinen Leuten. Ob ihn das interessieren würde? Ob er Lust hätte?

Er hatte Lust.

Hier war er: Sönke Ahlers. 49 Jahre alt, Journalist, Reporter, in keiner festen Beziehung lebend, häufige kurze Freundschaften, hin und wieder auch mal vorübergehend liiert. Wenn seine Freundinnen sich schmeichelnd an ihn ranwanzten, dass man zusammen doch viel schöner und billiger leben könne, war für ihn der Zeitpunkt zum Schnitt gekommen. Morgens gemeinsam im Bad? Deine Zahnbürste? Meine Zahnbürste? Er hat seine Eigenheiten und seine Vorlieben. Die wollte er nicht teilen oder sich gar einschränken. Nix da. Und tschüs!

Ein festes Einkommen mit Lohnsteuerkarte hatte er nicht – aber die Honorare waren nicht schlecht. Sie kamen nicht pünktlich zum Monatsersten, sondern mal selten und dann wieder alle auf einmal. Aber eine Festanstellung hatte ihn nie gereizt. Für ihn war Journalismus Freiheit, Selbstständigkeit, manchmal sogar Abenteuer. Sein Name war in der Branche bekannt, wurde großgeschrieben direkt unter der Überschrift oder im Vorspann einer TV-Reportage. Er wurde gebucht, manchmal solo, manchmal musste er sich sein Kamerateam, seine Cutterin oder seinen Stringer selber suchen, Hauptsache, das Honorar stimmte. Alles gut also – jedenfalls einerseits.

Andererseits liebte er das Leben mit der jeweiligen Freundin, mit gutem Essen und Trinken, Autofahren mit der Giulia und Urlaub in Ländern weit weg. Ging fürs Erste alles, mit einem Nachteil: Es blieb nichts übrig. Altersvorsorge war nur ein Wort, er versuchte, es zu ignorieren. Riester-Rentner waren Spießer. Er, Sönke Ahlers, altersvorsorgte überhaupt nicht. Jeden Monat tausend Euro abzweigen? Keine Lust, bisher jedenfalls. In letzter Zeit allerdings legte sich manchmal so ein Schatten über ihn, wenn er morgens aufstand und ächzte. Wie würde das in zwanzig Jahren sein? Wenn er noch lauter ächzen müsste? Dann schickte ihn keiner mehr ins Abenteuer. Den alten Sack brauchen wir nicht. Und was dann? Wo kamen die Honorare dann her? Mit anderen Worten: Nicht alles war gut.

Was immer half, taugte auch in diesem Fall: entschlossen wegschauen. Augen zu und weitermachen. Rein in neue Jobs, in neue Geschichten. Auf zu Themen, die andere nicht hatten und die seinen Marktwert steigerten. So wie jetzt zum Beispiel. Vielleicht konnte er aus dieser komischen Gesellschaft ja eine Story machen. Er hatte die Adresse, kannte ein paar Gerüchte, war neugierig auf den Vorschlag dieser Leute und vorsichtig zugleich.

Als Profi wollte er ihnen ein paar Schritte voraus sein. Recherche war alles. Er trat noch etwas näher auf das Ladenlokal zu, blickte wieder prüfend hinein, merkte sich alles und machte, dass er davonkam. Schließlich war er ja nicht verabredet. Er setzte sich ins Auto, um zu warten, bis einer rauskam, dem er auf den Fersen bleiben würde. Damit wäre er schon schlauer. Erst danach würde er einen Termin anfragen. Neugier kostete nichts, konnte aber viel einbringen.

Nicht dass er sich über zu wenig Arbeit beschweren konnte. Aber Kriminalkommissar Dreier hatte was geschnuppert. Dreier saß in seinem Büro und blickte aus dem Fenster, um sich zu konzentrieren. Immerhin hatte er ein Zimmer fast für sich allein, denn sein Zimmerkollege war viel unterwegs, der Mann hatte Fortbildung und Bildungsurlaub für sich entdeckt und fehlte seitdem häufig. Das ging zulasten der übrigen Mitarbeiter in der Abteilung. Aber dafür hatte Dreier in dem Achtzehn-Quadratmeter-Raum mit drei Türen und einer Fensterfront mit morschen Fensterrahmen nur einen leeren

Schreibtisch und einen verstaubten Bildschirm als Gegenüber. Das Alleinsein im Zimmer war die Mehrarbeit wert, es war seine Entschädigung für die Drückebergerei des Kollegen.

Immer wenn Dreier die Designermöbel in den Polizistenbüros der TV-Serien sah, stöhnte er demonstrativ auf. So ein Bullshit. Das gab es sicherlich – irgendwo. Aber er saß in einem Altbau, der sparsam renoviert worden war, an einem entsprechenden hölzernen Schreibtisch auf einem gesunden, aber hässlichen Bürodrehstuhl – früher schwarz, jetzt speckig; den Boden bedeckte ein abgewetzter Linoleumboden, der älter aussah, als er war – was für eine Leistung, dachte Dreier –, und von der Decke leuchtete bläulich weißes Energiesparlicht, das rosige Gesichter in trübäugige Wasserleichen verwandelte. Einmal in der Woche war Ramadan, so nannten es die Kollegen alles andere als politisch korrekt, wenn das kopftuchtragende Reinigungspersonal kam und zügig-nachlässig so tat, als ob es putzte.

Wenn er Kollegen in anderen Städten besuchte, sah es bei denen ähnlich aus. Wer zum Teufel hatte eigentlich diese Designermöbel? Und die schlanken blonden Assistentinnen? Und den verständnisvollen Chef, der einem bei Ärger den Rücken freihielt? Wo ging es so zu?

Persönliche Dinge gab es in seinem Zimmerteil kaum. Er hasste dergleichen, da waren die Fotos von den Kindern seines entschwundenen Kollegen an der Wand gegenüber und dessen Urkunden über angebliche Leistungen im Polizeisportverein, derer Dreier sich geschämt hätte, zumal die Urkunden alt waren und dem aktuellen Taillenumfang des Kollegen spotteten – na ja. Manchmal hätte er den Kram gerne abgehängt, aber in einem Anfall von Aberglauben fürchtete er, dass genau in diesem Moment der Kollege zurückkommen und es zum Eklat kommen könnte: »He, was machst du da!?« Und dann würde der Mann nie mehr zu Fortbildungen entschwinden, und er würde immer neue grausige Trophäen in seinem Regal platzieren und schlechte Fotos aufhängen oder hässliche Kaffeebecher mit pseudo-witzigen Bürosprüchen auf den Tisch stellen und so weiter. Nee, lieber alles so lassen.

Der Kollege war auch heute abwesend. Und so konnte Dreier auf sich selbst zurückgeworfen in Ruhe nachdenken. Irgendetwas war da faul mit diesem kleinen Rechts-vor-links-Gauner, es nervte ihn, dass man dem Mann und seiner Bande nicht beikommen konnte. Bei diesem speziellen Unfall aber war die Sache oberfaul, ein Unfall, der den Gauner-Fahrer seinerseits in die Bredouille gebracht hatte. Wenn Dreier etwas nicht leiden konnte, war es Selbstjustiz. Das war die Axt am Stamm des Rechtsstaats. Wenn demnächst jeder jedem in die Fresse schlug – wo sollte das enden? Manchmal kam es vor, dass sich konkurrierende Banden gegenseitig dezimierten. In solchen Fällen waren sich die Polizisten einig, dass man zusehen durfte, solange keine Außenstehenden in Gefahr gerieten. Und wenn dann alles vorbei war, gab es nur noch halb so viele potentielle Täter wie zuvor, die Lage war übersichtlicher, die Arbeit einfacher.

Aber wo sollte denn Konkurrenz herkommen? Davon hätte er längst gehört. Die Stadt war groß, aber auch geschwätzig. Da war nichts – er war sich sicher. Andererseits, welches der ältlichen ängstlichen Opfer wäre zu einer Racheaktion fähig? Trotzdem, dieses Gejammer von Petrosian, eine Blonde im kurzen Rock hätte ihn abgelenkt … Vielleicht war das doch keine Schutzbehauptung.

Jedenfalls stieg Dreier in die Tiefen seines PCs hinab und forschte: Wer könnte so eine Aktion durchführen? Wer hätte daran Interesse? Er gab seine Suchwörter ein und hoffte auf Treffer. Er hoffte vergeblich.

Das Archiv half ihm letztlich nicht weiter. Sein Gedächtnis schon eher: Es gab einen Ex-Kollegen. Einen, der gut in seiner Arbeit gewesen war. Engagiert. Tapfer sogar. Ohne auf die Uhr zu schauen bei komplizierten Fällen, ohne Furcht bei kritischen Einsätzen. Der sich jedoch mit der Zeit immer mehr über die politischen Fesseln geärgert hatte. Und die Frechheiten der Täter. Ihm erschienen irgendwann die rechtlichen Einschränkungen zu stark. Polizisten durften in der Öffentlichkeit verhöhnt und bespuckt werden und konnten dagegen kaum etwas tun. Wenn einer der gepiesackten Polizisten sich wehrte, kam es schnell zu großem Wehklagen in den sozialen Netzwerken und zu einem Aufstand in der Presse. Bis schließlich auch noch die Politiker sich rührten und die Polizisten ermahnten, sie sollten doch bitte sehr … sie dürften nicht so hart … nicht so einseitig … und so weiter. Und im schlimmsten Fall setzte auch noch einer von der Polizeispitze, der auf politischen Rückhalt für die eigene Karriere hoffte, mit besserwisserischen Sprüchen eins obendrauf, und die jeweiligen Ermittler standen besonders dumm da.

Silvio Cromm – mit dem er gerne zusammengearbeitet hatte – hatte das immer genervt. Alle im Präsidium hatten die gleichen Probleme, schwiegen aber zähneknirschend. Cromm jedoch hielt sich nie zurück. Bis er schließlich für einen Strafprozess die Fakten gegen einen brutalen Kriminellen zusammengetragen hatte, einen Mann, der mehrfach in Wohnungen eingedrungen war und nicht nur gestohlen und geraubt, sondern der einige Bewohner zusammengeschlagen und auch noch verhöhnt hatte. Im Prozess jedoch war Cromm von der Verteidigung als Rassist attackiert worden, weil der Angeklagte aus einer Sinti-Familie kam. Man hatte ihn gedemütigt, und am Ende war er auch noch lächerlich gemacht worden von dem enttäuschten Staatsanwalt, der den Freispruch genau wie Cromm als Niederlage empfand, aber jede Kritik von sich weisen wollte.

Da hatte Cromm kurz entschlossen den Job – trotz seiner hohen, gut bezahlten und sicheren Position – hingeworfen. Cromm befand sich natürlich in einer luxuriösen Lage, da er finanziell unabhängig war. Seine italienische Sippe mit den Restaurants sorgte für das Grundeinkommen. Dreier hatte das fast verstanden.

Außerdem: Da war noch etwas.

Die Zeiten hatten sich geändert, und es gab keine Benachteiligung wegen sexueller Orientierung. Amtlich. Offiziell. Aber Polizei war Polizei, so wie Militär Militär war. Da waren Schwule nicht so gerne gesehen. Über Cromm war schon lange getuschelt worden. Cromm hatte anders als alle anderen keine Frau, keine Kinder, keine

Freundin. Er machte manchmal Sprüche oder prahlte mit Eroberungen – aber die Kollegen glaubten nicht daran. Sie tuschelten weiter. Die Vorgesetzten verhinderten es nicht, machten eher noch mit. Erst kurz vor Schluss, als Cromm bereits seinen Abschied eingereicht hatte, war Dreier mit Cromm darüber ins Gespräch gekommen.

»Ich muss dir was sagen«, hatte Cromm ihn angesprochen. Und nach einer Pause hinzugefügt: »Ich bin schwul.« Er hatte Dreier angesehen und auf eine Reaktion gewartet.

»Ja«, sagte Dreier. »Und?«

»Ich will das nicht mehr verstecken.«

»Du musst das nicht verstecken. Heute nicht mehr.«

»Doch«, hatte Cromm gesagt. »Hier schon. Du weißt es.«

Dreier hatte geschwiegen. Cromm hatte recht.

»Lass uns in Verbindung bleiben«, hatte Dreier ein paar Tage später zum Abschied gesagt. »Ich will wissen, was du so machst.«

»Die Abrechnungen in den Pizzerien meiner Schwester«, hatte Cromm leichthin gesagt.

»Das habe ich nicht gemeint. Außerdem glaube ich dir das nicht. Du bist Ermittler durch und durch.«

»Mal sehen«, hatte Cromm gesagt. Und geschluckt.

Dreier ahnte, dass Cromm das Ausscheiden aus dem Dienst insgeheim wurmte. Er glaubte, dass diese Nebentätigkeit als Restaurantgeschäftsführer ihm nicht reichte. Dass er vielleicht irgendwo und irgendwie für das Recht kämpfte, aber eben nicht mehr als Polizist mit Ausweis und Befugnis, auch nicht als privater Ermittler. Sondern anders, ganz anders.

Hm, dachte Dreier, könnte das sein? Dass der die Finger irgendwie in so einer Sache drin hatte? Vielleicht hatte er jetzt eine Spur.

Dreier weckte den eingeschlafenen PC wieder aus dem Ruhezustand und öffnete seine »Kontakte«.

4

»Na, heute haben wir echt zu tun, oder?« Vural Tabak freute sich. Er war nicht oft im Büro und froh, wenn es was zu hören und zu sehen gab. Diesmal hatte ihr Treffen einen konkreten Anlass. Van de Loo hatte alle eingeladen. Vollversammlung hieß das bei ihnen. Sie wurden hin und wieder zusammengerufen, wenn es um eine Planung ging, um die Vorbereitung größerer Aktionen.

Der Einfachst-Konferenzraum im ersten Stock über dem Ladenlokal des Verbraucherbüros war schlicht eingerichtet, mit langem Furnierholztisch und acht Ikea-Stühlen. Die Wände waren mit cremefarbenen Raufasertapeten tapeziert, ältlich, schon wellig und stellenweise eingerissen. Die Fenster zur Straße zierten Vorhänge aus der Zeit der Vorbesitzer: groß geblümte feste Übergardinen und graue Stores, alles übereinandergezogen. Niemand sollte gucken können. Es gab noch Poster mit Katzenporträts. Keiner betrachtete die Miezen, auch sie waren schon dort gewesen, als der Verein die Räume übernommen hatte. Etwas Luxus, ziemlich überraschend, bot die Lampe: eine große italienische Tolomeo reckte ihren Designer-Schirm über den Tisch. Cromm hatte sie zu Hause ausquartiert und ihr den neuen Job im Büro verpasst. Die elegante Italienerin wirkte ein bisschen overdressed, warf aber schönes Licht auf den Tisch.

Zum Vereinsheim gehörte nicht nur der kleine Laden unten im Erdgeschoss plus ein Mini-Lagerraum, sondern der gesamte erste Stock, der von einem Flur hinter dem Laden über eine Treppe erreicht wurde. Oben gab es vier Zimmer, zwei nach vorne, zwei nach hinten, eine Küche, ein Bad und eine Toilette. Alles einfache Räume, drei praktisch leer. Eingerichtet war eigentlich nur das ehemalige Wohnzimmer, nämlich als Konferenzraum, und die Küche. Van de

Loo sagte immer, dass man den Platz noch mal brauchen könne. Da er zahlte, war es den anderen egal.

Das Headset mit Kopfhörer und Mikrofon hatte van de Loo auf dem Schreibtisch abgelegt. An der Längsseite des Raums war ein Monitor, sechzig Zoll, fest an der Wand montiert. Kein Ton. Zu sehen war eine Szene im Ladenlokal, die sich dem Ende zu nähern schien.

»Ja, das ist wieder mal einer von diesen Fällen«, sagte van de Loo. »Rechts vor links.«

Vier Männer und eine Frau saßen an dem Holztisch und blickten in Richtung Monitor.

Die Frau nickte zu dem Bildschirm hin: »Übernehmen wir?«

»Ja. Wir kennen den Fahrer schon. Bisher konnten wir ihn nicht festmachen. Diesmal ist er dran.«

»Wieder dieser Türke?«

»Er heißt Petrosian, so viel wissen wir jetzt«, sagte van de Loo.

»Also bitte! Armenier!«, sagte Tabak.

»Sag ich doch. Türke. So wie du.« Van de Loo liebte Sticheleien.

Tabak schüttelte den Kopf. Die anderen grinsten. Man war sich einig, dass »der Türke« in eine »Geschichte« verwickelt werden sollte. Und zwar so, dass er nicht wusste, wo es herkam. Und außerdem so, dass er nie wieder seine fiese Abzocke bei alten Leuten versuchte. Also ein Denkzettel. Man war sich einig, vertagte die konkrete Planung aber auf später, denn es stand ein größeres Projekt an. Van de Loo zeigte Zeichen von Ungeduld. Cromm sollte mal fertig werden da unten.

Paul van de Loo. War der Gründer der Gesellschaft für unkonventionelle Maßnahmen, die von ihren Mitgliedern oft auch einfach nur Verein genannt wurde. 71 Jahre. Kurze graue Haare. Geistig wach, körperlich einigermaßen erhalten. 1,81 Meter groß, 78 Kilo schwer. Kleidung: alt, aber ursprünglich ziemlich kostspielig. Er liebte über alle Anfeindungen und weibliche Kritik hinweg die Farbe Braun und trug ein Jackett aus Tweed in Dunkelbraun, eine Cordhose in Mittelbraun und ein Hemd, cremefarben, also auch irgendwie braun. Den

Kragen offen. Ehemals hatte er mit seiner Firma »spree motion« selbstständig Filme produziert. Er war gerade noch rechtzeitig ausgestiegen und hatte für gutes Geld verkauft, bevor die Öffentlich-Rechtlichen auf den Spartrichter kamen.

Van de Loo hatte genug Geld. Sagte aber keinem, weder Bekannten noch Freunden noch den Frauen, mit denen er hin und wieder zusammen war, und noch nicht einmal seinen Leuten im Verein, wie viel. Wohneigentum in Charlottenburg. Das wollte schon mal was heißen. Dazu noch weitere Immobilien. Er hatte ein zweites Mal Glück gehabt und Wohneigentum gekauft, als der Wohnraum noch vergleichsweise billig gewesen war. Jetzt wuchs Berlin und ebenso die Nachfrage, und die Preise zogen an.

Van de Loo hatte einen Führerschein, aber kein privates Auto, obwohl er es sich locker hätte leisten können. Seit ein paar Jahren war er fest entschlossener Bahn- und Bus-Kunde mit diversen Jahreskarten. Er ließ sich auch von schrägen Sängern oder humorfreien Clowns in der S-Bahn nicht beirren; gab ihnen manchmal Geld, manchmal nicht.

Ein paar Jahre vor der Jahrtausendwende hatte ihm ein gegelter Anzugträger im Namen einer Finanzberatung (Werbeslogan: »Wir sind die Berater der Leistungsträger«) sogenannte steueroptimierte Eigenheime in Ostdeutschland vermittelt. Der Gel-Mann hatte superbeflissen alles übernommen: die Kaufabwicklung, die Fixierung einer angeblichen Mietgarantie und die Vermittlung von Hypotheken. Es wurde ein Desaster, weil das Finanzamt die versprochene Steueroptimierung nicht akzeptierte, weil die Häuser überteuert waren, weil die Mietgarantie auslief und schließlich auch noch steigende Hypothekenzinsen drückten.

Das zusammen brachte van de Loo einen schweren Verlust bei, ohne dass er eine rechtliche Handhabe gegen den Strukturvertrieb gehabt hätte, und gegen den Verkäufer schon gar nicht, denn der hatte sich mit unbekanntem Ziel davongemacht. Van de Loo hatte nach einer schwierigen Zeit die Sache durchgestanden und sich finanziell

aller anderen während der Konferenzen. Cromm hatte einen alten ostdeutschen Spruch ausgegraben: »Was ist der Unterschied zwischen f6 und Wasser? – Wasser hat keine Balken.« Aber von solchen Attacken ließ Eschweiler sich nicht beirren, steckte sich eine an und sah genüsslich dem Rauch nach. Die anderen seufzten.

Er lebte mit Frau und zwei halbwüchsigen Töchtern in Köpenick, Nähe Müggelsee. Hatte dort schon als Kind gelebt, als es noch nicht schick und teuer, sondern grau und sozialistisch gewesen war. Über die Wende hatte er sich damals gefreut, weil er dachte, mit seinem Wissen könne er was werden in den blühenden Landschaften. Seinen Irrtum musste er auf die harte Tour feststellen. Nichts blühte, keiner wollte ihn. Ärgerte sich, vergrub sich als junger Erwachsener in eine weitere Ausbildung, kriegte die Kurve und wurde ein richtiger Nerd. Heute wusste er fast alles und konnte fast alles, solange es mit Elektronik, IT und Netztechnik zu tun hatte. Sein Geld verdiente er als Angestellter beim Meisterservice in der Steglitzer Filiale eines Elektronikmarktes. Langweilte sich dort, weil er mehr konnte, als von ihm verlangt wurde. Liebte seine Einsätze für die Gesellschaft. Da zeigte er, was er draufhatte. Je eindeutiger etwas verboten war, umso lieber machte er sich an die Arbeit. Dabei, das war ihm sehr wichtig, ging es darum, anderen zu helfen, die sonst untergebuttert worden wären. Das brauchte er als Rechtfertigung. Am liebsten hörte er anderen zu: jedem, dauernd und überall, ohne dabei selbst entdeckt zu werden. Die anderen stichelten manchmal: »Hörst du dir selbst im Schlaf zu?« Hugo lächelte sanft. Er war zutiefst friedlich. Meistens.

Spezialist Nummer 3 war ebenfalls kein Spezialist, sondern Alleskönner (sagte er jedenfalls von sich selbst). Hans-Peter Pfister, genannt H-P, arbeitete wöchentlich dreißig Stunden in einer genossenschaftlichen Schreinerwerkstatt mit Schwerpunkt Innenausbau für Schulen und Kindergärten sowie Ladeneinrichtungen. 43 Jahre. Lebte solo in einer Männer-WG. Kräftiger und geschickter Handwerker. War zu dieser Genossenschaft gekommen, weil er keinen Besserwisser-Chef aushalten wollte. War zur Gesellschaft gestoßen, weil er selber mal Opfer eines gewalttätigen Überfalls geworden war. Die damaligen Mitglieder hatten ihn angehört und ihn dann zusehen lassen, wie »sein« Täter auf die Bretter geschickt wurde. Extra für ihn inszenierte man eine All-inclusive-Aktion mit nur zwei harten, aber umwerfenden Handgriffen. Anschließend hatte er um Aufnahme in die Gesellschaft gebeten, absolvierte eine Art Probezeit und gehörte seit inzwischen einem Jahr fest zum Team. Das machte ihn glücklich. Las seitdem keine Krimis mehr.

Spezialist Nummer 4 war zuständig für die Abteilung feste Handgriffe. Vural Tabak, der Türke. 35 Jahre. Deutscher Türke. Erntete für seinen Nachnamen viel Spott, zumal er bekennender Nichtraucher war. Er hatte sich im Team nachhaltige Anerkennung erarbeitet. Tabak war gelernter Einzelhandelskaufmann, aber das nur so zum Geldverdienen. Daneben gelernter, oder besser: gut trainierter Kampfsportler, Thai-Boxer, und auch seit ihm nicht mehr so viel Zeit für den Sport blieb, immer noch sehr gut in Schuss. Sein Körper war oben deutlich breiter als unten, was ihm von Zeit zu Zeit bewundernde Blicke von Frauen, manchmal auch von Männern, eintrug. Er fuhr exzellent Auto, kannte sich von Berufs wegen mit Buchhaltung sowie mit Fleisch, Fisch, Obst und Gemüse aus, war außerdem ein liebender Ehemann und Familienvater und guter Koch. Lebte von der Arbeit im väterlichen Supermarkt. Hatte durchaus genug Zeit für die Gesellschaft. Wenn es darauf ankam, nahm er sich frei, sagte zu seinem Vater: »Baba, ich muss mal wieder Sport machen …!« Manchmal war er ein paar Tage weg, einfach so. »Ich brauche das«, war seine Erklärung für die Zurückbleibenden, die das nicht wirklich verstanden. Aber was sollten sie tun?

Die alte Dame unten hatte aufgehört zu reden. Cromm musste einen Zauberspruch eingesetzt haben, denn sie lächelte erstmals, erhob sich, gab ihm die Hand und verließ sichtlich hoffnungsvoll den Laden.

Cromm stand auf, machte eine schwer verständliche Geste in Richtung Monitor und schaute ihnen direkt in die Gesichter. »Der ist erleichtert«, sagte van de Loo, »dass er sie los ist.«

»Ihm tun die Ohren weh«, meinte Tabak.

Cromm kam nach oben, aber keiner der Anwesenden nutzte die Gelegenheit, ihn zu fragen, was er von der Sache hielt. Er hatte es gehofft. Sie taten ihm nicht den Gefallen. Er suchte sich einen Platz, setzte sich und seufzte: »Wollen wir da ran?«

Van de Loo: »Wir wollen!«

Alle nickten.

»Diesmal kriegen wir den Türken!«, sagte Cromm.

Van de Loo lächelte. Cromm grinste. Feli kicherte. Tabak blickte zur Decke.

Eschweiler langweilte sich, er drückte die zweite f6 des Abends aus und blickte mäßig interessiert auf sein Samsung-Teil. »Können wir endlich weitermachen?«

Nicken rundum, und van de Loo hielt fest: »Über das Problem der alten Dame reden wir später. Jetzt, Achtung: Ich eröffne die Vollversammlung!«

»Äh, Moment mal!« Eschweiler blickte plötzlich neugierig auf sein Tablet, das mit allen Kameras im Ladenlokal vernetzt war, und hob eine Hand wie in der Schule. »Da stand gerade einer unten vor dem Fenster.«

»Na ja, das darf man doch, oder?«, fragte Pfister.

»Hm, ich weiß nicht. Passiert sehr selten. Hier …« Eschweiler verband per Bluetooth sein Tablet mit dem Monitor, wischte ein Video rückwärts, ließ es dann für die anderen laufen. Man sah einen Bildausschnitt, durch das Schaufenster des Ladens aufgenommen, nicht besonders schön, aber deutlich. Auf der Straße stand ein Mann im Parka und spähte vorsichtig ziemlich lange und neugierig durch die Scheibe. »Da. Sehr neugierig ist der, oder?«

Van de Loo und Cromm nickten synchron. »Den kennen wir«, sagte van de Loo. »Das ist ein Journalist, ein Reporter. Ich habe vor Jahren mit ihm zusammen Dokus produziert. Ein guter Mann.«

»Und verlässlich«, fügte Cromm hinzu. »Wir brauchen ihn demnächst. Für die kommende Aktion.«

»Über die wir heute reden«, ergänzte van de Loo.

»Aha«, meinte Feli trocken, »Ihr heuert schon Personal an, bevor wir informiert sind. Wie finde ich das?«

Van de Loo schwieg leicht angesäuert. Cromm hatte plötzlich irgendwas an den Fingernägeln.

»Journalisten sind schwierig.« Pfister klang giftig. Mit der Presse hatte er blöde Erfahrungen gemacht. Er war, nachdem man ihn überfallen hatte, von Boulevardfritzen ausgefragt worden. Später im Zeitungsartikel klang alles, was er gesagt hatte, ganz anders. Er stand als Depp da, der sich aus Dummheit in Gefahr begeben hatte. Er war von Freunden und Nachbarn darauf angesprochen worden, andere hatten ihn nicht angesprochen, nur komisch geguckt, und das war noch schlimmer gewesen. Er hatte sich damals scheiße gefühlt. Das saß tief, bis heute. »Journalisten kannst du nie trauen. Du sagst denen etwas, und dann machen die daraus, was sie wollen.«

»Hör mal, H-P, wir haben das bedacht«, sagte Cromm. »Aber wir brauchen demnächst einen Journalisten. Und der Ahlers ist ziemlich gut. Er hat einen ordentlichen Ruf. Den wird er nicht aufs Spiel setzen wollen. Man kennt ihn. Er hat Kontakte, die wir nicht haben.«

Van de Loo griff ein: »Aber H-P hat schon recht. Dass der Ahlers hier unangemeldet vor dem Büro steht … also, das war nicht besprochen. Und sonderlich professionell ist er auch nicht, wir haben ihn schließlich gleich entdeckt.«

»Typisch.« Pfister maulte. »Wenn der ein Profi ist, dann bin ich ein, ein …«

»… ein Schreiner!« Feli lachte über ihren eigenen Witz.

»Trotzdem, er ist wichtig für das Projekt«, sagte Cromm. »Nur sollte er möglichst wenige von uns persönlich kennen. Wir müssen die Kontakte klein halten. Wir dürfen ihn nicht an uns ranlassen.«

»Sehen wir es mal so: Er hat Interesse. Sonst würde er nicht hier in Gesundbrunnen auftauchen.«

»Gut. Wenn er wirklich Interesse hat, wird er anrufen. Dann vereinbaren wir ein Treffen mit ihm, und danach sehen wir weiter. In jedem Fall bitte ich euch, nachher den hinteren Ausgang zu nehmen, okay?« Alle nickten.

»Wer spricht mit ihm?«

»Na du, Feli, weil du bei Macho-Männern gut ankommst. Und der Cromm zusätzlich. Oder vielleicht auch nur du allein, Feli?«

»Ich glaube«, sagte Feli lächelnd, »es ist besser, ich mache den Erstkontakt allein.«

»Ich bin alles andere als scharf darauf.« Cromm schüttelte den Kopf. Niemand grinste. »Lasst sie das allein machen. Später können wir weiterüberlegen.«

»Einverstanden.« Feli hob die Arme über den Kopf, als wolle sie sich ausziehen. »Hugo, du darfst mich verkabeln, wenn es so weit ist!«

»Eine Ehre, Madame!« Eschweiler grinste und ging im Kopf durch, welche Technik er benötigte. Er wollte nur aufzeichnen, nicht drahtlos übertragen. Letzteres war aufwendig und könnte einem Profi wie dem Ahlers auffallen. Obwohl: Profi? Wer weiß? Journalisten wurden überschätzt.

»Wo waren wir stehen geblieben?« Van de Loo blätterte in einem DIN-A5-Spiralblock und schob sein Aufzeichnungsgerät zur Seite.

Pfister half: »Frankfurt. Die Zeil. Vor drei Tagen.«

»Richtig …« Van de Loo wollte weitermachen, wurde jedoch von Cromm unterbrochen.

»Ich brauche jetzt aber ganz dringend was zu trinken. Wasser? Kaffee? Sonst noch jemand?« Zwei Hände hoben sich, Cromm verschwand in der Küche, man hörte die Nespresso-Maschine und die Türen des Küchenschranks, dann tauchte er mit einem Glas Wein (weiß) und zwei Bechern Kaffee auf. Es konnte weitergehen.

Van de Loo räusperte sich. »Er kam etwas zu spät. Wir waren im Kaufhof-Restaurant auf der Zeil verabredet. Er ist etwa fünfzig, vielleicht eins achzig groß. Dunkle Haare. Ich habe ihn fotografiert, als er es nicht mitkriegte. Hier.«

Auf dem Monitor an der Wand erschien ein Foto: ein Mann im Anzug, brave Krawatte, brave Frisur, schwarzer Laptop-Rucksack. Der ganze Aufzug könnte aus dem Kaufhof stammen. Vorsichtiger Blick. Aus traurigen Augen. Ziemlich viele Falten im Gesicht. Keine überzeugende Körperhaltung.

»Der Mann hat mich vor ein paar Wochen kontaktiert«, sagte van de Loo. »Mit einer seriösen Empfehlung. Er würde gerne etwas loswerden. Er hätte seit Jahren etwas auf dem Herzen. Dann nannte er den Namen der Bank, bei der er mal gearbeitet hatte, und ich wurde neugierig.«

Es war nicht selten, dass die Gesellschaft so angesprochen wurde. Manche Leute hatten einfache Fragen und verwechselten sie mit der Verbraucherzentrale. Andere suchten Bündnispartner, um Entschädigungskriege führen zu können. Es gab auch Provokateure, die von Firmen ausgesandt wurden, um herauszubekommen, was da für schräge Vögel in diesem Büro saßen und ob man sich vor denen in Acht nehmen müsse.

Aber hin und wieder waren die Kontaktleute auch seriös und stießen das Team auf schwere Fälle von Betrug, Durchstecherei, Abzocke. Auf Fälle, die zuvor nicht aufgeklärt worden waren. Und auf Täter, die man nicht hatte fassen können. In solchen Fällen wurde man in der Wollankstraße hellhörig.

»Er kam aus Kassel«, sagte van de Loo. »Da wohnt und arbeitet er als Unternehmensberater. Mein Gefühl: Bei ihm ist nicht wirklich viel los. Er schreibt Broschüren, die er im Selbstverlag drucken lässt und im Netz vertreibt. Das läuft vermutlich mehr schlecht als recht. Hier seine Homepage.«

Auf dem Monitor erschien die Eingangsseite einer Netzpräsenz. Sah nicht sehr professionell aus. Zusammenmontiert mit dem DIY-Paket eines bekannten Web-Hosters. Betextet von einem, der es mit der deutschen Sprache nicht so hatte, dazu hässliche Schriften und ein wilder Farbmix – ein jämmerlicher Auftritt. Am linken Rand ein Porträtfoto des Mannes. Und sein Name: Hubert Schueffner.

»Genau, das ist er noch mal: Hubert Schueffner. Hat einen Abschluss in Nationalökonomie, so etwas gab es mal in der DDR. In Leipzig erworben und hat mit echter Ökonomie wenig zu tun. Mehr mit Marx und Engels. Wie das Zentralkomitee es sich von der Wirtschaft gewünscht hatte. Ist also nichts mehr wert, dieses Diplom.« Eschweiler nickt schweigend. Van de Loo ließ sich nicht ablenken: »Kam um die Jahrtausendwende zu der Allgemeinen Städtebank. Kennt ihr die? Wollt ihr mehr Hintergrund dazu? Cromm, mach du das mal!«

Cromm war vorbereitet, er räusperte sich. »Ihr kennt sie aus der Werbung. Sie geben viel Geld für Print- und TV-Werbung aus. Nützt nicht viel, sie haben keinen guten Ruf. Allerdings war das nicht immer so …«

Er verband seinen Laptop per Bluetooth mit dem Monitor. Es erschien das Bild der Bankzentrale in Köln. Hochhaus aus den Neunzigern, graue Plattenverkleidung, verspiegelte Fenster, der ganze Bau massiv, hoch und öde. Auf dem Dach aber, hell und leuchtend in Großbuchstaben: »Allgemeine Städtebank AG«.

»Das war ursprünglich eine staatliche Bank, sehr brav, langweilig, aber ordentlich und seriös. Sehr guter Ruf – damals. Nur eben nicht sonderlich gewinnorientiert, jedenfalls nicht in dem Sinn, wie es mit der Globalisierung in Mode kam. Als sie privatisiert wurden, ging man dort auf die Suche nach neuen Geschäftsmodellen. Das Problem dieser Bank war, dass es keine Niederlassungen gab, es wurde bis dahin alles per Brief abgewickelt, Onlinebanking steckte noch in den Kinderschuhen, Bankberater mit Kundenkontakten existierten nicht. Das musste alles erst mal aufgebaut werden. Deshalb suchte man hauptsächlich Vertriebsleute, die den braven alten Kunden neue Geldanlageprodukte unterjubeln sollten. Das war das neue Modell.«

Van de Loo unterbrach: »… und so kam auch unser Mann dazu. Er suchte Arbeit. Die Städtebank hatte welche. Aber nicht, wie er es erhofft hatte. Keine gut bezahlte Festanstellung, sondern eine freie Tätigkeit. Als sogenannter Vertriebsberater. Versprochen wurde eine Schulung, eine technische Ausrüstung fürs Homeoffice und Visitenkarten mit dem Logo der Bank. In dem ihm zugeteilten Bezirk würde man ihm alle Kundennamen und Adressen vermitteln und deren Geldbestände, Sparguthaben etc. Das war schon mal nicht zulässig, im Grunde fing die Geschichte da bereits kriminell an.«

Cromm war wieder dran: »Die Banker hatten die erklärte Absicht, das Geld der Kunden, das mit niedrigen Zinsen auf Sparkonten dämmerte, in Bewegung zu bringen. Sie wollten Transaktionen, Aktienkäufe, Fondskäufe, viel Hin und Her, weil man als Bank an den Provisionen und an dem Kaufen und Verkaufen am besten verdienen kann. Aber auch die neuen Chefs der Bank waren keine gelernten Banker. Die Spitze kam von der Unternehmensberatung Cargill Consulting. Dort hatte man jahrelang anderen Unternehmern gezeigt, wie das ging, Belegschaften zu verkleinern, Preise anzuheben, Produktqualität zu senken und Marketingtricks zu erfinden. Und jetzt wollten diese Leute mal zeigen, was sie als Unternehmer draufhatten. Sie wollten selber reich werden. Genau so war das.«

»Und da hat der Staat weggeschaut?« Pfister empörte sich. Er sprang auf. Immer, wenn es um Ungerechtigkeit ging, regte er sich auf. Da es bei ihnen ausschließlich um den Kampf gegen Ungerechtigkeit ging, mussten sie ihn recht oft wieder runterholen. So auch jetzt. Tabak legte ihm die Hand auf die Schulter, lächelte und knurrte: »Ruhig, Brauner!« Pfister schüttelte den Kopf und setzte sich wieder.

»Der Staat?« Van de Loo lachte unfroh. »Der Staat? Der war erleichtert, die Bank los zu sein. Die war doch nur ein Klotz am Bein. Privatisierung hieß damals das Zauberwort. Und was genau da abging, hat den zuständigen Minister nicht die Bohne interessiert.«

»Jedenfalls lief das für die neuen Vertriebsleute anfangs gar nicht so schlecht«, machte Cromm weiter. »Die angeworbenen Männer und Frauen waren allesamt unerfahren. In Zehnergruppen wurden sie in Hotels auf dem Land kaserniert, wo man ihnen Schnellkurse zum Thema Geldanlage verpasste. Ein Witz war das in Wirklichkeit, denn sie wurden nicht in der Sache geschult, sondern aufs Verkaufen getrimmt. Ihnen wurden Werbesprüche beigebracht. Über die Qualität ihrer Produkte erfuhren sie nichts, schon gar nicht über Risiken und Nebenwirkungen. Und ehrlich gesagt: Viele hätten inhaltliche Erklärungen auch gar nicht ohne weiteres verstanden, denn da saßen Bäckergesellen neben Lkw-Fahrern, Verkäuferinnen neben Hilfsarbeitern. Die wenigsten von denen verfügten über wirtschaftliches Grundwissen. Diese Leute wurden aufs Eis hinausgeschickt, ohne dass sie überhaupt wissen sollten, wie gefährlich dünn es war.«

»Hören wir uns das mal aus Sicht des Verkäufers an. Nämlich unseres Whistleblowers, der einer von ihnen war.« Van de Loo übernahm wieder. »Er war damals noch grün hinter den Ohren und glaubte alles, Hauptsache westlich. Ich habe einen Teil des Gesprächs aufgenommen.« Van de Loo wollte seinen Zoom-Rekorder mit einem Desktop-Lautsprecher verknüpfen und fummelte nicht sehr überzeugend am Gerät.

»Lass mich mal.« Eschweiler wurde ungeduldig, wenn andere mit Dingen nicht klarkamen, die für ihn einfach waren. Er griff nach dem Rekorder, während van de Loo leicht genervt guckte, aber nicht zu widersprechen wagte. Eschweiler fand die richtige Datei und sagte triumphierend: »Jetzt!«

»Herr Schueffner, hallo! Gute Fahrt gehabt?«

Man hörte etwas gedämpft die Stimme van de Loos. Das Mikrofon war offenbar auf sein Gegenüber ausgerichtet.

»Tut mir leid, die Verspätung. So viele Staus auf der Autobahn … Na ja, hier bin ich.«

»Kein Problem. Ich habe schon einen Kaffee getrunken. Wollen Sie auch einen?«

»Lieber einen Tee. Schwarzen Tee.«

Man hörte Geräusche, Rascheln, Schritte. Van de Loo erläuterte in die Runde: »Ich musste sein Getränk am Buffet abholen. Ich spule vor.«

»Wo bitte ist die Spule?«, grinste Eschweiler.

»Ach, hör doch auf, du weißt, was ich meine ... So, es geht weiter.«

Schueffner erklang wieder, mitten im Satz. Seine Stimme war hoch und heiser zugleich. Sie klang wie die von einem alten Mann, außerdem kläglich, als müsse er sich dauernd entschuldigen: *»... jetzt viele Jahre her. Hab es aber noch nicht vergessen. Alles noch da. Ich kenne alle Einzelheiten. Ich habe mir auch Notizen gemacht ...«* Rascheln. *»Hier ...«*

»Herr Schueffner, Moment! Ich habe vorher zwei Fragen. Erstens: Wie haben Sie mich gefunden?«

Schweigen. Van de Loo erinnerte sich noch, wie er gewartet und den Blick instinktiv etwas von Schueffner abgewandt hatte, aus dem Gefühl heraus, dass der vor sich hin starrende Mann den direkten Augenkontakt scheute. Er hatte ihn nicht zu hart bedrängen wollen.

»Jaaaa«, erklang die hoch heisere Stimme wieder, *»es gibt so Gerüchte, wie soll ich sagen, Gerede eben ...«* Pause. »... dass, *wenn man Hilfe braucht, dass man zu Ihnen kommen kann. Ihre Gesellschaft. Die Nummer von Ihrem Büro.«* Pause. *»Ein Ex-Kollege, ich habe mich mit ihm getroffen, wir haben geredet über damals und den Ärger, den wir hatten, und dann hat er mir Ihre Nummer genannt.«*

»Aha«, sagte van de Loo. *»Zweite Frage. Was erwarten Sie von mir?«*

Schweigen. »Ich wollte ihm Zeit geben, damals«, erklärte van de Loo. »Als ich ihm ins Gesicht schaute, liefen ihm Tränen über die Wangen. Dann hat er in seiner Hosentasche nach einem Taschentuch gewühlt und schließlich die Serviette genommen, um sich das Gesicht abzuwischen.« Alle im Raum wussten, dass van de Loo Tränen hasste. Die waren für ihn peinlich, anrührend (er wollte sich aber nicht anrühren lassen), beim Mann unpassend und aufsehenerregend. Er hatte sich ganz sicher überfordert gefühlt.

»*Entschuldigung*«, schluchzte es jetzt aus dem Lautsprecher.

»*Na*«, van de Loo klang hilflos. »*Lassen Sie sich Zeit.*«

Und dann ging das Gespräch erstaunlich schnell weiter. Schueffner hatte sich offenbar gesammelt und war betriebsbereit.

»*Für mich*«, sagte er leise, »*war das eine Katastrophe. Die Zeit bei der Bank, die hat mich fertiggemacht. Bis heute.*«

»*Und was erwarten Sie von mir?*«

»*Was ich von Ihnen erwarte?*« Schueffner war offenbar der Typ, der Fragen erst einmal wiederholte – furchtbar. »*Ich sag's Ihnen ehrlich, ich will …*« Pause. »*… Ich will Rache!*« Schueffner schwieg wieder. Und dann ertönte noch einmal, mit vollem Nachdruck: »*Rache!*« Der Mann hatte plötzlich Dampf in der Stimme. Es war ihm ernst. Verziehen hatte er anscheinend nichts. Und ehe van de Loo etwas antworten konnte, redete Schueffner weiter.

»*Sie haben uns reingelegt*«, fing er an.

»*Ja*«, sagte van de Loo.

»*Reingelegt. Uns alle. Wir im Osten haben euch geglaubt. Wir glaubten an die Sprüche einer Vereinigung, an Gleichheit und Gerechtigkeit. Aber das war nur Fassade. Tatsächlich wurden wir reingelegt. Benachteiligt. Beleidigt. Das gilt bis heute, Jahrzehnte danach.*«

Van de Loo erinnerte sich, wie er sich innerlich gewunden hatte. Oje, der Ossi wird grundsätzlich. Aber wie hätte er Schueffner seine Meinung ins Gesicht sagen sollen? Das Gespräch wäre sofort zu Ende gewesen.

»*Na ja, mag sein*«, erklang van de Loos Stimme unverbindlich aus dem Lautsprecher. Und dann hilflos, nachgeschoben: »*Aber die Zeit heilt Wunden.*«

»*Nein.*« Schueffner vehement.

»*Wissen Sie, Ihre Zeit bei der Städtebank, die war sicherlich hart. Lassen Sie uns darüber weiterreden.*«

Psychologisch war van de Loo wirklich keine Leuchte, das war allen Vereinsmitgliedern klar, aber seine Strategie, den Whistleblower auf sein eigentliches Thema zurückzuführen, war aufgegangen. Als Nächstes lauschte das versammelte Team, wie Schueffner seine Anwerbung schilderte. Mit dem Titel Finanzberater waren die Neulinge gelockt worden, und die Verkaufschefs hatten die berufliche Selbstständigkeit in schillernden Farben beschrieben. Es sei der einzige Weg zu echtem Reichtum, hatten sie behauptet.

»*Sie machten Rollenspiele mit uns. Einer war der Kunde mit fünfzehntausend Euro auf dem Sparbuch, der andere sollte ihn beraten. Beraten und verkaufen. Der Trainer hörte zu, verbesserte, feuerte uns an: ›Ihr müsst dem Kunden sagen: Wenn du so weitermachst, hast du in zehn Jahren nur ein paar Euro Zinsen. Wenn du jetzt diese Fondsanteile kaufst, hast du später ein paar Tausend Euro Zinsen.‹*« Schueffner schwieg wieder.

»*Und weiter?*« Van de Loo ließ ihm keine Zeit.

»*Der Trainer paukte mit uns. Wir sollten unseren Kunden Fragen stellen: Wollen Sie im Alter Sicherheit? Der Kunde sagt Ja. Wollen Sie Wohlstand? Kunde: Ja. Wollen Sie genügend Geld? Ja. Die Kunden sollten immer wieder Ja sagen und nicken. Wenn sie oft genug genickt hatten, kamen wir mit den Produkten. Wollen Sie die Papiere kaufen? Da haben die automatisch noch einmal genickt. Und das war's dann.*«

»*Erzählen Sie mir von den Produkten.*«

»*Damals wurde uns nur gesagt, das wären Finanztitel, mit denen könne man sein Geld in ein paar Jahren verdoppeln. Wir sollten auch selbst mitmachen und die Dinger kaufen, sagte der Trainer. Auch er hätte alles freie Geld so angelegt. Heute glaube ich, dass er keinen Pfennig dafür ausgegeben hat. Der war schlau und kannte das Risiko. Wir nicht. Uns sagte man nichts.*«

»*Es ging um Fonds?*«

»*Fonds, ja, Fonds und auch Zertifikate. Vor allem geschlossene Fonds. Die man nicht so leicht wieder loswerden konnte. Anteile an Schiffen, an Flugzeugen, an Einkaufszentren. Sogar an Lebensversicherungen, die von ihren Eigentümern aus privater Notlage verkauft worden waren und die man in einem Fonds gebündelt hatte. Dieser Fonds setzte auf den Todesfall der Versicherten. Solche Sauereien also …«* Schueffner verstummte.

»*Wie lief es denn mit diesen Papieren?*« Van de Loo hakte hartnäckig nach.

»*Gar nichts lief. Nur in Einzelfällen und in den Anfangszeiten gab es Gewinne. Doch als dann auf den Meeren viel zu viele Schiffe fuhren oder die Einkaufszentren auf der grünen Wiese keine Mieter fanden, da drehte sich das um. Die Kunden sollten ihre Gewinne zurückgeben, zum Teil sogar Geld nachschießen. Die fielen aus allen Wolken. Aber sie hatten ja alles unterschrieben. Sie hatten mit ihrer Unterschrift bestätigt, dass sie alles verstanden haben. Tja …*«

»*Nichts zu machen?*«

»*Für die Kunden nicht. Juristisch alles sauber. Wir als Verkäufer wurden beschimpft, manchmal sogar bedroht. Unsere Trainer, unsere Vorgesetzten, die waren auf einmal nicht mehr da. Und die obersten Chefs, die Vorstände, die hatten sich die Taschen gefüllt. Die waren nach ein paar fetten Jahren gegangen.*« Schueffner klang jetzt wütend. Er sprach lauter, fließender, wirkte vitaler.

»*Haben Sie damals gut verkauft?*« Van de Loos Stimme war nüchtern.

»*Und wie!*« Schueffner schien in Erinnerung an eine kurze goldene Zeit noch mehr aufzuleben. »*Die Leute nahmen alles. Ich musste nur erklären, dass sie sonst Geld verschenken würden. Das wollte keiner, das will ja auch heute noch keiner.*«

»*Haben Sie gut verdient?*«

»*Na ja, das schon.*«

»*Was heißt das?*«

»*Ich hatte in vielen Monaten deutlich über zehntausend Euro Provision. Das hat mir den Kopf verdreht. Aber ich habe nichts zur Seite gelegt, ich habe es ausgegeben. Ich habe keine Altersvorsorge. Das Finanzamt war mein Feind. Ich gab das Geld aus. Das ging eine ganze Weile so.*«

Wieder Schweigen. Allen im Raum war klar, dass Schueffner mit Erinnerungen beschäftigt gewesen war.

»Es ging dann ganz schnell zu Ende. Die ersten Kunden kamen mit Kontoauszügen mit roten Zahlen. Sie waren aufgebracht, entsetzt, erschrocken. Sie stellten mir Fragen, die ich nicht beantworten konnte. Ich fragte in der Bank nach: Was soll ich diesen Leuten sagen? Da wurde der Ton plötzlich giftig. Ich wüsste doch alles, und ich sollte mal schön selber erklären, was ich verkauft hätte. Solche Weicheier wie mich könne man nicht gebrauchen. Und nach ein paar Wochen hieß es von oben: Geben Sie alle Unterlagen, den Laptop, die Visitenkarten zurück. Sie sind gefeuert. Ja. So war das.«

»Haben Sie sich das gefallen lassen?«

»Nein! Ich habe gedroht, ich würde auspacken!«

»Auspacken?«

»Ja, vor der Presse oder so. Das hat ihnen natürlich nicht gefallen. Es wäre unangenehm geworden. Es hätte ihre Position gefährdet, wenn wütende Kunden vor Gericht gezogen wären und ich den Zeugen für sie gemacht hätte. Damit habe ich gedroht, und sie glaubten mir damals.«

»Und?«

»Erst haben sie versucht, mich auszulachen.«

»Und dann?«

»Da habe ich gesagt, ich könnte ihnen auch wehtun.«

»Wehtun?«

»Mehr habe ich nicht gesagt. Wehtun!«

»Was meinten Sie mit ›wehtun‹?«

»Vergessen Sie's! Die haben es verstanden.« Wieder eine Pause, dann sprach Schueffner weiter. *»Sie haben nämlich reagiert! Die haben mir dreißigtausend Euro überwiesen. Abfindung nannten sie es. Ich musste unterschreiben, dass alles in Ordnung gewesen wäre und dass ich keinerlei weitere Ansprüche hätte. Für mich war das Schweigegeld.«*

»Aber jetzt ist es vorbei mit dem Schweigen …?«

»Ja. Vorbei.«

»Und warum auf einmal?«

»Weil meine Wut gewachsen ist. Über die Jahre ist meine Wut nicht weggegangen, sondern immer stärker geworden. Die haben mein Leben zerstört. Ich bekomme nie mehr einen richtigen Job. Glauben Sie ja nicht, dass es mir gut geht. Jetzt will ich die Rechnung präsentieren.«

»Was meinen Sie damit?«

»Ich will mich rächen!«

»Wie stellen Sie sich das vor?«

»Ach, na ja, ich dachte, ich rede mit Ihnen. Damit wir gemeinsam was machen.«

»Was machen! Gemeinsam?« Van de Loos Stimme jetzt hörbar distanziert: *»Ich habe Sie zu einem Gespräch eingeladen. Ich honoriere dieses Interview. Danach ist Schluss. Es gibt kein ›gemeinsam‹!«*

»Ich hatte gehofft …«

»Herr Schueffner, ich habe die Konditionen genannt, klar?« Van de Loo sprach lauter als bisher.

»Ich würde doch nur einem einzigen sagen wollen, was Sache ist«, erklärte Schueffner defensiv. *»Dem Chef. Dem Vorstandsvorsitzenden. Diesem Dr. von Tretter. Der hält sich doch versteckt – wissen Sie das überhaupt?«* Pause. Schueffner sprach weiter: *»Wenn ich ihn finden würde, würde ich ihm sagen, was ich von ihm halte. Ins Gesicht. Damals hatte ich Angst, heute will ich ihm Angst machen.«*

»Na ja, ich wollte wissen, was damals war«, sagte van de Loo langsam und ruhig. *»Aber von irgendwelchen Aktionen rate ich Ihnen ab.«*

Schueffner sagte: *»Sie wollten es wissen. Jetzt wissen Sie es.«*

Ende der Aufzeichnung. Van de Loo drückte auf Stopp und blickte fragend in die Runde.

Als alle schwiegen, fing van de Loo selbst zu sprechen an. »Gefallen hat mir das natürlich nicht – dieses ganze Gerede über Rache. Er wirkt allerdings dabei schwach, körperlich und mental. Das heißt, er wird vermutlich nichts tun. Und als Quelle ist er wichtig.«

»Diese Methoden bei der Bank«, sagte Pfister, »skandalös!«

»Die haben echt abgesahnt«, stimmte Feli zu.

»Ja, und juristisch kaum angreifbar«, sagte Cromm. »Da ist aus Sicht der Kunden fast nichts zu machen.«

»A und D«, kommentierte van de Loo.

Alle blickten ihn ratlos an.

»A und D«, sagte van de Loo, »ist ein zynisches internes Kürzel der Abzocker in der Bankerbranche. A steht für ›alt‹, D steht für ›doof‹. A-und-D-Kunden sind alte und doofe Kunden. So nannten und nennen sie bis heute ahnungslose ältere Kunden, die sich um den Finger wickeln lassen.«

»So eine Frechheit! So eine Bande!« Eschweiler regte sich auf. »Da muss man doch was tun!« Er griff nach seinen Zigaretten.

»Deswegen sitzen wir hier«, sagte Cromm. »Wir werden etwas tun!«

»Allerdings«, sagte van de Loo. »Aber dabei müssen wir schlau sein, am besten mit einer punktuellen Aktion, und wir müssen dazu die öffentliche Meinung für uns einsetzen. Einfach wird das nicht.«

»Und deshalb«, sagte Feli, »also für die Öffentlichkeit, brauchen wir diesen Ahlers, oder?«

Van de Loo lächelte.

»Ist gut«, kam von Pfister. »Ich hab's kapiert.«

5

Sie hatte das Café von C/O Berlin als Treffpunkt vorgeschlagen, die Räume neben der Fotogalerie, wo man guten Kräutertee trinken, guten Kuchen essen und gut reden konnte. Es ging ihr auch beim Arbeiten ums Ambiente. Und ebenso bei ihren Einsätzen für die Gesellschaft. Deshalb hatte sich Felicitas Hahmann hier mit Ahlers verabredet.

Man hatte ihm, nachdem er angerufen und unschuldig nach einem Gesprächstermin gefragt hatte, erst mal erklärt, was man von Leuten hielt, die vor dem ersten Gespräch einfach so vor Ort recherchieren und ihre künftigen Partner ausspionieren. »Davon halten wir nichts, das gefährdet die Kooperation«, hatte eine männliche Stimme gesagt. Und bevor er seinen Schreck verdauen und antworten konnte, hatte sein Telefonpartner noch hinzugefügt: »Und besonders wundern wir uns über Ihre dilettantische Art. Sind Sie kein Profi?«

Eigentlich hatte er sagen wollen, dass ein Blick ins Schaufenster das Normalste von der Welt sei. Aber die Lage war nicht nach Streiten gewesen. Er hatte sich entschuldigen müssen. Was er generell ungern tat, aber jetzt doch. »Tut mir leid, entschuldigen Sie«, hatte Ahlers gesagt im Bewusstsein, dass er ohne diesen geordneten Rückzug nicht würde dabei sein können.

»Gut. Erledigt. Und nie wieder ein Doppelspiel. Wenn Sie mich verstanden haben, sagen Sie Ja. Und zu Ihrer Information noch eins: Dieses Gespräch wird aufgezeichnet.«

»Ja!« Ahlers hatte schlucken müssen. Konsequent waren die schon! Er ließ sich nicht leicht beeindrucken, aber jetzt gerade war es so weit. Und während er noch daran knabberte, hatte die Stimme hinzugefügt: »Nächste Woche Freitag, siebzehn Uhr, das Café im C/O Berlin. Ihre Gesprächspartnerin heißt Felicitas Hahmann.«

Dann schwieg das Telefon, und Ahlers' verbindliche Verabschiedung ging ins Nichts.

Es war Freitag, kurz vor siebzehn Uhr, ein freundlicher Abend mit noch angenehmen fünfzehn Grad, als Ahlers das ehemalige Amerikahaus in Charlottenburg betrat. Ein schönes Fünfzigerjahre-Haus, Architektur der Moderne, eine Adresse aus den Jahren des Kalten Kriegs in Westberlin. Da hatte es in diesem Haus Konferenzen und Diskussionen mit amerikanischen Künstlern und Politikern, eine Bibliothek und Kultur aus den USA gegeben, damals, als Amerika noch unbefleckt gewesen war. Später – zu Zeiten des Vietnamkrieges – musste das Haus vor Demonstranten geschützt werden. Dann kam der erste Irakkrieg. Danach war es aus mit der deutsch-amerikanischen Freundschaft. Im Jahr 2006 hatten die Amerikaner endgültig entnervt aufgegeben und das Haus der Stadt Berlin geschenkt.

C/O Berlin, die Fotogalerie aus Berlin-Mitte, war 2013 aus der ursprünglichen Adresse, dem ehemaligen Postfuhramt in der Oranienburger Straße, vertrieben worden. Die Straße erlebte damals einen für Berlin typischen Aufschwung, jedenfalls aus ökonomischer Sicht. Es war kein Platz mehr für Künstler. Sie mussten weichen. Im ehemaligen Amerikahaus wurden die Galeristen fündig und schlossen schnell einen Mietvertrag über sechzehn Jahre ab. Seitdem wurden in dem renovierten Gebäude Fotoausstellungen gezeigt: »Robert Mapplethorpe«, »Peter Lindbergh«, »100 Jahre Leica Fotografie«. Dann war da noch ein Buchladen. Und das Café. Ihr Treffpunkt.

Felicitas Hahmann. Wie sollte er sie erkennen? Andererseits war er inzwischen von der Professionalität dieser Truppe so weit überzeugt, dass ihn die Frage nicht übermäßig beschäftigte. Er rechnete fest damit, angesprochen zu werden. Felicitas … Mit dem Namen verband er zwei Vorstellungen: Entweder kam da eine ältere Dame – was doch eigentlich unwahrscheinlich war, da solche in einem derartigen Job nichts verloren hatten – oder eine junge Modefrau mit einer

Vogue unterm Arm; auch nicht richtig plausibel. Er war jetzt einfach neugierig auf die Realität. Felicitas, wo bist du?

Sein Versuch, das Büro auszukundschaften, hatte nicht viel Verwertbares gebracht. Erst hatte eine ältere Dame lächelnd den Laden verlassen, vermutlich so eine Art Kundin, die sich hatte beraten lassen. Dann hatte sich nichts mehr getan. Und erst später, viel später, ging einfach das Licht aus. Ahlers vermutete, dass es einen Hinterausgang gab. Die Leute hatten ihn ausgetrickst – und spätestens seit man ihn telefonisch gemahnt hatte, derartige Erkundungen künftig zu unterlassen, war er sich da sicher.

Er suchte sich einen Platz mit Blick auf die Hardenbergstraße. Bestellte einen Sauvignon blanc, zog sein iPhone heraus, blickte auf die Wetter-App, war nicht begeistert über die Vorhersage, blickte auf die App von SPON, war genervt von den Sprüchen wahlkämpfender Politiker, dankte dem jungen bärtigen Kellner, der ihm den Wein gebracht hatte, und wollte gerade …

»Hallo?« Er blickte auf. Eine Frau, mittelalt und gut aussehend, blond, im tiefschwarzen Kostüm – könnte Jil Sander sein, wie er taxierte – mit weißer Bluse, stand vor ihm: »Darf ich mich zu Ihnen gesellen?«

Gesellen! Oha! Ahlers stand auf. Gut aussehende Frau! Designerklamotten!! Felicitas!!! Langsam sollte er etwas sagen. Er schwieg zu lange. Endlich äußerte er: »Äääh, ja.«

Sie lächelte.

Auch das noch. Sie lächelte ihn in die Defensive. Das ging zu weit. Ahlers übte sprechen: »Ja, also sind Sie Frau Hahmann, Sie sind mit mir verabredet?«

Das war zwar nicht preisverdächtig, aber ein Anfang.

»Ich bin Felicitas Hahmann von der Gesellschaft für unkonventionelle Maßnahmen. Tun Sie mir einen Gefallen?«

Verdammt. Er musste reagieren. Auf eine Frage, die er natürlich nur mit Ja beantworten konnte. Er sagte »Ja«.

»Lassen Sie uns nach drüben gehen, in die Ecke. Hier am Fenster müssen wir nebeneinandersitzen und nach draußen schauen. Ich fände es besser, wir schauen uns an.«

Gut. Besser. Sie hatte länger gesprochen, und er bekam wieder Grund unter den Füßen. »Na klar, gehen wir nach da drüben.« Er griff nach seinem Weinglas und folgte ihr in die Ecke. »Möchten Sie etwas trinken?«

Sie setzte sich sittsam, strich den Rock glatt und nickte: »Einen Pfefferminztee. Und Kuchen. Die sind hier sehr gut!«

Er freute sich über ihre Wünsche, hielt Ausschau nach dem Kellner und dachte sich gleichzeitig einen Start für sein Interview aus.

Zu spät, sie hatte nicht die Führung übernommen, um sie kampflos abzugeben: »Lassen Sie mich erzählen, worum es geht. Ganz kurz. Sodass Sie einen Überblick bekommen. Und wenn Sie dann sagen, ja, das kann ich mir vorstellen, wird es ausführlicher. Einverstanden?«

Sein Konzept konnte er in die Tonne hauen. Er dachte noch, Respekt!, nickte und sagte lächelnd: »Einverstanden.«

»Guten Morgen, hier Dreier!«

»Oh, du bist es! Überraschung!« Auf dem Display war keine Nummer erschienen. Er hatte einen Widerwillen gegen anonyme Anrufer, aber die Neugier hatte gesiegt.

»Ja, ich bin's. Wie geht's?«

Cromm rollte die Augen. Diese Standardfrage. Auf die keine ernsthafte Antwort erwartet wurde. Aber er rächte sich und sagte: »Und dir?«

Dreier ging auch nicht darauf ein, sondern machte es kurz. »Pass auf, ich rufe aus einem bestimmten Grund an: Ich will dich sprechen. Persönlich. Ich würde mich gerne mit dir treffen.«

»Würdest du mir vielleicht sagen, um was es geht?«

»Klar«, sagte Dreier mit fröhlichem Klang und ignorierte den kühlen Tonfall am anderen Ende der Leitung. »Aber nicht am Telefon. Lieber im direkten Gespräch. Hast du Zeit?«

»Hm, ein Treffen ohne Thema?«

»Doch, mit Thema. Aber dafür braucht man Ruhe. Es ist schon wichtig, kannst du mir glauben …«

Cromm war hin- und hergerissen. Er hatte Dreier seit seinem Ausstieg zwar noch ein paarmal gesehen, nie jedoch gesprochen, schon gar nicht unter vier Augen. Die Vergangenheit war die Vergangenheit. Aber er gab nach: »Gut … okay … Wann und wo?«

Dreier hatte die Antwort erhofft und war jetzt ganz schnell: »Kommenden Montag? Vielleicht so um fünf?«

Cromm tat so, als ob er in einem Kalender blätterte. Er wollte nicht einfach zugeben, dass er im Allgemeinen Zeit hatte. »Hm, tja«, murmelte er und machte bewusst eine Fünf-Sekunden-Pause. »Ja, das geht.«

»Im *3 minutes sur mer?*«

»Wo?«

»*3 minutes sur mer.*« Dreier konnte etwas Französisch und hatte sogar eine passable Aussprache. »Das ist ein Bistro in der Torstraße. Da kennt uns keiner. Weil solche wie wir da kaum hinkommen. Außerdem gibt's guten Wein, habe ich jedenfalls gehört.«

»Aha«, langsam wiederholte Cromm die Hipsteradresse: »*3 minutes sur mer!* Was es alles gibt! Bis dann!« Er legte auf. Und schüttelte den Kopf. Was meinte Dreier mit »solche wie wir«? Allerdings: Guter Wein … das war ein Argument.

»Er hat angerufen! Er hat mich bedroht!«

»Bitte? Was? Wer hat angerufen?« Pfister schob im Büro Empfangs- und Telefondienst. Also hatte er beim erste Klingeln brav den Hörer abgenommen, sich ordentlich mit »Büro der Gesellschaft für unkonventionelle Maßnahmen« und ohne Namen gemeldet und verstand nun gar nicht, was da abging. Nur dass diese Frauenstimme extrem aufgeregt klang, das war nicht zu überhören.

»Ja, ach so. Also, hier ist Waltraud Stöffel!«

Pfister fand Leute blöd, die glaubten, mit dem Nennen ihres Namens verbinde sich für alle anderen die Biografie. Aber er bremste sich und fragte: »Frau Stöffel, um was geht's?«

»Ich war doch bei Ihnen, vor ein paar Wochen, wegen dieses Unfalls damals. Und Sie wollten mir helfen. Von wegen! Jetzt hat dieser Mann, dieser Petrosian, bei mir angerufen und gedroht. Ich hätte irgendwen auf ihn gehetzt. Das würde er mir heimzahlen. Das wollte er ankündigen. Er will noch mehr Geld. Sie müssen den bremsen, sonst …«

Pfister reimte es sich zusammen: Waltraud Stöffel, vor ein paar Wochen, Unfall. Während Frau Stöffel weiter auf ihn einredete, landete er in ihrer Datei einen Treffer.

Es ging um die Rechts-vor-links-Bande. Genau. Sie hatten den Unfallfahrer mit seinen eigenen Waffen attackiert. Gemeinsam hatten sie sich nach der Aktion im Büro das Video angesehen, das Pfister vom Fahrersitz des Lieferwagens aus gedreht hatte. Alle hatten gelacht, als sie hörten, wie Feli ihr Kommando bekam, und auf dem Bildschirm sahen, wie sie im kurzen roten Kleid swingend auf der linken Fahrbahnseite der Suarezstraße entlangstolzierte. Als Nächstes kam der alte Golf ins Bild, der das 3er-Coupé ordentlich an der rechten Seite touchierte, woraufhin die umwerfende Feli den sichtlich weggetretenen Narek Petrosian anhauchte, sodass er die Augen nicht von ihr wenden konnte. Gleichzeitig war ein Motorengeräusch zu hören, es kam vom Golf, der sich, von Vural Tabak gelenkt, vom Unfallort entfernte.

Pfister hatte berichtet, dass er eine Minute vor dem »Kontakt« – wie er es nannte – die Polizei zum Unfallort gerufen hatte: »Schwerer Unfall Suarezstraße, Ecke Trendelenburgstraße. Zwei Fahrzeuge. Vielleicht sogar Verletzte! Kommen Sie schnell!«

Feli war nach ihrem Auftritt zu Pfister in den parkenden Transporter gestiegen, von wo aus die beiden das weitere Geschehen beobachteten, bis Petrosian schließlich in den Streifenwagen verfrachtet worden war.

Die anderen hatten Feli gelobt, die kokett-ironisch Kusshändchen in die Runde verteilt. Auch Tabaks Performance als Stuntfahrer, da waren sich alle einig gewesen, war höchst professionell. »Das kannst du wieder machen, wenn's darauf ankommt!« Tabak grinste. Er liebte das.

Damit war für sie die Sache beendet gewesen. Es war nicht ums Geld gegangen. Täter wie Narek Petrosian wollten sie einfach warnen, nicht weiterzumachen. Oft war ihnen das gelungen, in diesem Fall aber offensichtlich nicht. Pfister hatte inzwischen das Dossier im Mac geöffnet. Der Fall war eindeutig, sie mussten etwas tun.

»Sind Sie noch da?« Frau Stöffel hatte einen unangenehmen Tonfall drauf, irgendwie kurz vor hysterisch. »Man hatte mir beim letzten Mal gesagt, dass Sie den ausschalten oder so. Dass ich dann meine Ruhe habe. Und jetzt?«

Pfister brummte. »Ich werde das zur Sprache bringen. Machen Sie sich keine Sorgen, Frau Stöffel. Wir haben Herrn Petrosian eine Lektion erteilt, vielleicht hat er Sie deshalb angerufen.«

»Das war wohl nix!« kreischte Frau Stöffel. Sie war aufgebracht.

»Ich verstehe Sie«, sagte Pfister. Und so war es auch: Dass ein Täter nach einer ordentlichen Lektion noch mal muckste, war selten. Und es bedeutete, dass man ihn beim nächsten Mal härter anpacken musste. Damit er es kapierte. Endgültig. Zunächst aber musste die Frau beruhigt werden, bevor sie auf die Idee kam, zur Polizei zu gehen.

»Frau Stöffel«, sagte Pfister. »Ich verspreche Ihnen: Der Mann bekommt noch eine weitere Lehrstunde. Damit er aufhört. Gehen Sie nicht zur Polizei. Wir kümmern uns. Und Sie erfahren, was wir unternommen haben.«

Das war natürlich eine Standardantwort. Er hörte sich selbst reden, als wäre er beim Telekom-Störungsdienst. Aber er musste die Frau erst mal ruhig stellen. Und mit der eleganten Kommunikation hatte er es nicht so. Darin waren van de Loo und Cromm einfach besser.

Dennoch, es hatte funktioniert. Wie bei der Telekom. Frau Stöffel seufzte: »Also gut. Ich vertraue Ihnen!« Und weg war sie, hatte aufgelegt. Pfister war erst einmal zufrieden und schrieb eine Notiz. Gleich bei der nächsten anstehenden Versammlung wollte er das auf der Tagesordnung haben.

Respekt!, dachte er wieder. Felicitas Hahmann hatte zehn Minuten ohne Unterbrechung gesprochen, hatte geschildert, was sie und ihre Leute über die Bank wussten, hatte Fakten aufgezählt, das damalige Geschäftsmodell in seiner für die Kunden verheerenden Wirkung präsentiert und die Namen der Täter genannt, der Vorstände, allen voran des Vorstandsvorsitzenden. Das klang alles überzeugend, jedenfalls als Basis, natürlich keinesfalls ausreichend für eine Story. Doch Ahlers wollte nicht, dass sein Vorbehalt irgendwie abschätzig rüberkam, deshalb sagte er: »Tja, klingt gut. Ich kenne auch ein paar Fakten, weil ich schon früher mal an der Sache dran war.« (Was gelogen war, aber es machte sich gut.) »Da ist allerdings noch viel Recherche nötig.«

Hahmann nickte. »Deswegen sitzen wir ja hier. Ich habe hier zum Beispiel Adressen: von einem Verkäufer der Bank und von einer Kanzlei, die geprellte Kunden juristisch vertritt. Das ist ein Einstieg für Sie, oder?«

»Ein Einstieg, ja«, sagte Ahlers. »Aber bis ich verwertbares Material gedreht habe – das wird noch mühsam.«

»Ihr Job!«, sagte Feli lächelnd. »Unser Job ist die Warnung an Nachahmer. Sie können etwas, was uns nützt: Sie sind als Journalist bekannt und können bei bestimmten Leuten Fragen stellen. Man wird Sie nicht abwimmeln.«

»Nö.« Ahlers lächelte.

»Wir geben Ihnen Infos, und Sie geben uns Infos. Das nützt uns beiden. Wir wollen diesen Fall aktiv gestalten, ihn weiterdrehen, als Warnung für die Bank und für die Finanzbranche generell.«

»Was genau wollen Sie von mir?«

»Wir hätten gerne Kopien Ihrer Dateien. Ihrer Aufzeichnungen. Und zwar vor der Ausstrahlung.«

»Wozu?«

»Also, ich sage mal: Interne Zwecke.«

»Interne Zwecke?«

Ahlers runzelte die Stirn. Allzu billig wollte er sich nicht verkaufen. »Ich liefere Ihnen mein Material ganz bestimmt nicht einfach so. Auch nicht gegen Geld. Ich will als Gegenleistung Ihr ganzes Wissen, die ganze Story.«

»Hm. Schon klar. Das dachten wir uns.« Felicitas Hahmann nickte. »Allerdings wissen Sie ja jetzt, dass wir in einem Grenzbereich arbeiten …« (Schön formuliert, dachte Ahlers) »… und dieser Teil ist für Ihre Story tabu. Wer wir sind, wie wir vorgehen, darüber dürfen Sie nicht berichten. Die Bank ist Ihr Thema und sonst nichts.«

»Moment mal!« Ahlers reagierte auf alles, was nach Gängelung aussah, allergisch und zögerte mit einer Zusage. »Sie wollen mir also vorschreiben, was ich recherchieren darf und was nicht?«

»Nein, das will ich nicht. Ich will nur möglichst sachlich die Voraussetzung einer Zusammenarbeit klären. Sie müssen sich jetzt nicht entscheiden. Rufen Sie uns an. Reden Sie mit van de Loo, und sagen Sie ihm, ob Sie unter diesen Bedingungen mitmachen.« Und dann wurde sie plötzlich verbindlich, ja fast liebevoll: »Ich würde mich freuen!«

Oh, dachte Ahlers, was war denn das jetzt zum Schluss? Ein Angebot?

»Nun, ich auch«, sagte er. Und fügte hinzu: »Freuen, meine ich!«

»Dann sollten wir unser Treffen jetzt möglichst harmonisch beenden, oder?«, sagte sie und schaffte es, ihre Stimme plötzlich ganz leicht klingen zu lassen.

Was will sie jetzt?, dachte Ahlers. Er sagte: »Aber gerne. Was möchten Sie trinken?«

Feli musste lachen. Ahlers guckte verwirrt.

»So habe ich das nicht gemeint«, sagte Feli immer noch lachend. »Ich heiße Felicitas und werde von Freunden Feli genannt. Wollen Sie …?«

»Ob ich will?«, fragte Ahlers und spielte alle Möglichkeiten des Wollens durch, die sie gemeint haben könnte. Er kam zu dem Ergebnis, dass sie ihm das Du angeboten hatte. »Natürlich will ich! Ich bin Sönke.«

Sie lächelte, er lächelte. Sie hielt ihm das Glas Pfefferminztee entgegen, und er stieß an. Mit Sauvignon blanc.

Sie waren ab sofort per Du.

Er wusste, er würde diesen Job übernehmen, zumal er auch schon eine Idee hatte, welchem Sender er die Story verkaufen konnte. Und so sagte er: »Das hätte ich nicht gedacht …«

»Was nicht gedacht?«

»Na, als Sie hereinkamen …«

»Du!«

Er stutzte, und sie musste nachhelfen: »Als *du* hereinkamst …«

»Ach, natürlich! Also, als du vorhin hereinkamst, da warst du so kühl. So unnahbar. Und jetzt bist du schon ›Feli‹. Wie schön.«

Sie lächelte. »Nun ja, ich bin zwar ab sofort Feli für dich, aber ich möchte, dass wir das trennen. Privat ist privat, und dieser Job ist der Job. Okay?«

»Ja, klar«, sagte Ahlers. Und weil er schon dabei war, sagte er: »Wie wäre es denn, wenn wir uns demnächst noch einmal treffen würden? Abends? Bei einem schönen Essen – und ohne Arbeitsgespräch?«

Feli lächelte wie eine Sphinx und sagte: »Ich denke darüber nach. Ich rufe dich an.«

»Ruf. Mich. An.« Ahlers sagte es strahlend. »Das gilt für das Private. Und ich werde van de Loo informieren und ihm feierlich versprechen: Die Vereinbarung gilt. Die Gesellschaft wird von mir nirgends genannt. Eure Methoden bleiben geheim. Ihr bekommt Infos und die Videos vorab. Das ist doch was, oder?«

»Danke. Ich sag van de Loo, dass du dich meldest.« Felicitas Hahmann, Feli, lächelte, stand auf und strich sich den Jil-Sander-Rock glatt. »Danke für die Einladung.« Dann kam abschließend ein gehauchtes »Sönke ...!«. Weg war sie.

Hä, ich hab sie doch gar nicht ... Ahlers war verblüfft, es war ihr schon wieder gelungen, ihn zu überraschen. Außerdem, wie wollte sie im Zweifel beweisen, dass er Vertraulichkeit und Geheimhaltung versprochen hatte? Ob sie etwa ...? Ihm kam ein Gedanke, aber er verwarf ihn wieder.

»Ich möchte zahlen!«, rief er dem Kellner zu.

6

»Wir können einsteigen«, sagte Cromm. Sie saßen alle im Büro, am Konferenztisch unter der Tolomeo-Lampe. Wieder Vollversammlung. »Damit meine ich: Einsteigen in dieses Projekt. Wir wissen jetzt genug, jedenfalls in den Grundzügen, um die Planungsphase einzuleiten.«

»Wissen wir wirklich genug?«, fragte van de Loo.

»Wir wissen, was damals beim Fußvolk in der Bank lief«, sagte Cromm. »Wir kennen das Ergebnis der Geschäftspolitik auf Kundenseite. Für die Recherche auf der Bankerebene, bei den Consultants und bei den Betroffenen, haben wir Ahlers, den man als seriösen Journalisten kennt, dem sich die Türen öffnen und der vor allem herauskriegen muss, wo dieser oberste Ex-Banker heute hockt. Er kann uns Einzelheiten aus dieser Szene liefern, und wir müssen fürs Erste nur die Zeitpläne zusammenkriegen.«

»Wir haben Ahlers nicht unter Vertrag«, wandte Pfister ein. In dieser Frage hatte er die größten Einwände. »Was ist, wenn er sich von uns auf den Stand bringen lässt und dann alles allein durchzieht?«

»Was soll das heißen: allein durchzieht?«, fragte Feli. »Wir planen eine Aktion. Wir machen ein großes Ding. Wir liefern ihm eine gute Vorlage, und wenn alles gut läuft, kann er was draus machen.«

»Du bist dir ja ganz schön sicher«, sagte Pfister. Feli war ihm verbal überlegen, aber seine Bedenken blieben bestehen. Journalisten!

»Ich habe doch mit ihm geredet«, sagte Feli. »Er hat versprochen dichtzuhalten. Ich halte ihn für glaubwürdig, für verlässlich. Er wird dich« – sie blickte van de Loo an – »anrufen.«

»Ist er nett?«, fragte Cromm und zwinkerte ein wenig.

»Bist du eifersüchtig?«, fragte Feli und zwinkerte genauso anzüglich zurück.

»Schluss jetzt!« Van de Loo ging das Flirten auf die Nerven. »Lasst uns mal anfangen.«

»Richtig, wir sollten langsam die Operation planen. Meinst du das?«, fragte Eschweiler, der sich immer wieder aufs Neue auf jede Aktion freute.

»Genau«, sagte van de Loo. Er räusperte sich. »Hört zu! Ich möchte, dass wir uns die damalige Nummer eins greifen. Den Herrn Dr. von Tretter. Er war nicht nur einfach der Oberboss, er war auch am skrupellosesten. Er war derjenige, der alles ausgeheckt und der am meisten abgestaubt hat. Über seine Zeit im Vorstand findet sich etwas im Netz. Nicht viel, aber immerhin. Sogar bei Wikipedia. Aber nach seinem plötzlichen Abgang verliert sich seine Spur – und zwar nicht einfach so wie bei einem Privatier oder Rentner, der unerkannt, aber fröhlich unter uns lebt. Nein, wie es aussieht, hat er sich verpisst. Er ist weg. Ihm war wohl klar, dass er Leichen im Keller hinterlassen hat.«

»Und ihm muss auch klar gewesen sein, dass er sich Feinde gemacht hat«, fügte Cromm hinzu. »Du hast doch selber von Schueffner gehört, wie sauer der ist. Der ist ganz bestimmt einer seiner erklärten Feinde – und von der Sorte wird es einige geben.«

»Also müssen wir ihn erst mal finden«, sagte Eschweiler.

»Und dann dürfen wir ran«, sagte Tabak und zeigte mit der Hand auf Pfister und sich selbst.

»Das wird nicht reichen«, sagte Feli.

Tabak übte beleidigtes Gucken. Pfister hatte gar nichts mitgekriegt.

»Stimmt!« Cromm nickte. »Diesmal gibt es eine Premium-Nummer. Das wird uns ganz schön fordern. Und wir brauchen Hilfspersonal. Das wird teuer.«

»Premium-Nummer?« Eschweiler schüttelte den Kopf. »Du sprichst ja schon wie ein Werbefuzzi. Ich dachte, das bleibt uns hier erspart!«

Cromm schluckte eine spontane Antwort runter und machte auf versöhnlich: »Gut. Reg dich nicht auf. Jedenfalls brauchen wir Leute.«

»Leider richtig!« Van de Loo seufzte. Er war der – wie er selbst sagte – Kassenwart. Das hieß, alles ging erst einmal auf seine Rechnung, er gewährte sozusagen einen Vorschuss. Er seufzte noch einmal.

»Also alles klar. Ich mache einen vorläufigen Aktionsplan, noch ohne Orte und Daten. Sind wir durch für heute?« Cromm nickte in die Runde. Alle außer van de Loo standen auf.

Pfister hob die Hand. »Freunde!« Alle horchten auf. Pfister meldete sich selten. »Darf ich an Frau Stöffel erinnern? Die macht sich Sorgen, weil dieser Petrosian sie bedrängt. Sie hat wirklich Angst. Ich habe ihren Anruf in unser Dossier eingestellt.«

»Du hast recht«, sagte Cromm. »Ich habe es gelesen. Wir müssen da ran. Wir zwei machen einen Plan.« Er nickte van de Loo zu. »Dann informieren wir euch. Dieser Petroletti entwickelt sich sonst zum Problem.«

»Tja«, sagte Tabak, »ein typischer Armenier, oder?«

»So, ihr Lieben«, rief van de Loo, bevor darüber diskutiert werden konnte. »Ich schließe die Vollversammlung!«

Tabak reckte sich. »Ich geh in den Club. Eine Runde Sport.« Die anderen wussten, dass das pure Untertreibung war, es ging in Wirklichkeit um zwei Stunden härtesten Work-out. Tabak brauchte das mindestens einmal in der Woche, dann ging es ihm gut.

»Und ich? Eine Runde Xbox!« Eschweiler benötigte sogar zum Entspannen seine elektronischen Helferlein. Er packte die f6 ein.

Pfister und Feli gingen gleichzeitig, auf dem Flur verabschiedete sich Feli: »Ich brauche noch Zeit«, rief sie Pfister zu. »Geh schon mal vor.«

Pfister ging. Und sie betrat den Raum mit dem Rechner. Es gab eine Kleinigkeit zu erledigen. Sie musste den privaten Teil von ihrem Gespräch im C/O Berlin löschen. Dass der Ahlers plötzlich ein Sönke war und sie für Ahlers die Feli – das ging die anderen nichts an. Sie brauchte Abwechslung – aber nicht vor aller Augen und Ohren.

Als der Stick »bereinigt« war, überspielte sie das Gespräch auf den zentralen Rechner. Dort wiederum wurde automatisch eine Kopie in einer Cloud angefertigt. Sie waren ziemlich ordentlich, die Mitglieder der Gesellschaft.

Feli warf sich einen leichten Mantel über und verließ das Büro durch den Hinterausgang. Sie ging zu ihrem Mini, den sie drei Straßen weiter geparkt hatte.

Van de Loo und Cromm blieben allein im Büro.

»Wir müssen das jetzt klären!« Auch van de Loo meinte den Hilferuf von Frau Stöffel.

Cromm gähnte. »Natürlich. Aber nicht ohne was zu trinken.« Er trank gerne und stand dazu. Wenn ihm jemand gesagt hätte, dass eine Flasche am Tag zu viel ist, hätte er weit ausgeholt und ausführlich über den Rotwein im Allgemeinen und seinen gesundheitlichen Nutzen im Besonderen referiert. Das hatten alle schon mal erlebt, und keiner war scharf auf eine Wiederholung, daher brummte van de Loo nur: »Ich will auch!«

Cromm verschwand in der Küche, wo er sich durch den Alkoholvorrat im Regal wühlte. Diesmal musste ein Italiener aus Montepulciano dran glauben. Mit Flasche, Korkenzieher und zwei einfachen Weingläsern kehrte er zurück, zog vorsichtig den Korken, schnüffelte daran, goss ein und wirkte zufrieden.

Es war an der Zeit, die Sache mit diesem Armenier aus der Welt zu schaffen. Der Mann brauchte eine zweite (und letzte) Warnung.

»Komm«, sagte van de Loo zu Cromm, »das macht Spaß!«

»Spaß?« Cromm hatte wenig Lust auf die Sorte Spaß. Zumal der große Fall ihre ganze Kraft erforderte. Aber van de Loo hatte recht. Der Typ nervte.

Endlich herrschte im Vereinslokal die nötige Ruhe, um über eine geeignete erzieherische Maßnahme nachzudenken. Die Tür zur Straße war geschlossen, »closed« sagte das Schild im Fenster.

»Tabak?«, fragte van de Loo. Cromm nickte. Vural Tabak wurde für die Aktion gebraucht. Plus ein weiterer kräftiger Gehilfe. Plus Ausstattung. Alles dokumentieren, das hieß also ein Einsatz für Eschweiler mit Ausrüstung. Plus ein Rechercheur, der Petrosians normalen Tagesablauf ermittelte. Dann noch ihr Freund vom Schlüsseldienst. Eigentlich keine große Sache, da hatte van de Loo recht.

»Ich kümmere mich«, sagte Cromm. »Wir brauchen dafür so etwa tausendfünfhundert. Das müsste reichen. Und die Aktion sollte nächste Woche über die Bühne gehen.«

Van de Loo nickte und in Gedanken seufzte er schon wieder. Andererseits machte ihm dieses Steckenpferd doch auch wirklich Spaß, besonders wenn die Wirkung sichtbar wurde. Sie prosteten sich zu.

Es war spät geworden.

Im langen beigen Mantel, mit Seidenschal, brauner Flanellhose und glänzenden Budapester Schuhen sah van de Loo anders aus als die meisten anderen U-Bahn-Fahrgäste. Von der Wollankstraße bis zum U-Bahnhof Osloer Straße war er die paar Hundert Meter durch den dunklen Kiez zu Fuß gegangen. Die frische Luft tat ihm gut. Am U-Bahnhof, der Endstation, war er in die wartende U9 eingestiegen und schaukelte wenige Minuten später Richtung Bahnhof Zoo. Die Bahn war voll. Man hörte die verschiedensten Sprachen.

Van de Loo genoss diese Vielvölker-Atmosphäre der Hauptstadt, dafür brauchte er nicht die Touristen am Brandenburger Tor. Ihm gefielen die einfachen Leute, die Jobber, die Musiker, die Alten wie auch die Studenten. Das liebte er am Wedding und am Gesundbrunnen: Berlin ganz normal.

Berliner waren tolerant. Oder gleichgültig. Oder beides. Jedenfalls hatte van de Loo in den öffentlichen Verkehrsmitteln noch nie ein Problem gehabt. Bis heute.

»Na, du Wichser?«

Ein junger Mann war während der Fahrt den U-Bahn-Gang entlanggetorkelt, hatte bei den anderen Fahrgästen immer wieder die Hand aufgehalten, fast nie etwas bekommen und das leise murmelnd oder manchmal laut schimpfend hingenommen. Jetzt stand er vor van de Loo und sah ihn an. Dieser Fahrgast in Mantel und mit Seidenschal, das sah man deutlich, gefiel ihm nicht. Der gefiel ihm ganz besonders nicht. Außerdem gab der Mann nichts, noch schlimmer, und er ignorierte ihn, schaute nicht mal hoch. Also rief er noch mal: »He! Du Wichser! Ich rede mit dir!

Van de Loo hob den Kopf. »Was denn?«

Es war die falsche Antwort.

»Steh auf, du Arschloch! Ich rede mit dir!«

»Ach, ich will meinen Frieden, lass mal gut sein!«

»Steh auf!«, brüllte der Typ schwankend.

Alle mitfahrenden Menschen, Alte wie Junge, waren plötzlich schwerhörig geworden.

Van de Loo stand auf. Besänftigend sagte er: »Na, na, was ist denn?«

Die Mitfahrer schauten interessiert auf ihre Smartphones, manche blickten sogar aus dem Fenster, was in der U-Bahn wenig ergiebig ist. Van de Loo, im vollen Wagen, fühlte sich sehr allein.

»Was denn is'? Pass auf! Ich zeig dir, was is'!«

Jetzt ging es schnell.

Der Junge stand unsicher, guckte unscharf und holte aus.

Van de Loo war schneller.

Mit gespreiztem Zeige- und Mittelfinger der rechten Hand stach er seinem Angreifer mitten in die Augen. Das war ein wenig eklig, aber, wie van de Loo sehr wohl wusste, immer wirksam. Während sein Gegenüber laut heulte, sich eine Hand vors Gesicht hielt und dabei noch stärker ins Schwanken geriet, hob van de Loo ruckartig das Knie und landet bei seinem Gegenüber zwischen den Beinen. Als der junge Mann einknickte, traf die Faust des Älteren sein Kinn. Drei

Aktionen in zwei Sekunden. Dann war es still – bis auf das Rumpeln des Zuges, der gerade in die Station Leopoldplatz einfuhr.

Der junge Mann lag wimmernd am Boden. Van de Loo trat mitleidlos über ihn in den Gang und näherte sich der Tür. Der Zug kam ruckend zum Stehen. Van de Loo öffnete, blickte über die Schulter auf die vielen Mitreisenden, rief laut: »Danke für die Unterstützung!«, und stieg aus.

Lautsprecherdurchsage: »Zurückbleiben!«

Die Türen schlossen automatisch.

Die U9 fuhr ab.

Van de Loo setzte sich erst einmal auf eine der nicht sehr sauberen Bänke. Das war in diesem Augenblick egal. Er hatte die Situation gemeistert, ja, das schon. Aber jetzt zitterte er. Der Jüngste war er nicht, und die vor Jahren erlernten Techniken gingen ihm nach der langen Pause nicht mehr so leicht von der Hand. Van de Loo atmete tief durch. Glück gehabt.

Als vier Minuten später der nächste Zug Richtung Zoologischer Garten kam, zitterte er immer noch, aber er stieg ein – nicht ohne zuvor von außen einen prüfenden Blick in die Waggons geworfen zu haben.

»Wir haben uns lange nicht gesehen. Wie geht's dir?«

Dreier war als Erster da gewesen. Cromm war spät dran, und dann hatte er zögernd vor dem Bistro gestanden. In dieser Stadt gab es wirklich dauernd neue Kneipen. Und sie hießen nur selten einfach »Bar« oder »Weinstube« oder »Restaurant«.

3 minutes sur mer? Wo war in Berlin-Mitte das Meer? Zögernd trat er ein. Lange Holztische, hölzerne Stühle wie in den Fünfzigern. Hängelampen mit freundlich leuchtenden Schirmen. Alles sehr stylish. »Mach uns mal ein Bistro«, hatte man dem Innenarchitekten wohl gesagt.

Er setzte sich zu Dreier – ansonsten waren an einem entfernten Tisch noch drei junge Frauen da. Und an der Bar lehnte ein Schnöselkellner mit Zopf und Bart, dem man ansah, dass er für etwas Besseres geschaffen war und nur vorübergehend und zwangsweise kellnerte.

»Wie es mir geht? Interessiert dich das wirklich?«

»Freundlich wie immer. Gut, dann machen wir es schnell. Setz dich. Wollen wir Kaffee trinken?«

»Nö. In so einem Schuppen lieber einen Wein. Rot. Und bei dem Namen natürlich einen roten Franzosen.«

»Einen Espresso und einen roten Franzosen bitte!« Dreier bestellte.

Der bezopfte Keller blickte finster, denn er hätte gerne seine vielen Sorten nacheinander angepriesen. Einfach so einen roten Franzosen zu bestellen, das war Kneipenjargon. Aber die beiden Gäste beachteten ihn nicht. Pah!

»Also. Ja. Ich wollte dieses Treffen. Wir haben uns lange nicht gesehen …«

»Ein paar Jahre sind es. Ehrlich: Ich habe euch bisher nicht vermisst. Also, dich persönlich schon, aber auch wirklich nur dich.«

»Schon klar. Das war ja damals auch ein Abgang mit Knall. Die meisten haben es nicht verstanden. Ich schon. Trotzdem, immerhin hast du damals eine Beamtenlaufbahn, gehobener Dienst, einfach weggeworfen.«

»Willst du das jetzt noch diskutieren?

»Hat wenig Sinn, oder?«

»Ich meine es ernst: Ich vermisse nichts. Ich habe gewusst, was ich tu. Und es mit voller Absicht getan. Ich fühle mich gut und schlafe gut.«

»Du machst die Abrechnungen für eure Pizzerien.«

»Ja. Und dazu stehe ich. Ehrliche Arbeit.«

»Ist das andere auch ehrliche Arbeit?«

»Das andere?«

»Na, die Arbeit für diese Gesellschaft.«

»Ach so. Das weißt du? Na ja. Da helfe ich eben Leuten, die Hilfe brauchen. Das ist alles. Und jetzt lass uns darüber reden, warum du mich in so eine Hipsterkneipe bestellt hast …«

Die Getränke kamen. Cromm probierte den Rotwein und runzelte die Stirn. »… denn um die Vergangenheit geht's nicht, oder?«

»Nein!«

»Also sprich!«

»Es geht um dich. Um deine Zukunft.«

»Machst du Witze?«

»Silvio, wir sind nicht blöd.«

»Hab ich nie gesagt.«

»Genau um deine Gesellschaft da geht es. Es gibt bereits eine ganze Menge Informationen über das, was du in diesem Verein treibst. Oder genauer: Was du und deine Leute treiben. Wir sammeln diese Infos. Wir hören vieles. Wir ermitteln nicht konkret, noch nicht. Die Staatsanwaltschaft weiß von nichts. Aber ich kann dir sagen, wir sind neugierig geworden, als uns ein paar Leute von ein paar Sachen erzählt haben.«

»Sachen?«

»Ja, Sachen. Die uns nicht gefallen haben.«

»Die Leute reden viel. Es ist halt ungewöhnlich, dass einer mit meiner Position die Polizei verlässt. Und dass ich privat den Berater mache, wenn Leute in Bedrängnis sind.«

»Berater! Bedrängnis! Nette Formulierungen! Es geht um Geschichten, die – wenn sie stimmen – für dich böse ausgehen könnten.«

»Böse? Ist das eine Drohung?«

Cromm nahm tapfer zwei Schlucke vom schlechten Rotwein.

»Du fragst ja gar nicht, welche Geschichten ich meine. Interessant.«

»Ich bin nicht neugierig.«

»Glaube ich nicht. Ich warne dich als dein Freund. Wenn du weitermachst, wird es schwierig. Ich werde dich irgendwann nicht mehr schützen können.« Cromm starrte Dreier schweigend an. Nach einer Pause redete der einfach weiter. »Es gibt keine Selbstjustiz. Wer das versucht, den legen wir still. Es gibt nichts neben uns, keine Scharia-Polizei und auch keinen Robin Hood.«

»Da kann ich nur lachen. Robin Hood? Meinst du mich?«

»Ja, dich meine ich.« Dreier ließ den Espresso kalt werden.

Und Cromm wurde wütend: »Wer hat dir eigentlich diesen Job aufgetragen? Der Chef? Bist du sein Bote?«

»Hör mal ...!«

»Nix hör mal! Dass du den Laufjungen machst!«

»Ich glaube, du willst es nicht verstehen. Ich will dir helfen. Noch kann ich das.«

»Ich brauch keine Hilfe, verlass dich drauf. Aber jetzt sage ich dir mal ein paar Wahrheiten.« Cromm kam in Fahrt. »Über dich, über euch. Ihr müsst auch aufpassen. Da laufen jede Menge Täter durchs Land. Die machen ihr Ding. Und ihr dürft nichts gegen sie unternehmen, obwohl ihr das gerne tun würdet. Ihr dürft nicht das tun, was die Opfer von euch erwarten. Meinst du, die Menschen merken das nicht?«

»Es gilt das Gesetz. Nicht das Prinzip Rache!«

»Ja. Natürlich. Aber oft holt man euch gar nicht mehr, wenn gegen das Gesetz verstoßen wurde. Viele trauen euch gar nicht mehr zu, dass ihr sie beschützen könnt. Viele haben den Glauben an euch verloren. Ihr seid Witzfiguren geworden. Man macht sich lustig über euch und verabscheut euch zugleich, weißt du das denn nicht?«

»Der Respekt nimmt ab. Ja. Stimmt.« Dreier blickte nachdenklich. »Wir kommen, um einen Streit zu schlichten, und sobald die Streitenden uns sehen, vertragen sie sich plötzlich wieder und gehen gemeinsam auf uns los. So ist das manchmal. So ist das immer öfter. Umso mehr brauchen wir die Gesetzestreue der restlichen Bürger. Wie du es bist. Hoffentlich. Immer noch, oder?«

»Gesetzestreu? Und ob! Ich bin gesetzestreuer als mancher Polizist. Ich versuche, dem Gesetz zum Durchbruch zu verhelfen. Vielleicht mehr als du.«

»So siehst du das. Aber wir haben mit Leuten wie dir ein Problem. Du bist ein Kohlhaas!«

»Kohlhaas! Vergiss es! Aber eins stimmt: Wenn ich sehe, wie einer in den Dreck gestoßen wird, gehe ich hin und helfe ihm.«

»Sag es mir. *Ich* bin der Helfer.« Dreier blieb ruhig, zumal er Cromms Erregung spürte.

»Gut!« Cromm atmete tief durch. »Ich verspreche dir, dass ich mich melde, wenn ich deine Hilfe brauche. Und du« – Cromm musste lächeln – »darfst mich auch um Hilfe bitten. Aber um das zu klären, hätten wir uns nicht treffen müssen.«

»Doch!« So wollte Dreier sich nicht abspeisen lassen. »Ich sag's dir noch mal, hier unter vier Augen: Wir haben dich und deine Leute im Blick. Dies ist ein Freundschaftsdienst. Beim nächsten Mal wird's amtlich.«

Cromm stand zügig auf. »Ich zahle. Bist eingeladen. Ciao!«

Er ging zur Theke, stellte das noch viertelvolle Weinglas auf den Tresen. Und sagte: »*Je voudrais payer.*« Der missmutige Zopf und Bart tragende Garçon des Bistros mit Namen *3 minutes sur mer* verstand nur Bahnhof. »Französisch ist schwer«, sagte Cromm und reichte einen Schein rüber. Der Kellner nahm ihn gnädig entgegen und vereinnahmte schweigend das Restgeld. »Immer schön in die Tüte atmen«, empfahl ihm Cromm, winkte Dreier noch kurz zu und trat nach draußen.

Er ging ein paar Meter Richtung Oranienburger Straße, griff in die Brusttasche und stoppte die Aufzeichnung. Schaute sich um: Keine Verfolger.

7

Sie fuhren gemeinsam auf der A9 Richtung Leipzig. Van de Loo hatte das vorgeschlagen. Ahlers fuhr, van de Loo saß neben ihm. Er liebte diese Art der – wie er es nannte – mobilen Besprechungen, denn man konnte sicher sein, nicht abgehört zu werden. Fast sicher.

Manche warfen van de Loo Paranoia vor, weil er immer und überall Bespitzelungen und Abhörversuche witterte. Aber Cromm, der wusste, was alles so von Befugten wie Unbefugten gemacht wurde, gab ihm immer recht mit seiner Vorsicht. Und auch Eschweiler, der wusste, was technisch alles möglich war, nickte in diesem Fall immer zustimmend.

Heute wollte van de Loo von Ahlers hören, wie es in der Sache Städtebank zwischen ihnen stand. Dass er dazu als Absicherung ein Mikro und einen winzigen Rekorder unter der Weste bei sich trug … nun ja, unter abhörsicher verstand er nicht die eigene Aktivität. Trau nur deinen eigenen Aufzeichnungen, war sein Motto.

Ahlers hatte wieder den Dienstwagen, den Sharan, genommen, was van de Loo, der, wenn er denn schon einmal in einem Auto saß, auf einen gewissen Komfort Wert legte, etwas enttäuschte. Hatte dieser Journalist keinen Stil? Er hatte den Mann anders in Erinnerung. Na egal, es ging um die Sache. Van de Loo tippte mit den Fingern vorsichtig auf das Armaturenbrett und fragte: »Ein VW? Fährt man den jetzt wieder?«

»Wieder?«, fragte Ahlers.

»Na ja, die sind doch inzwischen ziemlich uncool!«

»Uncool?« Ahlers lächelte.

»Ich dachte einfach, dass jemand wie Sie eher eine andere Sorte Auto fährt.«

»Och, dies ist sozusagen mein Dienstwagen«, meinte Ahlers. »Er ist geräumig, unauffällig, läuft gut – das ist die Hauptsache.«

Also kein Stil, dachte van de Loo. Aber letztlich war es ihm egal. Er musste Ahlers nicht mögen und seinen Geschmack nicht akzeptieren. Es ging um das Projekt, dieses Gespräch hier würde entscheiden, ob sie zusammenarbeiten könnten. Es ging darum, sich zu einigen oder eben nicht. Sie hatten sich vorgenommen, etwa die halbe Strecke Richtung Leipzig zu fahren und dann umzukehren. Es wurde Zeit, über die Arbeit zu reden. Und zwar direkt.

»Haben Sie sich entschieden?«, fragte van de Loo.

Ahlers schwieg. Er hatte verstanden. Und wollte es seinem Beifahrer nicht zu leicht machen.

Von de Loo schwieg auch. Er wollte nicht drängeln.

»Also«, sagte Ahlers, »ich habe nachgedacht.«

Das will ich hoffen, dachte van de Loo.

»Ich habe die Konditionen von Ihrer netten Feli serviert bekommen.«

Ich weiß, dachte van de Loo. Er hatte das Band abgehört. Und er dachte: Er nennt sie Feli. Soso. Und findet sie nett.

»Sie wissen davon?«

»Sie hat es mir erzählt«, sagte van de Loo.

»Gut«, sagte Ahlers und machte eine Pause. Er fuhr weniger als Tempo hundert, und immer wieder wurden sie von Lastwagen überholt. Kann er etwa nicht gleichzeitig reden und fahren?, dachte van de Loo.

»Gut«, sagte Ahlers. »Ich akzeptiere die Bedingungen. Ich bin einverstanden. Ich recherchiere in Absprache mit Ihnen und liefere Ihnen die Videos von den Interviews, die ich machen werde. Ich liefere rechtzeitig vor Ausstrahlung.

»Schön«, sagte van de Loo. Und weil ihm das zu karg erschien, fügte er hinzu: »Ich freue mich.« Der Sharan wurde noch langsamer. Er spürte, wie sein eigener Gasfuß auf das Bodenblech drückte. Zwecklos.

»Aber«, sagte Ahlers und umspannte das Lenkrad fester, »dann will ich auch Ihre bisherigen Recherche-Ergebnisse haben.«

Van de Loo schwieg.

»Haben Sie damit ein Problem?«, fragte Ahlers.

»Wissen Sie, so viel ist das nicht«, sagte van de Loo.

»Na ja, jetzt machen Sie sich kleiner als nötig!«

»Wir haben einiges an Hintergrundinformationen zusammengetragen, die Unternehmensgeschichte der Bank, Zahlen, Daten, Personalien«, erklärte van de Loo. »Das können Sie bekommen. Und wir haben als Audiodatei ein frisches Interview mit einem der damaligen Vertriebsleute. Der packt aus. Der wird über seinen heiligen Zorn auch vor Ihrer Kamera reden.«

»Gut«, sagte Ahlers.

»Das habe ich alles dabei.« Van de Loo klopfte auf die Tasche zu seinen Füßen. »Ich kann es Ihnen geben.«

»Sehr gut«, sagte Ahlers und beschleunigte auf Tempo hundertzwei. Dann fügte er hinzu: »Aber ich muss Ihnen leider sagen: Bis heute habe ich noch keine Zusage eines Senders, diese Doku zu finanzieren und zu senden. Insofern ist im Moment alles offen.«

»Ich zweifle nicht, dass Sie einen Sender finden. Die Sache ist brisant.«

»Ja. Ich denke auch.«

»Dann sind wir uns einig«, meinte van de Loo und dachte: Und ich bin froh, wenn ich aus dieser Kiste rauskomme. Mit Blick auf die Wegweiser am Rande der Autobahn wuchs in ihm Hoffnung. »Dahinten kommt eine Raststätte. Lassen Sie uns einen Kaffee trinken und dann zurückfahren.«

»Raststätte Köckern« wurde neben der Fahrbahn angezeigt. Sie fuhren raus, und Ahlers parkte sehr sorgfältig zwischen den anderen Autos. Van de Loo griff in die Tasche, holte einen weißen DIN-A4-Umschlag heraus und überreichte ihn Ahlers. Der wusste nicht so recht, wohin damit, und warf ihn nach hinten auf die Rücksitze. Van de Loo zuckte: So durfte man vertrauliches Material eigentlich nicht behandeln. Aber bitte, seine Sache! Dann stiegen beide aus und gingen zum Rasthaus. Van de Loo musste mal, Ahlers ging gleich weiter Richtung Espresso.

Auf der Rückfahrt sprachen sie nicht mehr über das Projekt.

Ahlers lobte ausgiebig seine italienische Giulia und stieß bei van de Loo auf Verständnis. Oldtimer fand er gut. Eine Spitze konnte er sich nicht verkneifen: »Fahren Sie mit der schneller?«

»Oh ja, die will laufen, der Motor muss drehen«, sagte Ahlers arglos. Dann fiel ihm der Seitenhieb auf und er fragte: »Fahre ich Ihnen zu langsam?«

»Nööö«, log van de Loo.

»Wissen Sie«, sagte Ahlers, »es ist nicht so einfach, gleichzeitig zu fahren und zu verhandeln.« Er hatte sich inzwischen bei Tempo neunzig eingependelt. Links zogen schwere Lastwagen vorbei.

Dachte ich mir, dachte Ahlers.

Dann versuchte er es mit dem Thema Fernsehen in Deutschland: Wo geht's es hin in der Szene, hat Qualität noch eine Chance?

Ahlers war da optimistisch, sah sich selbst als Vertreter des neuen Qualitätsjournalismus und glaubte an eine Zukunft für gute Arbeit. Van de Loo wollte seinen neuen Partner nicht verletzen und stimmte zu. Wider besseres Wissen.

Dann wurde van de Loo müde und sagte, er brauche eine kurze Pause. Endlich konnte er die Augen schließen und musste das Kopfschütteln der anderen Verkehrsteilnehmer nicht mehr sehen.

Ahlers war eindeutig stolz auf seine ökonomische Fahrweise.

Nach einer Stunde tat van de Loo, als ob er erwachte, räusperte sich und sagte: »Können Sie mich am Bahnhof Zoo rauslassen?«

Die Genossen freuten sich über einen netten Auftrag von einem netten Kunden. Der neue Waldorf-Kindergarten Wilmersdorf hatte einen kompletten Innenausbau seiner Räume bestellt, mit Paneelen und Einbauschränken, mit Bänken und Tischen, mit Betten und Kommoden. Alles aus vollem Holz, alles mit runden Ecken, alles mit anthroposophischen Lasuren und Ölen zu behandeln. Großer Auftrag. Gutes Geld. Aber wie immer: bitte schnell.

Pfister freute sich mit seinen Kollegen. Sie waren zwölf Leute insgesamt, davon zehn Schreiner (Schreiner_innen, wie es in ihrem Selbstdarstellungsfaltblatt hieß, und die Fotos zeigten Frauen und Männer in Latzhosen mit Werkzeugen in den Händen). Einer von ihnen, als formaler Geschäftsführer, machte die Entwürfe und verhandelte mit den Kunden. Eine als Kauffrau machte den Finanzkram. Bezahlt wurden alle gleich.

Die Genossenschaft stammte noch aus der Zeit Anfang der Achtzigerjahre, als in Berlin alternative Betriebe Konjunktur hatten. Heute waren nicht mehr viele übrig. Einzelkämpfer waren gefragt. Solo-Selbstständige. Digitale Bohème – wie diese Leute sich selbst nannten. Man saß im Café St. Oberholz, ignorierte die anderen und glotzte auf seinen Laptop. Handwerker waren Exoten aus einer anderen Welt. Auch ihre Genossenschaft hatte Leerlauf erlebt und Frust über ausbleibende Kundschaft. Sie hatten aber durchgehalten, immer gute Arbeit abgeliefert, und irgendwann waren sie von Innenarchitekten entdeckt worden. Außerdem waren die Werkstatträume in einem zweiten Hinterhof am Rande von Moabit billig, allerdings auch zugig und im Winter kalt.

Pfister war mit sich und mit den Genossen – und natürlich mit seiner Gesellschaft – zufrieden. Ein in sich ruhender Mensch.

Dieser in sich ruhende Mensch machte jetzt die Schleifmaschine aus und ging aus der Werkstatt in das mit selbst gebauten Tischen und Regalen vollgestellte Büro nebenan, tippte dem Genossen Geschäftsführer auf die Schulter und sagte: »Hör mal!«

»Ja?«

»Wann hatte ich zuletzt Urlaub?«

»Oh. Weiß nicht. Lange her …«

»Genau. Jetzt ist es so weit. Ich brauche Urlaub.«

»Das kannst du nicht machen! Wir haben diesen fetten Waldi-Auftrag!«

»Na und?«

»Wir brauchen alle Frauen und Männer!« (Früher hätte er gesagt: alle Mann.)

»Aber ich brauche Urlaub. Ab nächsten Montag. Drei Wochen.«

»Das geht nicht!«

»Doch. Es muss sein.«

»Aber du lässt uns hängen.«

»Ich war viel zu lange und immer da. Oft genug länger als meine vereinbarten Stunden, ohne Bezahlung. Ohne einen einzigen Ausfall. Jetzt ist es so weit. Also: Urlaub ab Montag!«

Pfister verließ das Büro und knallte die vom Kollektiv geschreinerte Vollholztür zu. Genossen sind auch nur Menschen, dachte er.

Einer der Vorteile seines Jobs war der Leerlauf. Eschweiler saß in dem Glaskasten seines Elektronikmarkts, vor sich auf der Werkbank zwei entkleidete PCs und ringsum verstreut elektronische Einzelteile und Schräubchen, alles so kunstvoll arrangiert, dass nur er den Durchblick hatte. So sollte es sein.

Ein weiterer Vorteil des Jobs war die fehlende Qualifikation des Chefs. Der Chef war einer von der Sorte, der die Plastikkugelschreiber einzeln zuteilte wie Wertgegenstände, aber keine Übersicht hatte, wer wann arbeitete oder eben nicht. Das machte Eschweiler manches leicht. Zum Beispiel, dass er zwischen zwei Aufträgen auch mal was für die Gesellschaft erledigen konnte. Nicht alles, was sie für ihre Projekte brauchten, gab es fertig zu kaufen. Eschweiler schraubte gerne und verstand genug von IT, um erfolgreich ins Innere eines Geräts eingreifen zu können oder um die Software anzupassen.

Der Chef-Depp stand zwar manchmal überraschend hinter ihm und schaute kritisch, aber der Durchblick gehörte nun mal nicht zu seinen Eigenschaften. Wenn Eschweiler hochschaute und dem Kapo ein paar Terabyte entgegenschleuderte, nickte der hilflos und trollte sich wieder. Bisher war das gut gegangen.

»Jetzt habe ich dich«, dachte Cromm. Einen Verdacht hatte er schon gehabt. Jetzt konnte er es beweisen.

Einer ihrer Kellner in der Pizzeria Parma 4 in Kreuzberg hatte an der Kasse vorbeikassiert und Geld abgezweigt. Zunächst war ihnen nichts aufgefallen. Aber irgendwann war offensichtlich, dass der Erlös des Ladens trotz steigender Gästezahlen nicht Schritt hielt. Nach grobem Überschlag fehlten mehrere Hundert Euro pro Monat.

Also hatte Cromm sein Polizisten-Gen aktiviert und damit begonnen, die Kamera über der Theke sorgfältig auszuwerten. Die Aufzeichnungen von zwei Tagen reichten ihm, dann war klar: Einer der Mitarbeiter hatte wiederholt Rechnungen für die Gäste ausgedruckt, nachdem er zuvor an der Kasse den Übungsmodus aktiviert hatte. So wurde der Betrag nicht gebucht. Das Geld wanderte in die Tasche des Kellners.

Heute war er mit seiner Schwester im Parma 4 verabredet. »Weißt du, es ist immer schlecht, wenn der Eigentümer sich zu selten im Lokal sehen lässt«, sagte sie zu ihm. »Dann passieren solche Sachen.« Cromm blickte sie von der Seite an: Wollte sie ihn dazu verdonnern, sich öfter in den Pizzerien sehen zu lassen? Aber sie sah ihn ganz arglos an, weshalb er ihr vorbehaltlos recht gab.

Seine Schwester hatte ihren Hauptstandort im Parma, dem ältesten Restaurant der Familie. Jetzt standen sie in ihrem neuesten Lokal im aufstrebenden Kreuzberg. Der Laden war supererfolgreich. Es war eine Stunde vor Öffnung. Das Küchenpersonal arbeitete bereits eifrig. Die Kellner trafen ein, um die Tische zu decken und die Bar vorzubereiten. Über das unangemeldete Auftauchen der Chefs hatten sich alle gewundert. Giuseppa und Cromm hatten sich an einen der Tische am Fenster gesetzt und auf den Täter gewartet.

»Salvatore, kommst du mal?«, rief Cromm, als der junge Mann erschienen war.

Salvatore – einer der wenigen echten Italiener im Team – guckte schief, ahnte etwas und trat zögernd an den Tisch.

»Hier«, sagte Cromm und hielt sein Tablet hoch, »habe ich eine Aufzeichnung. Ein Video. Es zeigt, was du an der Kasse machst.«

»Was soll das?«, fragte der Kellner. Das Video zeigte schonungslos, wie Salvatore die Kasse manipulierte.

»Das war die Übungstaste«, sagte Cromm streng. »Und du drückst sie ziemlich oft.«

»Und?«

»Nix und!«, fuhr Cromm ihn an, aber dann übernahm seine Schwester.

»Salvatore, du arbeitest für uns seit mehr als zwei Jahren«, sagte Giuseppa. »Erst im Parma 3 und jetzt hier. Wir haben dich gut bezahlt. Du kassierst gute Trinkgelder. Warum machst du so einen Scheiß?«

Salvatore zeigte die typische Reaktion des überführten Täters: »Ihr könnt mich mal, ihr Idioten. So lass ich nicht mit mir reden. Ich kündige. Vaffanculo!«

Cromm stand auf, packte Salvatore am Arm und führte ihn – immer fest im Griff – nach hinten. »Nimm deine Sachen und verpiss dich. Du kriegst kein Zeugnis. Solltest du Probleme machen, verbreiten wir das Video mit dir als Hauptdarsteller. Dann bist du in der Berliner Gastronomie geliefert. Klar?«

Salvatore blieb stumm. Griff Jacke und Tasche und eilte – von Cromm begleitet – zum Hintereingang. Dort zeigte er Cromm noch den Stinkefinger und weg war er.

Cromm ging zurück in den Gastraum, vorbei an schweigenden Kellnern und Köchen. Sie hatten alles mitbekommen. Er hatte sich vorsorglich mit seiner Schwester abgestimmt, was jetzt zu tun sei.

»Kommt ihr mal bitte?«, rief Giuseppa, die ebenfalls vom Tisch aufgestanden war. Cromm trat neben sie. Das Personal stellte sich im Gastraum im Halbkreis um sie auf. Sie sprach. »Es tut mir leid, was ihr eben erleben musstet.« Sie erläuterte, was passiert war, und fügte hinzu, dass es bei ihrer Arbeit im Restaurant auch um Vertrauen ginge und dass sie mit allen Mitarbeitern sonst sehr zufrieden sei.

»Macht so weiter«, sagte sie, »ich setze auf euch und eure gute Arbeit. Und wenn es Fragen gibt oder Probleme, dann kommt zu mir oder Silvio. Danke euch!«

Cromm bewunderte seine Schwester. Sie war eine echte Unternehmerin, das zeigte sich in schweren Situationen wie dieser am deutlichsten. Sie konnte führen und motivieren. Sie macht das richtig gut, dachte er.

8

»Wie haben Sie mich gefunden?« Die Frau blickte ihn sehr ernsthaft und ehrlich fragend an. Ahlers saß vor ihr. Er auf dem Sessel, sie auf dem Sofa, dazwischen ein Couchtisch.

Es war eine einfache Wohnung – zwei Zimmer, vermutete Ahlers – im Kölner Stadtteil Chorweiler in einem dieser Hochhäuser aus den Siebzigerjahren. Später erzählte sie ihm, dass sie in das Haus eingezogen war, als es noch fast neu gewesen war, die Mieter noch hoffnungsvoll, die Stadtplaner noch stolz. Dann ging es bergab. Chorweiler hatte eine Art Berühmtheit erreicht, als eine der großen deutschen Nachkriegs-Bausünden: viele Menschen unterschiedlicher Herkunft, einfach zusammengepfercht, kein echtes städtisches Leben, keine Unterhaltung, keine Kultur, keine Natur. Nur Beton. Die ehemals stolzen Stadtplaner waren still geworden. Inzwischen hatte die Siedlung Renovierungen und Investitionen erlebt. Das Leben dort war besser geworden. Besser, aber nicht gut.

Ihre Wohnung war ziemlich weit oben, neuntes Stockwerk, zu viele Treppen, um zu Fuß bewältigt zu werden. Ahlers hatte gelernt, dass die Entscheidung gegen den Aufzug und für das Treppenhaus lebensverlängernd sein konnte. Aber er setzte sich Grenzen: Bis zum sechsten Stock zu Fuß, wenn es höher hinaufging, zog er es vor, ohne Schweißausbruch oben anzukommen.

Silvia Gutberlet war ungefähr sechzig Jahre alt. Streng und konservativ angezogen mit Kleid, dünner Wolljacke und halbhohen Schuhen. Brav war auch die Einrichtung im Wohnzimmer, alles sah nach Ikea oder Vergleichbarem aus, sehr ordentlich und gepflegt, kein Anzeichen für Leichtigkeit, keine Fotos von Verwandten, keine Pflanzen, keine Platzdeckchen oder Sammeltassen. Alles sachlich.

»Ich habe mit einem Ihrer Kollegen gesprochen. Ex-Kollegen.« Ahlers hatte ihr bereits am Telefon klargemacht, dass es um ihre Zeit bei der Allgemeinen Städtebank ging. Das hatte ihr nicht gefallen – auch ihr nicht. Er hatte schon mehrere Informanten getroffen, aber bisher hatte keiner auch nur ansatzweise positiv auf das Stichwort Städtebank reagiert. Diese Bank, dachte Ahlers, muss die Hölle gewesen sein. Jedenfalls für die normalen Mitarbeiter. Und die Kunden natürlich.

»Ex-Kollegen?« Frau Gutberlet zog unbehaglich die Schultern hoch. »Ich kenne niemanden mehr.«

»Kann sein. Aber Sie sind bei einigen in guter Erinnerung.«

»Ich habe keine allzu guten Erinnerungen.«

Natürlich nicht, dachte Ahlers. Er war fest entschlossen, die Sache direkt anzugehen.

»Ich möchte Ihre Zeit in der Städtebank aufarbeiten«, sagte er. »Damals wurde viel Schaden angerichtet. Darüber will ich mit Ihnen reden. Ich möchte Sie interviewen.«

»Oh!« Ahlers konnte Frau Gutberlet beim Nachdenken zusehen. Etwa: Geht das gegen mich? Muss ich mit ihm reden? Wer hat mich angeschwärzt?

»Niemand hat irgendwelche Vorwürfe gegen Sie erhoben«, sagte Ahlers vorsorglich. Er hätte jetzt gerne einen Schluck Wasser getrunken. Aber die strenge Frau Gutberlet war sparsam zu sich selbst und zu Gästen auch. »Im Gegenteil, Sie haben damals – in einer schwierigen Zeit – eine schwierige Arbeit getan. Sie haben das Beste daraus gemacht. Darüber möchte ich mit Ihnen reden.«

Frau Gutberlet dachte nach. »Gut«, sagte sie, »aber erst mal unter uns …«

»Klar, das Kamerateam hole ich anschließend. Einverstanden.« Ahlers wusste, er durfte sie nicht drängen.

Das Faszinierende in seinem Job war, dass Leute, auch wenn sie es eigentlich nicht wollten, irgendwann doch den Mund aufmachten. Weil sie jahrelang geschwiegen hatten. Weil sie sich freuten, dass endlich einer Interesse zeigte. Weil sie schon lange ihr Herz ausschütten wollten und im Gespräch mit ihm eine Gelegenheit dazu sahen. Er wusste, dass er vertrauenswürdig wirken musste. Frau Gutberlet räusperte sich.

»Ich war im Callcenter, in der Beschwerdeabteilung.«

Ahlers nickte stumm. Das wusste er schon. Sie musste erst einmal ihre Betriebstemperatur erreichen.

»Es gab ein Callcenter für die einfachen Sachen«, sagte Frau Gutberlet. »Für das Einrichten vom Konto, für Daueraufträge, für neue Kunden und so. Das lief alles über einen Dienstleister in Schwerin, der mehrere Callcenter in der Provinz in Mecklenburg betrieb. Da saßen Mädchen im Schichtbetrieb und konnten nichts anderes als die Standardantworten vom Monitor runterbeten.« Man spürte ihre Verachtung für diese Mädchen. Frau Gutberlet sah sich daneben als Fachfrau.

»Ich aber war die Chefin vom Callcenter in der Hauptverwaltung hier in Köln«, fuhr sie fort. »Abteilung Beschwerdemanagement. Wir bekamen die komplizierten Fälle. Wo man auf jeden Anruf anders reagieren musste, ganz persönlich, ganz individuell.«

»Wie haben Sie die Aufgabe bekommen?«

Frau Gutberlet zeigte Anzeichen von Stolz. Der Oberkörper straffte sich, die Mundwinkel hoben sich leicht: »Der Vorstandsvorsitzende persönlich wollte einen Mitarbeiter, dem er vertrauen konnte. Angeblich hat er in der Vorstandssitzung von einer herausragenden und anspruchsvollen Tätigkeit gesprochen. Daraufhin suchte man intern und stieß auf mich. Man sagte mir, das sei eine Herausforderung. Ich fand's gut damals.«

»Damals?«

»Ja. Zu Anfang. Aber ab einem gewissen Zeitpunkt wurde es ganz furchtbar.«

»Furchtbare Anrufe?«

»Ach, wissen Sie, zunächst fing es an mit Kunden, die wissen wollten, warum es nicht mehr aufwärtsging mit ihren Fonds, Anleihen oder Zertifikaten. Die Rendite blieb aus. Das war aber noch harmlos.«

Frau Gutberlet sprach gewählt. Und sie hatte die Fachbegriffe noch drauf, obwohl sie inzwischen etwas anderes machte. Das Bankerdeutsch hatte sie nicht verlernt.

»Und dann?« fragte Ahlers. Vom Mineralwasser hatte er sich in Gedanken verabschiedet, aber einen Kaffee! Nur eine Tasse! Das wäre es jetzt, denn er hatte sechshundert Kilometer bei Tempo hundert im VW von Berlin nach Köln hinter sich, eine Fahrt, die er spätestens nach der halben Strecke bereute. Der Kameramann hatte ihn einmal am Steuer abgelöst. Trotzdem machte die Fahrerei müde. Staus hatten sie ausgebremst, sie waren verspätet bei Frau Gutberlet eingelaufen, was die mit einem Stirnrunzeln quittierte. Hach, jetzt eine Tasse Kaffee. Er hätte sogar Pads akzeptiert. Oder Filterkaffee. Aber seine Gastgeberin blickte frugal vor sich hin und hielt ihren Couchtisch clean. Also weiter.

»Aber dann wurde es schrecklich«, sagte Frau Gutberlet. »Innerhalb eines halben Jahres. Die Anrufe wurden immer drängender, der Tonfall mal bösartig, mal flehend. Manche Leute hörten mir gar nicht mehr zu, die wollten nur ihre Wut loswerden oder ihre Enttäuschung. Einige hatten fast ihre ganzen Ersparnisse eingesetzt und drei Viertel davon verloren. Es war furchtbar.«

»Hat man Sie darauf vorbereitet?«

»Nein, kein bisschen«, sagte Frau Gutberlet hart. »Man hat mich damit völlig alleingelassen. Meine direkten Chefs taten erstaunt, und die vom Vorstand waren plötzlich nicht mehr zu erreichen. Meine Leute im Callcenter haben auf ihre Weise reagiert: Viele sind krank geworden, andere haben gekündigt. Ich musste selbst oft stundenlang ans Telefon, bis zu zwölf Stunden am Stück, danach habe ich das Headset auf den Tisch geschmissen, weil ich total fertig war.«

Frau Gutberlet blickte in die Vergangenheit, und dabei verdüsterte sich ihre Miene: »Die Leute am Telefon haben geschrien, gestammelt, geheult. Wir waren ihre einzigen Ansprechpartner, weil die Vertriebsleute sich in Luft aufgelöst hatten. Ich musste das protokollieren. Die Chefs gaben die Devise aus: Ein Anrufer, der heult, der hat nicht die Kraft zu prozessieren. Andere Anrufer waren so alt, dass sie kaum noch richtig formulieren konnten. Da hieß es von oben: ›Anrufer von 83 Jahren – kein Problem!‹ Und gemeint war: Der macht es nicht mehr lange. Ich habe viele Protokollnotizen der Revision gesehen, da stand nicht selten: *Eine Klage der Gegenseite hätte beim Rechtsstreit gute Chancen*. Aber das erfuhren die Betroffenen natürlich nicht, und unsere Oberbanker freuten sich: Wieder mal davongekommen.«

Ahlers hakte nach: »Die Führung wusste also, wie es um die Kunden stand?«

Frau Gutberlet bekam einen bitteren Zug um den Mund. »Wissen Sie was? Den Chefs war ja bereits beim Aufbau des Vertriebs klar, dass ihr Geschäftsmodell riskant war. Den Kunden war die Sicherheit beim Abschluss nur vorgegaukelt worden. Der Herr von Tretter war der Schlimmste von allen; nach außen elegant und überlegen, in Wirklichkeit ein Windhund mit rabenschwarzer Seele. Damals haben wir vom Fußvolk noch gedacht: Toll, ein Neustart mit junger Belegschaft! Wir machen alles besser als die alten Banken. Dabei konnten die da oben sich schon ausrechnen, was passieren würde.«

»Warum macht ein Vorstand so was?«

»Ich bitte Sie!« Frau Gutberlet zeigte Zweifel an der Intelligenz ihres Besuchers. »Das Geld! Es ging ums Geld! Die verdienten doch wunderbar an den Provisionen. Je riskanter die Produkte, umso höher die Provisionen, umso mehr strichen sie ein.«

»Und das eigene Risiko?« Ahlers fragte gerne so, dass er unwissend erschien. Er wollte, dass seine Gesprächspartner sich öffneten, da nahm er die Zweifel an seinem IQ gerne hin.

»Risiko?«, fragte Frau Gutberlet. »Welches Risiko? Die Kunden hatten doch alles unterschrieben. Emittentenrisiko? Verstanden! Pflicht zum Nachschießen? Verstanden! Beratung? Alles verstanden! Die wurden doch so bequatscht von den Verkäufern, dass sie Risiken eingingen und abzeichneten, die sie gar nicht kapiert hatten. Juristisch war das wunderbar für uns.«

»Haben Sie das gewusst?«

Frau Gutberlet zeigte Schwäche: »Ich … nun ja … also … gewusst? Ich wusste, dass das juristisch in Ordnung ging, aber ich wusste auch, dass das Risiko eines Verlusts verschwiegen wurde. Man muss aber doch sagen: Es hätte ja auch gut gehen können.«

Ahlers wiegte den Kopf. Frau Gutberlet gefiel das nicht: »Ich hatte keine Schuld, ich hatte nichts verkauft, ich bekam nur die Breitseiten der wütenden Kunden ab.«

»Wie lange haben Sie das gemacht?«, fragte Ahlers.

»Als die Krise anfing, nach ein paar Monaten, habe ich bald gemerkt, wo das hinläuft, und habe mich auf die Suche nach einem anderen Posten gemacht. Es wurde nicht einfach, weil sich draußen herumgesprochen hatte, was bei uns in der Bank los war. Wir hatten alle keinen guten Ruf mehr. Mitgegangen … Sie verstehen?« Frau Gutberlet suchte Verständnis im Gesicht von Ahlers. »Aber dann«, sagte sie, »habe ich was gefunden.«

Ahlers blickte fragend.

»Beim TÜV«, erläuterte Frau Gutberlet. »Hier in Köln ist die Hauptverwaltung. Da bin ich jetzt seit sieben Jahren.« Sie lächelte dunn.

Beim TÜV, dachte Ahlers. Superspannend.

Ihm reichte, was er gehört hatte, und er signalisierte das, indem er sich im Sessel aufrichtete.

»Ich habe Ihnen gar nichts angeboten«, stellte Frau Gutberlet fest.

Ja, du dumme Nuss, dachte Ahlers und sagte: »Oh, das macht gar nichts. Aber ich würde Sie jetzt gerne interviewen.«

»Was? Interviewen? Das haben Sie doch schon!«

»Ich meine: vor der Kamera!«

»Sie können doch auch so drucken!«

»Ich drucke nicht«, sagte Ahlers. »Ich sende. Also bitte!«

Frau Gutberlet gefiel nach kurzem Nachdenken das Wort »Kamera«. Aber sie hatte eine »kleine Bitte«: Sie müsse sich noch zurechtmachen.

Was sollte er sagen? Ahlers holte Luft und sagte: »Na selbstverständlich, liebe Frau Gutberlet! Ich hole schon mal das Team.«

Ahlers rief seinen Kameramann an und erfuhr, dass er und die Assistenten es sich in einem Café gemütlich gemacht hatten. Voller Neid kommandierte er sie ins neunte Stockwerk. Und: »… ach, bringt mir einen Kaffee mit, ja?«

Es dauerte eine gute halbe Stunde. Dann erschien Frau Gutberlet. Sie sah fast unverändert aus. Das Interview begann, und man musste es ihr lassen: Sie nahm vor der Kamera nichts zurück.

Zum Schluss – das Kamerateam baute bereits ab – fragte Ahlers: »Eine Sache noch: Wissen Sie eigentlich, wie ich Dr. von Tretter finde?«

»Ach, du lieber Gott! Wenn ich das wüsste, würde ich ihm den Hals umdrehen. Nein, wissen Sie was? Der ist damals nach seinem plötzlichen Ausscheiden von heute auf morgen verschwunden. Nicht nur aus der Bank, sondern überhaupt. Er war weg. Und wie es aussieht, ist er das bis heute.«

»Was heißt weg?«, fragte Ahlers.

»Na, er ist abgetaucht. Weil er seine Beute sichern wollte und weil er Angst hatte. Angst, ja, das glaube ich!«

»Angst?«

»Er hatte sich Feinde gemacht, jede Menge Feinde!«

»… Dies ist ein Freundschaftsdienst. Beim nächsten Mal wird's amtlich.« – »Ich zahle. Bist eingeladen. Ciao!«

Sie saßen zum zweiten Mal in dieser Woche zusammen. Vollversammlung. Cromm hatte das Gespräch mit seinem ehemaligen Kollegen Dreier vorgespielt. Er lehnte sich zurück: »So. Wie gehen wir damit um?«

»Blöd.« Eschweiler saß senkrecht da. »Sie sind auf irgendetwas gestoßen. Kann sein, dass du inzwischen beguckt wirst.«

»Beguckt? Du meinst, beschattet? Bis jetzt nicht. Ich würde das merken.«

Eschweiler traute ihm das nicht zu. »Ich werde deine Wohnung checken. Vielleicht hören sie dir zu.«

»Glaube ich nicht. Und selbst wenn. Zu Hause rede ich nichts Dienstliches.«

»Nichts Dienstliches! Sehr witzig!« Feli lächelte dünn. »Es wäre einfach schlecht, wenn sie gerade jetzt auf was stoßen. Wir haben genug mit den Vorbereitungen für die Städtebank-Sache zu tun. Das gefährdet unser Projekt. Und es gefährdet die ganze Gesellschaft.«

»Ihr konntet doch nicht glauben«, sagte van de Loo, »dass das immer so weitergeht. Natürlich kommen wir denen manchmal in die Quere. Klar, dass es dann Ärger gibt.«

»Na eben, wir helfen Menschen, und die reden darüber«, sagte Eschweiler. »Wir drehen einigen den Hals um, na, fast jedenfalls, und die halten – wenn sie wieder reden können – auch nicht dicht. War doch klar, dass die Polizei irgendwann Wind kriegt. Haben wir doch früher alles schon mal besprochen.«

»Ja, haben wir.« Van de Loo blieb kalt. »Und auch, was dann kommt.«

»Aha? Was denn?«

Van de Loo wirkte genervt. »Also noch einmal: Wir werden versuchen, damit umzugehen. Wir werden nicht beidrehen. Nichts anders machen als sonst. Nur aufpassen. Und wenn ihr in ein Verhör geraten solltet? Schweigen! Ganz egal, was sie euch vorhalten: Schweigen. Mein Anwalt ist informiert – falls so ein Fall eintritt.«

»Ich kann es euch amtlich sagen, eine Vernehmung, ein Verhör, bei dem einer nichts sagt, nichts außer den Personalien, das ist für jeden Polizisten die härteste Nuss«, erklärte Cromm. »Da kann man nicht einhaken. Da kann man keinen Druck aufbauen. Da kann man nur irgendwann abbrechen. Einen Verdächtigen, der schweigt und auf den Anwalt wartet, so einen haben wir immer gehasst.«

Jetzt wurde van de Loo lauter, ein seltenes Ereignis bei ihm: »Aber was erzählen wir euch da? Das ist wirklich nichts Neues, alles zigmal durchgespielt. Also regt euch ab!«

Im Büro herrschte Stille. Van de Loo sah etwas beleidigt aus, weil ihm keiner spontan beipflichtete. Feli rollte die Augen, Tabak kratzte sich am Oberarm, Pfister beguckte seine Fingernägel, und Eschweiler klopfte eine f6 aus der Schachtel.

Van de Loo blickte Feli an: »Wenn das so weit klar ist, dann berichte ich mal von meinem Rendezvous mit Ahlers.«

»Du hattest auch ein Rendezvous mit ihm?« Feli kicherte.

Van de Loo nickte humorlos. »Ich bin mit ihm im Auto auf der A9 Richtung Leipzig gefahren ...«

»Der hat bestimmt einen Jaguar, oder?«, unterbrach Feli.

Van de Loo dachte an die Schleichfahrt im Sharan. »Feli, lass mal gut sein.« Dann fiel ihm Ahlers' Bemerkung über die »nette Feli« ein. »Und noch was: Wieso seid ihr eigentlich per Du? Du musst nicht gleich mit ihm ins Bett steigen, nur weil er gut aussieht.«

»Du bist so was von doof!« Feli ging ab wie eine Rakete. »Weißt du wirklich nicht, dass man heute viel schneller beim Du ist als zu deinen Zeiten? Und spar dir deine Ratschläge. Das ist meine Privatangelegenheit! Ich frage ja auch nicht nach deinem Geschlechtsleben!«

Oha! Getroffen!, dachte van de Loo. Aber er wollte endlich wieder eine gute Atmosphäre und zog die Bremse: »Ist gut. Vergiss es. Feli, wir lieben dich doch alle.«

Sie zog einen Flunsch.

Van de Loo sprach weiter.

»Jedenfalls hat Ahlers zugesagt, sich an unsere Regeln zu halten. Wir tauchen in seiner Reportage nicht auf. Er ist schon dabei, die Zeitzeugen, sofern er sie findet und sofern die mitmachen, zu interviewen. Wir kriegen Kopien. Er wird eine Dokumentation daraus machen, vermutlich dreißig Minuten, wenn möglich für die Primetime. Dabei geht es um die Bank, die damalige Geschäftspolitik, die Opfer und die Täter.«

Die anderen lächelten. Genau da wollten sie Ahlers haben. So war es besprochen worden. Was der Starreporter für herausragenden investigativen Journalismus hielt, war für sie geplante Öffentlichkeitsarbeit.

»Unser Gespräch ist hier drauf.« Van de Loo schwenkte einen USB-Stick. »Vor allem seine Zusage, sich an unsere Vorgaben zu halten.«

Cromm hob die Hand: »Damit er nicht den geringsten Zweifel hat: Sollten wir die entsprechende Passage nicht abschreiben und ihm zuschicken? Das wird ihn beeindrucken.«

Van de Loo griff ein: »Das halte ich nicht für klug. Es würde ihm einen Einblick in unsere Methoden verschaffen. Wir brauchen das nur für den Fall, dass …«

»Dass …?«, fragte Pfister.

»Du weißt schon«, sagte van de Loo.

Pfister blickte düster.

»Gut«, sagte Feli. »Ansonsten halte ich ihn für eitel. Wie alle Journalisten.«

»Sag ich doch!« Pfister sah sich bestätigt.

Ach so?, dachte van de Loo. Nette Feli?

»Pressefuzzi!« Pfister stieß die Luft aus. Die anderen überhörten ihn.

Feli hatte plötzlich Mitteilungsbedarf: »Beim Vorgespräch hat er mit mir geflirtet, und ich habe zurückgeflirtet. Darauf kann ich jederzeit zurückkommen, natürlich nur wenn es nötig wird.«

Jetzt kam Bewegung in die Runde. Van de Loo grinste offen. Er kannte Felis Flirt-Koeffizienten. Sie tat es gerne. Hatte er selbst schon mitbekommen. Die anderen guckten bemüht ernst, schließlich hatten sie eben erst wieder erlebt, wie Feli an die Decke gehen konnte, wenn man sich auf ihre Kosten lustig machte. Sie hatte Stärken. Aber auch Schwächen.

»Jedenfalls, ja, er ist inzwischen an der Arbeit.« Feli machte einfach weiter. »Heute spricht er mit dem Ex-Chef von Cargill und versucht, einen Kontakt zu Tretter zu erhalten. Er hat mich angesimst. Er ist dran.«

»Per SMS? Ist der wahnsinnig?« Eschweiler hielt nichts von dieser Art der Kommunikation. Er wusste zu viel über Mitleser und Mitlauscher.

»Er hat mir nur ein Wort geschrieben. Unverfänglich und harmlos.«

Die anderen blickten skeptisch.

Van de Loo griff ein und blickte Feli an: »Dein Job. Mach es, wie du willst. Du bist unsere Kontaktfrau. An dich berichtet er, du bekommst die Videos.« Dann fügte er hinzu: »Und noch was anderes: Wir haben jetzt eine sehr nette Planung in Sachen rechts vor links. Aktion, die zweite.«

Kurze Pause, in der alle nachdachten und unterschiedlich schnell verstanden.

»Du fasst zu.« Van de Loo blickte Tabak an. »Such dir einen Partner aus unserer Liste mit den Externen, einen von der harten Sorte. Und du« – Blick zu Eschweiler – »übernimmst die Ausstattung, natürlich.«

»Natürlich«, murmelte Eschweiler.

»Ist was?«

»Natürlich nicht!«

»Dann ist ja gut!« Van de Loo fragte sich, ob Eschweiler gerne mitgegangen wäre, aber er traute ihm so einen harten körperlichen Einsatz nicht zu. »Hier ist der Ablauf.« Er verteilte Blätter mit der Planung. »Bitte lesen und zurück an mich.«

Es entstand eine zehnminütige Pause. Manche waren schnell fertig, manche lächelten, Tabak lachte laut.

Schließlich wanderte der letzte Zettel an van de Loo zurück. »Die Sache muss schnell gehen. In den nächsten Tagen. Wenn das erst mal erledigt ist, können wir die andere Nummer in Ruhe durchziehen.«

9

»Wollen Sie das schreiben?«, fragte der alte Mann misstrauisch. Ahlers saß im Salon von Professor Hans-Bernd Würth. Ein großer Bungalow in einer Straße mit vielen anderen großen Bungalows. Alle Häuser ähnlich, ähnlich auch die Gärten, in einem Vorort von Bonn, der Stadt, die mal was gewesen war. Der graue Himmel machte es nicht besser.

Schrecklich, dachte Ahlers. Muss man wirklich so enden, wenn man mal ein Big Boss war?

Ahlers war gleich nach dem Gespräch mit Frau Gutberlet zu Würth gefahren. Er wollte die beiden Gesprächstermine verbinden. Köln-Bonn bot sich nun mal an.

Würth war der ehemalige Deutschland-Chef der Cargill Consulting Group, einer auch in Deutschland großen Unternehmensberatung. Er hatte das Unternehmen viele Jahre geleitet, aber das war lange her, und inzwischen war er alt und schon fast vergessen. Das wusste er und litt deswegen.

Jetzt saß er mit seinem Gast in dem von ihm selbst als Salon bezeichneten Wohnzimmer, einem Raum mit großen, wulstigen Ledersesseln, davor ein stilmöbeliger Glastisch, rundherum sicherlich teure Schrankwände – alles zusammen oldschool. Der dunkle Raum atmete, wie das ganze Haus, Vergangenheit. Frau Würth hatte zur Begrüßung Tee in Tassen der Königlich Preußischen Porzellanmanufaktur angeboten und sich dann zurückgezogen.

Es ging um die Städtebank, ihren Aufstieg und Niedergang und um die Rolle der damaligen Führung. Die entscheidenden Vorstände beim Neustart der Bank waren von Cargill Consulting gekommen. Dort hatten sie gelernt, aus maroden Unternehmen Goldesel zu machen. Sie hatten mittlere und große Betriebe beraten, und hier wollten sie ihre Strategien endlich einmal zum eigenen Nutzen umsetzen.

Ihr Ziel war der Profit. Alles andere kam danach. Ahlers war über Würths Zusage zu diesem Gespräch überrascht gewesen. Denn für den ehemaligen Unternehmenschef der Cargill konnte das kein allzu erfreuliches Thema sein.

»Wollen Sie das schreiben?« Würth fragte noch einmal. »Wen interessiert denn das?«

»Ich mache Fernsehen!«, sagte Ahlers. Würth wirkte beunruhigt: Kamera war noch schlimmer als Aufnahmegerät. »Doch, das interessiert eine breite Öffentlichkeit«, beantwortete Ahlers nun die Frage des Mannes. »Schließlich leben alle Beteiligten noch, die Sieger genauso wie die Verlierer von damals.«

»Sieger und Verlierer! Das ist die falsche Sicht!« Würth griff nach einer runden goldenen Dose, drehte den Deckel auf, zupfte ein dünnes Zigarillo heraus, zündete es mit einem goldenen Dunhill-Feuerzeug an und schaute dem Rauch hinterher. Der Geruch passt zu allem anderen, dachte Ahlers respektlos. Ihm gefiel es nicht in diesem Museum, aber er war ja nicht zum Vergnügen hier.

»Sieger gibt es keine«, sagte Würth. »Das sollten Sie eigentlich wissen. Es gibt nur Verlierer, denn die Krise hat alle getroffen.«

Das sah Ahlers überhaupt nicht so, aber er wollte keine Diskussion, sondern Information. Er fragte: »Alle? Auch die Vorstände?«

»Auch die Vorstände. Die besonders. Sie wurden am Ende beschimpft und mies gemacht. Sie verloren vorzeitig ihre Posten.«

»Finanziell fielen sie ziemlich weich, oder?«

»Ach was, die Abfindung stand im Vertrag. Verträge muss man einhalten. Aber was kam danach? Mit dieser Krise waren ihre Karrieren ruiniert, diese Leute fanden keine Jobs. Ich weiß genau, worauf Sie hinauswollen, Herr Ahlers.« Würth lehnte sich zurück und blickte scharf zu ihm hinüber. »Sie wollen Cargill Consulting verantwortlich machen für das Desaster der Städtebank, der deutschen Banken, aller Banken dieser Welt. Das ist natürlich Quatsch. Ich sage Ihnen: Wir Berater lagen für viele Jahre richtig. Ohne unsere Beratungen wären viele Unternehmen und auch Banken heute Geschichte. Für die Krise konnten wir nichts. Meine Leute haben alles richtig gemacht.«

Meine Leute? Alles richtig gemacht? Ahlers staunte über diese Sicht der Dinge. Er wusste, dass Tretter, Dr. Wilhelm von Tretter, schon als Berater den Ruf eines harten Hundes genossen hatte – der Schlimmste von allen, hörte er immer wieder. Bei Cargill Consulting galt er als einer von der eiskalten Sorte. Sein Rat für Firmen, die in eine Krise kamen, war immer: Sparen! Sparen an Stellen, an denen es nicht die Manager oder die Kapitalseite traf, sondern die Arbeitnehmer, die Ausstattung der Produktion oder die Qualität der Produkte. Damit war er – wenn man es denn so sehen wollte wie Würth – erfolgreich gewesen. Ein paar Hundert Leute auf der Straße? Tja, konnte der jeweilige Chef sagen, ich setze nur die Empfehlungen unserer Berater um.

Als er bei der Bank unhaltbar wurde, war er mit einem Knall und mit einem »Schmerzensgeld« in Millionenhöhe ausgeschieden. Danach war Tretter aus der Welt. Unsichtbar. Ahlers steuerte auf sein Ziel zu: »Sie meinen Herrn von Tretter?«

»Auch den. Der war einer der Besten. Lange ein Partner bei uns.«

»Ich weiß.« Allzu naiv durfte Ahlers nicht auftreten. Würth war zwar alt, jedoch nicht senil. »Aber die Kunden haben den Herrn von Tretter am Ende gehasst!«

»Und daran sind Sie schuld.« Würth begann sich aufzuregen. »Sie von der Presse. Sie haben verbreitet, dass die Vorstände schuld an der Krise gewesen seien, Sie haben sie an den Pranger gestellt.«

»Na, so war's doch auch!«

Würth kam in Fahrt. Er warf das halb gerauchte Zigarillo in den Aschenbecher und begann zu dozieren: Da sei diese altmodische Staatsbank gewesen, mit Kunden, die ihr Geld in Sparbüchern vergammeln ließen, die das Potential nicht erkannten. Da hätte man aufräumen müssen. Das habe auch die Politik so gewollt. Man hätte den Kunden überhaupt erst einmal klarmachen müssen, was Zinseszins bewirken könne. Dass sie ihr Geld arbeiten lassen müssten, denn die gesetzliche Rente würde ihnen bald nicht mehr viel bringen. Es sei harte Arbeit gewesen, diesen alten Tanker von Bank auf Kurs zu bringen, den neuen Geist einziehen zu lassen, die marktwirtschaftliche Idee zu erwecken. Das hätten seine Leute wunderbar hingekriegt. Eine Meisterleistung. An der Spitze: Dr. von Tretter. Dabei hätte der sich doch als Partner bei ihm eine gute Zeit machen können, aber er sei nicht davor zurückgeschreckt, an der Basis hart anzupacken.

Und so ging es weiter mit einem ungebrochenen Loblied auf das Beraterwesen generell und speziell auf die harten Jungs, die zur Städtebank gewechselt waren.

Als er das Gefühl hatte, jetzt reicht's, griff Ahlers ein.

»Wissen Sie«, unterbrach er Würths Redeschwall, »wenn der Tretter sich nicht in Luft aufgelöst hätte, sondern seine Version der Geschichte mal in aller Öffentlichkeit erzählt hätte, dann sähe das vielleicht anders aus. Wenn er sich der Diskussion gestellt hätte … Aber er hat sich einfach davongemacht. Er schweigt. Bis heute weiß keiner, wo er steckt.«

Würth schaute ihn versonnen an. Ahlers machte weiter.

»Das muss doch wie ein Geständnis aussehen.«

Würth schaute und schwieg.

»Oder?«

Dann sagte Würth: »Das ist lange her.«

»Nein. Die Sache ist nicht vergessen.« Ahlers wusste, jetzt musste er die richtigen Knöpfe drücken. »Aber es sind ein paar Jahre ins Land gegangen. Die Emotionen sind raus. Vielleicht sollte er reden. Mit einem Journalisten, der zuhören und einordnen kann. Vor einer Kamera, die es gut mit ihm meint.«

Würth schaute ihn an.

»Vielleicht ist die Zeit gekommen, eine neue Bewertung der Dinge von damals vorzunehmen.« Ahlers ließ nicht locker. »Juristisch kann heute ja nichts mehr passieren, oder?«

Würth schaute.

Ahlers griff zum letzten Mittel und sagte ernsthaft: »Es ist an der Zeit, die Geschichte neu zu schreiben.«

Würth reagierte nicht auf das Zitat. Zum Glück, dachte Ahlers, das war ja doch eine Frechheit gewesen. Würth griff versonnen nach einem neuen Zigarillo.

Ahlers sagte: »Er sollte reden. Mit mir.«

Würth zündete das Zigarillo an, fragte: »Möchten Sie noch einen Tee?« Seine Frage war rein rhetorisch, und Ahlers sparte sich die Antwort.

Dann zog Würth ein kleines Notizbuch, ledergebunden, aus der Tasche. Ahlers äugte angestrengt und sah: eine Fülle von Adressen, alle mit feinem Bleistift geschrieben. Würth suchte einen Stift, notierte etwas auf einen kleinen Zettel und schob den zu ihm rüber.

»Sie haben da seine Adresse. Die deutsche. Vielleicht treffen Sie ihn an. Er ist viel unterwegs. Wenn Sie ihn erwischen: Grüßen Sie ihn von mir. Vielleicht hilft das.«

»Danke.«

»Was wollen Sie noch?«

»Vielleicht ein Interview vor der Kamera?«, machte Ahlers einen Versuch.

Würth blieb stumm, guckte aber so empört, dass Ahlers nicht nachhakte.

»Hallo!«, sagte Tabak zu seiner Frau und »Hey ihr!« zu den Kindern und freute sich an seiner Familie. Sie lebten in einer großen Vierzimmerwohnung mit hohen Decken in Neukölln. Als sie dort vor acht Jahren eingezogen waren (das erste Kind war gerade unterwegs), war Neukölln noch nicht Hipsterland. Jetzt hätten sie sich diese Wohnung gar nicht mehr leisten können, und sie beobachteten sorgenvoll, dass links neben ihnen und in der Wohnung unter ihnen bereits SUV-Fahrer und -Fahrerinnen eingezogen waren, die Kästen mit Fritz-Cola reinschleppten und einmal in der Woche eine Biogemüsekiste geliefert bekamen.

Bio? Mit Bio hatten es weder Vural Tabak noch seine Frau. Sie lebten gut und unbefangen von den Sachen, die Tabak aus dem Supermarkt seines Vaters mitbrachte: Fleisch und Fisch, Obst, Gemüse, türkische Delikatessen und Süßigkeiten. Allein schon mit dem Wort »Bio« konnte Tabak den Blutdruck seines Vaters hochtreiben. Zwar redete er ihm trotzdem ab und zu ins Gewissen, hielt ihm vor, die Kunden und ihre Vorlieben seien entscheidend, und wenn sich die Geschmäcker änderten, dann müsse man darauf doch reagieren, sonst sei man irgendwann weg vom Fenster. Aber sein Vater blieb stur. Sprach von modischem Zeug. Und Tabak hielt es aus. Schließlich lief der Laden ausgezeichnet, das gab seinem Vater irgendwie recht.

Der große Supermarkt war gleich um die Ecke und hatte zufriedene Kunden, reiche wie arme, türkischstämmige und Berliner Urgestein. Das Sortiment war umfassend: frisches Obst und Gemüse, Theke mit Frischfleisch und frischem Fisch, Lebensmittel aller Art, frisches türkisches Brot und alkoholfreie Getränke. Tabak konnte zu Fuß zur Arbeit gehen. Sein Job war der Einkauf und die Buchhaltung, und manchmal stellte er sich – weil es ihm so gefiel – hinter die Fleischtheke und bediente Kunden. Sein Vater machte sich hin und wieder Sorgen: Würde sein Sohn den Laden irgendwann komplett übernehmen? Und würde dann allen Ernstes Bio ins Sortiment einziehen? Wenn der Vater gewusst hätte, dass Vural inzwischen schon über eine vegane Ecke nachdachte, hätte er sich furchtbar aufgeregt.

»Papa!«, kreischten die Kinder, zwei Mädchen, vier und sieben Jahre alt, als Tabak in ihr Zimmer kam. Der Raum war hell gestrichen, mit viel Rot und Rosa in Mädchenfarben. Überall saßen Stofftiere und Puppen. Mädchenkleider lagen herum, gemischt mit Puppenkleidern – auch hier überwog das Rosa. Die Mädchen sprachen zu Hause Deutsch und Türkisch. Aber mehr Deutsch. Jetzt hängten sie sich wie Kletten an ihren Papa, der allzu selten zu Hause war. Aysel, seine Frau, sah das auch so.

Gut, dass türkische Frauen auch in Neukölln noch weitgehend gehorsam sind, dachte Tabak heimlich, während er mit den Mädchen herumtobte. Schließlich löste er sich sanft aus ihrer Umklammerung und ging hinüber in die Küche. »Du, Aysel«, begann er so beiläufig wie möglich und ohne zu ahnen, dass er genau damit bei seiner Frau die erste Warnstufe auslöste. »Ich werde demnächst in einem Trainingslager sein. Ich brauche das einfach mal wieder. Du weißt das.«

Seine Frau blickte in den Topf mit der Linsensuppe und schwieg missbilligend. Sie glaubte seinen Bedarf nach sportlichem Engagement zu kennen, und wenn sie ihn anfasste, freute sie sich an seinen Muskeln und Sehnen; aber musste das wirklich schon wieder sein? Zumal dann auch der Lohn ausfiel. Da war der Schwiegervater – so großzügig er ansonsten sein konnte – ganz hart. Keine Arbeit? Kein Geld!

»Und wann?«, fragte sie.

»Steht noch nicht fest.«

»Ach?« Ihr kam das merkwürdig vor.

»Ja.« Jetzt musste Tabak geschickt sein. »Die Jungs vom Club haben noch keine Halle mit Übernachtungsmöglichkeit gefunden.« Klang doch glaubwürdig.

»Klingt komisch«, sagte Aysel. »So was gibt's doch überall.«

Verdammt, dachte Tabak. Da musste er jetzt durch. »Tja, aber ich organisiere das nicht. Ich lass die anderen machen. Jedenfalls geht es um insgesamt acht Tage oder so.«

»Oder so?«

Verdammt, dachte Tabak noch einmal. »Ja. Oder so. Was gibt's zu essen?«

Er musste nachher noch einmal aus dem Haus.

»Wie schön!«, rief Ahlers, als Feli durch die Tür schwebte. Sie trug ein strahlend blaues Kleid, schulterfrei, ein dunkelblaues Tuch um die Schultern und dunkelblaue Pumps. Toll, dachte Ahlers. Sie blieb am Eingang stehen. Er ging ihr entgegen, durch den ganzen Raum, holte sie quasi ab, umarmte sie und küsste sie links und rechts: »Du siehst gut aus!«

Sie lächelte. »Ich freue mich auf unseren Abend«, sagte sie, ließ sich an den kleinen Tisch führen und nahm auf der mit braunem Glattleder bezogenen Bank Platz. Er setzte sich ihr gegenüber in einen Sessel. Es war viel Volk in der Bar, Hotelgäste, aber auch Berliner, denn die Unique Bar im Esplanade am Lützowufer hatte einen guten Ruf.

Feli ließ kurz den Blick schweifen. Falls jemand sie erkannt hätte, müsste sie wohl reagieren. Aber sie sah nur Fremde. Also richtete sie ihren Blick auf Ahlers und fragte: »Und? Was trinken wir?«

Er griff nach der dicken Karte, aber sie winkte ab. »Ach, ich weiß, was ich will. Einen Bellini.«

Er bestellte beim Kellner: »Einen Bellini, einen Dirty Harry«, und wandte sich ihr zu.

»Für nachher hab ich einen Tisch hier im Restaurant bestellt«, sagte er.

Sie neigte gnädig den Kopf. »Gerne. Heute lasse ich mich verwöhnen.«

»Und unser Fall ist tabu?«

»Hier und heute tabu!«, sagte sie.

Feli wunderte sich über sich selbst. Einerseits war Ahlers ein selbstverliebter Mann, der sich für etwas Besonderes hielt und der zugänglich war für einfachste Schmeicheleien. Also eigentlich nicht ihr Typ. Andererseits imponierte er ihr. Er stürzte sich als Freelancer in journalistische Abenteuer. Manchmal war sein Job nicht ungefährlich. Oft musste er zu Leuten Kontakt aufnehmen, die sich dagegen wehrten, vor die Kamera geholt zu werden. Er musste psychologische Tricks anwenden, manchmal auch Druck ausüben, manchmal im Schmutz wühlen. Das tat er unverdrossen und wie sie wusste seit Jahren sehr erfolgreich. Ahlers war nicht nur eitel, sondern auch durchsetzungsstark und konnte offenbar auch charmant und einfühlsam sein. Feli gefiel die Mischung.

Ahlers schaute sie an und wollte sie fragen. Zum Glück kamen die Cocktails.

»Cheers.« Sie hob ihr Glas.

»Auf uns«, sagte Ahlers.

10

Puh, endlich Feierabend!, dachte Narek, als er kurz nach neunzehn Uhr nach Hause kam. In seine Wohnung in Schöneberg. Narek trug einen armenischen Vor- und Nachnamen, besaß einen deutschen Pass, sprach Deutsch, fühlte sich aber weder als Deutscher, noch hatte er mit dem ganzen – wie er es nannte – armenischen Polit-Kram was am Hut. (»Lass mich in Ruh mit dem alten Scheiß!«, hatte er seinem Vater gesagt. Seitdem war ihr Kontakt abgebrochen.) Er war 29 Jahre alt und für einen Zweidritteljob beim Deutschen Roten Kreuz angestellt. An dreieinhalb Tagen in der Woche fuhr er den DRK-Lastwagen, einen neuen Iveco mit gelbem Rundumlicht auf dem Dach, das man einschalten konnte, wenn man Eindruck machen wollte. Narek schaltete es immer ein, auch während die Kleidercontainer geleert wurden.

Ein guter Job, denn manchmal fand Narek dabei Klamotten, von denen er glaubte, dass sie einfach zu schade für die Altkleidertruppe waren. Er konnte damit mehr anfangen. Das brachte ihm »was obendrauf«. Zwar war da noch Ahmed, der Beifahrer, aber Ahmed war ein ängstlicher Mann und würde nie widersprechen, nie plaudern, erst recht nicht, wenn hin und wieder auch für ihn ein Sack abfiel. Ahmed kümmerte sich klaglos darum, die Säcke aus den Containern in den Lastwagen umzuladen, wo er sie erst öffnete, wenn Narek es ihm auftrug. In dieser Zeit – »Los Ahmed! Mach mal schneller, ja?« – konnte Narek telefonieren. Narek telefonierte viel.

Mit dem Iveco musste Narek in alle Stadtteile fahren. So kannte er die Straßen, die Plätze, die Höfe und die öffentlichen Parkplätze. Kleidercontainer werden versteckt. Jeder nutzt sie, keiner mag sie. Und Narek kannte jene schwierigen Straßenecken, die es in jeder Stadt gibt, rechts vor links, schwer einsehbar, oder wo man auf langen geraden Straßen plötzlich keine Vorfahrt mehr hatte, was aber viele Autofahrer vergaßen, weshalb sie unaufmerksam in ihren Kisten dahinbrummten. Daraus hatte sich schon ein paarmal was machen lassen. Narek war recht erfolgreich gewesen, bis ihm in Charlottenburg kürzlich jemand in die Quere gekommen war. Mit seinem Trick, rechts vor links. Nicht zu fassen.

Na, jedenfalls hatte Narek seine letzte Unfallgegnerin angerufen und ihr eingeheizt. Er hatte sie im Verdacht, dass sie die Sache mit dem Rechts-vor-links-Trick gegen ihn angeleiert hatte. Er hatte ihr gedroht, und jetzt würde er bei ihr kassieren. Es wurde Zeit. Von so einer Alten würde er sich sein Geschäftsmodell nicht ruinieren lassen. Der musste er klarmachen, mit wem sie es zu tun hatte.

Mit diesen Gedanken war Narek nach Hause gekommen. Er wohnte in der Nähe vom Innsbrucker Platz in einer ziemlich düsteren Straße, ringsum Läden von Indern, Kroaten, Italienern. Vierzig Jahre altes Haus, vierzig Jahre nichts erneuert, vierzig Jahre kaum gepflegt. Aber Miete wollte er pünktlich haben, der dämliche Eigentümer. Vierter Stock, kein Aufzug.

Dieser Job füllte Narek nicht aus. Und vor allem: Er brachte einfach zu wenig. Narek liebte gute Anzüge, zum Beispiel von Armani. Obwohl die schmalen italienischen Schnitte für ihn schwierig waren, denn er wurde langsam rundlich. Außerdem mochte er seine Polstermöbel, normalerweise auch extrem teuer, in diesem Fall zum Glück vom Laster eines Freundes gefallen. Er liebte seine Küche von Allmilmö, auch wenn er kaum kochte – aber Küchen waren schließlich zum Angeben und nicht zum Kochen da, das wusste doch jeder. Was das alles kostete! Narek hatte ein Problem mit der Balance zwischen Einnahmen und Ausgaben.

Narek gab auch gerne ein wenig an – er wusste das und stand dazu. Deswegen fuhr er das 3er-BMW-Coupé, das nur ein bisschen tiefergelegt werden musste, damit es ihm richtig gefiel. Dann noch ein Spoiler am Heck, in Wagenfarbe lackiert, der machte das Auto schon im Stand schnell. Die Felgen mit den breiten Reifen – bisschen hart war die Karre, aber geil sah sie aus.

Ja, die Ausgaben! Narek musste einfach nebenher noch ein paar Sachen betreiben, denn das Geld vom Roten Kreuz war gerade mal die Basis. Es musste – wie Narek immer sagte – ab und zu mal »was obendrauf« haben. Die Libanesen vermittelten ihm öfter mal Jobs, auch solche, bei denen es aufs Fahren ankam. Voll drauf und spät bremsen. Zu spät bremsen. Narek konnte das. Die letzte Aktion hatte ihm schon einmal ganz ordentlich »was obendrauf« gebracht. Und jetzt würde er noch mal kassieren. Klasse!

Narek war eigentlich gut gestimmt und optimistisch, als er seine Wohnungstür aufschloss. Vier Treppen hoch, puh. Solange er weiter seine Zusatzjobs hatte – dafür musste er nur der Alten einen Denkzettel verpassen –, wäre die rundum geile Fortsetzung des guten Lebens möglich.

Narek lebte allein.

Heute allerdings nicht.

Sobald Narek die Tür hinter sich geschlossen hatte und im fensterlosen Flur stand, kam einer auf ihn zu. Soweit er das im Halbdunkel erkennen konnte, trug sein Besucher dunkle Hose, dunklen Fleecepullover und – das registrierte Narek sofort – eine dunkle Sturmmaske. »Narek Petrosian?«, fragte die Gestalt. Narek antwortete nicht, sondern holte aus und schlug mit voller Kraft in Richtung des maskierten Gesichts. Na ja, er wollte. Aber es kam was dazwischen. Ein Arm. Mit einer Faust. Narek war verblüfft – allerdings nur kurz, dann wurde ihm schwarz vor Augen.

Eine Minute war Narek weg. Dann kam er zu sich.

»Na, Schnucki? Wieder wach? … Hörst du mich?«

Narek würde spontan Ja sagen. Wäre da nicht das Ding im Mund. Er würde es gerne herausziehen. Wären da nicht die Handschellen. Es wäre gut, sich ein bisschen zu bewegen, wären da nicht die Fußfesseln.

Narek schwieg und wand sich auf seinem italienischen Sofa. Sonst sehr bequem, heute eher nicht. Narek entschied sich, erst mal stillzuhalten und sich zu sortieren.

Dafür sprach der andere.

»Pass auf, Schnucki. Ich bin hier an deinem iPad.« Er wedelte mit dem Tablet. Narek guckte. »Ich überweise gerade tausendfünfhundert Euro von deinem netten Konto auf ein nettes Konto meiner Wahl. Das hier sind deine Sparkassenunterlagen. Hast du ja alles gut geordnet. Ich bin jetzt online auf deinem Konto. Brav, da ist ein bisschen was drauf, und ich sehe, dass du überziehen darfst. Das ist aber lieb von der Sparkasse, gell, Narek? Dann machen wir das mal …« Narek schwieg.

»Ach, hier kommt im Moment die iTan auf deinem Handy an. Da, schau!«

Sein Peiniger schwenkte in der behandschuhten Hand Nareks Smartphone vor seinem Gesicht. »Perfekt, oder?« Narek guckte weg und schwieg.

Außerdem hatte Narek ein weiteres Problem. Ihm war übel, er hätte gerne gekotzt. Aber mit Knebel war das nicht so einfach.

»Das geht alles ganz leicht, Schnucki. Du hast doch nichts dagegen? Ich klicke jetzt auf Ausführen, oder?«

Narek brummte und bewegte den Kopf im Rahmen des Möglichen. Viel war nicht möglich.

»Nee? Aber mein Herzchen! Ohne dich geht's nicht. Wir wollen, dass du zustimmst! Du musst mitmachen! Also noch mal: Einverstanden?«

Narek schüttelte den Kopf.

»Schade«, sagte die Gestalt. »Dann erhöhe ich auf zweitausend. Und mein Kumpel kann das begründen, wenn du willst.«

Oh, das merkte er jetzt erst: Da bewegte sich was in der Küche, er sah jemanden durch die offene Küchentür. Noch so ein Typ, ebenfalls schwarz in schwarz und auch mit Maske. Narek hatte inzwischen Kopfweh (von dem Schlag) und außerdem eine Sauwut. Vor allem aber hatte er nicht den geringsten Schimmer, was hier abging. Und jetzt hielt dieser »Kumpel« Nareks neuesten Armani-Anzug hoch, wedelte damit und breitete ihn auf der Arbeitsplatte aus. Narek sah, wie der Typ eine qualmende Flüssigkeit auf das Kleidungsstück spritzte. Verdammt.

»Und jetzt die Küche«, säuselte Nummer zwei. »Uff, die Säure ist echt stark.«

Die Stimme von Nummer eins klang ganz freundlich: »Zweitausend! Zum Ersten, zum Zweiten und – du bist doch jetzt einverstanden, Schnucki?«

Narek schwieg. Zum ersten Mal im Leben hörte er seinen eigenen Herzschlag im Ohr. Interessant.

»Du musst nicken, Süßer«, sagte Nummer eins.

Nummer zwei verteilte den Inhalt der Flasche auf den glatten Küchenoberflächen und verkündete gut gelaunt: Sieht interessant aus, hier gibt's jetzt eine richtige Mondlandschaft.

Narek litt. Narek schwieg.

»Also noch mal: Zweitausend! Das letzte Gebot. Gehst du mit? Zum Ersten, zum Zweiten und …? Nickst du?«

Narek nickte nicht.

Da zerrte ihn Nummer eins weg vom Sofa. Mühelos hob er ihn hoch. Nummer zwei war mit der Säureflasche im Nu neben ihnen und gab großzügig Flüssigkeit auf die Polster. Es war ein Dreisitzer, der mit glattem Leder hellgelb bezogen war, Champagner nannte der Händler die Farbe. Jetzt rauchte es auf den Polstern, die Säure sickerte gefräßig in das Möbelstück.

»Das war bestimmt nicht billig«, sagte Nummer zwei.

»Hmhm!«, sagte Nummer eins.

Narek wurde auf einen Stuhl geschleift. Der Schleifer hatte Kraft.

»Hör zu, du Armenier, wir sagen dir, warum das hier passiert. Kapellenstraße, Ecke Körnerstraße. Erinnerst du dich daran? Als du die alte Dame abgezockt hast. Und dann unser Warnschuss Suarezstraße, Ecke Trendelenburg. Weißt du auch!«

Nummer zwei mischte sich ein: »Hat offenbar nichts genützt. Deswegen zünden wir jetzt die nächste Stufe. Es muss sein, verstehst du?«

Narek schwieg.

»Wir holen jetzt das Geld zurück. Fühlt sich bei dir nicht wohl. Es verlässt jetzt dein Konto. Du gibst es zurück plus, sagen wir mal, fünfhundert Euro Transaktionskosten. Wir sind ja nicht billig.« Nummer eins nickte zufrieden mit sich.

»Und wir geben dir noch etwas mit: Versuch sie nie wieder, deine Masche! Nie-nie-nie wieder. Sonst landet der Inhalt dieser Flasche auf deinem Kopf. Wir haben einen Vorrat. Danach vergisst du alles ganz automatisch. Auch, dass du vorher besser ausgesehen hast.«

»Na ja, besser schon«, sagte Nummer eins und lächelte. »Aber nicht wirklich gut.«

Jetzt war Narek so weit. Trotz Knebel wurde Kotzen zur echten Option. Aber er kam nicht dazu.

Man drängte ihn.

Nummer zwei: »Hast du verstanden?«

Nummer eins: »Du willst nicken, Süßer!«

Nummer zwei: »Lass ihn doch. Er muss nicht.« Er schwang die Flasche. »Ich würde gerne sehen, wie er aussieht, wenn …!«

Narek nickte.

Nummer eins warf Narek auf sein Löchersofa, warf ihn da hin wie einen wertlosen Sack, griff zu dem Smartphone und bestellte eine neue iTan. Die alte hatte sich verabschiedet. Da war schon die neue. Eingeben. Ausführen. Fertig.

Das Geld wanderte fröhlich auf ein Konto in New York. Dort würde es den Befehl erhalten, sich zu einer Zahlstelle von Western Union in Brooklyn zu begeben. Wo es jemand abholen und anschließend auf sein eigenes Konto einzahlen würde. Von dort würde das Geld ohne jedes Anzeichen von Jetlag auf das Konto eines Herrn van de Loo in Berlin wandern. Der würde den Betrag, tausendfünfhundert Euro, den Frau Stöffel unfreiwillig an Herrn Petrosian abgetreten hatte, auf ein Anweisungsformular zur Barauszahlung bei Western Union in Berlin schreiben und dieses Formular per Post an die

Dame schicken. Das übrige Geld war dazu da, die Kosten zu decken, die durch die zwei Schulungsmaßnahmen für Narek Petrosian entstanden waren.

Inzwischen hatte Nummer zwei kurz in sein iPhone gesprochen, und Narek war durch Nummer eins seiner diversen Zwangsmittel entledigt worden. Sie waren fertig, Nummer eins nickte und wandte sich an Narek: »Tut mir leid, Schnucki, wir müssen gehen.«

11

»Ich brauche Sie mal wieder«, sagte van de Loo. Er betrachtete sein Gegenüber und dachte: Ist deutlich älter geworden – ob er das noch kann? Laut sagte er: »Schön, dass Sie gekommen sind, nehmen Sie Platz.«

Dr. Becker zog seinen alten langen Trenchcoat aus, faltete ihn sorgsam zu einem rechteckigen Päckchen und schob sich ächzend auf den Stuhl, das Mantelpäckchen durfte auf dem Stuhl neben ihm Platz nehmen. Ringsherum herrschte der Trubel der besseren und gut gelaunten Gesellschaft, die sich mittags gerne an diesem Ort versammelte. Sie saßen im Wintergarten-Restaurant des Kaufhauses des Westens. Siebtes Stockwerk. Blick über Westberlin. Fast wie früher – als die Welt noch nicht durch Ostberliner gestört wurde. Dr. Becker legte Wert auf diesen Treff. Er ließ sich gerne einladen – und hier besonders gerne. Ohne sich mit Smalltalk aufzuhalten, hatte er van de Loo zugenickt, dessen stillschweigendes Einverständnis voraussetzend zur Karte gegriffen und mit dem Studium begonnen.

Van de Loo schwieg geduldig. Dr. Becker war Arzt. Anästhesist. Seit vielen Jahren im Ruhestand. Witwer. Bereit, sich hin und wieder etwas dazuzuverdienen. Stellte keine lästigen Fragen. So einen wie ihn benötigte das Team jetzt.

Dr. Becker war Westberliner und sagte das auch bei jeder Gelegenheit unaufgefordert. Er war überzeugt, dass es dem Westteil der Stadt zur Zeit der Teilung besser gegangen war. Jedenfalls lebte er seit Jahrzehnten in einer sehr großen und alten Wohnung in Schöneberg und beschränkte seinen alltäglichen Radius auf den Westen der Stadt. Van de Loo wusste, dass Dr. Becker noch nie auf dem Alexanderplatz gestanden hatte. »Was soll ich da?«, hatte er verständnislos geäußert. Und wenn man ihn nach der Charité fragte, schüttelte er nur den Kopf und murmelte: »Stasi-Ärzte.« Diskussion nicht möglich.

»Wollen wir?«, fragte Dr. Becker nach ausgiebigem Blättern und winkte bereits der Kellnerin. Sie kam schnell. Er sagte: »Ich hätte gerne den halben Hummer. Und eine halbe Flasche von Ihrem Champagner …« Er unterbrach sich selbst und verbesserte: »Ach was! Eine ganze Flasche. Die geht doch weg, oder?«

Van de Loo seufzte innerlich. Er hatte nicht vor, sich an diesem »Weggehen« zu beteiligen, und bestellte einen Teller gemischte Vorspeisen und ein Mineralwasser. Dann wandte er sich seinem Gast zu.

»Wir haben demnächst Arbeit für Sie«, sagte er, nachdem er sich vergewissert hatte, dass kein Bekannter in Sichtweite saß und der allgemeine Lärmpegel jedes Zuhören unmöglich machte. Direkt neben ihnen war eine Fünfergruppe Damen bereits beim zweiten Glas, alle waren bunt gemustert angezogen, beschwingt, fröhlich und laut.

»Aha«, sagte Becker desinteressiert.

Van de Loo hoffte, dass dieser Gleichmut nur gespielt war. Er brauchte den Mann wirklich. Aber da Becker bisher immer an einem Zubrot durch die Gesellschaft interessiert gewesen war, blieb er gelassen.

»Es geht darum, einen Mann in den Sechzigern für einen Krankentransport im Fahrzeug ruhig zu stellen«, sagte van de Loo. »Und dann nach ein paar Tagen für einen zweiten Transport. Beim zweiten Mal per Flugzeug. Ein Privatflieger, sehr professionell, sehr sicher. Sie müssten den Mann auf dem Flug begleiten. Das wird Mitte August sein. Ich möchte Sie dafür engagieren. Ach so, und ich möchte, dass Sie den Mann – von Anfang bis Ende, während er in unserer Obhut ist – regelmäßigen Gesundheitschecks unterziehen.«

Dr. Becker schaute ihn an. »Ruhig stellen?«

»Ja. Das heißt, er muss so betäubt werden, dass er seinen Transport nicht mitkriegt.«

»Dauer?«

»Sie meinen, wie lange der Transport dauert?«

Der Arzt nickte.

»Jeweils drei oder vier Stunden.«

»Weiß der Mann davon?«

»Nein.«

»Wird er es vorher erfahren?«

»Nein.«

»Wird er dabei mitmachen?«

»Eher nicht.«

»Hat er Vorerkrankungen?«

»Wissen wir nicht.«

»Kriegen Sie es raus?«

»Nein.«

»Was bedeutet: von Anfang bis Ende?«

»Genau lässt sich das nicht sagen, aber die gesamte Aktion wird sich über ein bis zwei Wochen hinziehen.«

Sie wurden unterbrochen, weil die Kellnerin kam. Mit Champagner und Wasser. Als Erstes öffnete sie den Champagner. Dr. Becker sah ihr wohlgefällig zu. Sie machte es in großer Ruhe, schließlich hob sich der Korken nach einer leichten Drehung ohne Knall lediglich mit einem eleganten Seufzer. Sie füllte Dr. Beckers Glas, van de Loo lehnte dankend ab.

»Na, kommen Sie!«, animierte ihn Becker.

»Gut, ein halbes Glas.«

Sie prosteten sich zu. Der Arzt nahm gleich zwei Schlucke. Dann noch einen. Damit war sein Glas fast leer, weshalb er die Flasche selbst aus dem Kühler zog und sich sorgfältig nachschenkte, ohne van de Loo zu fragen, ob der auch noch etwas wollte. Anschließend sicherte er die Flasche wieder in dem glänzenden Behältnis und blickte seinen Gesprächspartner an.

»Das klingt ein wenig illegal …«

»Es ist nicht legal«, sagte van de Loo ausdruckslos.

»Das wird teuer«, sagte Dr. Becker.

»Ich hatte es befürchtet«, sagte van de Loo.

»Pro Anästhesie fünftausend. Das sind zusammen zehn. Plus regelmäßige Kontrollen, noch einmal fünftausend. Macht zusammen fünfzehntausend.« Er griff wieder nach seinem Glas und fügte hinzu: »Ach so, natürlich plus Spesen.«

»Sie waren beim letzten Mal billiger«, sagte van de Loo.

»Die Inflation«, sagte Dr. Becker und zuckte die Schultern.

Welche Inflation?, dachte van de Loo und fragte: »Lässt sich darüber reden?«

»Eigentlich nicht«, sagte Dr. Becker.

»Auch das hatte ich befürchtet«, sagte van de Loo.

»Tja«, sagte Dr. Becker, nahm ein Schlückchen und setzte das Glas ab.

»Akzeptiert«, sagte van de Loo.

Ihr Essen kam.

Der Arzt freute sich, besichtigte wohlwollend sein Schalentier, sortierte genüsslich erst einmal alles auf seiner Platte neu und griff dann erneut nach dem Glas.

»Es wäre gut, wenn Sie während der Aktion nüchtern blieben«, sagte van de Loo.

»Wie kann man nur so wohnen«, dachte Ahlers. Und meinte damit die Stadt – Kassel, das Viertel, Nordstadt –, und ganz besonders das Haus, vor dem er nun stand.

Seine Leute hatten den Sharan diskret hundert Meter entfernt geparkt.

»Los, nehmt gleich alles mit«, hatte er ihnen gesagt, weil er fürchtete, Schueffner könnte am Ende eines langen Vorgesprächs womöglich das Interview vor der Kamera verweigern. Es war besser, gleich alles mitzubringen. Den Kameramann hatte er angewiesen, mit laufender Kamera die Wohnung zu betreten. Das war verboten. Aber gut.

Eine Siedlung aus den Fünfzigerjahren. Grau in grau. Hier hatte Hubert Schueffner also sein Zuhause. Der Ex-Vertriebsmann der Allgemeinen Städtebank. Der selbst ernannte Berater, was er mit einem

DIN-A4-kleinen Schild aus angegrautem Plastik am Hauseingang dokumentierte.

»Also hat er nicht einmal ein eigenes Büro«, dachte Ahlers, suchte unter den Klingeln das Schild mit dem Namen Schueffner und drückte entschlossen auf den Knopf.

Fast vierhundert Kilometer Autobahn lagen hinter ihm und seinem Team. Sie waren morgens um fünf Uhr in Berlin losgefahren. Immer diese langen Strecken, seufzte Ahlers im Stillen. Wirklich nicht schön.

Er wollte gerade zum zweiten Mal klingeln, als der Türsummer ertönte. Eine Sprechanlage hatte das Mietshaus nicht. Gott sei Dank, dachte Ahlers. Einen Lift hatte das Haus auch nicht. Was soll's, dachte Ahlers. Er machte sich auf den Weg in das dritte Stockwerk. Seine Leute ächzten unter der Ausrüstung.

Ein trostloses Treppenhaus. Mit einem abgewetzten Terrazzobelag und schrägen Stufenkanten. Armselige Pflanzen mit verstaubten Blättern in Plastiktöpfen auf den Fensterbrettern in den Treppenabsätzen. Jeweils zwei Wohnungstüren pro Stockwerk. Schuhe standen davor, manche ausgelatscht, alle ungeputzt. Trübe Sprüche an den Türen: *Jeder Gast bringt Freude, wenn nicht beim Kommen dann beim Gehen.*

Gruselig, dachte Ahlers. Dann waren sie oben.

Schueffner stand in der halb geöffneten Tür. Er guckte misstrauisch. Jetzt kam es darauf an: »Ich bin Sönke Ahlers. Vielen Dank, dass Sie für uns Zeit haben!«

Schueffner blickte sorgenvoll über Ahlers' Schulter, sah den Kameramann und den Assistenten, sah die Ausrüstung: Das alles gefiel ihm nicht.

»Ich …«, sagte Schueffner stockend. »Wer, bitte, sind Sie?«

»Sönke Ahlers«, wiederholte Ahlers. »Wir haben telefoniert. Ich komme wegen der Städtebank. Ihr Thema, Herr Schueffner! Sie sind mein Experte!«

»Experte?« Schueffner sah man an, dass er sich überrumpelt fühlte.

Ahlers näherte sich der Tür, überschritt mit Vorsatz den Abstand, den man gegenüber anderen Menschen einhalten soll, und sagte: »Ich würde gerne reinkommen.«

»Ja …« Schueffner wich zögernd zurück.

Ahlers rückte sofort nach, trat in den Flur. Dahinter das Kamerateam. Der Kameramann trug die Kamera auf der Schulter. Das rote Kameralicht war ausgeschaltet.

Wir sind drin, dachte Ahlers erleichtert.

»Eigentlich möchte ich nicht …«, sagte Schueffner. Ahlers registrierte das »eigentlich«.

Er setzte sein freundliches Lächeln auf. »Ich kann Sie verstehen, Herr Schueffner. Ein schwieriges Thema. Aber es geht um Gerechtigkeit und Wahrheit. Sie können dafür sorgen, dass sich die Wahrheit durchsetzt. Sie haben es in der Hand, für Gerechtigkeit zu sorgen.«

Schueffner stieß die angelehnte Tür zu einem kleinen Raum auf und sagte: »Bitte!«

Sie betraten einen Raum, den ein Architekt vor fünfzig Jahren mit dem Wort »Kinderzimmer« belegt hatte. So bezeichneten die Bauträger ganz kühl den jeweils kleinsten Raum in kleinen Wohnungen: eine Zelle für das Kind. Jetzt war diese Zelle ein Büroräumchen. Karg eingerichtet mit Schreibtisch, zwei Stühlen und schiefen braunen Regalen an den Wänden. In den Regalen zu Hunderten die Broschüren, die Schueffner als Berater geschrieben und im Selbstverlag gedruckt hatte. Die obersten Exemplare waren staubig.

Mit dem Verkauf läuft es nicht so, dachte Ahlers.

Er winkte seinem Kameramann, ihm zu folgen. Der machte mit der freien Hand eine fragende Geste. Übersetzt hieß das: »Wie soll ich hier in dieser Enge drehen?«

Ahlers machte seinerseits mit dem Zeigefinger der rechten Hand kreisende Bewegungen und meinte damit »Lass weiterlaufen!«. Irgendwie musste der das hinkriegen. Die ersten Minuten sind immer die spannendsten, dachte Ahlers.

Schueffner murmelte »Einen Moment bitte« und verschwand.

»Wie soll das gehen?«, zischte der Kameramann. Draußen im Flur wartete der Assistent mit dem Stativ, das einfach keinen Platz in dem Raum haben würde, wenn sich Schueffner erst an seinen Schreibtisch gesetzt hätte und Ahlers neben ihm Platz nahm.

»Von der Schulter!«, zischte Ahlers zurück.

»Und Licht?«, flüsterte der Kameramann.

»Muss so gehen!«

»Dann beschwer dich später aber nicht über ein mieses Bild!«

Die Kamera lief. Es war still in der Wohnung.

Ob er allein lebt?, dachte Ahlers. Das schien Schueffner geahnt zu haben.

»Meine Frau ist auf der Arbeit«, sagte er, als er wiederkam.

Inzwischen hatte er sich eine Wolljacke übergezogen, die ihn altbacken aussehen ließ. An den Füßen trug er jene hellbraun-dunkelbraun karierten Hausschuhe mit einer Blechschnalle oben, von denen Ahlers gedacht hatte, dass sie seit Jahrzehnten ausgestorben seien. In den Händen hielt er eine Wasserflasche und zwei Gläser.

Die Kamera lief ununterbrochen.

Jetzt erst bot er Ahlers einen Stuhl an und setzte sich selbst. Er guckte zunächst Ahlers, dann den Kameramann an, ignorierte den Assistenten im Flur und sagte: »Ich weiß gar nicht … also, wie machen wir das?«

»Einen schönen Gruß von Herrn van de Loo. Er hat Sie empfohlen.«

Schueffner nickte stumm.

»Ich würde Ihnen gerne ein paar Fragen stellen«, sagte Ahlers.

»Alles habe ich schon erzählt, alles!«, sagte Schueffner widerborstig. Ihm gefiel die Idee nicht, noch mal seine Vergangenheit aufrollen zu müssen.

»Ja, ich weiß«, sagte Ahlers. Er musste noch über diese Hürde. »Aber Sie sind der wichtigste Mann, wenn es um die Aufklärung der Vergangenheit der Städtebank geht. Sie können helfen, das aufzuarbeiten.«

Man sah Schueffner nicht an, was er dachte.

»Sie haben eine entscheidende Rolle.«

»Wer sind Sie?«, fragte Schueffner unvermittelt.

Das weiß er doch, dachte Ahlers.

»Ich bin Fernsehmann, Dokumentarist«, sagte Ahlers und wählte dieses sperrige Wort mit Absicht. »Und ich komme von der Gesellschaft für unkonventionelle Maßnahmen.«

»Dokumentarist?« Man spürte, dass Schueffner mit dem Wort nicht richtig klarkam.

»Ich dokumentiere Ereignisse. Als Reporter. Auch Fälle, die lange nicht aufgeklärt wurden. Wie die Sache mit der Städtebank. Nachher mache ich mit Ihnen ein Interview vor der Kamera.«

»Die Kamera läuft noch nicht?«

»Nein! Noch nicht!«, log Ahlers.

»Wozu das Interview?«

»Weil es darauf ankommt, aufzudecken, was in der Vergangenheit falsch lief«, sagte Ahlers und formulierte vorsichtig. »Und darum, was man heute machen müsste, damit sich so etwas nicht wiederholt, und um die Menschen zu schützen.«

Das müsste reichen, dachte er. Vor allem hatte er alles vermieden, was nach Sensationspresse klang, nach Skandalisierung. Nach all dem, was er im Grunde beabsichtigte.

Man sah Schueffner an, dass er versuchte, sein Gegenüber einzuschätzen. Die Worte schienen ihn zu beruhigen. Aber dann hatte er noch eine Frage: »Und Sie arbeiten für die Gesellschaft für unkonventionelle Maßnahmen?«

»Ja«, log Ahlers. »Ja, und ich bereite eine Fernsehdokumentation vor. Sie soll in drei Wochen laufen.«

Schueffner blickte vor sich hin.

Dann stellte er eine Frage. »Bevor ich mit Ihnen rede, will ich eine Adresse.«

»Aha?«

»Die Adresse von Tretter.«

Ahlers hätte lügen können, aber diesmal schaffte er es nicht. Ein Ausweichversuch: »Der hat viele Adressen.«

»Die deutsche Adresse!«

Ahlers war genervt, zumal er seinen Kameramann ächzen hörte, und wollte die Sache voranbringen. »Gut. Ich gebe sie Ihnen. Wenn wir fertig sind.«

»Versprochen?«

»Ja! Können wir jetzt?«

Schueffner nickte.

Danach lief es.

Schueffner redete mit seiner hohen und heiseren Altmännerstimme, die Ahlers schon von der Audiodatei der Gesellschaft kannte. Er wollte ausführlich seine Bankkarriere und ihr jähes Ende beschreiben. Ahlers beschleunigte diesen Teil, weil er das alles bereits wusste und nicht benötigte.

Schueffner beschrieb noch einmal, wie er sich zum Schluss alleingelassen gefühlt hatte. »Ich war denen lästig. Ich wurde abgeschoben. Wie alle Vertriebsleute.«

»Sie haben das einfach so hingenommen?«, fragte Ahlers.

»Was sollte ich machen?«

»Sie hätten auspacken können. Sie hätten laut protestieren können. Oder demonstrieren!«

Die Vorstellung einer Demonstration brachte Schueffner zum Lächeln. Über seine interne Aktion, die er van de Loo gegenüber geschildert hatte, wollte er hier und jetzt offenbar lieber nicht reden. »Ich glaube, Sie verstehen nicht«, sagte er. »Wir waren doch nach außen die Bösen. Einen öffentlichen Protest hätte damals keiner verstanden. Wir mussten einfach stillhalten.«

»Das ist jetzt anders.«

»Kann sein«, sagte Schueffner.

»Sie könnten protestieren – jetzt!«

»Tja«, sagte Schueffner, »vielleicht.«

»Sie könnten handeln.«

»Sie meinen: mich wehren?«

»Ja. Auch wehren. Einfach mal aufstehen und rufen: So war es!«

Unvermittelt sagte Schueffner: »Der Tretter!«

»Sie meinen den Vorstandsvorsitzenden Dr. von Tretter?«

»Ja«, sagte Schueffner. »Der Tretter ist der Schlimmste von den Schlimmen. Dem würde ich es gerne zeigen. Jetzt bin ich bereit.«

»Aha, wollen Sie mir etwas über ihn erzählen …?«, sagte Ahlers.

»Ich weiß nicht viel über ihn persönlich«, sagte Schueffner. »Für uns war er ja unerreichbar. Ein Herrgott!«

»Das heißt?«

»Unsere Chefs haben immer gesagt: Verkauft! Ihr müsst verkaufen! Tretter will das so! Holt Erfolge rein! Das ist ein Befehl von *ihm*! Tretter wurde uns als Vorbild vorgehalten. Er hatte sich alles ausgedacht, alles organisiert, alles geschah nach seinem Willen, auch wenn er sich nie sehen ließ.«

»Gab es nie gemeinsame Veranstaltungen?«

»Was?«

»Na, zum Beispiel Betriebsversammlungen?«

»Wir gehörten nicht zum Betrieb. Wir waren Tagelöhner.«

»Warum haben Sie das mitgemacht?«

»Warum?«, fragte Schueffner zurück, mit Häme in der heiseren hohen Stimme. »Weil ich wie die anderen auch an das ganze Gerede glaubte. Dass wir eine Schlüsselrolle für die Bank hätten. Wir seien die Leute an der Front, hieß es. Das gefiel uns.«

Gut, dachte Ahlers, es reicht. Er schaute den Mann an. Ein Sympathieträger war Schueffner nicht, und so richtig clever wohl auch nicht. Hier saß er in seinem Kasseler Mief und haderte mit der Vergangenheit.

Schueffner hatte während der letzten Minuten meist auf den Tisch geblickt. Augenkontakt war nicht seine Sache. Jetzt verlor er sich sichtlich in seinen Erinnerungen.

Vollkommen glaubwürdig kommt er auch nicht rüber, dachte Ahlers, der im Geiste schon am Schneidetisch saß. Aber es war nicht zu ändern. Jetzt musste er noch – wie angekündigt – das vermeintlich offizielle Interview vor der Kamera führen. »Wir nehmen jetzt die Kamera dazu«, log er.

Schueffner war in Gedanken. Vermutlich spürte er selbst, dass er wie ein Verlierer aussah. Dabei war er – wenn man seinen Worten glauben durfte – einst voller Hoffnungen gewesen, zu Beginn seiner Karriere bei der Bank. Schueffner kehrte zurück in die Gegenwart.

»Soll ich eine Krawatte anziehen und ein Jackett?«, bot er an.

»Nicht nötig«, sagte Ahlers.

»Ich brauche einen frischen Akku«, meldete sich der Kameramann.

Frischer Akku?! Hoffentlich fällt das dem Schueffner nicht auf, dachte Ahlers.

Der Assistent kam mit einem Akku aus dem Flur.

»Weiter von der Schulter?«, fragte der Kameramann Ahlers.

Weiter? So ein Idiot, dachte Ahlers, den mache ich nachher rund. Aber Schueffner merkte nichts oder verstand nichts, und Ahlers nickte nur.

»So, jetzt nehmen Sie Papiere in die Hand«, sagte Ahlers zu Schueffner. »Blicken Sie sorgenvoll drauf.«

Sorgenvoll? Schueffner ließ Ahlers' Regieanweisungen widerspruchslos über sich ergehen, schien aber nicht recht zu wissen, wie man sorgenvoll guckt.

Na, wie immer, dachte Ahlers, sagte es aber nicht.

»Auch mal mit Kopfabstützen!«

Kopfabstützen? Schueffner blickte ratlos.

»Na los! Sie sollen sorgenvoll Ihren Kopf stützen und auf die Papiere schauen!«

Schueffner tat so, als ob.

»Jetzt blicken Sie aus dem Fenster! In Gedanken. Blick in die Ferne.«

Schueffner gab sein Bestes. Na ja, dachte Ahlers.

»So«, sagte er. »Danke. Das war gut.«

Danach stellte er Schueffner mit dem Mikro in der Hand drei Fragen, die dieser unbeholfen beantwortete. Er spürte den Druck der laufenden Kamera und sprach unnatürlich und zögerlich und schaute Ahlers zwischendurch sorgenvoll an.

»Sie machen das sehr gut.« Ahlers konnte prima lügen. Dann fügte er hinzu: »Ich habe jetzt alles, was ich brauche. Wenn Ihnen noch etwas einfällt, was Sie wichtig finden, melden Sie sich. Hier finden Sie meine Kontaktdaten.« Er fummelte seine Karte aus der Tasche, notierte seinen Beitrag zum Interview-Deal auf die Rückseite und reichte sie Schueffner wortlos. Der nahm sie und betrachtete ausschließlich die Notiz auf der Rückseite. Ahlers wurde klar, genau darum war es diesem Mann gegangen.

»Herr Schueffner«, sagte Ahlers, »ich danke Ihnen, dass Sie sich die Zeit genommen haben.«

Der Abschied war kurz.

Draußen atmete Ahlers auf. Dann wandte er sich an seinen Kameramann und fauchte: »Du hast mir das fast versaut.«

»Wie soll ich denn in dieser Bude gescheite Bilder machen?«, gab der zurück. »In diesem Raum! Ohne Stativ! Ohne Licht.« Und sichtlich froh, dem schnöseligen Reporter noch eins mitgeben zu können, fügte er hinzu: »Außerdem lief nur das Mikro auf der Kamera. Mit dem Ton wirst du nicht glücklich.«

»Wehe dir«, drohte Ahlers.

Der Assistent packte schweigend die Geräte in den Van. Er wollte sich mit keinem von den beiden anlegen. Ahlers warf noch einen unfrohen Rundumblick auf die Kasseler Tristesse und stieg hinters Steuer. Sie fuhren zurück nach Berlin, ohne viel miteinander zu reden.

12

»So kann es nicht weitergehen!«, hatte Cromms Schwester am Telefon gesagt.

Was mag denn jetzt wieder sein, hatte Cromm gedacht. Nach der Entlassung des unehrlichen Kellners war doch wieder Ruhe eingekehrt.

Aber Giuseppa hatte ihn kühl ins Parma 1 beordert. Zum Arbeiten! Na toll! Wer war er denn?

Die Familie mit dem norditalienischen Namen Davines betrieb in Berlin insgesamt vier Pizzerien, alle hießen Parma, durchnummeriert von eins bis vier. Cromm war mit seinem Panda auf dem Weg in die größte Pizzeria, den Hauptsitz sozusagen. Es war früher Nachmittag, und der Schwall der Mittagskunden war schon abgezogen.

Das Parma 1 lag nicht weit von der Tauentzienstraße, gehörte schon seit Jahrzehnten der Familie, war gut besucht sowohl von Verkäufern und Angestellten der umliegenden Läden und Betriebe, die mittags da ihre Pause verbrachten, als auch von Touristen. Abends kamen dann die Nachbarn aus dem Viertel. »Pizzeria« war eigentlich Tiefstapelei, denn im Laufe der Jahre hatte sich der Laden zum guten Restaurant entwickelt. Es gab ernsthafte und gute italienische Küche, *Primo*, *Secondo*, *Carne* und *Pesce* und dazu gute Weine. Pizza existierte auf der Speisekarte, machte aber längst nicht mehr den Hauptumsatz aus.

Der Name Davines war der Mädchenname ihrer Mutter gewesen. Deren Familie hatte vor vielen Jahrzehnten, aus Parma kommend, die Pizzeria aufgemacht, damals eine der ersten in Berlin. Sie hatten den Namen für die GmbH beibehalten, Davines Restaurantgesellschaft mbH. Als Firma Cromm wären sie nicht so authentisch erschienen. Mit dem Italienischen hielten sie es unterschiedlich. Für die Gäste wurde überwiegend ein Kauderwelsch praktiziert. *Va bene?* und *Arrivederci!* waren selbstverständlich. Was die Gäste nicht wussten: Die meisten Kellner mussten eine Art Basis-Italienisch lernen, weil sie aus Pakistan kamen oder aus Indien. Stammgäste wurden pflichtgemäß begrüßt mit *Buongiorno Dottore!* oder *Come va? Tutto bene?*. Ein Italiener hätte erkannt, dass das nicht ganz echt war.

Die Einrichtung der vier Restaurants war unterschiedlich. Parma 1 hatte den Stil aus den Anfangsjahren beibehalten. Trotz mehrfacher Renovierungen war es bei den schweren Tischen geblieben, viel Holz für die Möbel, dazu braune Täfelung mit umlaufenden furnierten Holzbrettern, auf denen eine stolze Parade (leerer) Flaschen für Italiens Weinkultur warb. Dazu tütenförmige Hängelampen mit weißen Porzellanschirmen. Gediegen nannten das die Gäste. Cromm hielt es für altmodisch.

Ganz anders Parma 2, 3 und 4. Zweimal in Neukölln und einmal in Kreuzberg. Giuseppa und er waren sich einig gewesen: Da wächst ein anderes Publikum heran, die brauchen eine andere Einrichtung. Es gab eine Reihe von Stehplätzen mit Hockern an der Bar. Es gab viele kleine Tische aus MDF-Platten. Es gab dazu Stühle, die aussahen, als seien sie in einer Berufsschule nach vielen Jahren unter den Hintern von Schülern weggezogen worden. Kleine weiße Lampen über der Bar und große runde, geflochtene Schirme über den Tischen. Tagsüber wurde gut ausgeleuchtet, und abends drehten die Restaurantleiter am Dimmer und führten die Gasträume langsam ins Halbdunkel. »Für die örtliche Szene«, hatte Giuseppa lächelnd gesagt. Cromm gefiel das besser als der Spießerstil im Parma 1.

Gemeinsam war allen Lokalen eine unsichtbare Videoüberwachung – Cromms Idee. Weitwinkelig über der Theke mit Blick auf den größten Teil des Gastraums. Sie wollten vorbeugen, falls zum Beispiel irgendwann gebührenpflichtiger Schutz angeboten werden sollte, den sie ganz sicher als überflüssig empfinden würden. Es war noch nicht vorgekommen, aber man wusste ja nie.

Ebenfalls gemeinsam war allen Restaurants die Speisekarte. Mochten auch Teller und Besteck je nach Einrichtungsstil variieren, auf die Tische kam das Gleiche: *ossobuco, bistecca di vitello* –

Kalbsschnitzel, *merluzzo* und natürlich Pizza und Pasta. Die Gäste merkten das nicht, aber hinter dem italienischen Erscheinungsbild der Pizzerien steckte ein klares Marketing. Es funktionierte seit Jahrzehnten. Es war ertragreich.

Seine Schwester Giuseppa war gelernte Kauffrau und die entscheidende Geschäftsführerin, zuständig für alle vier Betriebe. Keiner von ihnen beiden hatte das Kochen gelernt, aber sie wussten, worauf es ankam, wenn sie Köche für die Betriebe einstellten. Auch die Kellner mussten das Handwerk nach den Regeln beherrschen, also professionell servieren, von rechts hinten an den Gast herantreten, nichts einfach so über den Tisch reichen, nicht übers Handgelenk eingießen, den Daumen vom Tellerrand fernhalten – also ganz anders als der Alltag in vielen Kneipen.

Giuseppa wusste, dass in der Gastronomie die regelmäßige Anwesenheit des Wirts einfach wichtig war. Ihr Stammplatz war im Parma 1, aber sie fuhr von morgens bis abends zwischen ihren Restaurants hin und her, fragte nach den Umsätzen, blickte den Köchen über die Schulter, prüfte die Speisekarten und kontrollierte die Fingernägel der Kellner. Ein Wirt, der sich zu oft abseilte, musste Qualitätsverluste hinnehmen, und vor allem riskierte man – wie erlebt – Schwund in der Kasse.

Silvio Cromm gehörte formal zur Geschäftsführung. Er bezog ein kleines Gehalt. Seine Schwester hatte das Sagen, den größeren Anteil an der GmbH und das bessere Gehalt. Das war wie bei ihren Eltern. Auch da hatte die Mutter die Hoheit über das Restaurant gehabt, während ihr Vater bis zum Schluss bei Siemens als Elektriker gearbeitet hatte.

»So kann es nicht weitergehen.« Cromm wusste im Stillen, was Giuseppa meinte. Er drückte sich einfach zu oft. Ließ sich nicht regelmäßig in den Restaurants sehen, obwohl es zu seinen Pflichten gehörte. Andererseits wusste er auch, dass seine Schwester sich nicht reinreden lassen wollte. Er hatte seine Aufgaben. Es war vereinbart, dass er sich um die Steuer und die Einkäufe kümmerte. Dazu gehörten die monatliche Vorauszahlung der Umsatzsteuer und die Steuererklärung. Außerdem die Kontrolle der Ein- und Ausgaben und die Kontrolle der Fahrtenbücher des Fiat Doblò, der als Lieferwagen genutzt wurde, sowie des BMWs seiner Schwester und seines Pandas (für das Finanzamt allesamt Dienstwagen). Aber das alles machte er nebenbei. Manchmal zu Hause, manchmal im Vereinsbüro. Er war selten im Restaurant.

Stimmt, sie hatte recht, so konnte es nicht weitergehen. Cromm gestand es sich ein und betrat in demütiger Stimmung die Pizzeria, bereit für einen Kniefall.

»Ciao, Silvio!« Seine Schwester kam auf ihn zu, musterte ihn kritisch und küsste ihn. Allein die Tatsache, dass er postwendend aufgetaucht war, stimmte sie versöhnlich. Obwohl sie ihm bis heute nicht verzeihen konnte, dass er keine Familie gründen und mit Frauen nichts anfangen wollte. Aber das war jetzt kein Thema.

Cromm setzte sich an den Tisch neben der Theke, an dem auch das Personal sich zwischen sechzehn und siebzehn Uhr zum Essen niederließ. Giuseppa war nach der Begrüßung kurz verschwunden und kam jetzt mit Ordnern und dem Laptop wieder an den Tisch. Cromm seufzte und begann mit seinem Buchhalterjob. Giuseppa kannte ihn und stellte ein Glas Montepulciano vor ihn.

Nach zweieinhalb Stunden (und einem weiteren Glas Wein) war Cromm durch. Wenn man sich einmal dransetzt, ist es leicht zu schaffen, ermunterte er sich selbst.

»Das ist echte harte Arbeit«, sagte er zu Giuseppa. Sie sollte ja nicht denken, dass es hier um einen einfachen Job ging. Seine Schwester nickte, strich ihm über die Stirn, wusste, dass es keine harte Arbeit war und er bemitleidet werden wollte.

»Armer Silvio«, sagte sie ironisch.

»Silvio muss demnächst ein paar Tage wegfahren«, sagte Cromm.

»Das ist nicht gut«, sagte seine Schwester.

»Silvio kommt wieder«, sagte Cromm lächelnd. »Weißt du, das ist noch nicht mal Urlaub. Sonst wäre ich länger weg.«

»Was ist es dann?« fragte sie.
»Das willst du nicht wirklich wissen.«
»Geht es um Sex?«
Cromm musste grinsen. »Nein, Giuseppina!«
Sie gab auf.

»Die Geschichte ist gut!« Ahlers musste sich kräftig ins Zeug legen, um für sich und vor allem für sein Exposé zu werben. Der Redaktionsleiter guckte skeptisch.

Ahlers ließ sich nicht beirren. Der Redaktionsleiter guckte generell skeptisch. Das unterstrich seine professionelle Grundhaltung – oder was er dafür hielt.

Sie saßen im Büro des Redaktionsleiters, vorletztes Stockwerk in einem Hamburger Hochhaus. Der Mann war beim Sender keine kleine Nummer. Man sah es an seinem Büro: drei bodentiefe Fenster nebeneinander, das war in der Hierarchie Oho! Er hatte jahrelang als Korrespondent in Moskau und danach noch mal zwei Jahre in Washington gearbeitet.

Er war ein guter Reporter gewesen, mit Einsatzwillen auch bei kritischen Themen, mit Nähe zu den Objekten seiner journalistischen Begierde, und er sprach und schrieb bis heute ein gutes Deutsch, frei von Floskeln und Plattheiten. Die Jahre im Ausland waren meine beste Zeit, dachte der Redaktionsleiter manchmal.

Aber dann hatte man ihm das Ressort Deutschland/Wirtschaft in der Zentrale angeboten. Er war schon nicht mehr ganz jung gewesen und wollte gerne mit seiner Frau zusammenleben, die in Hamburg seit Jahren fest angestellt war. Also hatte er den Job angenommen. Es war eine Managementaufgabe. Hatte er das gewusst? Hatte man es ihm gesagt? Nein. Keiner. Schon gar nicht der Chefredakteur, der selber eher Sponti als Ordnungsmacht war. Management hatte der Redaktionsleiter nie gelernt, weshalb er sich bis heute schwertat mit dem Job. Nur dass es für ihn als inzwischen dreifachen Familienvater und mit einer geräumigen modernen Wohnung als abzuzahlendes Wohneigentum keinen Weg zurück mehr gab.

Wenn Reporter bei dem Redaktionsleiter erschienen und voller Sturm und Drang ihre Projekte verkaufen wollten, überkam ihn einerseits Wehmut. Andererseits Neid. Er suchte nach Gegenargumenten. Zum Beispiel so: »Die Geschichte ist alt!«

»Was heißt alt?«, fragte Ahlers.

»Der Skandal mit der Städtebank liegt Jahre zurück«, sagte der Redaktionsleiter. »Das ist Vergangenheit. Der Vorstand wurde vor ewiger Zeit gefeuert. Heute ist der ganze Laden auf einem ordentlichen Weg, na ja, ich sage mal: auf einem besseren Weg. Worüber sollen wir uns denn aufregen? Oder vielmehr: Worüber sollen sich unsere Zuschauer aufregen?«

»Über die Enthüllung!« Ahlers ärgerte sich über den abschätzigen Ton des Redaktionsleiters. Er war sich seiner Sache absolut sicher. »Noch nie wurde so über das Innenleben einer Bank berichtet. Erst jetzt wird klar, was damals passierte.«

»Na und?«

»Was soll das heißen: Na und!«, sagte Ahlers mit wachsendem Ärger, trotzdem blieb er weiterhin höflich. Er wollte ja etwas verkaufen, nämlich seine Reportage. Das ging nur mit freundlichem Gesicht, geheucheltem Verständnis und natürlich mit Argumenten.

»Ich habe einen, der ganz unten in der Galeere saß, einen der Verkäufer. Er gibt alles zu. Der enthüllt die Tricks. Mit klaren Worten. Ich habe Opfer, die bis heute an den Folgen leiden. Wenn ich Glück habe, höre und sehe ich demnächst den Oberbösen, den damaligen Vorstandschef. Der sich seit Jahren versteckt hält. Ich bin an ihm dran. Wenn das klappt, kann ich ihn zitieren, vielleicht sogar vorführen. Alles neu. Alles noch nie gesendet.«

»Tja«, sagte der Redaktionsleiter, und seine Gedanken schweiften ab. Er dachte daran, dass am Abend ein Treffen mit den anderen Redaktionsleitern anstand. Ein Arbeitsgespräch, wie es der Chefredakteur liebte, mit viel Essen und Trinken. Endlos. Lästig.

»Hm«, sagte der Redaktionsleiter nach seiner gedanklichen Rückkehr an den Schreibtisch.

Das war ein gutes Signal. Wenn der Redaktionsleiter ein »Hm« von sich gab, war er auf dem Weg zu einem positiven Entscheid. Ahlers setzte einen drauf.

»Das alles«, sagte er stolz, »hat noch niemand gebracht.«

Beinahe hätte er gesagt: Und ich bin der Beste, um das auf den Sender zu bringen. Aber er musste sich zurücknehmen. Er wollte das Nicken des Redaktionsleiters und durfte daher auf keinen Fall dessen Konkurrenzdenken anstacheln. Schließlich ging es um viel Geld. Er hatte die ersten Interviews bereits vorfinanziert. Er war unter Druck.

»Sie wären der Erste, der das sendet«, sagte Ahlers. Er hatte das schon gesagt, aber er hatte den Eindruck, dass sein Gegenüber zeitweise abwesend war.

Der Redaktionsleiter schwieg. Er dachte nach. Er dachte zehn Sekunden lang nach. Ahlers wusste, jetzt hieß es ruhig bleiben.

»Guuuuut«, sagte der Redaktionsleiter. Ahlers jubelte im Stillen. »Dann reden wir jetzt mal über Termine, den Umfang, das Bildmaterial. Und vor allem: über das Honorar.«

Ahlers setzte einen bescheidenen Gesichtsausdruck auf. Es ging jetzt zur Sache.

Der Redaktionsleiter seufzte. So eine Story hätte er gerne selbst recherchiert und geschrieben. Er blickte Ahlers von der Seite an und dachte: Du wirst das so auch nicht mehr lange machen können. Und was kommt dann? Ich bin immerhin Redaktionsleiter! Daraufhin ging es ihm besser, er drückte den Rücken durch und rief seine Assistentin, bestellte in Chefmanier frischen Kaffee, fragte (weil er selbst aus der alten Zeit der trinkfreudigen Journalisten stammte) Ahlers, ob er einen Whisky wolle. Als der verneinte, nahm er selbst einen. Dann lehnte er sich zufrieden zurück und blickte Ahlers auffordernd an.

Das Gespräch dauerte noch zwanzig Minuten.

13

»So, Freunde, es ist so weit!« Van de Loo klatschte in die Hände, um Ruhe zu schaffen. Gerade waren alle im Büro eingelaufen. Man begrüßte sich, redete durcheinander, sprach über die Bundesliga (nicht alle). Van de Loo musste die Stimme heben, um sich Gehör zu verschaffen.

Er grinste und spielte Vereinsvorsitzender: »Darf ich bitten, Platz zu nehmen!« Er machte eine kurze Pause. Stühle wurden gerückt. Auf dem Konferenztisch standen Wasserflaschen, Gläser und Päckchen mit Erdnüssen und Keksen.

»Meine Dame, meine Herren«, sagte van de Loo im Tonfall eines Taubenzüchtervereinsvorsitzenden. »Hiermit ist die Vollversammlung unseres Vereins Gesellschaft für unkonventionelle Maßnahmen eröffnet. Alle Mitglieder sind anwesend. Wir sind vollzählig.«

Ironischer Beifall von den fünf. Die Stimmung war gut. Zum dritten Mal seit Bestehen der Gruppe stand eine große Aktion an. Aufregung war spürbar und auch Genugtuung darüber, endlich wieder einmal dem selbst erhobenen Anspruch gerecht zu werden.

Van de Loo genoss diese Vorbereitungstreffen. Diese Vorfreude, wenn alle erwartungsvoll auf ihn schauten. Wenn sie wussten, dass es hart wurde, dass von ihnen das Äußerte gefordert sein würde, zugleich aber auch eine Aktion bevorstand, auf die am Ende das ganze Land schauen würde. Eine Aktion, die eine ordentliche Bandbreite an Reaktionen auslösen würde, Schadenfreude, Empörung, Zustimmung, Genugtuung, Kopfschütteln. Sie waren sich einig: Es konnte losgehen.

Es wurde ruhig.

»Inzwischen sind unsere Vorbereitungen weitgehend abgeschlossen«, sagte van de Loo. »Aber erst noch mal zum aktuellen Stand: Silvio, du bist dran.«

Cromm räusperte sich. »Gut. Ich mache es kurz. Alles, was ihr neulich von diesem Schueffner, einem der ehemaligen Finanzberater der Städtebank, gehört habt, entspricht den Tatsachen. Wir haben das, soweit es möglich war, überprüft. Und der Schlimmste von allen war wohl tatsächlich der Vorstandschef. Auch das haben unsere Recherchen bestätigt. Der hat sich vieles persönlich ausgedacht, der hat die extra-fiesen Aktionen angeordnet oder verantwortet, er kannte die Folgen, und er hat persönlich am meisten profitiert.« Cromm wandte sich van de Loo zu.

»Das heißt, er ist unsere Zielperson«, sagte van de Loo. Er berührte sein Tablet. Ein Porträtfoto erschien auf dem Monitor an der Stirnseite des Raumes.

»Hier ist er«, sagte van de Loo. »Dr. Wilhelm von Tretter. Heute 69 Jahre alt. 1,77 Meter groß, 71 Kilo Gewicht. Gesund und sportlich. Keine chronischen Krankheiten. Vermögend. Zwei Kinder. Geschieden. Lebt allein.

Irgendjemand kommentierte: »Das ist gut.«

Van de Loo ging nicht darauf ein. »Tretter begann seine Karriere als Mitarbeiter bei Cargill Consulting Deutschland, stieg schnell auf und wurde später Partner – das heißt Teilhaber. Seit 2002 war er Vorstandsvorsitzender der Allgemeinen Städtebank. Im Jahr 2006 wurde der Vertrag einvernehmlich, wie man so sagt, aufgelöst. In Wirklichkeit gab es Krach wegen seiner Führungsmethoden. In diesen vier Jahren an der Spitze hat er pro Jahr zwei Millionen Euro erhalten, das sind zusammen acht Millionen. Außerdem erhielt er wie vertraglich vereinbart einen hohen Bonus, eineinhalb Millionen pro Jahr, also sechs Millionen. Anschließend zahlte man ihm eine Abfindung von drei Millionen Euro. Wir haben außerdem erfahren, dass ihm von einigen Fondsgesellschaften Provisionen in Höhe von eineinhalb bis zwei Millionen gezahlt wurden. Natürlich Schwarzgeld. Also ohne Finanzamt.« Er zuckte die Schultern.

Ein Raunen ging durch die Gruppe. Sie waren keine Anfänger, und die Summen der Vorstandsgehälter im Topmanagement waren ihnen im Prinzip geläufig. Dennoch verblüffte es alle fünf immer wieder, wie viel Geld man machen konnte, wenn man es an die Spitze eines Unternehmens geschafft hatte. Sogar dann noch, wenn man wie Tretter vorzeitig aus dem Vorstand verjagt wurde.

Van de Loo klopfte auf den Tisch. Es wurde ruhig. Jetzt war Cromm wieder dran.

»Die Lage ist so, dass die Geschäfte natürlich von einem ganzen Vorstandsgremium verantwortet wurden«, erklärte Cromm. »Außerdem gab es einen Aufsichtsrat, der zu allem Ja sagte. Eigentlich müssten wir die alle anpacken. Aber wir können nun mal nicht alle Mitglieder eines Vorstands und eines Aufsichtsrats drankriegen. Da würden wir uns verheben. Also konzentrieren wir uns auf Tretter. Der war ganz offensichtlich am skrupellosesten. Und das war ihm auch bewusst, denn er ist seit seinem Ausscheiden aus der Bank ganz schnell unbekannt verzogen. Einem Teil der Öffentlichkeit ist das Desaster der Städtebank noch in Erinnerung, auch dass der Chef damals abtauchte, ist unvergessen. Wir müssen ihn also finden. Und wir können die Aufmerksamkeit der Leute auf unsere Aktion lenken, wenn wir ihn auftreiben.«

»Silvio und ich haben ursprünglich gehofft, dass wir auf sein Vermögen zugreifen und es an die Opfer verteilen könnten.« Van de Loo machte weiter. »Das war allerdings zu kurz gedacht.«

»Es war geradezu naiv!«, sagte Cromm und schüttelte den Kopf.

»Na gut, naiv«, sagte van de Loo leicht angenagt. »Warum? Erstens: Es gibt Tausende oder womöglich Zehntausende Geschädigte, manche von ihnen haben wenig verloren, manche viel. Wir könnten das niemals gerecht verteilen, und jeder Versuch würde möglicherweise zu Streit und Missgunst führen. Außerdem bliebe pro Kopf nur wenig übrig.«

Im Raum murmelten sie Zustimmung.

»Zweitens: An wohltätige Organisationen spenden ist nicht ohne weiteres möglich. Wie soll das gehen? Die müssten das Geld zurückgeben, weil wir natürlich nicht rechtmäßig in den Besitz des Vermögens kommen würden und es nicht rechtmäßig weitergeben dürften. Vor allem aber drittens: Sein Vermögen liegt fest. Der Herr von Tretter hat natürlich nichts so angelegt, wie er es damals seinen armen Kunden empfohlen hat. Wir wissen nicht, ob er irgendwo eine Briefkastenfirma oder eine Steuersparstiftung hat. Auf den einschlägigen Listen taucht sein Name nicht auf, das muss aber nichts bedeuten. Doch allein schon das konservativ angelegte Vermögen ist ordentlich. Er hat das schlau gemacht. Bitte, Silvio!«

Cromm hantierte auf seinem Tablet. Auf dem Monitor erschien das Luftbild eines großen amerikanischen Einkaufszentrums, mit mehreren weitläufigen, gut gefüllten Parkplätzen und einem Motel am Rande.

Van de Loo konnte es sich nicht verkneifen: »Drohnen können sich lohnen.« Eschweiler, mit einer kalten f6 im Mund, nickte zustimmend.

»Hier ist das Shopping-Center in San Antonio, Texas, USA«, sagte Cromm. »Direkt neben dem SeaWorld-Center. Wert einhundertzwanzig Millionen Dollar. Ihm gehört ein Zwölftel.«

»Also zehn«, rechnete Feli laut vor.

Nächstes Foto. Wieder ein amerikanisches Einkaufszentrum. »Schön, oder?«

»Nicht schön! Groß!«, sagte Feli kritisch.

»Na gut: groß! Es liegt in Orlando, Florida. Da ist er ebenfalls Teilhaber, ich schätze, mit vier Millionen Dollar Einlage.«

Nächstes Foto, ein echter Touristentraum. Man sah einen großen grünen Park mit Palmen und zwei Haupthäusern, zwei große Pools und vor allem viel Strand und Meer. Im Meer standen auf Holzpfählen viele mit Palmwedeln gedeckte Bungalows. Cromm erläuterte: »Hier sind wir auf den Malediven. Dies ist ein Ferienclub der oberen Preisklasse, der für Jahrzehnte an einen Touristikkonzern aus Paris vermietet ist. Auch dies ein Objekt im zweistelligen Millionenbereich. Tretters Anteil: zwanzig Prozent.«

Van de Loo lehnte sich zurück: »Ihr seht, der hat sein Geld sicher angelegt. Das lässt sich nicht so schnell flüssigmachen. Er kassiert jährliche Zinsen zwischen vier und acht Prozent. Bei den zwanzig Millionen, die er zum Schluss anlegen konnte, sind das so etwa eineinhalb Millionen Euro. Pro Jahr.«

»Damit kommt man zurecht.« Cromm nickte ironisch in die Runde. Die Gruppe guckte neidisch und etwas ungläubig. »Wahnsinn«, flüsterte Eschweiler.

»Acht Prozent!«, rief Feli. »Ich muss mal mit meiner Sparkasse reden!« Alle lachten.

»Genug Geld zum Leben, zumal er keine Miete zahlen muss«, lächelte van de Loo.

Cromm nickte. »Nein. Denn er hat sich ein Reihenhaus in Bielefeld gekauft.«

Im Raum entstand Unruhe. Cromm hobt die Hand: »Scherz! Hier seine Immobilien für die private Nutzung.«

Er wischte übers Tablet.

»Dies ist sein Haus am Wexford Club Drive auf Hilton Head Island.« Man sah einen großen Bungalow auf einem weitläufigen Grundstück, umgeben von vielen anderen einstöckigen Häusern, alle mit Pools, alle mit großen Rasenflächen, alles schön großzügig.

»Wo ist das?«, wollte Pfister wissen.

»Hilton Head Island ist eine amerikanische Insel«, erklärte Cromm. »Am Atlantik. South Carolina. Ziemlich feudale Gegend. Und sein Haus liegt in einer Club-Anlage mit bewachter Einfahrt.«

»Also kein Überraschungsbesuch?«, fragte Feli.

»Könnte schwierig werden«, sagte van de Loo.

»Die Sommer sind extrem heiß und feucht, aber er verbringt da vor allem die trockenen und warmen Winter«, sagte Cromm. »Wenn es hier bei uns nicht so schön ist. Außerdem hat er ja Alternativen. Hier!«

Noch eine Luftaufnahme. Man sah wieder einen Bungalow, diesmal ein verwinkeltes Haus mit Veranden und kleinen Balkons, viele schmiedeeiserne Gitter, die Wände grob weiß verputzt, einzelne Natursteine ragten aus dem Putz, die Fenster aus dunklem Naturholz, mit Sprossen und oben rundem Abschluss. Bauträger nannten so etwas mediterranen Stil. Das Grundstück war eher klein, mit sorgfältig angelegtem Garten und mit einer hohen immergrünen Hecke zur Straße, ringsum andere Häuser, alle in der Nähe einer Klippe, zum blauen Meer ging es steil hinab.

»Dies ist sein Haus auf Mallorca«, sagte Cromm. »Da ist er in letzter Zeit eher selten. Im Allgemeinen im Frühjahr, wenn Mandelbäume und Mimosen blühen. Es soll dort sehr hübsch sein. Es liegt an der Südostküste, sechzig Kilometer von Palma entfernt, sehr ruhig, wenige Touristen, und wenn, dann keine Ballermänner. Der Ort heißt Cala Santanyí, und dort ganz versteckt am Ortsrand in einer kleinen Straße kurz vor der Klippe, da hat er dieses Haus, das von der Straße kaum einsehbar ist und auch nicht sonderlich viel hermacht. Aber …«

»Aber …?«, fragte Tabak.

»Aber …«, sagte Cromm, »innen ist es – laut Informant – ziemlich gut ausgestattet.«

»Tja«, sagte van de Loo, »alles nicht so einfach, wenn wir mit ihm ein gutes Gespräch führen wollen.«

Alle lächelten.

»Es gibt Hoffnung«, sagte van de Loo. Seine Zuhörer spitzten die Ohren.

»Ja«, sagte Cromm und zeigte noch ein Haus aus der Luft. »Das ist Kronberg im Taunus.«

»Da wohnen doch die Frankfurter Banker«, rief Feli.

»Genau, ganz in der Nähe der City«, sagte Cromm, »Kronberg im Hochtaunuskreis ist ein reicher Ort mit hoher Bankerdichte. Da hat Tretter schon vor seinem Ausscheiden aus der Bank eine Immobilie gekauft, sie saniert und für seine Bedürfnisse umgebaut. Hier seht ihr aus der Luft das Appartementhaus mitten in der kleinen

Stadt, mit drei Stockwerken. Ziemlich unauffällig. Im Erdgeschoss, im ersten und zweiten Stock befinden sich je zwei Mietwohnungen mit je vier Zimmern. Der dritte Stock wurde komplett zur Penthouse-Wohnung umgebaut: sechs Zimmer, rundum Terrasse, separater Aufzug von der Tiefgarage bis oben. Das ist sein Wohnsitz, wenn er im Lande ist.«

Jetzt kam Leben in die Runde. »Da könnten wir ihn besuchen?«, rief Eschweiler.

»Wann ist er denn im Lande?«, fragte Feli.

»Auf nach Kronberg«, rief Tabak, als ob er den Ort kennen würde, und rieb sich die Hände.

Van de Loo hob beide Hände, wie ein segnender Pfarrer.

Cromm lächelte und rief: »Ja, ja, freut euch nur, er kommt wirklich!«

Sofort war Stille.

»Nach ziemlich langwierigen Recherchen haben wir in Erfahrung gebracht, dass Tretter in etwa zehn Tagen nach Deutschland kommt.«

Man hörte jemanden tief Luft holen. Man hörte die Spannung. »Nach Kronberg?«, fragte Tabak.

»Er kommt aus Atlanta und landet in Hamburg. Wir wissen noch nicht, was er da tut. Jedenfalls fliegt er drei Tage später von dort aus nach Frankfurt. Unser Informant sagt, dass er sich am Flughafen Frankfurt wie immer einen Mietwagen nehmen und damit nach Kronberg fahren wird. Das ist unsere Chance.«

Jetzt benötigten alle eine Pause. Sie mussten das verarbeiten. Van de Loo sagte: »Fünf Minuten Raucherpause. Auch ohne Rauchen.«

»Von wegen«, knurrte Eschweiler und suchte nach seinem Päckchen.

Aus den fünf Minuten wurden zehn, alle hatten schnell mal E-Mails gelesen oder telefoniert. Eschweiler sah das nicht gerne, weil ihm nicht wohl war, wenn man sie alle auf einem Fleck orten konnte. Aber diese Vorsicht ging den anderen zu weit. Zumal sie ja aktuell gar nichts laufen hatten.

Jetzt rief van de Loo: »Weiter geht's. Setzt euch!« Und dann: »Silvio und ich wollen den Plan vorstellen.«

Die Neugier trieb sie auf ihre Plätze.

Van de Loo übernahm den ersten Part: »Ihr habt gesehen, dass jedes Vorhaben, ihm sein Vermögen aus dem Immobilienbesitz abzunehmen, scheitern muss. Diese Geschäftsimmobilien, an die kommen wir nicht ran. Außerdem geht es da um so gewaltige Summen, da würde man uns möglicherweise ins Visier nehmen und ernsthaft jagen. Es bleiben nur seine laufenden Konten. Aber was heißt nur? Er hat immerhin so etwa dreißigtausend Euro hier bei einer deutschen Bank und zurzeit elftausend Dollar in Amerika bei der Citi. Da kommen wir leichter ran, das dürfte etwa unsere Kosten decken. Bei der Aktion.«

»Denn«, sagte Cromm, »wir haben uns etwas überlegt.«

Er machte eine Pause, um die Spannung zu erhöhen.

»Wir wollen ihn«, sagte van de Loo ganz kühl, »entführen.«

Im Raum herrschte Stille.

14

Zum Kotzen alles! Narek sah sich genötigt, seine trotz aller Lüftungsorgien immer noch nach Schwefel riechende Wohnung zu verlassen. Fenster auf. Und weg.

Wut war das eine Gefühl. Scham das andere. Und alles überlagert von einem großen Staunen. Er hätte gerne jemand angerufen, seine Freundin zum Beispiel. Oder vielleicht sogar den blöden Chef der blöden Libanesentruppe. Er brauchte Trost.

Er hätte gerne geredet. »Stell dir vor, was mir passiert ist.« Und: »Kannst du dir das vorstellen?« Vor allem: »Was soll ich tun?«

Dumm nur, dass der Chef von den tausendfünfhundert Euro, die Narek von der Alten eingestrichen hatte, zwei Drittel für sich beanspruchte. Provision nannte der das, für das Ausbaldowern der Kreuzungen, die Fahrzeuge, die sogenannten Zeugen. Und Narek schuldete ihm diesen Anteil noch. Wenn er nicht bald mal zahlte, gab's Druck. Zwei Drittel. Eintausend Euro. Aber woher nehmen? Der Chef kannte da keinen Spaß. Saublöd so was.

Außerdem gab es gewisse Umstände, die alles etwas schwierig machten. Die Typen hatten sein Handy mitgenommen. Das iPad auch. Der WLAN-Anschluss war zickig geworden. Der Router? Wo war der eigentlich geblieben? Einen Festnetzanschluss besaß Narek schon lange nicht mehr. Hatte er auch nicht gebraucht.

Er hätte die Nachbarn fragen können, ob sie was gesehen oder gehört hatten, ob sie ihm helfen könnten. Aber das waren alles solche Idioten. Spastis. Opfer. Ihm normalerweise weit unterlegen. Und Narek hatte sie das jahrelang spüren lassen, was, das war ihm klar, jetzt nicht so gut kam. Die würden es ihm jetzt heimzahlen.

Narek war sauer, gedemütigt und hilflos, als er die Wohnung verließ. Ein paar Hundert Meter weiter stand, auf einem großen baumbestandenen Platz, sein Dreier. Schönes Auto! Bis auf die rechte Seite. Die sah immer noch übel aus. Er musste jetzt einfach mal fahren. Nur so: fahren. Er musste Gas geben. Er wollte auf die Autobahn, wo volles Tempo ging. Die Drehzahl hochjagen, damit er selbst wieder runterkam. Hier in der Tasche der Autoschlüssel, den hatten sie ihm gelassen. Der Dreier. Tür auf. Reinsetzen. Schlüssel drehen. Nichts.

Der Motor sprang nicht an.

Dafür aber das Radio.

Eine Stimme, dumpf und drohend: »Hallo, Narek!«

Die Stimme von Nummer eins!

»Na? Geht's wieder?«

Narek würde auf keinen Fall in seinen schönen Dreier kotzen. Niemals. Auch wenn es ihn schon wieder würgte …

»Du weißt, was du versprochen hast?«

Da war er wieder, der scharfe Geruch. Die Schwefelsäure.

»Riechst du es? Ja, wir haben noch was übrig. Extra für dich. Falls du quatschst!«

Iiiiiich? Warum sollte ich quatschen?

»Wenn du redest, wirst du geschwefelt. Das wird eklig. Dann pfeift der Wind durch dich durch. Also: Vergiss nicht, dass du alles vergessen sollst. Alles! Auch deine Rechts-vor-links-Nummern. Vergiss sie einfach. Klar?«

Zittern. Unkontrolliert.

»Mach's gut, Narek. Mach es gut, Schnucki. Und nimm die U-Bahn. Dieser BMW, weißt du, der tut's gerade nicht. Er ist – nun ja, einfach etwas löchrig.«

Es war der Stick. Der hatte gesprochen. Neben dem Radiodisplay steckte ein USB-Stick. Und im Fußraum des Beifahrersitzes schwappte ein Rest Flüssigkeit in einem offenen Schälchen.

Narek zitterte. Zappelte. Brüllte.

Nicht weit entfernt von ihm auf der Straße rollte ein Fahrradkurier vorbei, schaute interessiert in seine Richtung. Dann trat er in die Pedale und zischte ab.

Zur gleichen Zeit war Ahlers in Norderstedt. Bei Frau Raue. Doris Raue, 72 Jahre. Auch sie war damals in der Zeit der »aktiven Vertriebspolitik der Städtebank« – so nannten es die Banker damals beschönigend – deren Kundin gewesen, eine von vielen. Aber sie hatte spezielle Erfahrungen gemacht. Darüber sollte sie reden. Dumm nur, dass sie eigentlich nicht darüber reden wollte. Nie mehr. Das war das Problem.

Doris Raue war eine eindrucksvolle Erscheinung. Groß, schmal, elegant. Sie trug kurze graue Haare, eine weiße Bluse mit hochgestelltem Kragen, einen dunkelblauen schmal geschnittenen Rock. Kurze Perlenkette. Ein Ehering. Keine Uhr.

Es war schon schwer genug gewesen, an diesen Kontakt zu kommen. Es hatte nur über einen Anwalt in Wilhelmshaven funktioniert. Der schirmte sie ab, aus Fürsorge, wie er sagte. Mit der Fürsorge war sich Ahlers nicht so sicher. Aber er musste da durch.

Der Anwalt war geschäftstüchtig. Seine Spezialität waren geschädigte Bankkunden. Je mehr sich das in der Szene der Betroffenen herumsprach, umso besser für die Kanzlei. Als Ahlers um ein Interview gebeten hatte, war der Anwalt schnell bereit gewesen. Also rückte Ahlers mit voller Besetzung in Wilhelmshaven an. Kameramann, Assistent, Beleuchter und er – vier Mann in einem Teamwagen. Ein Einsatz, der Ahlers inklusive Spesen fast zweitausend Euro kostete. Das Interview hatte ein Vorgespräch erfordert, eine Anwaltsassistentin – hübsch, jung, lächelnd – musste oder durfte die ganze Zeit zuhören.

Dann hatten sie vor der Kamera ein Dreißig-Minuten-Gespräch geführt, in dem der Anwalt sehr oft »ich« sagte und die Assistentin im Hintergrund gelangweilt zuhörte. Die Namen seiner Mandanten nannte er nicht, weder während des Interviews noch danach. Das müsse Ahlers doch verstehen. Diese Leute wüssten sich nicht auszudrücken und würden in die Fallen der Gegenseite laufen. Ihre Chancen stünden besser, wenn sie ihn sprechen ließen.

Fatzke!, dachte Ahlers und beschloss noch während der Aufnahmen, ihm nicht mehr als sechzig Sekunden in der Dokumentation einzuräumen. Oder noch nicht mal so viel.

Während er das dachte, lächelte ihm die Assistentin zu. Ahlers lächelte zurück. Sie denkt sich ihren Teil, dachte er.

Schließlich ein jovialer Abschied. Das Kamerateam bekam einen Kaffee. Der Anwalt strich sich über die blonden Locken und fand sich toll. Er müsse jetzt wieder arbeiten und es habe ihn gefreut.

Am Ende hatte Ahlers von der Assistentin unter der Hand, nach Ablegen eines Schweigegelübdes und der Zahlung einer Unkostenerstattung in Höhe von zweihundert Euro – wie sie das genannt und er es brav übernommen hatte –, die Telefonnummer von Frau Raue und einige eilig zusammenkopierte Seiten aus ihrer Fall-Akte erhalten.

Er hatte Frau Raue angerufen. Sofort, noch während er im Teamwagen vor der Kanzlei saß. Ohne lange Vorbereitung.

Sie hatte sich vorsichtig gemeldet. Aber nicht sofort aufgelegt – immerhin. Sie hatte ihn angehört.

Als er den Namen der Bank genannt hatte, war es still geworden. So still, dass er zunächst dachte, sie hätte doch noch aufgelegt.

Hatte sie aber nicht.

Es war schwierig gewesen, Frau Raue zu überzeugen, dass es gut für sie wäre, über ihre Erfahrungen mit der Bank zu reden. Der Schmerz saß tief, die Wut war groß, und dazu kam auch noch die Scham darüber, dass sie sich über den Tisch hatte ziehen lassen. Die Scham war das größte Hindernis. Ahlers hatte es auf die direkte Tour versucht: »Ich vermute, Sie schämen sich.«

Das saß. Wer lässt sich so etwas gerne sagen?

Ahlers sagte: »Sie schämen sich, weil Sie sich betrügen haben lassen. Das verstehe ich. Ihre Scham ist verständlich. Aber wenn Sie darüber reden, wird es Ihnen besser gehen. Also bitte, reden Sie.«

Und er war damit erfolgreich gewesen. Sie hatte zugesagt, jawohl. Jetzt. Sofort. In zwei Stunden. Das Team steuerte Norderstedt an.

Frau Raue hatte einst einen Bungalow besessen – das wusste Ahlers aus den Unterlagen. Ein weißes Haus mit 145 Quadratmetern Wohnfläche, flachem Walmdach, Kunstschiefer gedeckt. Umgeben von vierhundert Quadratmetern Garten, vermutlich dem typischen Rasen-Blumenbeet-Gemisch der Vorstadt. Frau Raue, kinderlose Witwe, hatte in diesem Haus gelebt. Vermutlich nicht übertrieben glücklich, aber angemessen zufrieden. Das Haus war bezahlt. Die Rente reichte gut zum Leben. Der Rest ihres Weges war vorgezeichnet. Bis der Mann von der Städtebank in ihr Leben gekommen war.

Die navigierende Stimme lotste den Teamwagen in ein einfaches Viertel in Norderstedt. Sie parkten vor einem in die Jahre gekommenen Mietshaus. Im Erdgeschoss befand sich ein Kiosk mit Lotto-Annahmestelle. Insgesamt achtzehn Wohnungen, kleine Wohnungen, das sah man von außen. Bescheidene Verhältnisse.

»Jungs, bitte macht mir Aufnahmen von diesem Viertel«, sagte er zu seinen Leuten. »Von diesem Haus und drum herum, den Mülltonnen, den Briefkästen von der Seite ohne Namen, vom Treppenhaus. Nehmt alles, was trübselig aussieht.«

Der Kameramann nickte. Die beiden anderen packten aus.

»Ich rufe euch, wenn es oben losgeht«, sagte Ahlers und klingelte. Ihm wurde sofort geöffnet.

»Hier lebe ich jetzt also«, begrüßte ihn Frau Raue. Dieser Journalist hatte recht: Man musste über die Dinge reden, sie rauslassen, dann konnte man über sie hinwegkommen.

»Guten Tag. Sönke Ahlers«, sagte Ahlers. Er kam in Jackett und Jeans, mit offenem weißem Hemd und sah sehr vertrauenerweckend aus. Er gab ihr die Hand, sah sich unbefangen um und folgte ihr durch einen schmalen Flur.

»Dies ist das Wohnzimmer«, sagte Frau Raue. »Viel mehr gibt es nicht.« Ahlers befand sich in einem Zwanzig-Quadratmeter-Raum, vollgestopft mit älteren Möbeln, die irgendwann irgendwo vielleicht angemessen gewesen und hier vor allem zu groß waren und zu viel

Platz brauchten. Frau Raue konnte Gedanken lesen: »Ich kann mir nichts Neues leisten.«

»Schön« sagte Ahlers wahrheitswidrig, um einen Einstieg zu finden. »Immerhin mit Ausblick.« Das Zimmer hatte über die volle Breite einen Balkon, der ebenfalls vollgestopft war. Der Blick reichte bis zum nächsten Mietshaus, ebenfalls Balkons, auch vollgestopft.

»Setzen Sie sich«, sagte Frau Raue, »ich hole den Kaffee, dann kann's losgehen.«

Sie ist tapfer, dachte Ahlers, setzte sich und holte seinen Block hervor.

Der Kaffee stand auf dem Couchtisch, Leibniz-Kekse daneben. Ahlers kam wieder direkt zur Sache: »Ich habe mich gefreut, dass Sie so schnell bereit waren. Lassen Sie uns jetzt erst einmal in Ruhe reden. Und nachher machen wir dann ein kurzes Interview vor der Kamera. Einverstanden?«

Frau Raue holte hörbar Luft. Ahlers im Stillen auch.

»Vor der Kamera!«, sagte Frau Raue. »Davon haben Sie nichts gesagt am Telefon!«

»Aber ich habe gesagt, dass ich Fernsehen mache …«

Frau Raue nickt. »Ja«, gab sie zu.

»Na dann«, sagte Ahlers diplomatisch, »unterhalten wir uns doch erst mal.«

Frau Raue holte noch mal Luft, gab ihrer Stimme Festigkeit und fing an zu erzählen.

»Es ging damit los, dass in meiner Post Briefe von der Städtebank waren, die ganz anders klangen als sonst. Es waren nicht die üblichen Kontoauszüge. Das war Reklame, laut und aufdringlich. Ich müsse was tun, hieß es da, sonst hätte ich im Alter Geldprobleme.«

Frau Raue lachte ohne Fröhlichkeit. »Ich hatte überhaupt keine Geldprobleme – damals.«

Ahlers nickte und nahm einen Schluck Kaffee.

»Eines Tages rief dann jemand bei mir an. Ein Mann von der Städtebank. Ich hätte doch ein Sparkonto.«

»Sie dachten, er wäre Bankmitarbeiter?«

»Natürlich! Er sagte es vielleicht nicht ausdrücklich. Aber er sagte, er wäre von der Bank. Da muss man doch glauben, er sei ein richtiger Bankberater, oder?«

»Tja.«

»Sie sagen das so skeptisch«, sagte Frau Raue empört. »Heute, nach dem, was wir wissen! Aber damals?«

»Sie haben recht.«

»Er sagte, er hätte gute Nachrichten für mich und würde gerne vorbeikommen. Ich war einverstanden. Und wenig später tauchte er dann bei mir zu Hause auf. In meinem Bungalow. Ich weiß noch, dass er sich anerkennend umsah. Er gab mir eine Visitenkarte mit seinem Namen. Außerdem stand da, er wäre Berater, und daneben groß das Zeichen der Städtebank. Später erkundigte er sich, wie hoch denn meine Belastung durch die Immobilie wäre. Er meinte, ob ich Zins und Tilgung für das Haus zahlen müsse. Als ich sagte, alles bezahlt, da hat er aufgehorcht.«

»Er hat Geld gewittert.«

»Ganz genau!« Frau Raue ließ die Szene im Kopf ablaufen: »Er saß auf diesem Sessel, auf dem Sie jetzt sitzen, klappte seinen kleinen Computer auf und tippte vor sich hin. Ich hatte schon mein Sparbuch bereitgelegt, aber das wollte er gar nicht sehen. Er sagte zu mir: ›Sie haben auf dem Sparbuch fünfundsiebzigtausend Euro drauf.‹ Ja, sagte ich und dachte, der muss doch in Ordnung sein, sonst könnte er ja nicht mein Konto einsehen.«

Ahlers nickte. Und dachte: Das hätte mir auch passieren können. Das war schon eine richtig linke Nummer.

»Und dann erzählte er mir: ›Da kriegen Sie Zinsen, aber viel ist das nicht. Kleckerlesbeträge!‹ Genau dieses Wort hat er benutzt. Ich höre ihn noch. Ich sagte: ›Dafür ist das Geld sicher!‹ Die Summe hatte ich von der Lebensversicherung meines Mannes bekommen. Mir reichten die Zinsen, und das erklärte ich dem Mann von der Bank auch. Er tippte wieder in den Computer, als ob er rechnete, und sagte: ›Sie könnten viel mehr haben. Sie könnten über tausend Euro im Monat haben. Und die Geldanlage wäre genauso sicher.‹«

Man sah, wie Frau Raue die Zahlen im Kopf durchging.

Sie sagte: »Über tausend Euro. Zusätzlich zur Rente. Ich sah sofort vor mir, was ich damit machen könnte. Wissen Sie, ich habe damals gut gelebt von dem, was ich zur Verfügung hatte. Konnte mir ab und zu ein hübsches Kleidungsstück kaufen oder mal mit Freundinnen Essen gehen. Aber tausend Euro mehr! Ich dachte, das wäre doch mindestens eine richtig große Reise pro Jahr. Oder ein kleines Auto. Irgendwann ein Wintergarten hinten am Haus. Das lief bei mir alles wie im Film ab.«

»Und dann?«, fragte Ahlers.

»Wollte ich wissen, ob dafür das Geld vom Sparbuch reichen würde. Der Mann bot gleich an: ›Haben Sie Interesse? Soll ich es Ihnen vorrechnen?‹ Und das Unheil nahm seinen Lauf.«

Ahlers sagte ganz kühl: »Weil er Sie dann eingewickelt hat?«

Frau Raue musste schlucken. Dann nickte sie.

Der Mann habe von sechs und mehr Prozent Zinsen gesprochen. Vollkommen sicher. Nicht mehr Risiko als auf dem Sparbuch. Tausend Euro pro Monat seien das Mindeste, sagte er. Die Zahl Tausend hatte sich richtig in ihrem Kopf festgesetzt, hätte sie benebelt, erzählte Frau Raue. So sehr, dass es sie nicht so richtig erschreckte, als der Mann nebenbei erklärte, so viel Zinsen könne man mit dem Guthaben vom Sparbuch allein nicht erwirtschaften. Aber das Haus sei doch unbelastet, oder? Da könne man locker eine Hypothek über hunderttausend Euro aufnehmen. Das koste ein bisschen Tilgung und Zinsen, bringe aber ein Vielfaches an Gewinn.

»Ich habe das damals alles verstanden«, sagte Frau Raue. »Jedenfalls habe ich gedacht, ich hätte es verstanden. Ich habe dem zugestimmt, bei vollem Bewusstsein. Alles unterschrieben.«

Ahlers kannte den weiteren Verlauf der Geschichte aus seinem Vorgespräch in der Anwaltskanzlei. Auf ihr Haus hatte Frau Raue eine

Hypothek von der Städtebank aufgenommen, hunderttausend Euro, mehr ging nicht. Sie musste dafür dreieinhalb Prozent Zinsen bezahlen und ein Prozent Tilgung. Das kostete schon mal fast vierhundert Euro im Monat. Das Geld vom Haus und vom Sparkonto wurde in geschlossenen Fonds angelegt, es war ein Wetteinsatz auf Frachtschiffe sowie die Finanzierung für die Produktion eines deutschen Films, eine Komödie, von der der Verkäufer behauptete, das würde ein weltweiter Erfolg. Frau Raue wurde zur Unternehmerin, ohne dass sie es wollte und wusste. Zunächst gab es Gewinne auf ihrem Konto, wenn auch nicht die versprochenen tausend Euro im Monat.

Aber als es irgendwann zu viele Schiffe für zu wenig Fracht gab und viele von ihnen auf Reede stillgelegt werden mussten und als der von ihr mitfinanzierte Film an den Kinokassen floppte, da blieben erstmals die Zinsen aus, und Frau Raue wurde unruhig.

»Ich habe damals in der Bank angerufen und nach dem Berater gefragt. Den gibt es hier nicht, sagte man mir. Den erreichen Sie unter seiner Nummer direkt.«

Da hatte Frau Raue angefangen, sich Sorgen zu machen. Unter »seiner Nummer direkt« tat sich nichts. Der nette Mann von der Städtebank war gar nicht von der Städtebank, er war auch nicht mehr nett. Es gab ihn nicht mehr.

Stattdessen waren Briefe gekommen. Hinter dem schwer verständlichen Deutsch der Finanzbranche schimmerte die düstere Wahrheit. »Ausfälle«, hieß es da, »kritische Lage am Markt der Bulkcarrier« und »unternehmerische Haftung«. Gemeint war, dass man Frau Raue anzapfen wollte. Sie musste den bescheidenen Anfangsgewinn zurückzahlen. Man drohte sogar, dass sie Geld zuschießen müsse, sie sei schließlich Mitunternehmerin, das habe sie unterschrieben. Zugleich stiegen die Hypothekenzinsen. Sie musste plötzlich mehr als sechshundert Euro im Monat zahlen, um die Hypothek zu bedienen. Es wurde eng.

Frau Raue reduzierte ihre Lebenshaltungskosten, gönnte sich nichts mehr, versuchte immer wieder den Bankmenschen zu erreichen, der jedoch unbekannt verzogen war, und als sie schließlich die Zinsen nicht mehr bezahlen konnte, klangen die Briefe der Städtebank, die bisher »als Partner in allen Lebenslagen« aufgetreten war, auf einmal richtig böse. Partnerschaftlich war da nichts mehr. Stattdessen ließ die Bank ihr Haus zwangsversteigern.

Am Ende dieser Schilderung war ihre Stimme nicht mehr fest. Sie benötigte ein Taschentuch. In dem kleinen vollgestopften Wohnzimmer in der jämmerlichen Mietwohnung in dem trübseligen Viertel sah Ahlers eine elegante ältere und gebrochene Frau.

»Als der Anwalt mich ansprach, schöpfte ich Hoffnung«, sagte Frau Raue. »Er sagte, er werde für mich kämpfen. Es war ein Lichtstreif am dunklen Himmel.«

»Ja, das glaube ich«, sagte Ahlers. Er hatte den Anwalt kennengelernt, ersparte Frau Raue aber seine Einschätzung.

Dieser Mann schmückte sich mit dem ungeschützten Titel »Verbraucheranwalt«. Bei der Städtebank war er kein Unbekannter. Er vertrat einige Mandanten, denen es ähnlich ergangen war wie Frau Raue. Sie jedoch hatte es besonders schlimm getroffen. Wäre sie an die Öffentlichkeit gegangen, hätte es einen Aufschrei gegeben. Damit drohte ihr Anwalt der Bank und bot zugleich einen Ausweg. Die Bank wollte keinen Aufschrei und war dem Anwalt dankbar.

Herausgekommen war am Ende ein Vergleich. Besser geht es nicht, hatte der Anwalt gesagt. Frau Raue hatte ihr Haus verloren, ihre Investments waren fast wertlos geworden, der Anwalt hatte diese Papiere zu einem lächerlichen Betrag über Zweitverwertungsplattformen losgeschlagen, die Bank zahlte eine kleine Summe »ohne Anerkennung eines schuldhaften Verhaltens« und verbunden mit der Verpflichtung für sie, über die Sache zu schweigen. Eine Privatinsolvenz konnte sie vermeiden.

Was Ahlers erfahren hatte, Frau Raue aber nicht: Der Anwalt hatte mit der Städtebank gedealt. Die Bank hatte Angst gehabt vor einem Prozess und vor negativen Schlagzeilen. Das hatte die nette Anwaltsassistentin freimütig erzählt. Und noch mehr. Nämlich dass es sich für den Anwalt jedes Mal gelohnt hatte, wenn er einen Mandanten vom Vergleich hatte überzeugen können. Zwanzigtausend Euro für ihn persönlich und in bar. Das war so etwa der Betrag, den auch Frau Raue durch den Vergleich erhalten würde. Der Anwalt fand das großartig. Für die Bank war es das auch.

Was Ahlers außerdem wusste, Frau Raue aber nicht: Dieser Anwalt beschäftigte viele der ehemals freiberuflichen Verkäufer der Städtebank als Tippgeber. Sie arbeiteten für ihn auf Honorarbasis und hofften als Belohnung auf eine Festanstellung. Die wurde ihnen wie die Banane dem Affen versprochen. Nur versprochen.

Das war nicht besonders fein von dem Anwalt, allerdings lohnend. Die Tippgeber öffneten ihre Karteien, lieferten ihm die Hintergründe der damaligen Finanzgeschäfte, die Adressen der Kunden und die Informationen zum aktuellen desolaten Zustand der Investments. Nach außen gab sich der Anwalt also als Kämpfer für die Rechte geschädigter Bankkunden, der immer neue Mandanten fand, für die er – wie er sagte – angesichts der Situation das Beste herausholte. Gemeinsam mit der Rechtsabteilung der Städtebank fand er immer wieder Wege, die Kunden zum Schweigen zu bringen und sich selbst dabei Zusatzeinahmen zu verschaffen. Die Kanzlei lief gut.

Frau Raue saß müde auf ihrem Sessel.

Ahlers hatte eigentlich keinen Trost für sie. Aber so konnte er sie nicht vor die Kamera lassen. »Sie wissen, so wie Ihnen ist es vielen ergangen«, sagte er. »Manche machen sich immer noch etwas vor. Andere hoffen auf ein Wunder. Und die Banker wollen das alles verharmlosen. Finden Sie das in Ordnung?«

Frau Raue reagierte zunächst nicht. Dann schüttelte sie schwach den Kopf.

»Es gefällt mir, wie Sie Klartext sprechen. Das wird manchem die Augen öffnen. Genau so sollten Sie es jetzt vor der Kamera tun.«

Frau Raue nickte.

Sie fuhren gemeinsam mit dem Kamerawagen durch Norderstedt bis zu dem Haus, das ihr einst gehört hatte. Es lag schön im Sonnenlicht.

Frau Raue war nicht ganz wohl. »Da kann mich der neue Eigentümer doch sehen …«, begann sie. Aber Ahlers wischte alles weg: »Da ist niemand. Sehen Sie nur mich an. Kümmern Sie sich um nichts, vor allem nicht um die Kamera oder das Mikro!«

Es funktionierte.

Das Team baute seine Gerätschaften auf. Ahlers sorgte so lange dafür, dass ihr Gespräch nicht ins Stocken geriet, um Frau Raue davon abzuhalten, sich das Ganze noch einmal zu überlegen. Ununterbrochen auf sie einredend, brachte er sie in die richtige Position, stellte sich mit dem Rücken zur Kamera, wiederholte ganz nebenbei einige Fragen aus dem Vorgespräch noch einmal und ließ sie antworten, wohl wissend, dass die Kamera schon lief. Erst als sein Kameramann unauffällig nickte, begann er mit dem zweiten, dem »offiziellen« Interview.

Frau Raue antwortete auch jetzt noch bereitwillig.

In die Stille hinein sagte van de Loo: »Richtig gehört, wir wollen ihn entführen.«

Zunächst mussten die Anwesenden in sich hineinhorchen: Entführen? Entführen! Dann mussten sie nachdenken: Was bedeutete das für jeden von ihnen?

Sie kamen zu unterschiedlichen Ergebnissen.

Dann kam schlagartig Bewegung in die Versammlung, einige schoben sich nur leicht auf ihren Stühlen hin und her, Pfister aber sprang vor Erregung sogar auf. Cromm, der die Planung mit van de Loo gemeinsam betrieben hatte, musste lächeln.

»Was bringt uns das?«, fragte Eschweiler, der sich ebenfalls erhoben hatte und eine nicht angesteckte f6 in der Hand hielt.

»Genau! Was soll das werden? Wozu soll das gut sein?«, schloss sich Feli an.

Eschweiler schüttelte den Kopf. Da kam was auf ihn zu.

Tabak war ganz ruhig, äußerlich jedenfalls.

»Also, Freunde«, sagte van de Loo. »Lasst uns mal das Ziel benennen, dann die Planung vorstellen. Und das mögliche Ergebnis. In Ordnung?«

Sie nickten. Cromm übernahm.

»Ich erklär euch das jetzt erst einmal in groben Zügen, Einzelheiten später. Wir wollen Tretter, sobald er in Deutschland ist, festsetzen. Festhalten. Entführen. Damit wir ihn transportieren können, ohne Aufsehen zu erregen, müssen wir ihn betäuben und zu einem scheinbar kranken Patienten machen. Wir werden ihn, sobald wir ihn an dem Ort haben, wo wir ihn haben wollen, aufwecken und dann in einigen Sitzungen zu seiner Rolle als Bankchef befragen. Wenn er einsichtig sein sollte, wird er von sich aus anbieten, wenigstens einen Teil des angerichteten Schadens wiedergutzumachen.

»Das glaubst du doch nicht im Ernst«, rief Feli.

»Nein«, sagte van de Loo. »Stimmt. Das ist nicht zu erwarten. Der ist kein Typ, der das Wort ›Wiedergutmachung‹ kennt.«

»Im günstigsten Fall erhalten wir aus den Interviews Aufschluss über seine genaue Vorgehensweise und die seiner Vorstandskollegen«, sagte Cromm. »Das könnte zum Beispiel für meine Ex-Kollegen ein Anlass sein, noch mal Ermittlungen aufzunehmen und die Staatsanwaltschaft auf die Angelegenheit zu stoßen. Wir könnten dann sogar in gewissem Umfang die Polizei ins Boot holen.«

Pfister wiegte den Kopf. Polizei im Boot? Der Gedanke gefiel ihm nicht.

Cromm machte weiter: »Was uns aber ziemlich sicher gelingen müsste: Wir können öffentliche Empörung auslösen. Und wir können die ganze Branche in Angst und Schrecken versetzen. Dabei ist unsere Hoffnung unter anderem, dass der Bankenverband jedes Aufsehen verhindern will.«

»Wenn alles wie geplant läuft, werden sich die Banker von heute ziemlich sicher von ihren Kollegen von damals distanzieren wollen«, sagte van de Loo. »Wir hoffen, dass sie Selbstverpflichtungserklärungen abfassen, dass so etwas in ihren Häusern künftig undenkbar sein wird. Derartiges gibt es ja bis heute nicht.«

»Damit hätten wir den Opfern nicht geholfen«, sagte van de Loo. »Aber wir können künftiges Unheil verhindern.«

»Das heißt, an das große Geld wollen wir nicht ran?«, fragte Eschweiler.

»Was heißt: wollen wir nicht ran?«, fragte Cromm zurück. »Wir würden ja gerne, aber wir kommen nicht ran.«

»Na ja, bisher ging es doch immer irgendwie«, sagte Eschweiler. Er hatte schon oft Konten leer geräumt und die Beute aus dem Blickfeld deutscher Fahnder entfernt.

»Wie sollen wir diese Riesen-Immobilien zu Geld machen? In einem überschaubaren Zeitraum und ohne uns selbst dabei zu gefährden? Wie soll das gehen?«

»Aber wir werden die Geldbestände von seinen Girokonten für die Finanzierung der Aktion nutzen«, sagte van de Loo. »Das immerhin geht.«

»Ist es das wert?«

Die Frage kam von Feli. Sie drückte aus, was die anderen dachten: Waren Aufwand, Risiko und Ertrag die ganze Sache wert?

Jetzt wurde van de Loo grundsätzlich: »Wir haben hier einen Fall, bei dem Tausende, wahrscheinlich Zehntausende Menschen geschädigt wurden. Ihr Geld wurde skrupellos aufs Spiel gesetzt, um dicke Provisionen einzustreichen. Praktisch alle Kunden haben Geld verloren. Viele von ihnen sind seitdem arm. Das alles geschah nach einem cleveren Plan. Natürlich hat auch das Unternehmen verdient, die Bank, sie hat gutes Geld aus Provisionen und Gebühren eingestrichen. Vor allem aber profitierten die Vorstandsmitglieder, und am meisten hat der Vorstandsvorsitzende an sich gerafft. Er wusste das damals ganz genau und weiß es auch heute noch. Deswegen macht er sich so rar. Und jetzt haben wir die Gelegenheit, diesen Typ zu ergreifen, zu befragen und ins Schwitzen zu bringen.«

Van de Loo schaute Feli direkt an. »Du fragst, ob es das wert ist. Ich sage dir: Ja! Das ist es!«

»Wenn unser Plan aufgeht, wird unsere Aktion möglicherweise die zukünftigen Praktiken einer ganzen Branche beeinflussen«, sagte Cromm. »Wir können etwas verändern. Dabei geht es nur am Rande um den bösen Buben Dr. Tretter. Es geht um ein System.«

Van de Loo wollte nicht länger reden, er breitete die Arme aus, schaute der Reihe nach alle an und fragte: »Was sagt ihr? Ist es das wert?«

Erst herrschte Stille. Dann Gemurmel. Dann Bewegung. Dann erklang Zustimmung. Und zwar laut, sie kam von Tabak: »Ja. Ist es. Wir machen das!«

Die Spannung wich.

»Und jetzt«, sagte Cromm, »möchte ich über die Vorbereitungen reden.«

»Du verteilst die Arbeit«, sagte Pfister anzüglich.

»Richtig, es wird ernst«, sagte Cromm.

Wieder wurden Stühle gerückt – näher an den Tisch. Man zog Tablets heran, sofern man Anhänger moderner Elektronik war. Oder Spiralblocks und Stifte für die – wie Eschweiler sagte – »Vertreter der Old School«.

Jetzt war Cromm in seinem Element. Als Ex-Polizist, als ehemaliger Leiter von Ermittlungskommissionen, konnte er systematisch denken, das Potential seiner Leute abschätzen und sie zielgerichtet einsetzen. Es war wie Polizeiarbeit. Cromm fand es sogar besser. Er war glücklich.

»Feli!«, sagte er. Sie schaute hoch.

»Du bist unsere Geldfrau. Du informierst unsere Freunde, dass da bald Geld bei Western Union ankommt. Von einem Herrn Dr. von Tretter aus Deutschland. Sie sollen die passende Identität annehmen, das Geld abholen und den uns zustehenden Anteil überweisen. Du kümmerst dich zuvor um Tretters Konten, besorgst alle Daten und aktuellen Stände, die genaue Höhe seiner Dispos, mögliche Obergrenzen für die Überweisung von Einmalbeträgen und so. Wir benötigen Zugriff auf seine Transaktionsverfahren, ob er das per iTan macht oder wie sonst. Vielleicht kann Eschweiler das auch aus Tretters Handy auslesen, sobald wir es haben.«

Eschweiler nickte. Das war einfach. Jedenfalls für ihn.

Feli nickte auch.

»Und dann – natürlich! – kümmerst du dich weiter um Ahlers«, sagte van de Loo. »Du weißt, was ich meine?«

Feli nickte stumm. Sie wusste, was er meinte. Sie müsste dafür sorgen, dass sie von Ahlers Zug um Zug das gedrehte Material bekam.

Van de Loo blickte zu Cromm. Der wandte sich an Eschweiler:

»Eschweiler, mein Freund und Computerfreak!« Cromm nannte ihn gerne so.

»Na, mach mal halblang«, sagte Eschweiler. Es ärgerte ihn nicht wirklich. Er öffnete sein Tablet. Er hatte sich einen Deckel besorgt, der zugleich Tastatur war. Er war bereit zum Mitschreiben.

»Du wirst den Raum, an dem unser lieber Bankdirektor unser Gast sein wird, komplett elektronisch ausstatten. Das heißt: Kameras, Mikros, Lautsprecher und Beleuchtung mit Dimmer. Außerhalb eine kleine Regie mit Aufzeichnungsmöglichkeit, Pult, Mikros, Lautsprecher zur Kommunikation mit unserem Gefangenen im Nebenraum.«

Eschweiler behielt seinen gleichmütigen Gesichtsausdruck und tippte. War alles lösbar.

»Außerdem Kameras außen im Eingangsbereich, unten sowieso, aber auch oben vor der Wohnungstür, falls Besuch kommt.« Cromm wandte sich an van de Loo: »Brauchen wir auch Übertragung oder Aufzeichnung beim Krankentransport?«

Van de Loo nickte. »Ja. Man weiß nie, was passiert. Wir müssen alles rundum dokumentieren können.«

»Also bitte«, sagte Cromm in Richtung Eschweiler. Der tippte zügig in sein Tablet. Er würde ein wenig an seinem Arbeitsplatz schrauben müssen. Kein Problem.

»Tabak?«

»Hier, Chef«, rief der im heiseren Tonfall der Panzerknacker und machte sich einen Spaß aus dem Ganzen. Tabak besaß ein tiefsitzendes antikapitalistisches Gen. Dem konnte er jetzt endlich mal wieder Futter geben. Er liebte die Vorstellung, einem Banker, der ihn vermutlich auf der Straße nicht angesehen hätte, zu zeigen, wo es langging.

»Tabak, du bist der Mann fürs Grobe.«

»Gerne Chef!«, rief der Panzerknacker.

»Guck doch, der freut sich!«, rief Feli frech.

Van de Loo klopfte und forderte Ordnung in der Runde, Cromm machte weiter.

»Du wirst unseren Gast betreuen. Du bist für sein Wohlbefinden verantwortlich. Aber auch dafür, dass er uns nicht entwischt. Du wirst ihn an die Hand nehmen und ihm sagen, wo es langgeht. Sei nett zu ihm!«

Tabak musste heftig lachen. »Ich werde mit ihm trainieren«, sagte er. »Der Mann hat bestimmt Nachholbedarf, was seinen Körper angeht.«

Van de Loo runzelte die Stirn. Tabak konnte ruppig werden. Er konnte Leute fest anpacken, und da er selbst bestens trainiert war, konnte sein Griff schon mal unerwünschte Folgen haben.

»Vural, du weißt schon, keine Grausamkeiten, keine Folter!«, sagte van de Loo. »Wir wollen dem Typ keinen Anlass geben, sich über uns und unsere Pension zu beschweren.«

Tabak wurde ernst und nickte: »Schon klar. Ich werde ihn verhätscheln.«

Van de Loo war skeptisch. Aber da er die Absicht hatte, seine Zeit so weit wie möglich bei Tretter zu verbringen, war er sich ziemlich sicher, Tabak unter Kontrolle halten zu können.

»Und nun zu dir, Pfister. Wie du weißt, musst du mehr Zeit als alle anderen investieren. Klappt das?«

Pfister nickte: »Ich habe meine Genossen schon informiert. Es ist alles klar. Sie wünschen mir kollektiv einen erholsamen Urlaub.«

»Gut!« Cromm zählte auf: »Du musst nach Mallorca. Mit dem Lieferwagen. Du musst an seinem Haus was machen und du musst in Palma einkaufen. Das wird schon ein paar Tage kosten, denn es sind von hier bis Barcelona fast zweitausend Kilometer. Dann mit der Fähre nach und von Palma, sie braucht so ungefähr acht Stunden. Also: Das wird für dich Stress. Deine genaue Jobbeschreibung kriegst du später von mir. Am Montag ist bereits Abfahrt. Okay?

»Geht!« Pfister nickte.

Cromm nickte auch. Und blickte gleichzeitig zu van de Loo hinüber. Der übernahm.

»Das ist der Überblick«, sagte van de Loo. »Und wie immer: Ich bitte euch um Stillschweigen. Kein Wort zu Freund oder Freundin, Frau oder Mann. Schafft euch plausible Ausreden. Okay?«

Allgemeine Zustimmung. »Das wissen wir doch«, sagte Feli.

»Und ich weiß auch, dass ihr das eigentlich wisst«, sagte van de Loo.

Dann wandte er sich an Tabak: »Mit dir würde ich gerne morgen einkaufen gehen.« Tabak nickte. Van de Loo ergänzte: »Ich habe eine längere Liste. Ich komme mit dem Kastenwagen und hole dich ab.« Tabak nickte noch einmal.

Van de Loo hupte. Er stand mit dem VW Caddy vor dem Supermarkt, in dem Vural Tabak arbeitete und wartete. Schon fast zehn Minuten. Van de Loo hasste Warten, zumal er der Chef war oder sich jedenfalls so fühlte. »Einmal Boss, immer Boss«, warf ihm Cromm manchmal vor. Es war was dran. Van de Loo hupte noch mal und kassierte den bösen Blick einer Mutter, die einen Buggy mit schlafendem Kleinkind vorbeischob.

»Da bin ich«, rief Tabak quer über den Bürgersteig und strahlte. Das Hupen hatte ihn weder beschleunigt noch verärgert. Lautes Hupen war für ihn in Ordnung und konnte generell ignoriert werden. Die Deutschen, fand Tabak, hatten ein gebrochenes Verhältnis zur Hupe. Und, wenn man genau hinschaute, längst nicht nur zur Hupe.

»Na endlich«, sagte van de Loo. Er stieg aus und ging um den Caddy herum zur Beifahrertür. Van de Loo ließ sich gerne chauffieren. Nach eigener Einschätzung war er ein brillanter Fahrer, nur dass seine Umwelt das nicht anerkannte. Er wunderte sich immer wieder über die vielen abschätzigen Gesten, die ihm im Straßenverkehr gezeigt wurden. Alles Ignoranten, knurrte van de Loo dann in schönster Selbstüberschätzung. Da ihn das aber auf die Dauer nervte, setzte er sich nur ans Steuer, wenn es sein musste.

Tabak wusste das. Er ging zur Fahrerseite. Während er schon den Motor anließ, plagte van de Loo sich noch mit dem Sicherheitsgurt. Tabak fuhr zügig los, sehr zügig. Quietschten da die Reifen? Ja, dachte van de Loo und verkniff sich eine Anmerkung. »Wir müssen zum Baumarkt in Wildau«, sagte er.

Der Caddy mit der Aufschrift »B. Fromm Innenausbau« nahm Kurs auf Brandenburg.

Sie hatten einiges auf ihrer Liste. Dämm-Material, Leisten, Folien, Schrauben und Muttern, in der Gartenabteilung ein Campingklo plus Grundausstattung an chemischem Desinfizierzeug. Eine Campingliege. Eine mobile Waschgelegenheit mit aufzuhängender Wasserflasche. Latexhandschuhe. Staubmasken. Monteuranzüge für fünf Personen.

Als sie nach einer Stunde den brandenburgischen Baumarkt verließen, war der Caddy voll beladen bis zum Dach.

Dabei hatte man ihnen zugesehen. Oder besser: Man hätte ihnen zusehen können. Van de Loo war sich bewusst, dass sie auch hier von mehreren Kameras beobachtet worden waren. Das war inzwischen üblich, und sein Team hatte gelernt, damit umzugehen. Hier waren sie unauffällige Käufer gewesen. In ein paar Wochen würden diese Aufzeichnungen automatisch gelöscht, also ein geringes Risiko. Er vertraute darauf, dass sie weit genug von Berlin entfernt gewesen waren, außerhalb der kontrollierenden Augen einer hauptstädtischen Polizei. Cromms Wissen über die Polizei, ihr Denken, ihre Ausrüstung und ihre Vorlieben, bewährte sich in Situationen wie diesen. Cromm hat auch sonst viele Vorteile, dachte van de Loo, nur dass da eben ein gewisses Risiko bleibt: der Umgang mit dem Alkohol (regelmäßig) und der von ihm, van de Loo, missbilligte Umgang mit Männern (hin und wieder). Nicht zu ändern, dachte er, ich kann mir meine Truppe nicht wünschen. Sie sind gut so, wie sie sind.

»Na, Vural«, sagte er in einer Art Übersprungshandlung, »was macht die Familie?«

Was ist mit dem los?, wunderte sich Tabak. Van de Loo war in der Regel nicht besonders herzlich und eigentlich nie an Privatem interessiert. Also antwortete er entsprechend: »Gut geht es.« Und weil ihm das dann doch zu knapp erschien, fügte er hinzu: »Die Mädchen werden größer – man kann ihnen beim Wachsen zusehen.«

Van de Loos Anfall von Menschlichkeit ging vorüber. Bevor Tabak mehr über »die Mädchen« erzählen konnte, nickte er, sagte »Gut!« und hing dann wieder seinen Gedanken nach; dieses Projekt forderte seine ganze Kraft. Es war riskant, das wusste er.

Zunächst musste alles übergangsweise gelagert werden. Er hatte schon seit längerem eine größere Fläche bei einem Storage-Anbieter in Hohenschönhausen gemietet. Der von Gittern umgebene Raum war meist halb leer. Heute sollte er voll werden. Denn der kleine Transporter musste für die nächste große Fahrt bereit sein. Die nächste Fahrt, tja, dachte van de Loo, die war Pfisters Job.

Inzwischen steuerte Tabak den Caddy auf Berlin zu.

15

Gar nicht einfach, dachte Eschweiler. Ein Leitungsende hatte er mit einer Zange beschwert, das andere hielt er in der linken Hand, mit der rechten manövrierte er den Lötkolben. Ziel seines elektronischen Work-outs war die Verkabelung einer selbst zusammengebauten Regie, eines kleinen Pults, von dem aus man Kommunikation steuern konnte: Bildaufzeichnung und Einspielung, Tonaufzeichnung, Kommandos. Es musste in der Ausführung ganz simpel sein, einfach zu bedienen. Damit musste jeder von ihnen klarkommen, auch diejenigen, die es nicht so hatten mit der Technik. Gar nicht einfach, bis es einfach ist, dachte Eschweiler.

Er saß in seinem Glaskasten, per Schild ausgewiesen als Meisterservice des Elektronikfachmarktes in Steglitz. Rings um ihn herum war es laut. Kunden ließen sich bedienen, bestellten spezielle Elektronikteile, die sie selber irgendwo einbauen wollten, manche – die damit gescheitert waren – erschienen aber auch mit einer Handvoll Bauteile erneut im Laden und fragten nach dem Meisterservice. Nach ihm. Dabei war er gar kein Meister.

Trotzdem konnte Eschweiler in den allermeisten Fällen helfen. Er verknüpfte Drohnen mit Apps auf Smartphones. Er blickte gemeinsam mit hoffnungsvollen Kunden in rußgeschwärzte englische Toaster – »Englische Elektrik, ich sag's Ihnen!«–, ehe er Ersatzteile bestellte, die wochenlang unterwegs waren. Er verhalf schwachbrüstigen PCs mit einer neuen Festplatte zu Muskeln. Eschweiler konnte fast alles. Das hatte sich herumgesprochen. Manche Kunden kamen ausdrücklich zu ihm und verlangten seinen persönlichen Einsatz. Was andere Kollegen missmutig machte.

Heute allerdings lief es nicht so gut. Ein Schatten fiel auf Eschweilers Arbeitsplatz. Als er hochschaute, sah er seinen Chef. Der doofe

Abteilungsleiter. Ein Mann von – wie Eschweiler fand – geringer Begabung und ohne jedes spezifische Wissen. Das machte ihn als Chef unberechenbar. So auch jetzt.

»Was machen Sie da?«, fragte der Chef.

»Ich löte«, antwortete Eschweiler knapp. Zu knapp, fand der Chef.

»Wo ist der Auftrag?«, fragte der Chef wieder, wohl ahnend, dass es einen Kundenauftrag im eigentlichen Sinne in diesem Fall gerade nicht gab.

»Ich mache das mal so für mich«, sagte Eschweiler.

Er hatte die Situation falsch eingeschätzt.

Der Chef, der um seine Schwächen durchaus wusste und sie kompensieren musste, explodierte.

»Herr Eschweiler, bitte kommen Sie in mein Büro!«

Eschweiler versuchte es mit einem Hundeblick.

»Jetzt«, sagte der doofe Chef.

Hm, ja, er hatte die Situation falsch eingeschätzt, blöd!

Er folgte dem Abteilungsleiter in dessen Büro, ein Raum mitten in der großen Verkaufshalle, abgeteilt durch teilverglaste halbhohe Wände, nach oben offen. Der Chef wartete, bis er drin war, und schloss dann nachdrücklich die Tür. Es wurde ungemütlich.

»Herr Eschweiler! Erinnern Sie sich, dass Sie bereits vor einem halben Jahr eine Abmahnung erhielten, weil Sie private Dinge während der Arbeitszeit erledigten?«

Eschweiler nickte.

»Habe ich mich damals deutlich ausgedrückt?«

Eschweiler dachte: Nun ja, nickte aber.

»Sie haben damals versprochen, dass so etwas nicht wieder vorkommt.«

Eschweiler nickte.

»Das hat leider nichts genützt«, dröhnte der Chef, laut und voller Ingrimm.

Eschweiler zog es vor, diesmal nicht zu reagieren.

»Ich muss Ihnen mitteilen« – wieso musst du?, dachte Eschweiler – »dass Sie mit sofortiger Wirkung freigestellt sind. Ich erkläre hiermit mündlich Ihre fristlose Kündigung. Die schriftliche fristlose Kündigung sende ich heute noch an Ihre Anschrift.«

Eschweiler nickte und dachte: Du armes Schwein.

»Sie können gehen!«

»Wäre dann sonst noch etwas?«, fragte Eschweiler und meinte es durchaus höflich.

Das brachte den Abteilungsleiter, der auf einen Kniefall und flehentliches Bitten gehofft hatte, denn er war nicht so dumm, Eschweilers Wert für den Meisterservice zu verkennen, aus der Fassung, und er fing an, schwer verständliche Wortfetzen zu brüllen.

Als Eschweiler aus dem Büro hinausging, ließ er die Tür offen. Der schreiende Chef war für alle hörbar. Im Laden drehten sich Köpfe in Richtung Büro. Am Schalter beim Meisterservice standen zwei Kunden und blickten Eschweiler erwartungsvoll an. Der nickte ihnen unverbindlich freundlich zu, räumte sorgfältig seinen Arbeitsplatz und nahm alles mit, was ihm gehörte. Und noch ein paar Sachen mehr.

Ich habe jetzt erst mal Zeit für unsere Aktion, dachte Eschweiler. Ich werde eben im Büro weiterarbeiten müssen. Und er ging, ohne sich auch nur von einem seiner Kollegen zu verabschieden.

Der Chef hatte nicht die Kraft, ihn zu fragen, was er da aus dem Laden hinaustrug.

Am Nachmittag erreichten den Elektronik-Fachhandel in Steglitz erste empörte Anrufe. Warum man, wenn man die Homepage des Ladens anklickte, bei einem Pornovideo-Verleih landete? Ob das ein Witz sein sollte? Und falls ja, was sei das eigentlich für ein Humor?

Diese Anrufe landeten nicht in der Zentrale, sondern direkt auf dem Apparat des Abteilungsleiters. Nach dem dritten Mal kreischte der Abteilungsleiter die Mitarbeiterin in der Telefonzentrale an, was sie sich dabei bloß dächte. Die kam aber nicht dazu, sich zu wehren, denn sie kämpfte seit ein paar Minuten mit einer Störung: Immer wenn sie versuchte, nach draußen zu telefonieren, landeten ihre Wählversuche beim Landesamt für Gesundheit und Soziales – ganz ohne böse Folgen, denn dort nahm erfahrungsgemäß nie ein Mensch ab, sondern man hing in einer Endlosschleife, die viel versprach und nichts einlöste.

Der Abteilungsleiter spürte inzwischen seinen steigenden Blutdruck im Kopf. Es pochte heftig in seinen Ohren, was ihn am Denken hinderte. Auch das blieb ohne böse Folgen.

Hier also wohnt er, dachte Feli. Sie stand vor einem Neubau. Teurer Neubau. Typischer Neubau. Für die besseren Leute. Phantasielos und protzig. Ein Haus mit edlen Wohnungen, Klinker und bodentiefes Glas unter einem flachen Dach, direkt am Tiergarten, nicht weit vom Berliner Botschaftsviertel und der Philharmonie. Dachterrasse und Tiefgarage.

»Eigentlich ganz schön«, dachte Feli. »Eigentlich« benutzte sie, wenn sie glaubte, die anderen würden etwas mehrheitlich so sehen, sie selbst aber nicht. Ihr war die ganze Anlage zu aufgesetzt, zu stylish, zu teuer. Und dann dachte Feli: »Egal. Jetzt freue ich mich erst mal.« Sein Name stand ganz oben auf dem Klingelbrett. Sie drückte auf den Knopf.

»Du siehst wunderbar aus«, sagte Ahlers. Sie trug ein weißes superkurzes Kleid und ein paar weiße High Heels und sonst nicht viel. Keinen Schmuck. Nichts. Eben wunderbar.

Ahlers war ein Frauentyp, wusste das und setzte das auch ein. Dennoch war er jetzt aufgeregt. Diese Feli war irgendwie anders. Nicht spröde, aber herausfordernd. Mit hohlen Sprüchen nicht zu erobern.

Ahlers sah Feli an. Von oben bis unten. Dann sagte er: »Du bist schön.«

Feli sah Ahlers an und sagte: »Du gehst gerade so.«

Dann mussten beide lachen. Dann küssten sie sich.

Der Champagner kam frisch aus dem Kühlschrank. Zwei Gläser standen bereit. »Komm, lass uns nach oben auf die Terrasse gehen«, lockte Ahlers. »Ich habe sie für uns reserviert.«

»Das geht?«

»Ja, hier geht das.«

Feli war kurz beeindruckt.

Bevor sie nach oben gingen, musterte Feli seine Einrichtung kritisch. Schöner Wohnen, dachte sie. Alles perfekt, alles ein bisschen steril. Außerdem vermisste sie Bücher. Es gab zwar Bildbände und Vorzeigeliteratur mit eindrucksvollen Buchrücken. Aber es gab keine Bücher, das heißt keine richtigen Bücher, keine Literatur, noch nicht einmal Kriminalromane. Vielleicht hat er die in seinem Arbeitszimmer, dachte Feli gnädig und machte sich an den Aufstieg.

»Cin cin«, sagte Ahlers und hob sein Glas, nachdem er den Kühler auf einem wetterfesten Terrassentisch abgestellt und Champagner in zwei hohe, schlanke, dünnwandige Gläser geschenkt hatte.

»Auf uns«, sagte Feli ohne tiefere Hintergedanken.

Sie tranken ein paar Schlückchen.

»Hast du hier im Haus auch dein Arbeitszimmer?«, fragte Feli tückisch.

»Ich brauche kein Arbeitszimmer«, sagte Ahlers.

Aha, dachte sie.

»Lass uns den Abend genießen«, sagte Ahlers, und sie wusste, was er meinte.

Ahlers betrachtete Feli von der Seite. Sie war hinreißend, und das empfand er von Mal zu Mal stärker. Beim ersten Treffen hatte sie ihn beeindruckt, einen Punktsieg errungen und ein Flair zurückgelassen, das ihm signalisierte: Die will ich noch mal sehen. Beim zweiten Mal, in der Unique Bar, bahnte sich etwas an. Und heute war angebahnt – tatsächlich und wirklich. Er begehrte sie, weil sie begehrenswert war. Aber sie war auch klug. Oder nicht klug? Vielleicht schlau? Er wusste nicht so genau, was er von ihr halten sollte. Hatte sie etwas vor mit ihm? Also mehr, als nur mit ihm ins Bett zu gehen? War da noch etwas, vor dem er sich hüten musste? Die Sonne machte sich langsam an den Abstieg, und Ahlers dachte: Das sollten wir auch bald tun.

Feli fühlte, dass Ahlers sie betrachtete. Sie tat so, als ob sie es nicht bemerkte. Nachdem sie ihn beim ersten Mal im Café C/O Berlin recht einfach in die Defensive hatte manövrieren können, war ihr zweites Treffen in dieser Bar am Lützowplatz ganz anders gewesen. Da erschien er ihr durchaus begehrenswert, weshalb er in ihrer persönlichen Favoriten-Statistik »meine Männer« zwei Plätze nach oben rutschte. Auch wenn da Schwächen waren. Das sah sie genau. Er wollte bewundert werden. Er wollte glänzen, verbal, intellektuell und physisch. Wie die meisten Männer. Dennoch hatte er genug zu bieten, um sie hierher in seine Höhle zu locken. Sie wollte es jetzt wissen. Die Sonne ging unter.

»Schau«, sagte Ahlers. »Die Sonne geht unter. Wie schön!«

Feli sagte: »Wollen wir nicht auch bald runtergehen?«

Ahlers war begeistert.

16

Er fuhr gerne, auch lange Strecken. Kaum einer konnte das verstehen, weder seine Familie noch seine Freunde. Aber die langen Fahrten erlaubten es ihm, seinen Gedanken nachzuhängen, und das liebte er.

Pfister dieselte mit dem gesellschaftseigenen Caddy – »B. Fromm Innenausbau« – vor sich hin. Er liebte dieses einfache Auto, denn es strahlte Zuverlässigkeit aus, war wegen seiner Höhe bequem und so unauffällig wie er selbst. Weder an den Fahrer noch an das Fahrzeug hätten sich andere Verkehrsteilnehmer erinnert, hätte man sie gefragt. Genau so wollte es Pfister.

Zu Beginn seiner langen Fahrt, auf den Autobahnen, war es nicht so gemütlich, denn auf der linken Spur hetzte die böse Meute der schwarzen Dienstwagen entlang und verweigerte langsameren Autos das Überholen. Auf der rechten Spur fuhren die schweren Lastwagen, zu langsam für den Caddy.

Pfister richtete sich damit ein, stopfte sich Kopfhörer in die Ohren und erfreute sich an klassischer Musik. Neben ihm auf dem Sitz stand eine Kühlbox mit Wasser, mit selbst gemachten belegten Broten und Äpfeln – also vorbildliche Ernährung, außerdem mit einem Beutel mit zehn Riegeln Snickers sowie fünf Tafeln Rum-Trauben-Nuss – nicht ganz so vorbildlich, weil zu viel Zucker und deswegen ungesund, aber er brauchte das.

Pfister hatte eine klare Liste von Aufgaben. Van de Loo hatte alles mit ihm durchgesprochen. Hetzen musste er nicht, aber in den zwei Tagen auf der Insel gab es genug zu tun.

Sein erstes Ziel war Barcelona. Der Fährhafen. Da war er angemeldet. Bis dahin hatte er mehr als siebenhundert Kilometer auf deutschen Autobahnen vor sich, etwa tausend auf französischen und zum Schluss noch ein Stück in Spanien. Er war um sieben Uhr früh in Berlin losgefahren und konnte sich Zeit lassen. Seine Fähre fuhr am nächsten Tag um dreiundzwanzig Uhr. Der Caddy schnurrte mit Tempo neunzig hinter einem tschechischen Lastwagen her. Pfister freute sich auf die französischen Autobahnen, da konnte er hundertdreißig fahren, ohne gejagt zu werden. Außer vielleicht von deutschen Touristen.

Pfister hatte schon zuvor ein paarmal Pause gemacht, auch schon Dreißig-Minuten-Nickerchen eingelegt. Aber jetzt, etwa um Mitternacht, auf der Autoroute du Soleil, kurz vor Valence, überkam ihn unwiderstehliche Müdigkeit. Die nächste Raststätte war seine. Er fuhr hinaus und suchte einen schönen, gut ausgeleuchteten Parkplatz in Sichtweite der Raststätte. Es war warm. Auf den Grünstreifen standen Palmen und Blumenstauden. Außerdem leicht angerostete metallene Kunstwerke. Immerhin hatten die Autobahnfirmen dafür offenbar Geld übrig. Sympathisch, dachte Pfister. Die Luft duftete trotz der Abgase nach Süden.

Nach einer Katzenwäsche in den Toilettenräumen holte er sich am Kiosk eine Orangina und kehrte zurück zum Caddy, fand seinen Parkplatz immer noch gut, schloss sich in der Fahrerkabine ein und machte es sich auf dem Sitz so gut es ging bequem. Die Fenster öffnete er auf beiden Seiten einen Spalt. *Bonne nuit*, dachte er, oder hieß es *bon*? Dann war er weg.

Fünf Stunden später. Pfister fühlte sich beobachtet. Außerdem tat ihm der Rücken weh. Ächzend richtete er sich auf und benötigte dann immer noch eine Sekunde, um sich darüber klar zu werden, wo er war. Ach ja: Parkplatz, Frankreich, vor Valence, Ziel Barcelona, Morgendämmerung und – oha, er wurde beobachtet, das war kein Traum. Auf der abgenutzten Rastplatzbank vor der Kühlerhaube saß ein Wesen und blickte ins Auto. Wobei er sich nicht sicher war, ob es ein Er oder eine Sie war und ob dieser Mensch ihn durch die schräge Scheibe überhaupt erkennen konnte. Jedenfalls fühlte er sich beguckt von dieser Er-oder-Sie-Gestalt, die die Beine unter einen Umhang aus braunem Wollstoff gezogen hatte und einen breitkrempigen Hut trug, wie sie gerade wieder mal in Mode waren; ein Rucksack lag auf der Bank.

Pfister beschloss auszusteigen.

»Hallo!«

Keine Antwort. Große Augen schauten ihn an. Das Wesen war ein Mädchen, eine junge Frau, ziemlich zottelig und ungepflegt.

Na, dann nicht, dachte Pfister und ging zur Raststätte mit dem klaren Ziel: *Un café et un brioche.* Er übte schon mal auf seinem Weg. Hieß es *une café* oder *une brioche*? Schwierig, dieses Französisch. Er betrat die Bar und roch den Duft nach Kaffee und heißer Milch. Gut, diese Franzosen.

Zehn Minuten später steuerte Pfister seinen parkenden Caddy an. Das Wesen saß immer noch stumm auf der Bank. Mir doch egal, dachte Pfister und schloss den Wagen auf, als er angesprochen wurde. Auf Deutsch.

»Kannst du mich mitnehmen?«

Pfister war verblüfft: »Mitnehmen? Ich habe es eilig. Wohin wollen Sie?«

»Nach Süden.«

Pah, dachte Pfister, nach Süden. Genauer geht's wohl nicht. Und wollte schon Nein sagen. Dann überlegte er es sich und sagte: »Ich fahre nach Barcelona.«

»Gut!«

»Verdammt!«

»Ha?«

»Ich … ach … egal.«

»Nimmst du mich mit?«

Sind wir per Du?, dachte Pfister, sagte aber: »Also ja, na gut, steig ein.«

Seine neue Mitfahrerin fuhr unter dem Umhang ein paar bejeanste Beine aus, stand langsam auf, nahm den Rucksack hoch und kam näher.

Dankbarkeit ließ sie nicht erkennen. Das ist wohl nicht mehr üblich, dachte Pfister.

Er trat zum Heck des Kastenwagens, öffnete die Flügeltüren und zeigte in den fast leeren Laderaum. Der Rucksack flog hinein. Dann ging seine neue Begleitung nach vorne, öffnete in großer Selbstverständlichkeit die Beifahrertür und wollte einsteigen. Er musste sich beeilen, um seine Kühlbox und den Proviant auf die Rückbank zu verfrachten.

»Ich bin Yvonne.«

»Ich heiße H-P.«

»Hä?«

»Hans-Peter. H-P.«

»Aha, H-P.«

Nach diesem langen, guten Gespräch ließ Pfister den Caddy anspringen, rollte langsam vom Raststättenparkplatz und fädelte auf die noch ziemlich leere Autobahn ein.

Sie fuhren. Nach Süden.

Sie schwiegen.

Sie schwiegen immerhin hundertfünfzig Kilometer weit.

Dann benötigte Pfister eine Pause. Neben ihm saß Yvonne das Wesen und schlief. Er legte ihr – um sie zu wecken – eine Hand aufs Knie.

Die Luft blieb ihm weg. Mit solcher Gewalt und solchem Tempo hatte das Wesen den Ellenbogen nach links ausgefahren, dass ihm kurz übel wurde. Er rang nach Luft.

»Fass mich nicht an!«, sagte sie heftig.

»Ich … uff … Entschuldigung. – Ich wollte dich wecken, ich fahre auf den Parkplatz. Ich brauche eine Pause.« Und er dachte: Ich glaube, eine Rippe ist angebrochen.

»Nicht anfassen! Klar?«

»Klar, ist ja gut. Ich mach jetzt Pause.«

Der Caddy rollte auf einen Autobahnparkplatz mit Toilettenhäuschen, Bänken und Tischen.

Pfister hielt an und stieg aus. Das Wesen mit Namen Yvonne blieb sitzen. Pfister ging um den Wagen herum und klopfte an die Scheibe: »Aussteigen.«

»Ich nicht.«

»Doch!« Pfister wurde etwas lauter. Als sich nichts tat, öffnete er die Tür und zeigte mit dem Daumen hinter sich: »Jetzt! Sofort! Raus!«

Seine Mitfahrerin, die Rippenboxerin, stieg aus, bedachte ihn mit einem drohenden Blick aus – wie er jetzt bemerkte – grünen Augen und ging dann gähnend zu einer der autobahnparkplatzüblichen betonharten Bank-und-Tisch-Kombinationen. Sie setzte sich, hob ihre Unterschenkel auf die Höhe der Bank, drehte sie auf die Sitzfläche und legte sich hin. Die Hände schob sie ineinander verschränkt unter den Kopf. Den Hut hatte sie auf den Tisch gelegt. Rotbraune dicke Haare.

»Ungewöhnlich«, dachte Pfister. Zugleich massierte er seine rechte Seite.

Pfister besuchte das Toilettenhäuschen, hielt beim Betreten die Luft an und verließ es wieder so schnell wie möglich. Es stank und es war dreckig. Wie immer an Autobahnen, nicht nur in Frankreich. Jedes Mal aufs Neue grausig. Er suchte sich eine andere Bank zwanzig Meter weiter links und legte sich ebenfalls kurz hin. Nur fünf Minuten, dachte er und schlief ein.

Pfister fühlte sich beobachtet. Er fuhr hoch und sah Yvonne, seine Mitfahrerin, das Wesen. Sie saß auf der anderen Seite des Betontisches, Ellenbogen aufgestützt, und schaute ihn an.

»Tut mir leid«, sagte sie.

»Was?«, fragte er.

»Na, der Stoß.«

»Ach so«, sagte Pfister leichthin. »Schon vergessen!« Das stimmte nicht, er spürte ihn und würde ihn noch eine Weile spüren. Aber die grünen Augen … gefielen ihm gut.

»Hab ich lange geschlafen?«

Sie zuckte die Schultern.

Er sah auf die Uhr. Fünfzehn Minuten. Die Fahrt war doch anstrengender, als er gedacht hatte.

»Wohin fährst du?«

»Hab ich schon gesagt«.

»Ja, und wohin genau?«

»Zum Hafen«, sagte Pfister. Und dachte im selben Moment: Das war ein Fehler.

»Zum Hafen!«

Genau! Das hätte er nicht sagen sollen! Er hatte es gewusst. »Ja. Und jetzt lass mich mal in Ruhe, okay? Sonst ist hier für dich Endstation!«

Sie schwieg. Einfach so. Nicht einmal beleidigt.

Nach einer Minute: »Du fährst zum Hafen.«

Pause. Und weiter: »Du gehst auf eine Fähre, stimmt's? Auf welche?«

»Willst du hierbleiben, auf diesem blöden Parkplatz?

Sie ließ sich nicht beirren. »Ich will nach Mallorca. Fährst du nach Mallorca?«

Pfister stand auf. »Wir fahren weiter. Komm!«

Von weitem sah es aus, als gingen sie einträchtig zum Caddy.

Gegen elf Uhr erreichten sie die Region Nîmes. In der Zwischenzeit hatten sie sogar miteinander gesprochen. Nicht viel, aber immerhin. Das Wesen kam aus der Gegend von Köln und war nicht sehr auskunftsfreudig. Sie hatte einen Job als Bedienung in einer Szenekneipe hingeschmissen und beschlossen, Urlaub zu machen, allein und einfach so. Ihr Programm war tatsächlich »der Süden, so allgemein«, konkreter: Mallorca.

Na, bei so einer Einstellung gibt es wenigstens keine Enttäuschung, dachte Pfister.

Yvonne das Wesen betrachtete Pfister mit einer Mischung aus Argwohn und Neugier. Argwohn, denn er war ein Mann, und alle

Männer waren – na ja! Neugier, denn er machte trotz allem einen vergleichsweise sympathischen Eindruck, sprach nicht viel, rauchte nicht, hatte Rum-Trauben-Nuss-Schokolade in der Tasche hinter dem Sitz (davon musste sie ihm noch was abluchsen), und er fuhr auf eine Insel. Sie musste es irgendwie schaffen, dass er sie mitnahm.

»Mallorca«, sagte sie vor sich hin.

Pfister fuhr und schwieg.

»Schöne Insel«, sagte sie.

Pfister blinzelte auf die Autobahnwegweiser, die behaupteten, die nächste Ausfahrt führe nach Nîmes.

»Machst du Urlaub?«

»Ich muss arbeiten.«

»Was machst du?«

»Handwerker.«

»Wie lange?«

»Wie: wie lange?«

»Wie lange bleibst du auf der Insel?«

Pfister sah sie schon als Beifahrerin auf dem Rückweg und log entschlossen: »Hängt davon ab.«

Das Wesen hatte ausnahmsweise kapiert und änderte das Thema.

»Kriege ich ein Stück von der Schoggi?«, fragte sie.

Pfister musste husten, bekam sich in den Griff und nickte verblüfft. Die ist nicht doof, dachte er.

Sie wühlte in dem Beutel hinter seinem Sitz und fischte eine Tafel heraus. Sie brach das quadratische Teil in der Mitte knackend durch und griff sich eine Rippe. Pfister hasste es, wenn Menschen mit vollem Mund sprachen. Sie fragte ihn mit vollem Mund: »Willste auch ein Stück?«

Jetzt bietet sie mir großzügig ein Stück von meiner eigenen Schokolade an, dachte er. Gleichzeitig war er gerührt. Er nickte.

Sie schob ihm ein Stückchen in den Mund. Sie wird zutraulich, dachte er. Der Caddy schnurrte vor sich hin.

Kurz vor der spanischen Grenze, auf der Höhe von Perpignan, erklärte Pfister mit Blick auf die Uhr: »Mittagspause! Die nächste Raststätte ist unsere.«

Inmitten einer lärmenden Gruppe französischer Schüler, ergänzt durch Lastwagenfahrer, zerknitterte Vertreter und Rentnerpärchen, bestellten sie ihre Schinken-Camembert-Baguettes und Getränke. Drinnen war es zu heiß und zu laut. Also wanderten sie mit ihren Sachen nach draußen und suchten sich eine Bank. Allein waren sie dort auch nicht, eine vierköpfige Familie aus Hessen hatte ihr Wohnmobil vor dem Picknickbereich geparkt und machte Pause.

Pfister war das ganz recht. Er hatte nachgedacht und verkündete das Ergebnis: »Gut. Stimmt. Du hast recht«, sagte er zur Einleitung. Yvonne das Wesen guckte kauend hoch. Ich muss verhindern, dass sie mit vollem Mund spricht, dachte Pfister und fuhr fort: »Ja, ich bin auf dem Weg zum Hafen. Die Fähre nach Palma fährt heute Nacht. Du kannst, wenn du willst, mitkommen. Aber deine Überfahrt zahlst du selbst.«

Sie freute sich mit vollem Mund und sagte: »Gut.«

»Außerdem, wenn wir drüben auf der Insel sind, trennen wir uns«, sagte er, ehe sie mehr sagen konnte. »Ich muss arbeiten. Und du machst *dein* Ding. Klar?«

»Klar«, sagte sie und guckte grünäugig.

Am Nachmittag erreichten sie Barcelona. Sie hatten viel Zeit bis zur Abfahrt der Fähre. Also lud Pfister das Wesen an der Promenade in der Nähe vom Hotel Arts aus und versprach, sie um einundzwanzig Uhr wieder an dieser Stelle abzuholen. Dann fuhr er in die Stadt, suchte einen Parkplatz und machte sich auf einen Streifzug durch den alten Teil der Stadt. Es sei sehr schön dort, hatte ihm Cromm mitgegeben. Es lohne sich, herumzuwandern, zu gucken und zu genießen.

Um zweiundzwanzig Uhr rumpelte der Caddy mit seinen Insassen über die Rampe in den Bauch der *Abel Matutes*. Sie wurden hinter einen Wohnwagen aus Regensburg und neben einen Möbelwagen aus Barcelona dirigiert. Pfister und Yvonne stiegen aus und suchten sich drei Stockwerke höher in einer großen künstlich belüfteten Kabine ihre Sitze. Sie hatten eine Nachtfahrt vor sich, geplante Ankunft in Palma um sieben Uhr morgens.

Die Kabine für das gemeine Volk ging über die volle Schiffsbreite und hatte den Charme einer Bahnhofshalle. Sitze plüschig und fleckig. Das Schiff war zehn Jahre alt und täglich im Einsatz. Pfister hoffte, dass die Technik in besserem Zustand war als der Fahrgastraum. Die Fenster konnten nicht geöffnet werden, es roch nach alter, ungepflegter Klimaanlage, und während das Schiff langsam ablegte, kam der Geruch von Schiffsdiesel dazu. Zum Glück sollte es eine ruhige Überfahrt werden. Sonst hätte Pfister nicht für seinen Magen garantiert.

Das Wesen mit grünen Augen und dem Namen Yvonne war hart im Nehmen. Sie würdigte ihn keines Blickes und rollte sich auf dem Nebensitz zusammen. Aus ihrem Rucksack hatte sie einen MP3-Player gefischt und eingestöpselt. Also hörte sie ihn auch nicht, als er sagte: »Hoffentlich kriege ich nicht wieder einen in die Rippen.« Er hatte Glück, es kam nicht dazu.

Am nächsten Morgen wurden sie kurz nach sechs von einer Lautsprecherdurchsage geweckt. Die Passagiere sollten bitte zügig ihre Fahrzeuge aufsuchen, in wenigen Minuten wären sie in Palma.

Die Stadt war schon wach, der Himmel wolkenlos blau, die Temperatur lag über fünfundzwanzig Grad. Hach, jetzt Urlaub! Von wegen! Kein Urlaub. Jedenfalls nicht für Pfister.

Er lenkte den Caddy sorgfältig über die Planken auf die Hafenmole. Von dort fuhr er langsam weiter, bis er auf der großen vierspurigen Straße war, die am Jachthafen entlangführte. Viele Busse und Autos waren unterwegs und ein paar Jogger auf dem breiten Weg direkt am Meer. Pfister schlüpfte auf einen freien Parkplatz, hielt an, machte den Motor aus und wandte sich an seine Beifahrerin: »So. Du bist am Ziel!«

»Danke«, sagte sie brav. Und als sie schon die Tür öffnen wollte, fragte sie: »Wann fährst du zurück?«

»Oh, vielleicht in vier Wochen«, log Pfister. »Ich habe viel zu tun. Mal sehen, wie es für mich läuft«.

»Was machst du hier eigentlich?«, wollte sie noch wissen.

Tja Schnucki, jetzt wirst du gesprächig, dachte Pfister, aber jetzt ist es zu spät.

»Du bist neugierig«, sagte er trocken. »Und jetzt: Aussteigen bitte!«

Sie stiegen beide aus. Pfister öffnete hinten den Laderaum, zog ihren Rucksack heraus und reichte ihn ihr. »Mach's gut!«

Das Wesen Yvonne hob schweigend die Hand zum Gruß, zog den Rucksack über und wandte sich entschlossen der Stadt zu. Richtung Kathedrale, die alles überragte.

Dann drehte sie sich noch einmal um und bot ihm ein knappes »Tschüs!«.

Pfister überkam ein wehmütiges Gefühl, denn das Mädchen hatte ihm in ihrer Sturheit gefallen. Was die hier wohl macht?, dachte er. Vielleicht hatte sie genau wie er einen klar beschriebenen Auftrag? Ach Quatsch, du spinnst, sagte er sich, stieg in den Caddy, programmierte sein Navi auf die Adresse der von Cromm gebuchten Pension in Palma, ließ den Motor an und fuhr los.

Boxspring! Das war das Wort! Feli hatte lange nachgedacht. Das Wort wollte einfach nicht kommen. Wie nennt man noch mal diese Betten, die jeder haben will? Diese hohen Teile mit mehreren Matratzen übereinander? Diese Prinzessin-auf-der-Erbse-Modelle? Die inzwischen sogar von Discountern verhökert wurden? Verdammt noch mal?

»Boxspring!« Sie sagte es laut. Das war es!

»Bitte?«, murmelte Ahlers halb schlafend neben ihr.

»Ooch, nichts«, sagte Feli und rekelte sich in dem großen doppelmatratzenweichen Boxspringbett. Sie war nackt. Ahlers auch.

Es war warm. Es war früh, vielleicht kurz nach fünf Uhr morgens. Draußen war es hell, und die Vögel nebenan im Tiergarten machten Krach.

Feli hatte mit Ahlers geschlafen. Oder umgekehrt? Sie konnte das nicht entscheiden, beide waren aktiv gewesen. Und es war schön gewesen, da war sie sicher.

Sie robbte sich unter der leichten Decke hervor. Die ist aus Seide, dachte Feli. Sie richtete sich auf und spürte ein wenig ihren Kopf. Der Champagner. Danach Wein. Danach Whisky. Puh!

Sie saß nackt auf der Bettkante und überlegte, ob Ahlers guckte. »Guckst du?«, flüsterte sie nach hinten über den Rücken.

Keine Antwort. Gut.

Da stand sie auf, bückte sich nach ihrer Wäsche und machte sich vorsichtig auf den Weg ins Bad.

Ahlers guckte still.

Beim Frühstück war Ahlers sehr zuvorkommend.

Hm, dachte Feli. Morgens ist anders als abends.

Im Morgenlicht erschien ihr alles nicht mehr so toll. Die Möbel, das hatte sie ja schon gestern Abend bemerkt, waren wirklich gar nicht ihr Stil. Alles viel zu glatt und ohne persönliche Note.

Das Frühstück hätte locker in den Bericht eines Reisemagazins gepasst, zum Thema Frühstück im Design-Hotel. Und seine Redeweise. Heute Morgen kam ihr die … irgendwie … so, nun ja: bemüht vor.

Der Morgen danach war immer zäh … Und sie wollte auf keinen Fall im Sumpf der postkoitalen schlechten Laune versinken. Dennoch konnte sie nicht anders: Heute früh sah Ahlers einfach anders aus als gestern Abend, er klang anders, er roch anders.

Er sprach schon eine ganze Weile, ohne zu merken, dass sie nicht zuhörte. Vielleicht sollte sie mal hinhören.

»… und weißt du, das Thema hat mich richtig gepackt«, sagte Ahlers mit der Tasse in der Hand. »Ich bin jetzt mitten in der Produktion. Ich glaube, wir haben da eine große Geschichte.«

Hatten wir nicht vereinbart, darüber zu schweigen?, dachte Feli.

»Ich war bei diesem Schueffner«, sagte Ahlers. »Die Adresse hatte ich von deinem Boss.«

Der ist nicht mein Boss, dachte Feli.

»Ich hab ihn in die Mangel genommen, ganz freundlich, aber so lange, bis er alles ausgepackt hat. Ich kann das ziemlich perfekt.«

Gähn!, dachte Feli.

»Das Interview war zugleich furchtbar traurig, aber auch sensationell. Der Mann redet sich um Kopf und Kragen.«

Du auch, dachte Feli.

Sie musste wohl oder übel auch mal etwas sagen. »Ja, der Schueffner.« Okay, das war kein sehr origineller Anfang; also weiter: »Der Arme, er ist wie eine Zeitbombe, oder?«

»Genau das habe ich auch gedacht.« Ahlers freute sich über ihre gleichartigen Gedankengänge und dachte, mit ihr könnte es etwas werden. Etwas Längeres.

»Man weiß nicht, zu was er wirklich in der Lage ist oder ob er nur so vor sich hin brütet«, sagte Feli, während sie bedauernd spürte, dass sie vermutlich nicht zusammenpassten.

»Tja«, sagte Ahlers, »wenn er nur nicht auf den Tretter losgeht …«

»Wie sollte er denn?«, fragte Feli. »Er weiß doch gar nicht, wo der ist.«

»Äh – doch«, sagte Ahlers und schwieg lange.

»Doch?«, fragte Feli.

»Er kennt seine Adresse. Also jedenfalls die deutsche.«

»Von wem?«, fragte Feil und wusste jetzt ganz klar, dass es nicht passte.

Ahlers sprach zögerlich. »Nun ja. Also. Von mir, glaube ich.«

»Von dir?«, fragte Feli. »Glaubst du?« Und dachte: Du Arschloch.

Ahlers schwieg und schien nachzudenken.

Zu spät, dachte Feli. »Kannst du das mit dem Glauben etwas erläutern?«, fragte sie.

»Wir kamen darauf zu sprechen, irgendwie.«

»Wer wir?«

»Na, der Schueffner und ich.«

Das hat van de Loo geahnt, dachte Feli. Er hat es geahnt, dass Ahlers ein Schwätzer ist, aber er dachte, es geht trotzdem gut.

»Na ja, ich traue ihm nix zu«, sagte Ahlers.

»Na hoffentlich«, sagte Feli und dachte: Ich muss dringend mit van de Loo reden. Und dann dachte sie: So ein Mist, wieder Mal nur ein One-Night-Stand.

»Aber zwischen uns ist doch jetzt nichts?«, fragte Ahlers hoffnungsvoll.

»Du willst, dass zwischen uns nichts ist?«, fragte Feli spitz.

»Ich meine, uns stört nichts, oder? Da ist doch kein Problem, oder? Ich wünsche mir noch viel mehr Zeit mit dir.«

»Oh, nein! Kein Problem!« Und sie dachte: Lern du erst mal Deutsch, Star-Reporter!

Feli spürte deutlich, dass ihre kurze schöne Zeit mit Ahlers in die Vergangenheitsform glitt. Sie dachte: War schön mit dir. Und tschüs!

17

Sie war die Richtige. Für diesen Zweck. Max Baumann betrachtete die Frau, die ihm gegenübersaß. Sie hatten zwanzig Minuten miteinander geredet, und Baumann war überzeugt, dass er mit ihr gefunden hatte, was sein Auftraggeber suchte.

Dieses Gespräch fand statt im Restaurant des kleinen Flughafens bei Mainz-Finthen. Restaurant? Imbissstube eher. Flughafen? Eher ein Landeplatz. Dafür schön abseits, was vor neugierigen Zuschauern schützte. Nah genug an Frankfurt, um in weniger als einer Stunde mit dem Auto dort zu sein. Max Baumann war hier in van de Loos Auftrag. Ihm gegenüber saß eine stämmige Frau, nicht groß, kompakter Körperbau, halblange dunkle Haare, wacher Blick.

Sie hieß Jennifer Niklas, war Pilotin, besaß zwei Flugzeuge und lebte vom Verchartern der Maschinen. Sowie von dem Ruf, ihre Jobs gewissenhaft auszuführen und dabei äußerst verschwiegen zu sein. Also hatte sie von vornherein eine Reihe von Eigenschaften, die dem von van de Loo vorgegebenen Profil entsprachen. Und dann war da noch etwas. Jennifer Niklas hatte einen unerschütterlichen Humor. Das war zwar keine notwendige Eigenschaft für den Auftrag, aber es erleichterte vieles – besonders bei Projekten wie diesem.

»Wie Sie wissen, habe ich zwei Maschinen«, sagte Jennifer Niklas und nahm einen Schluck von dem Apfelsaftschorle. »Die größere ist das, was Sie suchen. Eine Piper Malibu Matrix. Sechszylindermotor. Sechs Sitze. Reichweite mehr als zweitausend Kilometer.«

»Das passt genau«, sagte Baumann. »Denn nach dem innerdeutschen Flug brauchen wir sie noch einmal mit Ziel Palma de Mallorca. Von Berlin aus. Nonstop. Mit sechs Personen. Das möchte ich im Paket buchen.«

»Aha. Palma.« Sie dachte kurz nach. »Ja, das schaffe ich ohne Zwischenlandung. Übrigens sind das Ledersessel!«

»Bitte?«

»Ich habe Ledersessel in der Piper«, sagte Niklas stolz.

Baumann war verblüfft. Was manche Leute als wichtig erachteten, war für andere vollkommen gleichgültig. »Aha«, sagte er. Und wiederholte: »Wir schaffen das ganz sicher ohne Zwischenstopp?«

»Genau«, sagte Niklas und machte ein leicht gekränktes Gesicht. »Berlin-Palma ohne Stopp.« Dann kam sie zur Sache: »Eins kann ich Ihnen zu Mallorca schon jetzt sagen: Auf dem internationalen Airport darf ich nicht landen. Da würde ich den Großen in die Quere kommen. Aber ich kenne den kleineren, den Flugplatz Son Bonet, und der ist auch nicht weit von Palma entfernt. Da darf ich runtergehen.«

»Das ist in Ordnung.«

»Und wen soll ich fliegen?«

»Das steht noch nicht fest«, sagte Baumann, obwohl es feststand.

»Wann wird das der Fall sein?«

»Bald«, sagte Baumann, obwohl er es besser wusste.

»Wissen Sie, heutzutage ist das nicht mehr so einfach«, sagte Niklas. »Ich muss manches anmelden. Und vieles glaubwürdig dokumentieren. Den Flug auf die Balearen. Die Namen der Passagiere. Die Ladung. Die Flugroute sowieso. Wir leben in Zeiten größter amtlicher Neugier.«

»Ich weiß. Vielleicht können Sie das eine tun und das andere für die amtliche Neugier dokumentieren.«

Niklas schwieg und dachte nach, offenbar noch unsicher, was Baumann ihr sagen wollte.

»Ich bin nur der Vermittler«, erklärte der. »Aber mein Auftraggeber sucht eine zuverlässige und kreative Pilotin. Wir sagen Ihnen rechtzeitig, um was es geht. Vielleicht lässt sich das alles irgendwie – nun ja, gestalten.«

Sie sagte: »Kreativität wird oft unterbewertet.«

Darauf lachte Baumann, und sie lachte erst einmal mit.

»Meinem Auftraggeber sind Kreativität und Spontaneität sehr viel wert«, nahm er den Faden auf. »Ja, so kann ich sagen: sehr viel wert.«

Niklas wirkte erleichtert und sagte diplomatisch: »Wir werden sehen.«

»Ja. Ich denke, wir werden uns einig.« Baumann gefiel diese Frau, die ebenso wie er Wert auf Kreativität legte. Die Ledersessel waren halt ihr persönliches Ding. Jeder hat so sein persönliches Ding, dachte Baumann.

Sie hatten einen Termin miteinander. »Ich muss mit dir reden«, hatte Feli am Telefon gesagt, und van de Loo war sofort beunruhigt.

»Morgen um vier im Büro?«

»Bis morgen!«

Jetzt saßen sie zu zweit in dem kleinen Konferenzraum. Cromm tat unten im Laden Dienst. Kein Kunde war da, also arbeitete er in Ruhe an den Plänen für die nächsten Tage. Er hatte sich ein Glas Wein aus der Küche geholt.

Feli und van de Loo saßen oben vor Bechern mit Kaffee. Er trug wie immer einen eleganten, wenn auch abgetragenen Anzug, wieder mal in Dunkelbraun, mit hellerer Weste und mit weißem Hemd, immerhin mit geöffnetem Kragen. Dazu mittelbraune Oxford-Schuhe.

»Du siehst aus wie ein Filmproduzent«, sagte Feli.

»Sehr lustig«, sagte van de Loo. »Komm zur Sache: Was gibt es denn?«

»Ahlers«, sagte Feli.

Van de Loo runzelte die Stirn.

»Er macht Sachen ohne Absprache.«

»Zum Beispiel?«

»Er hat den Schueffner interviewt und ihm gegenüber dabei angedeutet, dass Tretter manchmal nach Deutschland kommt.«

»Oh. Das ist nicht gut. Das ist sogar schlecht. Ich muss mit ihm reden.«

»Ich bin noch nicht fertig. Er hat ihm wohl auch Tretters deutsche Adresse gegeben!«

»Verdammt!«

»Ja, genau!«

»Hat er denn«, fragte van de Loo, »ihm auch gesagt, *wann* er kommt?«

»Ich glaube nicht. Das weiß ja keiner.

»Ich schon«, sagte van de Loo und verfiel ins Nachdenken.

»Ich war dort«, berichtete Max Baumann am Telefon. Van de Loo hatte ihn für diesen Anruf in ein schmuddeliges Internetcafé in Frankfurt bestellt, er selbst saß in einem genauso düsteren Raum in der Berliner Kantstraße. So konnten sie reden.

Seit seiner Zeit als Filmproduzent liebte van de Loo die Institution des Stringers, jenes Freelancers, der für wechselnde Auftraggeber Informationen beschaffte, um das eigentliche Kamerateam und die Reporter bei Reportagen zu entlasten. Im Ausland waren Stringer unentbehrlich. Van de Loo hatte eine lange Adressenliste mit qualifizierten Leuten, und sie alle waren ihm treu ergeben. Er bezahlte pünktlich und überdurchschnittlich.

Baumann war seit langem für van de Loo unterwegs. Er lebte in Frankfurt und kannte das Rhein-Main-Gebiet und alles, was dort irgendwie von Bedeutung war. Man konnte ihn mit jedem nur denkbaren Auftrag losschicken, zum Beispiel um die Reste des römischen Grenzwalls im Taunus zu finden oder um den Dagger Complex bei Darmstadt auszukundschaften, von wo aus die Filiale des NSA ihre deutschen Freunde interessiert behorchte und beguckte. Baumann sprach fehlerlos Englisch und Spanisch und wunderte sich über keinen Auftrag.

Auch jetzt fand er es ganz selbstverständlich, dass van de Loo ihm angekündigt hatte, er möge demnächst nach Barcelona fliegen, dort ein Wohnmobil mieten und mit der Fähre nach Mallorca fahren. Alles Weitere später.

Gut, dachte Baumann. Alles eine Frage des Honorars.

Mit der angeheuerten Pilotin und ihrem Flugzeug war van de Loo sehr zufrieden. »Die Umstände während der Flüge werden ein bisschen äh, besonders sein«, sagte van de Loo am Telefon.

»Besonders?«, fragte Baumann.

»Ja. Und die Pilotin ist stabil?«

»Sehr stabil!«

»Gut«, sagte van de Loo. »Gut gemacht. Alles weitere später.«

Er legte grußlos auf.

18

Die Einkäufe waren erledigt. Die notwendigen Aufträge per Telefon erteilt und das Geld in bar im Briefkasten deponiert worden.

Außerdem hatte er über Western Union in Palma einen bestimmten Betrag an Toi Toi Sanitarios Móviles überwiesen, damit die Firma für vierzehn Tage ein Baustellenklo auf Tretters Grundstück in Cala Santanyí aufstellte. Sobald das Geld da wäre, würde das duftende Plastikhäuschen neben dem Hauseingang abgesetzt werden.

Jetzt blieb noch eine etwas knifflige Aufgabe. Pfister musste in das Haus. In Tretters Sommervilla. Kurz vor Mitternacht machte er sich auf den Weg. Der Mond stand am Himmel, weißes Licht auf den Ackerflächen links und rechts. Er fuhr mit seinem Caddy auf der gut ausgebauten Landesstraße von Palma nach Satanyí und von dort nach Cala Santanyí. Nach einer knappen Stunde erreichte er den kleinen Küstenort. Cromms Briefing bewährte sich durch und durch: Kurz vor der kleinen Badebucht gab es einen öffentlichen Parkplatz. Er stellte den Lieferwagen zwischen die vielen parkenden Autos, darunter Mietwagen von Touristen und sogar zwei Autos mit deutschen Nummernschildern. Es war Hochsaison, und die Ferienhäuser ringsum waren ausgebucht.

Pfister stieg aus und holte den Rucksack aus dem Laderaum. Warme Sommerluft. Fremdartige Gerüche von Zypressen, Steineichen, Wacholder und wilden Ölbäumen. Und ein lautes Sirren wie von einem überlasteten Trafo. So erschien es jedenfalls Pfister, der selten aus Berlin herauskam. Es waren Tausende von Zikaden, die eifrig ihren Sommergesang betrieben. Überflüssig, die Viecher, dachte Pfister, der selten grünen Gedanken nachhing.

Er holte Luft, registrierte wieder die würzigen Bäume und machte sich zu Fuß auf den Weg. Ein paar Hundert Meter hatte er zu gehen, vorbei an einem der wenigen großen Hotels, das im Erdgeschoss noch erleuchtet war. In der Hotelbar wurde noch ausgeschenkt, und die Urlauber standen mit Gläsern in der Hand auf der Terrasse, rauchten Zigaretten, lachten laut und ärgerten die Familien mit Kindern, die in den Stockwerken über ihnen zu schlafen versuchten.

Pfister ging zügig. Die schmale Straße war mit Mietwagen zugeparkt. Dann kamen die ersten Bungalows. Hier standen nur noch einzelne Autos, die meisten mit Kennzeichen vom spanischen Festland. Einmal regte sich ein Hund auf, weil Pfister an seinem Zaun entlangging. Er bellte noch, als Pfister schon längst weitergegangen war. Hin und wieder warfen trübe Straßenlaternen schwaches Licht auf den Weg, jede zweite blieb dunkel. Einmal rechts abbiegen. Hundert Meter geradeaus. Links und rechts dunkle Häuser, ein einziges weiter hinten war außen beleuchtet, einige gehörten offensichtlich Einheimischen, man sah es an den herumliegenden Gartenmöbeln, Rasenmähern und Wäscheständern. An manchen Häusern warnten Schilder der Sicherheitsfirma Trablisa – die auf ganz Mallorca ihre Alarmanlagen betrieb und auch gerne mal breitschultrige Security-Menschen Streife fahren ließ – Unbefugte davor, näher zu kommen.

Pfister stand jetzt an der Sackgasse, die Cromm ihm beschrieben hatte. Ohne zu zögern, ging er hinein.

Das war das Haus. Mediterran verschnörkelt, weißer Putz, wie sie es bei Google Maps gesehen hatten. Das Grundstück war umgeben von einer immergrünen Hecke und einem steinernen Zaunsockel, darauf schwarze schmiedeeiserne Gitter. Das sah eindrucksvoll aus, schützte aber im Ernstfall wenig. Zumal das Gartentor nicht abgeschlossen war. Die lauten Zikaden fühlten sich gestört und stellten ihr Konzert ein. Pfister näherte sich vorsichtig der Haustür. Nach allem, was er wusste, durfte hier niemand sein. Aber man konnte nie sicher sein.

Die Haustür lag unter einem kleinen Vordach – sehr gut, dachte Pfister –, und nachdem er die Latexhandschuhe angezogen hatte, folgte er Eschweilers präziser Anleitung, hantierte mit einem ganzen

Bündel von Dietrichen und drückte die Tür wenig später auf. Auch die Alarmanlage hatte er dank Eschweilers Spezialwissen rechtzeitig ausschalten können. Er nahm seine Taschenlampe für den Gang durch die Räume. Draußen beendeten die Zikaden ihre Pause.

Es roch muffig. Hier war lange niemand mehr gewesen, stellte er fest und ging im dünnen scharfen, gezielten Strahl der Lampe das Erdgeschoss ab: Diele, großer Wohnraum mit angrenzender offener Küche, ein Zimmer mit Schreibtisch und Bücherregalen, Garderobe, Toilette, Treppe nach oben, keine nach unten: Es gab keinen Keller. So viel Haus für *einen* Mann. Noch dazu für einen, der nur einmal im Jahr ein paar Wochen vorbeikam. Welche Verschwendung.

Pfister nahm mit großen Schritten die Stufen nach oben. Zwei große Schlafzimmer, eins mit Doppelbett und direktem Zugang zu einem Bad, das andere mit einem Einzelbett. Ein weiteres kleines Badezimmer mit Dusche. Ein leeres Zimmer mit Gerümpel.

Die Einrichtung passte zur Architektur. Schwere, verschnörkelte hölzerne Möbel, auf Spanisch getrimmt. Aber eigentlich ziemlich stillos, dachte Pfister, der Schreiner. Ledergepolsterte Sessel und Sofas, deren Braun überhaupt nicht zur Holzfarbe passte. Auch die Küche im spanischen Landhausstil, dazu technisch bestens ausgestattet mit Miele und Co. Nichts stand herum, alles ordentlich. Aber Staub. Über allem.

Gut, dachte Pfister, jetzt an die Arbeit. Er räumte in den Schlafzimmern die Möbel nach den Vorgaben um, schob, hob, wuchtete und ächzte. Die ganz schweren Möbel hob er auf Gleiter aus seinem Rucksack, um sie bewegen zu können. Als alles mittig stand, deckte er die mitgebrachten Folien über die Möbel. Dann ging er nach unten, gleiche Aktion wie oben: Er schob Möbel zusammen, geriet ins Schwitzen, packte es aber. Du wirst alt, dachte er zwischendurch. Es dauerte eine gute Stunde, dann war er fertig.

Bevor er das Haus verließ, deponierte er vorsichtig einige Tassen, Teller, kleine Schüsseln und Gläser sowie Besteck aus der Küche in seinem Rucksack. Außerdem nahm er einen der Küchenstühle mit, trug ihn an der Lehne raus. In der Hand hielt er die Ersatzschlüssel vom Brett in der Diele. Es war etwa halb drei Uhr. Die Zikaden schwiegen beleidigt, als er vor die Tür trat. Für die Vögel, auch die frühen, war es noch zu früh. Er zog die Haustür einfach zu und schloss nicht ab. Die Alarmanlage ließ er ausgeschaltet. An der Pforte öffnete er den in den gemauerten Pfosten eingelassenen Briefkasten, legte das Schlüsselbund und einen Briefumschlag hinein und ließ die Briefkastentür angelehnt. Pfister hob sich vorsichtig den Rucksack über die Schulter, griff sich den Küchenstuhl und ächzte. Er ging in aller Ruhe durch die Sommernacht zu seinem Auto. Alles war dunkel, alle schliefen. Er kam an dem Grundstück mit dem Hund vorbei. Auch der schlief. Von wegen Wachhund, dachte Pfister. Kein Licht mehr im Hotel, die Bar hatte geschlossen. Alles war still. Es roch immer noch nach Natur. Von ferne hörte man die Brandung.

Um zehn Uhr rollte Pfisters Caddy mit der Aufschrift »B. Fromm Innenausbau« im Hafen von Palma an Bord der RoRo-Fähre *Tenacia*. Ein großes Schiff, und gut in Schuss. Zwischen neunzehn und zwanzig Uhr würde er in Barcelona ankommen. Am Hafen hatte er vorsichtig Ausschau gehalten – nach Yvonne, dem Wesen. Sie war nicht da. Was hätte er gemacht, wenn sie dagesessen und grünäugig geguckt hätte? Er war sich nicht sicher. Es war besser, dass er diese Entscheidung nicht treffen musste.

Alles war gut gelaufen.

19

»Das ist die Stelle«, sagte Ahlers zu seiner Cutterin. Sie hatten einen Tag lang das Material gesichtet, sortiert und nummeriert.

Er saß in dem klimatisierten Schneideraum der Berliner Firma Kornschnitter, die einem Willi Korn gehörte und ein Synchronstudio, Grafikarbeitsplätze, mehrere Avid-Schnittplätze sowie gutes Personal und guten Kaffee zu bieten hatte. Das alles in der Nähe zum Prenzlauer Berg. Ahlers arbeitete am liebsten in Korns Räumen.

Sie saßen gerade über dem Interview von Schueffner. Die Cutterin schüttelte den Kopf – nicht über die Qualität des Materials, sondern über den Inhalt. »Nicht zu fassen, er selbst hat wohl gar keine Schuld, was?«, sagte sie und hörte sich die Stelle noch einmal an, an der Schueffner sagte: »Unsere Chefs haben immer gesagt: Verkauft! Der Tretter will das so! Holt Erfolge rein …«

»Ja«, sagte Ahlers. »So sieht er das. Es waren immer nur *die da oben.*«

»So sind wir Ossis eben«, sagte die junge Cutterin und grinste ihn an.

»Du doch nicht«, sagte Ahlers und berührte ganz leicht ihre Schulter. Sie zuckte nicht. Nachdem er das registriert hatte, wurde er wieder sachlich: »Das nehmen wir.«

Die Cutterin fügte die Passage aus dem Rohmaterial zu dem bereits geschnittenen Stück hinzu.

Sie waren bei Minute 21 und kamen gut voran. In zehn Tagen musste die Dokumentation fertig sein; vorgegebene Länge 28:30 Minuten. Es war fast alles gedreht. Eine dramatische Schlussszene fehlte noch, aber dafür war die Cutterin ja nicht zuständig.

Nach dem Schnitt musste Ahlers texten. Mit dem Rohschnitt und dem Text musste er dann in Hamburg beim Redaktionsleiter antreten. Das würde noch ein schwieriger Moment werden, denn der Redaktionsleiter galt als Abnahme-Monster, das gerne nachträglich noch nahezu unerfüllbare Wünsche äußerte und es genoss, wenn die Autoren sich vor ihm wanden.

Sollte Ahlers das überleben (und er würde es, denn seine Dokumentation war bereits bei der Programmpresse angekündigt und musste gesendet werden), würden bei Kornschnitter die Sprachaufnahme und die Endmischung stattfinden. Ahlers würde selber sprechen, denn er wollte es so, und er durfte das – seine Stimme war gut, seine Texte meist auch.

Erst dann würde er nach Hamburg überspielen und den Rest – Vorspann, Abspann und Trailerproduktion – den Kollegen beim Sender überlassen. Er würde mit den Hamburger Presseleuten vom Sender noch die Texte für die letzten aktuellen Pressemeldungen besprechen, und dann, erst dann, würde er Luft holen können. Jedenfalls bis zum Sendetag.

»Hörst du mir überhaupt zu?«, fragte die Cutterin und zwinkerte ihn an. »Männer hören nie zu!«

Ahlers setzte sein Flirtgesicht auf und sagte: »Dir, mein Schatz, höre ich besonders gerne zu. Was sagtest du gerade?«

Sie streckte ihm die Zunge heraus.

Es machte Spaß, mit ihr zu arbeiten. Und wenn er sich nicht täuschte, ging es ihr ähnlich. Er würde sie nachher fragen: »Vielleicht heute Abend? In der Unique Bar?«

Ahlers ging manchmal schematisch vor.

Sein Flug war pünktlich.

Dr. Wilhelm von Tretter war vier Tage zuvor mit seinem in den USA zugelassenen S-Klasse-Mercedes von Hilton Head Island nach Atlanta gefahren, hatte das Fahrzeug in der Nähe des Hartsfield-Jackson-Flughafens in einer Garage für Langzeitparker abgestellt und war mit United nach Hamburg geflogen. Dort war es um Geld, genauer:

um Geldanlagen gegangen. Das war seit Jahren einer der wesentlichen Gründe, die Tretter hin und wieder nach Deutschland trieben.

Tretter war solo. Wie immer in den letzten Jahren. Seine Ex lebte in München, er hatte sie gut versorgt, beide verspürten kein Bedürfnis, sich zu sehen. Die zwei Töchter waren erwachsen, beide hatten studiert, eine war Modedesignerin in Antwerpen und mit einem Modemenschen, den er noch nicht kennengelernt hatte, liiert. Die andere lebte in Mexico City in einer von Sicherheitsleuten Tag und Nacht bewachten Gated Area, vollauf beschäftigt damit, in einer hoch riskanten Stadt sich und ihre Familie vor Attentaten, Entführungen und Lösegeldforderungen zu bewahren. Tretter war nie in Mexiko gewesen und die gelegentlichen Schilderungen seiner Tochter über die allgemeine Sicherheitslage, im selbstverständlichsten Ton am Telefon vorgetragen, hielten ihn auch weiterhin davon ab.

Nach seiner Ankunft am Frankfurter Flughafen begab Tretter sich unverzüglich in das Untergeschoss im Terminal, las am Gepäckband scheinbar aufmerksam in der *Bild*-Zeitung, während er auf sein Gepäck – einen zerkratzten älteren Samsonite-Koffer mit Rollen, mit einem knallgrünen Gurt gesichert, und eine große Reisetasche, die er sich über die Schulter hängen konnte – wartete. Tretter trug den – wie er selbst es nannte – Unauffällig-Look: eine einfache Chino, ein amerikanisches weiß-blau kariertes Hemd, ein leichtes dunkelblaues Jackett und Slipper. Es durfte, das war ihm wichtig, nichts teuer aussehen. Bei allen Wartezeiten versenkte er sich stets in eine Zeitung. Außerdem hatte er es sich angewöhnt, äußerlich nicht viel herzumachen – ursprünglich als Tarnung. Inzwischen aber war diese Form der Unauffälligkeit zu seinem Stil geworden. Schließlich reiste Dr. Wilhelm von Tretter nur noch als Willi Tretter – jedenfalls in Deutschland.

Das Gepäck kurvte auf dem Band in seine Richtung. Er hievte es herunter. Schulterte die Tasche, stellte den Koffer auf seine vier Räder, zog ihn zügig an der unbesetzten Zollstelle vorbei und steuerte den Sixt-Schalter an. Die Wege im Frankfurter Flughafen waren teilweise lang, aber grundsätzlich funktionierte hier alles recht gut – jedenfalls besser als in den USA.

Am Sixt-Schalter lächelte dienstbereit ein junger Mann.

»Tretter«, sagte Tretter. »Ich habe reserviert.« Er hatte einen einfachen Golf bestellt. Ein Teil seiner Mimikry-Kampagne.

Der junge Mann lächelte weiterhin professionell und fragte pflichtgemäß: »Hatten Sie einen guten Flug?« Als Tretter nickte, verkündete er wie eine Offenbarung: »Wir haben einen Opel Astra für Sie. Ist das in Ordnung?«

»Ich wollte einen Golf«, sagte Tretter.

»Ja, das sehe ich hier«, sagte der Sixt-Mann mit kritischem Blick auf seinen Monitor. »Es tut mir sehr leid. Aber leider ist keiner verfügbar.« Ein weiterer Blick auf den Monitor, ein paar Klicks auf der Tastatur: »Warten Sie, vielleicht kann ich Sie upgraden. Sie sind ja ein guter Kunde bei uns, Herr von Tretter.«

»Nein, ich will kein Upgrade«, sagte Tretter. Nein, genau das wollte er nicht. Also willigte er ein: »Gut, geben Sie mir den Astra.«

Minuten später stand er im Parkhaus vor einem grau-metallischen Opel und verstaute sein Gepäck. Opel, dachte er, na ja! Er stieg ein, rührte ein wenig mit dem Schaltknüppel herum, denn er musste das Schalten per Hand jedes Mal wieder üben, dabei dachte er: Ist eigentlich egal.

Tretter lenkte den Wagen aus der Tiefgarage heraus, fädelte sich auf der Autobahn in den Verkehr ein und gab Gas in Richtung Kronberg. Man fährt auf deutschen Autobahnen anders als bei uns, dachte er. Tretter war inzwischen amerikanisiert, der Lebensstil der Amerikaner gefiel ihm, die allgemeine Akzeptanz der Reichen fand er angemessen, zumal niemand fragte, wie der Reichtum entstanden war. Für Europa allgemein und Deutschland im Besonderen empfand er immer häufiger Verachtung. Die Besteuerung war eine Unverschämtheit. Die soziale Marktwirtschaft fand er lächerlich. Gesundheitsversicherung und gesetzliche Rente hielt er, der in den USA gerne *Fox News* sah, für Kommunismus. Für ihn waren die Deutschen eine Nation von Losern. Europa hatte keine Zukunft in seinen Augen.

Tretter hatte ein paar Sachen zu erledigen. Nicht alles konnte er von Hilton Head oder Cala Santanyí aus klären. Manchmal musste er persönlich erscheinen. Das versuchte Tretter so knapp wie möglich zu halten. Er plante, vierzehn Tage in Kronberg zu bleiben und an den Werktagen nach Frankfurt zu fahren, um sich in den Bankenzentralen sehen zu lassen. Danach stand Süddeutschland an, mit Besuchen bei den Verantwortlichen für Investor Relations einiger Aktiengesellschaften. In den Top-Etagen kannte man ihn, auch wenn man ihn nicht schätzte. Unten beim Fußvolk war er ein Fremder – zum Glück. Es müsste also alles klappen. Es klappte immer alles. Er war ein Perfektionist. Immer noch.

»Ganz schön schwer«, stöhnte Eschweiler. Er und Tabak schleppten die Baumaterialien.

Sie hatten die von van de Loo gemietete Storage-Box angesteuert und den Doblò beladen, den Cromm von seiner Schwester geliehen und Tabak übergeben hatte. Giuseppa hatte »Warum?« gefragt, und Cromm hatte »Frag nicht!« geantwortet. Manchmal, hatte die Schwester gedacht, könnte ich ihm eine langen. Manchmal, hatte Cromm gedacht, geht mir Giuseppa auf die Eier.

Gesprochen hatten sie nichts weiter.

Inzwischen war es weit nach Mitternacht. Das Material ins Haus zu schaffen war eine der riskanteren Operationen. Sie hatten keine Lust, von Hausbewohnern bemerkt und ausgefragt zu werden. Tabak hatte den Lieferwagen in den Hof gefahren und trug die Einkäufe durch den Hintereingang in den ersten Stock. »Der Eigentümer könnte ruhig mal einen Aufzug spendieren«, sagte er finster zu van de Loo. Der grinste nur und dachte: Warum sollte ich? In so einem Haus?

Das Risiko war das Treppenhaus. Da waren sie minutenlang sichtbar. Für den Fall der Fälle hatten sie sich eine Geschichte ausgedacht: Renovierung. Ja, war überfällig. Ja, mit, äh … nun ja, Hilfskräften, bar auf die Hand, alle so teuer die Handwerker heute. Zum Glück kam um diese Zeit niemand. »Leise!«, mahnte van de Loo immer wieder.

Sie hatten das hintere Zimmer im ersten Stockwerk für ihren Gast ausgewählt. Im Nebenzimmer, wo die jeweiligen Betreuer sitzen würden, sollte auch die Technik installiert werden. Dr. Becker hatte vorgeschriebene Anwesenheitszeiten und würde die überwiegend im Konferenzraum verbringen. Für seine Ampullen, Kanülen und Tabletten gab es eine spezielle dicht verschlossene Box im Kühlschrank.

Als alles in der Wohnung war, freuten sich die Männer. Es gab für jeden eine kühle Apfelsaftschorle zur Belohnung. Dann sagten sie sich gute Nacht. Eschweiler ging zu Fuß die paar Meter zur U-Bahn-Station. Tabak ließ van de Loo wenige Hundert Meter von seinem Haus entfernt raus, weil es spät war und um diese Zeit die Freaks in den U-Bahnen zunahmen und weil van de Loo zurzeit überhaupt keine Lust auf zusätzliche Abenteuer verspürte.

»Ich brauche noch ein bisschen frische Luft«, hatte van de Loo gesagt, während er die Beifahrertür des Transporters noch aufhielt, und hinzugefügt: »Du machst einen guten Job, Vural. Gute Nacht!«

Tabak hatte verblüfft genickt. Lob vom Chef? Die Lage war ernst!

Tabak stellte den Doblò vor der Pizzeria ab, warf den Schlüssel in den Briefkasten und suchte die nächste U-Bahn-Station. Im Gehen tippte er ein Wort an Cromm: »Okay.«

20

Ich war doch gerade erst hier, dachte Eschweiler. Er hatte die Wollankstraße etwa um ein Uhr nachts verlassen, und jetzt, um neun Uhr früh, traf er schon wieder dort ein. Kurze Nacht!, dachte er. Aber – erstaunlich – er war munter. Die Vorfreude! Oder wie sollte man es nennen, wenn eine Entführung bevorsteht? Jagdlust? Egal, munter ist munter.

Er fing schon mal an. Tabak konnte sich nicht so schnell bei seinem Vater loseisen und hatte späteres Kommen angekündigt. Also brachte Eschweiler in dem zum Hof gelegenen Raum Folien, Holzplatten und Leisten sowie eine schmale Tür samt Zarge in die richtige Position und legte Werkzeuge bereit. Er zog Kabel und montierte Geräte. In vollkommener Zufriedenheit arbeitete er sorgfältig und ruhig auf das ungewöhnliche Ziel hin, eine fensterlose, schalldichte und zugleich vernetzte Gefangenenzelle entstehen zu lassen, ein Zimmer im Zimmer. Als wäre das sein Alltagsjob. Er pfiff laut und falsch – wie das Handwerker am Bau gerne tun.

Irgendwann rüttelte sein Smartphone. Pfister kündigte sich an. Eschweiler öffnete und betrachtete den müde aussehenden Freund: »Na, lange Strecke, oder?«

Pfister nickte nur, betrat die Wohnung und begab sich in die Küche, um einen Kaffee zu finden. Mit dem Becher in der Hand kam er in Eschweilers Baustelle.

»Sieht gut aus.«

»Ja. Das wird gemütlich!«

»Na ja, seine Erwartungen wirst du nicht erfüllen.«

»Pech für ihn. Aber wenn er lieb ist, kann er den Aufenthalt abkürzen.«

»Der ist nicht lieb.«

»Dann nicht, dann darf er länger bleiben. Hast du sein Essen und Trinken dabei?«

»Unten im Caddy. Ich hol's gleich!«

Pfister trank seinen Kaffee aus und verschwand.

Wenig später schleppte er mehrere Plastikkisten mit seinen mallorquinischen Einkäufen nach oben. Alles kam in die Küche: Sobrasada-Wurst, spanische Kekse, mallorquinische Orangenmarmelade, eingeschweißte Empanadas, viele Sechserpacks mit Plastikflaschen *Font des Teix* – das mallorquinische Wasser. Dann ging er noch mal und holte den Stuhl.

»Alles nur für dieses Arschloch«, murmelte Pfister.

»Wenn jemand fragt: Ihr renoviert! Ihr seid Handwerker!«, sagte van de Loo. Es war inzwischen elf Uhr geworden, und Tabak (bereits im zünftigen Overall) war eingelaufen.

Die meisten Mieter hatten das Haus verlassen, da ließen sich auch Hammerschläge, ein Bohrgeräusch oder ein elektrischer Schraubendreher rechtfertigen. Hätte jemand gefragt, wäre er mit der kargen, aber einleuchtenden Erklärung »Wir renovieren« abgespeist worden. Hätte sich jemand beschwert, wäre van de Loo mit seiner Autorität am Zug gewesen.

Es gab für diese Phase eine klare Arbeitsteilung: Tabak und Pfister waren zuständig für den Ausbau der Zelle. Eschweiler war zuständig für alles Elektrische und so. Cromm und van de Loo waren zuständig für die Überwachung des Zeitplans, die Kontrolle von Tretters Reisebewegungen. Feli war zuständig für den Kontakt zu ihrem Ex-Freund Ahlers – dem Hallodri, wie Cromm den Hetero inzwischen nur noch nannte, oder, wie van de Loo sagte, dem Star-Reporter.

Mit diesem Star-Reporter war van de Loo gerade verbunden: »Wie geht's?« Äußerst kurz. Und weiter: »Das mit der Adresse ist totale Scheiße!« … »Was ich meine? Na, die Kronberger Adresse! Einfach so, an Schueffner!« … »Was haben Sie sich dabei gedacht?« … »Der Mann ist unberechenbar!« … »Wehe, das geht daneben!« … »Halten Sie sich einfach an die Abmachungen, klar?« … »Jetzt brauche ich die bisher gedrehten Interviews. Und zwar schnell. Es eilt.« … »Ich schicke Feli. Die kennen Sie ja!« …

»*Vamos!*«, rief Hans und hatte damit einen Großteil seines spanischen Wortschatzes eingesetzt. Er war mit zwei spanischen Gehilfen vor Tretters Villa in Cala Santanyí vorgefahren. Jetzt luden sie gemeinsam die Farbeimer, die Leitern und die großen Plastikrollen ab.

Zufrieden registrierten sie, dass ihr Auftraggeber ein mobiles Klohäuschen hatte aufstellen lassen. Hans Decker, der deutsche Anstreicher, der sein Geschäft von Santa Ponça aus betrieb, trat zum Briefkasten und fischte einen großen Briefumschlag und einen Schlüsselbund heraus. Die Schlüssel übergab er einem seiner Leute und zeigte stumm zur Haustür.

Er selbst bestieg mit dem Umschlag den Kleinbus, riss ihn erst drinnen auf und zählte nach. Stimmt alles, dachte er zufrieden, guter Kunde, zahlt vorab. Es war eher ungewöhnlich, ausschließlich per Telefon mit Malerarbeiten beauftragt zu werden und die Bezahlung im Voraus und in Abwesenheit des Auftraggebers zu erhalten.

Ich bin nicht herunterverhandelt worden, dachte Decker. Da wollte er auch nicht weiter über die merkwürdigen Umstände nachdenken. Unter seinen überwiegend deutschen Kunden gab es öfter Skurriles und manchmal, na ja, auch Pikantes. Mallorca zog unterschiedliches Volk aus Deutschland an. Davon konnte Decker gut leben, ohne die Landessprache lernen zu müssen.

Er stopfte die Scheine in seine Brieftasche und die wiederum in die Gesäßtasche seines Handwerkerdresses. Dann stieg er aus, betrat das Haus und wies seine Jungs an, die Böden abzudecken, die Bilder abzuhängen und zu kontrollieren, ob die Möbel wirklich gut abgedeckt waren.

Und noch etwas fand Decker irgendwie gut: Der Kunde hatte angeordnet, dass die Folien nach dem Anstrich alle in den Räumen blieben sollten. Weil er selbst auch noch etwas machen wollte, was Dreck machen würde. Umso besser für mich, dachte Decker. Billiger wurde er deswegen aber nicht.

»Avanti!«, rief Decker laut, was zwar Italienisch war, von seinen Leuten jedoch verstanden wurde. Mehr als zwei Tage Arbeit wollte er in diesen Auftrag nicht investieren. Dann wäre die Sache ein echt gutes Geschäft.

Sie waren im Haus. Durch die Tiefgarage reingeschlüpft, nachdem einer rausgefahren war und das Rolltor noch ein paar Sekunden offen gestanden hatte. In einem Winkel der Tiefgarage versteckt, bis die Zeit passte. Dann hatten sie – dank Eschweiler – trickreich den Lift in Betrieb genommen, der ausschließlich zum Penthouse führte und unterwegs nirgends hielt. Waren hochgefahren bis zum dritten Stock. Hier oben gab es nur noch ein einziges schönes großes Appartement, Tretters Penthouse. Sehr luxuriös und für ihre Zwecke auch sehr günstig: keine Nachbarn, kein Einblick von gegenüber. Danke, Herr von Tretter!

Das Guckloch an der Tür war mit transparentem Tesafilm zur Unschärfe verdammt worden. Jetzt klingelten sie und warteten. Sie hörten, wie von innen die Sprechanlage zur Haustür bedient wurde, ganz entfernt ein: »Hallo?«

Sie klingelten wieder und riefen laut: »Bilfinger Facility Service! Sie haben einen Wasserschaden!«

Tretter hatte Bilfinger gleich nach dem Kauf des Hauses mit Verwaltung und Instandhaltung beauftragt. Ein großes Unternehmen, vielleicht ein bisschen teurer als andere, aber zuverlässig: Genau das brauchte er, zumal er selten anwesend war. Ein stolzes Schild »Bilfinger Facility Management, Mannheim« am schwarzen Brett im Hauseingang verkündete die Zuständigkeit.

Der Name löste bei Tretter den gewünschten Reflex aus. Aha! Hätte er durch seinen Spion geschaut, hätte er äußerst unscharf zwei Männer gesehen, die helle Overalls trugen und deren Gesichter nicht zu erkennen waren, weil sie nach hinten und nach unten schauten, so als seien sie abgelenkt. Klar, Bilfinger-Leute! Wasserschaden! Gefahr! Sofort aufmachen! Tretter würdigte die Tarnung nicht, er schaute nicht einmal durch den Spion, vielleicht hätte er sonst sogar noch gesehen, wie die Bilfinger-Mitarbeiter plötzlich Sturmhauben überzogen. Er hätte sich fragen können, ob man die bei Wasserschäden brauchte. Aber er fragte nichts. Kurz entschlossen, nichts ahnend öffnete er die Tür zum Treppenhaus.

Tretter fragte: »Ein Wass…?!«

Weiter kam er nicht, weil sie ihn zu zweit in die Diele drängten, ihm einen Bettbezug überstülpten, ihm die Hände auf dem Rücken mit Handschellen fesselten und ihn dann mit Druck weiterschoben, hinein in das Wohnzimmer.

Tabak und Eschweiler waren in der Wohnung.

»Sie haben Besuch«, sagte Eschweiler überflüssigerweise.

Tretter begann sich zu wehren, man hörte seine Schreie unter dem Bezug, aber sie waren dumpf und nicht wirklich laut. Seine Beine bewegten sich, er wollte treten. Schweigend griff Tabak zu dem in der großen Reisetasche mitgeführten Polizeiknüppel und schlug zu, durch den Stoff. Tretter legte sich – von Tabak sorgsam gestützt, auf den Fußboden im Wohnzimmer. Daraufhin betteten ihn seine beiden Besucher auf das große graue Minotti-Sofa. Eschweiler zog ihm die Kopfbedeckung ab, damit er atmen konnte. Dafür bekam Tretter einen Knebel, damit er schön ruhig blieb.

Jetzt konnten sie in Ruhe arbeiten. Sie kannten den Grundriss der Wohnung, sie kannten die Gewohnheiten ihres Gefangenen, sie wussten, dass sie mit hoher Wahrscheinlichkeit nicht gestört werden würden. Sie gingen systematisch vor.

Eschweiler zog sein Smartphone aus der Tasche und sprach hinein: »Alles klar.« Mehr war nicht nötig. Mehr wäre vielleicht schädlich. Dann hörte er zu und erwiderte: »Ja. Wie besprochen.«

Tabak öffnete die Reisetasche und holte aus einem Nebenfach einen transparenten Beutel hervor. Er öffnete den Zippverschluss und entnahm die von Dr. Becker vorbereitete Spritze. Tabak hatte zu Hause geübt, an einem Schinken, den er zu seinem Bedauern anschließend hatte entsorgen müssen. Der Umgang mit so feinem und empfindlichem Gerät wie einer Spritze war ihm eigentlich fremd. Jetzt aber musste er. Er zog den Nadelschutz ab, hielt sie nach oben und spritzte, bis Flüssigkeit kam. Inzwischen hatte Eschweiler seinem Opfer die Hose bis zu den Waden heruntergezerrt und es auf die Seite gerollt. Tabak trat hinzu, fixierte Tretter mit der linken Hand, zielte mit der Rechten auf die linke Hinterbacke, stach zu und spritzte das Betäubungsmittel. Vom Opfer war nichts zu hören, kein Mucks.

Den Knebel konnten sie abnehmen. Die Handschellen nicht.

Tabak durchsuchte die Taschen ihres Opfers, nahm alles heraus und packte es in die Reisetasche. Eschweiler suchte Tretters Reisekoffer, fand ihn leer und ließ ihn stehen. Er durchsuchte den Schreibtisch, griff alles, was nach Dokumenten aussah, und packte ein. Einen Tresor gab es nicht. Aus dem Schrank im Schlafzimmer holte er Tretters Wäsche und drei Hemden. Noch einen Pullover. Für kühle Sommerabende, dachte er belustigt. Alles in die Reisetasche.

Jetzt mussten sie warten. Auf ihr Transportkommando. Und dass Tretter so weit erwachte, dass sie ihn auf seinen eigenen Füßen führen konnten.

Mittlerweile ging Eschweiler noch einmal mit klarem Auftrag durch das Appartement. Er schaltete Stehlampen und das Fernsehgerät im Wohnraum ein und in einem Schlafraum die Nachttischlampe. Dann stöpselte er sorgfältig programmierte Zeitschaltuhren zwischen die Steckdosen und die Lampen und das TV-Gerät. Nachts würde Licht leuchten, mal da, mal dort. Ab zwanzig Uhr würde der

Fernseher laufen, aber nicht an jedem Tag, sondern im Wechsel. Nie länger als bis dreiundzwanzig Uhr. Tretter war nicht mehr jung. »Wir schicken ihn vor Mitternacht ins Bett«, hatte Eschweiler während der Planung gesagt. Van de Loo war einverstanden.

Es klopfte. Tabak öffnete völlig unbefangen die Tür zum Treppenhaus. Herein kamen Cromm und Dr. Becker. Cromm reckte schweigend den Daumen zum Gruß. Der Arzt nickte nur. Er trug einen weißen Kittel – das machte ziemlich viel her und konnte Fragen verhindern, falls überhaupt irgendwo Fragen aufkommen sollten. Dr. Becker konnte ruppig werden, wenn man ihm in die Quere kam.

Die Devise im gesamten Team war: Bewegt euch ganz selbstverständlich, gerade in ungewöhnlichen Situationen. Damit – diese Erfahrung hatte ihnen van de Loo mitgegeben – kommt man sehr weit. Bis zu dem kritischen Moment, da man tatsächlich von der eigenen Aktion abzulenken hoffte, indem man laut nach der Polizei rief, in der halbwegs sicheren Annahme, dass diese nicht zufällig in Rufnähe war.

Sie mussten noch eine gute halbe Stunde warten. In dieser Zeit wanderten sie durch die Wohnung, bewunderten die Bilder an den Wänden – Junge Wilde, deutsche Künstler –, lächelten über die kargen Vorräte im Kühlschrank, entdeckten Pornomagazine auf dem Nachttisch im Schlafzimmer. Irgendwann begann Tretter zu stöhnen und zu murmeln und bewegte leicht den Kopf von links nach rechts. Er war halb wach, zugleich aber unfähig, zu agieren oder gar zu protestieren. »Alles eine Frage der Dosierung«, hatte Dr. Becker gesagt. Und des Honorars, hatte Cromm gedacht.

Es war so weit. Cromm brach als Erster auf, fuhr mit dem Aufzug nach unten in den Keller, verließ das Haus durch das kleine Tor neben der Tiefgarage, ging drei Straßen weit zu einem Parkplatz, öffnete den gemieteten Kombi und ließ den Motor an. Er fuhr vor Tretters Haus.

Ihnen stand einer dieser Momente bevor, die auch bei einer perfekt durchgeplanten Aktion unkalkulierbar waren und sie damit gefährden konnten. Sie gingen ins Risiko. Cromm tippte unten »Jetzt«

in sein Smartphone und bediente damit die Geräte von Tabak und Eschweiler. Von oben hatte man seine Ankunft bereits bemerkt.

Der Konvoi brach auf. Wohnungstür auf. Aufzug anfordern. Dr. Becker hielt Tretter links, Tabak griff ihm kräftig rechts unter den Arm. Eschweiler kam als Letzter, schloss die Tür ab und entfernte das Tesaband am Türspion. Den Schlüssel würde er aufbewahren, bis ihn Tretter vielleicht wieder mal brauchte. Oder auch nicht.

Sie erreichten den Kombi ohne Augenzeugen, soweit sie das überblicken konnten. Cromm setzte sich ans Steuer. Sie fuhren zum Flughafen Egelsbach. Eschweiler kündigte sie bei der wartenden Pilotin an.

Kurze Zeit später hob die Piper ab. Ihr Ziel war ein Sonderlandeplatz im dem kleinen brandenburgischen Ort Werneuchen. Da, wo nichts los war. Tagsüber nichts. Nachts noch weniger.

In der Kabine der Piper saßen sie einträchtig beisammen: Vorne links ihre Pilotin, die resolute und furchtlose Jennifer Niklas. Daneben Cromm. In der Mitte, mit dem Rücken zur Flugrichtung, Eschweiler und Tabak. Hinten Tretter, eng angekettet an Dr. Becker. Der hielt seinen Schützling unter Kontrolle, bereit, ihn jederzeit mit einer weiteren Gabe seiner Mixtur ruhigzustellen. Es war nicht nötig.

Der Auftrag an den Arzt war eindeutig: für die Zeit der Reise den entführten Tretter in einem halb wachen Zustand zu halten. Er sollte unbewusst miterleben, dass er in einem Flugzeug saß. Er sollte aber keinesfalls einen seiner Mitreisenden erkennen oder die Route des Flugzeugs verfolgen können. Dr. Becker war nicht der Jüngste. Aber diesen Job machte er gut.

Zwei Stunden später senkte Jennifer Niklas die Schnauze ihres Flugzeugs zum Landeanflug auf den brandenburgischen Sonderlandeplatz und fuhr das Fahrwerk aus.

Zu DDR-Zeiten waren hier MIGs der sowjetischen Luftwaffe gestartet und gelandet. Seit der Wende war nicht mehr viel los. Weniger als tausend Flugbewegungen pro Jahr machten Werneuchen zu einem unbedeutenden Platz. Bei gutem Wetter betrieb hier eine Flugschule ihre Lehrgänge für Ultraleichtflugzeuge. Es gab keinen Tower und keine regelmäßige Überwachung von Starts oder Landungen. Genau das brauchten sie für ihren Flug.

Nachts war erst recht niemand da. Das Flugfeld und die Gebäude mit den Ultraleichtflugzeugen waren menschenleer. Die Pilotin landete mit aufgeblendeten Scheinwerfern auf der Piste und ließ die Piper langsam von der Rollbahn in die Nähe der Gebäude rollen. Dort wartet van de Loo im Dunkeln, bis ihn die Scheinwerfer des Flugzeugs anstrahlten. Er winkte. Neben ihm stand ein Rollstuhl.

Der Motor der Piper lief noch einen Moment im Leerlauf, dann ging er hustend aus. Es war still. Die Nacht schwarz. Kein Mond, kein Stern. In der Ferne hörte man von der Bundesstraße ein Auto. Es war, als hinge noch der Geruch der sowjetischen Armee in der Luft. Statt auf Asphalt standen sie auf dicht an dicht liegenden Betonplatten. Die Schuppen mit Dächern aus Dachpappe sahen aus wie aus den Siebzigerjahren.

Cromm öffnete nach Anleitung von Jennifer Niklas die Tür auf der linken Seite und klappte etwas ungeschickt die Trittleiter aus. Eschweiler und Tabak zogen den schwankenden Tretter bis zur Tür und hoben ihn dann heraus. Van de Loo kam mit dem Rollstuhl. Sie setzten Tretter hinein. Dr. Becker ächzte hörbar, schaffte aber ohne fremde Hilfe den Weg ins Freie. Cromm winkte Jennifer Niklas zu, schloss die Tür und folgte der Gruppe, die auf ihrem Weg zum Flughafentor im Dunkeln schon fast unsichtbar geworden war.

Jennifer Niklas ließ den Motor an und winkte zum Abschied. Die Piper dröhnte weithin vernehmbar, als die Pilotin ihre Maschine auf die Rollbahn lenkte. Als die Gruppe mit Tretter im Rollstuhl durch die kleine Pforte neben dem großen Tor schlüpfte, hob das Flugzeug ab.

Jennifer Niklas machte sich nichts vor. Eine unangemeldete Landung auf einem abgelegenen Flugfeld war keine Kleinigkeit, auch wenn sie in diesem Moment unbehelligt geblieben waren.

Möglichkeit 1: Jemand hatte das Flugzeug bemerkt, sich aber nicht viel gedacht. Hohe Wahrscheinlichkeit. Möglichkeit 2: Sie war bemerkt worden, aber die Kennung ihrer Piper war nicht erkannt worden. Geringe Wahrscheinlichkeit. Möglichkeit 3: Sie war bemerkt und identifiziert worden, und jetzt setzte irgendjemand Himmel und Hölle in Bewegung, um sie dranzukriegen. Sehr geringe Wahrscheinlichkeit, jedoch nicht vollkommen auszuschließen.

Für diesen Fall, dass es nämlich Ärger geben würde, hatte sie sich eine Legende zurechtgestrickt. Das würde dann etwas kritisch, aber sie konnte ausgesprochen gut lügen.

Allzu oft kann ich das nicht machen, dachte Jennifer Niklas, die furchtlose Pilotin. Und dann dachte sie noch, schade! Denn eigentlich machten ihr Jobs dieser Art besonders viel Spaß.

Van de Loo hatte den geliehenen schwarzen Mercedes-Van direkt am Tor geparkt. Er öffnete die seitliche Schiebetür, während Cromm und Dr. Becker ihrem Gast Latexhandschuhe überzogen. Er sollte möglichst wenig Spuren hinterlassen. Nach der Fahrt würde Tabak das gesamte Fahrzeug sorgfältig saugen und anschließend einen Teelöffel voll vom Inhalt eines fremden Staubsaugerbeutels ausstreuen und verteilen.

Als Nächstes kamen die starken Männer im Team zum Einsatz. Sie hoben Tretter auf die Rückbank, Dr. Becker setzte sich neben ihn, prüfte seinen Zustand und benutzte wie schon im Flugzeug eine Kette, um seinen Patienten an sich zu binden. Alles war gut, er musste nicht nachhelfen.

»Wir können uns jetzt kaum maskieren«, sagte van de Loo. »Höchstens ihr dahinten im Fond. Was meinen Sie, Becker?«

»Muss nicht sein«, sagte der Arzt. »Der sieht uns nicht, der hört höchstens ein bisschen was im Unterbewusstsein, aber auch das wird er kaum jemals abrufen können.«

»Also fahren wir?«

»Ja, fahren wir«, sagte Dr. Becker, der langsam müde wurde und sich auf ein Feierabendgetränk freute.

»Gut«, sagte Cromm, dem es ähnlich ging. Ihm stand der Sinn nach einem Brunello, der im Büro bereits wartete. Van de Loo ahnte nichts davon. Hätte er es gewusst, hätte er das scharf missbilligt: Trinken im Einsatz ging gar nicht. Aber er wusste nichts und reichte Tabak den Fahrzeugschlüssel. Als alle saßen, gab Tabak Gas.

Entfernung bis Berlin: etwa vierzig Kilometer.

»Alle aussteigen!«, rief Tabak wie ein Busfahrer. Er war seelenruhig durch das nächtliche Berlin gefahren. Der Van mit seinen hinten verdunkelten Scheiben hatte vertrauenerweckend vor sich hin gebrummt. Dr. Becker hatte es seinem Schützling nachgemacht und war eingeschlafen. Die anderen warteten gespannt auf die Ankunft.

Tabak zirkelte den Van in professioneller Manier rückwärts in den Hof des Vereinslokals in der Wollankstraße, parkte dicht vor dem Eingang und machte den Motor aus. Van de Loo stieg als Erster aus, schloss die Hinterhoftür zum Treppenhaus auf und fixierte sie mit einem Holzkeil, dann machte er Licht im Treppenhaus und ging nach oben, um die Wohnungstür zu öffnen.

Dr. Becker erwachte, schämte sich nicht im Mindesten, geschnarcht zu haben, wurde sofort zum Mediziner und prüfte fachmännisch den Puls des neben ihm auf der Bank hängenden Tretter. Er nickte den anderen schweigend zu. Die lösten Tretters Gurt, zogen ihn vorsichtig aus dem Fahrzeug, hakten ihn links und rechts unter und legten beim Transport durch das schäbige Treppenhaus ein hohes Tempo vor. Nach einer halben Minute war Tretter in der Wohnung im ersten Stock. Die Tür schloss sich hinter allen – bis auf Tabak, der fuhr langsam den Van aus dem Hof heraus, um ihn drei Straßen weiter zu parken.

Die Nacht war dunkel und still. In der Ferne quietschten die Räder einer späten S-Bahn, irgendwo grölten betrunkene Männer irgendetwas über Union Berlin. Sonst herrschte Ruhe.

Tretter hörte nichts davon. Die Männer bugsierten ihn in den Raum, der für einige Zeit sein ganz persönliches Zimmer werden sollte, mit ganz persönlicher Ausstattung und sehr persönlicher Betreuung. Sein Arm wurde mit einer langen Kette aus rostfreiem Stahl an einer an der Wand festgeschraubten waagrechten, auf Abstand einbauten Holzleiste angebunden. Er konnte sich in dem fensterlosen Raum bewegen, mehr nicht, weiter ging nichts. Tretter war noch so betäubt, dass er die Einrichtung in der vier mal vier Meter kleinen Zelle nicht würdigen konnte: die Campingliege mit Schlafsack, die chemische Toilette, den Klapptisch und den Stuhl aus seinem Haus aus Cala Santanyí, die mit dicker Folie gepolsterten Holzwände und die abgehängte und gedämmte Decke, den mit begehbarer Folie ausgelegten Fußboden. Oben an der Stirnwand eine dimmbare Lichtleiste, eine elektrische Uhr, ein Ventilator mit Röhre nach draußen für frische Luft, mehrere Lautsprecher und ein Mikrofon. In der Wand saß ein Monitor. »Für das Unterhaltungsprogramm«, hatte Eschweiler beim Einbau gewitzelt.

Wirst du schon noch genießen, das alles, dachte Pfister, der als Letzter aus dem Raum ging und Tretter auf der Liege zurückließ. Die gepolsterte Tür – ohne Klinke innen – wurde geschlossen. Jetzt hatten sie die Beute in ihren Fängen.

Als Tabak von draußen kommend zu den Entführern in den Nebenraum trat, umarmten sie sich gerade. Die Anspannung der Reise wich von ihnen. Die Stimmung war gut. Sie hatten die Situation unter Kontrolle. Bis auf weiteres.

Cromm war für einen Augenblick in der Küche verschwunden, um mit der Weinflasche und mehreren Gläsern zurückzukehren. Dr. Becker schaute interessiert, van de Loo missbilligend. Cromm machte Dr. Becker zu seinem Komplizen und goss ihm ein. Sich selbst auch.

Es war ein kurzer Moment der Entspannung.

Van de Loo verteilte die Schichtpläne. Eschweiler, Tabak und Pfister waren abwechselnd jeweils acht Stunden am Stück für die

Überwachung und Versorgung des Gefangenen zuständig, für sein physisches Wohlbefinden und für die psychischen Nadelstiche, aber auch für die Entsorgung des Chemieklos.

Cromm und van de Loo würden die Verhöre führen.

Eschweiler hatte darüber hinaus die Verantwortung für die elektronischen Geräte und deren Bedienung, für Einspielungen und Aufzeichnungen. Jetzt als Erstes zum Beispiel setzte er die Uhr in Gang, die in Tretters Zelle hing. Diese Uhr war keine; sie sah nur so aus. Als eine der letzten Amtshandlungen in dem Steglitzer Elektronikmarkt war sie von ihm manipuliert worden, seitdem war sie kein Zeitmesser, sondern ein Phantasiezeit-Anzeiger und sollte dafür sorgen, dass Tretter in seinem tageslichtlosen Gefängnis den Überblick und das Zeitgefühl verlor.

Pfister war für Tretters Ernährungsplan und seine Getränke zuständig. »Mallorca-Diät« nannte er es grinsend.

Feli sollte die Außenwelt kontrollieren, den Laden im Erdgeschoss regelmäßig öffnen, Ahlers und den Fortschritt bei der Produktion der Dokumentation im Blick behalten und das Team mit Neuigkeiten versorgen. Tabak hatte neben der täglichen Gefangenenbewachung noch den Fahrdienst für den Arzt übernommen. Auch den musste man nämlich unter Kontrolle behalten, abholen, zurückbringen, betreuen.

Dr. Becker war verpflichtet worden, täglich vormittags zur »Visite« zu kommen, den Gefangenen auf dem Monitor zu begutachten und notfalls – wenn er das Gefühl hatte, es ging ihm nicht gut – Hand anzulegen.

»So, Feierabend für heute«, sagte van de Loo. »Ihr habt alles gut gemacht. Und wir hatten ganz schön Glück.« Alle grinsten. Dr. Becker nickte müde. Van de Loo blickte ihn an: »Wann, glauben Sie, wird Tretter zu sich kommen?«

»Ich vermute, er wird jetzt erst mal richtig, also ganz normal schlafen«, sagte Becker. »Weil es Nacht ist – sein Biorhythmus übernimmt wieder die Regie. Das heißt, wenn er keine schwache Blase hat, wird er ganz normal morgen früh aufwachen.«

»Gut«, sagte van de Loo. »Wir machen jetzt Schluss. Eschweiler, du wirfst die Rekorder an. Wir wollen alles hören, was Tretter so von sich gibt. Wirklich alles. Pfister, du übernimmst hier die Nachtwache. Wenn dir irgendwas mit ihm komisch vorkommt, rufst du erst Dr. Becker und dann mich, jeweils mit dem vereinbarten Wort, klar?«

Pfister nickte. Eschweiler ging zu seiner Elektronik. Sie trennten sich zufrieden.

21

»Ich würde sagen: Wir sind gute Freunde«, sagte Feli.

Ahlers hatte sie mit kühlem Unterton gefragt, wie sie denn nach allem zueinander stünden. Ihre Antwort nahm er schweigend und unbewegt zur Kenntnis.

Wir sind gute Freunde, sagen immer alle, wenn sie nicht mehr gute Freunde sind. So hatte auch Feli das gemeint. Sie hatte sich über Ahlers geärgert. Warte nur, mein guter Freund, dachte Feli und ärgerte sich, dass sie sich ärgerte.

Zuvor hatte Ahlers sie noch scheinbar herzlich begrüßt: Küsschen links und rechts. Es war neun Uhr früh, und sie trafen sich bei der Produktionsfirma.

Pah, der vermisst mich doch kein bisschen, dachte Feli, während sie ihm durch die Flure folgte. Sie wollte aber vermisst werden, um ihn dann umso kälter abblitzen zu lassen. Blöd, dass Ahlers ihr diesen Triumph nicht gönnte.

Feli – im blau-weiß gestreiften Hosenanzug von Céline mit blauer Bluse, aber das würdigte gerade niemand – war per U-Bahn zur Firma Kornschnitter gefahren, hatte die Hofeinfahrt durchquert, im ersten Hof das stattliche, schick renovierte Backsteingebäude aus den Zwanzigerjahren mit den neuen großen Stahlrahmenfenstern gemustert und an der Tür gelesen, dass das Studio im zweiten Stock residierte. Sie war zu Fuß hochgestiegen, hatte sich am Empfang gemeldet und nach Ahlers gefragt. »Bitte einen Moment, Herr Ahlers holt Sie persönlich ab«, beschied man ihr. Aha! Herr Ahlers! Persönlich!, hatte sie gedacht.

Jetzt führte er sie schweigend durch Flure, vorbei an Wänden mit Szenenfotos aus Spielfilmen (die vermutlich bei Kornschnitter geschnitten worden waren) bis vor eine Tür, an der »AVID 5« stand. Er öffnete, ohne vorher zu klopfen, und hielt ihr die Tür auf. Der Raum war fast dunkel, bis auf eine indirekte Beleuchtung im Hintergrund. Davor füllte ein Schneidetisch die volle Breite aus, mit eingelassenem Keyboard, Tonregeltableaus, kleinen Kontrollmonitoren und Steuergeräten. Dahinter große, brillante Monitore, auf denen die Bilder von den verschiedenen Zuspielgeräten und des Endprodukts wiedergegeben wurden. Es sah kompliziert aus, es *war* kompliziert, und es beeindruckte Feli.

Am Rand stand ein klimatisierter Serverschrank mit Glastür für Rekorder und Zuspielgeräte. In dem Raum war es warm, und ein Duft nach einem Parfüm, das Feli irgendwie kannte, hing in der Luft. Eine junge, schlanke, blond gelockte Frau drehte sich vom Pult weg zu ihnen um, ignorierte Feli und lächelte Ahlers begeistert an.

Aha, dachte Feli, du Ratte, und sie meinte damit nicht die Frau.

»Das ist Verena«, sagte Ahlers zu Feli. Verena schaffte ein Nicken und kehrte ihr wieder den Rücken zu.

»Nimm Platz«, sagte Ahlers und schob ihr einen Stuhl auf Rollen zu. Feli setzte sich schweigend.

»Wir zeigen dir jetzt erst einmal die Passagen mit Schueffner«, sagte Ahlers. »Weil der als Whistleblower ja eine Schlüsselrolle hat.«

Und weil wir ihn dir auf dem Tablett gereicht haben, dachte Feli. Sie zog die Céline-Jacke aus, die so leicht knitterte, setzte sich zurecht und nickte.

»Bitte, Verena«, säuselte Ahlers. Die Cutterin bewegte das Video im Shuttle-Betrieb an eine gekennzeichnete Stelle und drückte auf Play.

Auf den Monitoren erschien überlebensgroß der Kopf von Schueffner, den sie bisher nur vom Foto kannte, jetzt mit niedergeschlagener Körperhaltung und traurigem Blick. Brillant war das Bild nicht, unruhig die Kamera, leicht kratzig der Ton. Aber der Inhalt! Schueffner wirkte in all seinem Jammer überzeugend. Er packte völlig ungeschützt aus, zog über das Führungspersonal her und empörte sich über Tretter. Dann wurde seine hohe Stimme noch höher: »Unsere Chefs haben immer gesagt: Verkauft! Ihr müsst verkaufen! Tretter will das so! Holt Erfolge rein …«

Schueffner redete weiter, zuweilen gab es Zwischenschnitte auf seine unruhigen Hände. Das diente, wie Feli bemerkte, als Hilfsmittel, um Tonschnitte zu kaschieren. Insgesamt kam der Mann ausführlich zu Wort. Eine lange Passage, aber dramatisch genug, um nicht zu langweilen. Sein Lamento war voll Selbstmitleid, vor allem aber auch voll Hass. Alles in allem ein beeindruckendes Dokument. Einen Menschen, der sich so ohne jeden Selbstschutz offenbarte, seine Fehler zugab, seine Untaten eingestand und zugleich andere beschuldigte – das sah und hörte man nicht oft.

»Hm«, sagte Feli. »Der redet sich um Kopf und Kragen. Wie hast du es geschafft, ihn so zum Reden zu bringen?«

»Er dachte, es ist das Vorgespräch«, sagte Ahlers stolz.

»Das heißt, er wusste nicht, dass die Kamera mitläuft?«

Ahlers merkte, dass das Gespräch eine kritische Wendung nahm, und wedelte mit der Hand. Er drehte sich zu Verena: »Jetzt mal nach vorne«, sagte er, »Minute neun ungefähr.«

Feli war verblüfft über die Unverfrorenheit und nahm sich vor, ihren Leuten davon zu berichten.

Das Video fuhr in hohem Tempo rückwärts, der Ton jaulte. Ahlers nahm ein Laptop auf den Schoss und suchte in einer Datei.

»Bist du bereit?« Verena seufzte. Ahlers nickte. Sie fuhr das Video ab.

Zu Bildern von dem Gebäude der Bank, von Türschildern, von Werbung für die Anlageberatung und schließlich zu Standbildern von Tretter sprach Ahlers aus dem Off seinen Text über die Geschichte der Bank. Er erzählte von ihrer Entwicklung vom braven staatlichen Kreditinstitut zur aggressiven Verkäuferbank. Er textete auf Tretters Porträt harte Worte und ließ den Mann in denkbar schlechtem Licht erscheinen.

Das dauerte mehrere Minuten. Dann sagte er »Stopp« zu Verena und wandte sich Feli mit zufriedenem Gesichtsausdruck zu.

Das macht er gut, gestand sich Feli ein. Ich sage es ihm aber nicht.

»Nicht schlecht«, sagte Feli. Mehr hatte Ahlers nicht verdient. Sie sah, dass die duftende Verena die Augen zur Decke rollte, und dachte: Na also! Treffer!

Ahlers steckte das gebremste Lob professionell weg, nickte und sagte: »Wir sind schon in der Endphase mit dem Schnitt. Verena macht das toll!«

Verena! Grrr!, dachte Feli.

»Spätestens in zwei Tagen sind wir fertig«, sagte Ahlers. »Bis zum Sendetag ist es ja auch nicht mehr weit. Von dir will ich wissen, ob ihr noch etwas beisteuern könnt.«

»Tja, ich glaube nicht«, sagte Feli. »Aber du wirst mir jetzt die Videos mit den anderen Interviews überlassen. Die braucht van de Loo extrem dringend.«

Ahlers guckte irritiert und sagte: »Aha. Ja klar. Natürlich. Wozu braucht ihr die denn?«

Feli guckte demonstrativ auf den schönen Rücken der am Pult hantierenden Cutterin, bemerkte, dass man durch die helle Bluse den BH sehen konnte, blickte dann Ahlers direkt ins Gesicht und sagte entschieden: »Ich dachte, das wäre geklärt?«

Ahlers zuckte die Schultern. »Vielleicht telefoniere ich noch mal mit van de Loo.« Dann griff er in eine Box und holte eine mobile Festplatte heraus. »Da.«

Feli nickte schweigend. »Ich wünsche dir noch einen schönen Tag«, sagte sie dann und nach einer kurzen Pause: »Danke, ich finde den Ausgang selbst.«

Der schöne Rücken reagierte gar nicht. Ahlers nickte. Feli ging. Das Parfüm war von Miyake. Aufdringlich.

Er murmelte. Unverständliches. Dann herrschte fast wieder Stille, bis auf das leise Radiogedudel, das ihm vom Kontrollpult ununterbrochen eingespielt wurde. Radio Mallorca, *Das Inselradio,* allerdings nicht live, sondern von Eschweiler vor Tagen mitgeschnitten, eingekürzt und bearbeitet, ohne Nachrichten, ohne Zeitangaben, eine Endlosschleife Ballermann-Musik und Reklame von vielen Stunden Dauer.

Nach einer halben Minute ein Rascheln, als Tretter sich ruckartig aufrichtete. Der weit geöffnete Schlafsack glitt zu Boden. Die Campingliege kippelte etwas, blieb aber stehen. Er stand schwankend auf, die Kette an seinem Arm klirrte, er blickte irritiert darauf, schien sie aber zunächst nicht wirklich zu bemerken. Abwesend setzte er sich auf den Stuhl, von dem er nicht wissen konnte und nicht wissen sollte, dass der einen weiten Weg hinter sich hatte.

Eschweiler hatte um sieben Uhr den Job von Pfister übernommen. »Alles ruhig«, hatte der gesagt, sich in der Küche noch einen Kaffee geholt, war dann aber bald gegangen.

Eschweiler saß am Pult und prüfte seine Uhr: neun Uhr dreißig. Sein Blick wanderte zu der Uhr, die in der ins Dämmerlicht getauchten Zelle hing. Die Ziffern dort in der Zelle zeigten 15:11.

Eschweiler drückte auf die Sprechtaste und sagte: »*Buenos días!*«

Tretter verlor augenblicklich die Fassung.

Er sprang auf. Taumelte – und fing sich. Spürte die Handschelle am Arm. Betrachtete die Kette genauer. Zerrte daran. Gab sofort wieder auf. Setzte sich. Begann stoßweise zu atmen, dann zu keuchen. Blickte mit aufgerissenen Augen an den Wänden entlang, suchte die Tür, fand sie und verlor sie wieder aus den Augen. Blickte auf die Uhr an der Wand, die Lichtleiste, die Lautsprecher. Krümmte sich auf dem Stuhl und barg seinen Kopf zwischen den Händen.

Dann stand er auf.

»Wer sind Sie?«, rief er ins Nichts. Die Stimme war zittrig. Der Mann war angenagt.

Kein Wunder, dachte Eschweiler. Mitleid spürte er nicht.

»*Buenos días*«, wiederholte er, ganz nach van de Loos Vorgaben.

»Lassen Sie mich raus!«, rief Tretter.

»*Buenos días*«, rief Eschweiler ein drittes Mal.

Tretter war fassungslos. Er sprang wieder auf, begann seine Taschen zu durchsuchen, allerdings erfolglos, sie waren geleert worden. Blickte auf sein Handgelenk, aber die Uhr war nicht mehr da. Er atmete schwer und seine Stirn glänzte.

Tretter begann zu begreifen. Es trug nicht zu seinem Wohlbefinden bei.

»Hunger?«, fragte Eschweiler.

Tretter setzte sich und versuchte zu antworten. Es kam ein Krächzen heraus. Dann beim zweiten Mal ein verständliches »Ja«.

Es stand für ihn bereit. Ein Tablett mit einer großen Plastikflasche *Font des Teix* und einem Glas aus dem Haus in Santanyí. Einige Stücke mallorquinischer Wurst, ebenfalls auf einem Teller aus Tretters Haus. Mehrere Scheiben eingeschweißtes Vollkornbrot. Ein Klecks Orangenmarmelade auf einem Stück Karton. Ein paar trockene Kekse. Alles Pfister-Import.

Eschweiler sah und hörte, dass Tretter das Chemieklo benutzte.

Das war gut, dachte Eschweiler, denn es gehörte zu ihrem System, den Gefangenen zu stören – auch dabei. »Wir müssen ihn destabilisieren«, hatte van de Loo als Devise ausgegeben. Cromm hatte das bestätigt. »Verhöre bringen bessere Ergebnisse, wenn der Verhörte zuvor möglichst mehrfach unerwarteten Situationen ausgesetzt war«, hatte er gesagt.

Also gut, dachte Eschweiler, zog sich die Sturmhaube über, öffnete die Tür, warf einen kurzen Blick auf den auf dem Klo hockenden Tretter, stellte das gefüllte Tablett auf den Boden und schloss die Tür, bevor der Gefangene überhaupt reagieren konnte.

Er setzte sich an das Pult und blickte auf den Monitor. Tretter hockte noch auf der Brille und stützte den Kopf auf. Die Kette klirrte leise. Die Uhr zeigte 16:03 Uhr, während tatsächlich wenige Minuten seit seinem Erwachen vergangen waren.

Für ihn stimmt es, dachte Eschweiler, die Zeit rast!

Tretter erhob sich, zog die Hose hoch und schnüffelte. Er wäre seinem eigenen Geruch gerne entkommen. Er ging langsam auf die Tür zu, bückte sich, hob das Tablett hoch und machte zwei Schritte zu seinem Tischchen. Er nahm das Wasser, öffnete den versiegelten Verschluss, ignorierte das Glas und trank direkt aus der Flasche.

Das macht er sonst bestimmt nicht, dachte Eschweiler.

Sechs Stunden später, die Uhr in der Zelle zeigte 03:35, kam Eschweilers Ablösung. Tabak grüßte ihn mit einem Schlag auf die Schulter und setzte seinen Becher Kaffee auf die Konsole. Eschweiler mit seinem klaren Begriff davon, dass Flüssigkeit und Elektronik unvereinbar waren, zeigte auf den Becher und sagte: »Nix Flüssiges hier auf der Konsole!« Tabak zuckte mit den Schultern, brummte etwas Türkisches und setzte den Becher auf den Beistelltisch im Hintergrund.

»Was macht er?«, fragte er mit einer Handbewegung zum Gefangenen.

»Nichts«, sagte Eschweiler. »Er hat Verdauung. Er isst und trinkt. Er bläst Trübsal.«

»Und er sagt nichts?«

»Nichts. Einmal hat er gerufen: ›Raus!‹ Das war's.«

»Gut so«, sagte Tabak.

»Nachher kommen van de Loo und Cromm«, sagte Eschweiler, nahm seine Sturmhaube mit und stand auf.

»Na fein.« Tabak setzte sich gelassen an das Pult und blickte neugierig auf den Monitor. Er fand das spannend. Irgendwie ganz anders als das Hantieren mit Lebensmitteln.

»Das ist das erste Konto«, sagte van de Loo zu Eschweiler. Seitdem der als Folge seiner Bastelarbeit im Elektronikmarkt arbeitslos war, hatte van de Loo für eine – wie er es nannte – Überbrückung gesorgt und aus Eschweiler dem Vereinsmitglied Eschweiler den Vereinsmitarbeiter gemacht. »Du bist mein erster Freier, seit ich keine Produktionsfirma mehr habe«, hatte er zwinkernd zu ihm gesagt. Sie hatten sich auf den Zeitraum und das Honorar geeinigt. Wenn das Tretter-Projekt vorbei wäre, wollte Eschweiler wieder einen richtigen Job, mit wenig Arbeit und gutem Gehalt. Er war optimistisch.

Als Erstes hatte Eschweiler sich nach seiner Schicht mit der mobilen Festplatte beschäftigt, die Feli ihm überreicht hatte. Sie enthielt alle Interviews, die Ahlers in den letzten Tagen gemacht hatte. Eschweiler kopierte alles und machte daraus eine Endlosschleife. Die würde ab sofort im Wechsel mit dem mallorquinischen Radioprogramm in die Zelle eingespielt werden. Tretter würde immer wieder seinen Namen hören. In keinem guten Zusammenhang.

Als Nächstes standen Tretters Geldbestände an. Van de Loo hatte vor sich auf dem Tisch Tretters Brieftasche und das Portemonnaie ausgeleert: diverse Schlüsseltaschen, Pass und Führerschein, Kreditkarten, Bankkarten. Dazu das Smartphone. Amerikanische Schecks. Autoschlüssel und Papiere des Mietwagens.

Für Eschweiler war es ein Leichtes gewesen, den Zugang zu dem iPhone zu öffnen und, noch wichtiger, auf dem Gerät den Zugang zu einer Passwort-App zu knacken.

»Die meisten nehmen die gleichen Ziffern, um das Telefon und die App zu verschlüsseln«, hatte Eschweiler gemurmelt und vor sich hin getippt. »Das ist zwar Blödsinn, aber die Menschen sind ja blöd. Na also! Treffer!« Eschweiler lachte und zeigte van de Loo die weit offene App, mit Passwörtern für alle Konten, für PayPal, eBay und etliche weitere Accounts im Netz. »Und hier geht's zu seinem ADAC-Konto«, rief Eschweiler. »Soll ich für ihn eine Warnweste kaufen?«

»Ist ja gut«, besänftigte ihn van de Loo. »Mach hin!«

»Jawoll, Chef!«, sagte Eschweiler ironisch und legte los.

Er öffnete auf einem PC nacheinander Tretters Konten und überwies jeweils Beträge unter fünftausend Euro an ein Western-Union-Büro in Istanbul. Die iTan wurde von der Bank jedes Mal brav als SMS an Tretters Smartphone gesendet und von Eschweiler eingesetzt.

Ein Tageslimit hatte Tretter sich nicht gesetzt – das war hilfreich. Als Verwendungszweck jeder Überweisung setzte Eschweiler »Entschädigung« ein. Er überzog beide Konten, bis insgesamt fast vierzigtausend Euro ins Ausland gewandert waren. Sie würden dort bar an einen Menschen ausgezahlt werden, der den gewünschten Pass vorweisen konnte, aber nichts mit dem Namen im Pass zu tun hatte. Nach Abzug einer Provision würde das Geld über zwei weitere Stationen einen später nicht mehr nachvollziehbaren Weg zurück an die Gesellschaft finden.

Dann wandte sich Eschweiler dem dritten Konto zu.

»Guck mal«, sagte er und hob das iPhone hoch, »er hat ein Konto bei der Städtebank! Treue Seele!«

»Treue Seele?«, wiederholte van de Loo. »Das nenne ich hirnrissig.«

Eschweiler öffnete das Konto und rollte enttäuscht die Augen. »Nur achthundert Euro drauf«, sagte er. »Sollen wir sie drauf lassen?«

»Nein«, sagte van de Loo. »Es geht ums Prinzip. Sieh in Felis Liste nach, wie hoch der Dispo ist, und räum alles ab, die achthundert plus den maximalen Dispo.«

Eschweiler nickte und tippte. Schließlich gab es bei der Gesellschaft für unkonventionelle Maßnahmen auch den sehr konventionellen Begriff des Bonus. Sollten die Unkosten einer Aktion gedeckt sein, würde der Rest gerecht unter den Mitgliedern aufgeteilt. Also her mit dem Geld, dachte er. Ist ja für einen guten Zweck. Nämlich für uns.

»Na, nicht schlecht!« Der Redaktionsleiter lehnte sich zurück und sah Ahlers direkt an.

Aha, du Arsch, dachte Ahlers. Ich weiß, ich sollte es nicht persönlich nehmen, aber »nicht schlecht« ist einfach zu wenig für diese Reportage. Und er sagte: »Vielen Dank!«

»Aber …« – der Redaktionsleiter machte eine Kunstpause – »ich habe dann doch ein paar, nun ja, Einwände.«

Bleib ruhig. Nimm's nicht persönlich, sagte Ahlers zu sich selbst und wartete auf den Beschuss.

»Zum Beispiel der Böse in diesem Stück«, sagte der Redaktionsleiter, »das ist doch Herr von Tretter. Richtig?«

Immerhin, das hast du begriffen, helles Köpfchen, dachte Ahlers. »Ja«, sagte er.

»Also, dieser von Tretter kommt praktisch nicht vor. Nur in einem alten Video. Abgeklammertes Material von der ARD.«

»Ja und?«

»Na, ich hätte zu gerne ein aktuelles Statement von ihm. Das stand auch in Ihrem Exposé! Was sagt der Mann heute? Zu diesen Vorwürfen, was sagt er da? Ich weiß, er macht sich dünne. Aber haben Sie es denn wenigstens versucht?«

Mein Gott, dachte Ahlers und begann den Redaktionsleiter zu hassen.

Er sagte: »Tretter verbirgt sich. Er lebt die meiste Zeit im Ausland. Es ist also nicht so einfach, wie Sie glauben!«

»Was ist schon einfach, lieber Ahlers?«

Ahlers dachte: Du. Du bist einfach – ätzend. Laut sagte er: »Ich habe alles drangesetzt. Mit harter Recherche. Ich habe seinen Ex-Chef bei Cargill Consulting besucht. Der hat mir nach langem Zureden und vertraulich seine deutsche Adresse gegeben, und ich sage Ihnen, es war harte Arbeit, das rauszukriegen. Aber da war er nicht. Seit Wochen ausgeflogen. Ich habe alles probiert. Nichts! Nicht zu fassen, der Mann!«

»Tja, das ist leider nicht gut …«

»Nicht gut? So eine Scheiße!«, sagte Ahlers. Er wurde wütend.

»So können Sie das sehen«, sagte der Redaktionsleiter kalt. »Da ist nämlich inzwischen etwas passiert: Heute Nacht. Kronberg im Taunus. Das Haus von Herrn Dr. von Tretter. Ist abgebrannt.«

»Wie bitte?«, fragte Ahlers fassungslos.

»Was wissen Sie darüber?«, fragte der Redaktionsleiter.

»Was ich wissen soll?«, sagte Ahlers. »Ich sitze seit Tagen im Schneideraum.«

»Vielleicht wäre es gut, Sie würden sich auch im Schneideraum auf dem Laufenden halten.«

»Wovon reden Sie?«

Ahlers spürte seinen Puls im Hals. Das war kein gutes Zeichen. Er musste diese Abnahme in Ehren hinter sich bringen, auch wenn dieser Sesselfurzer von Redaktionsleiter seit vielen Jahren keinen Film mehr selbst gemacht hatte. Auch wenn der vermutlich gar nicht mehr wusste, wie die technischen Bedingungen heute aussahen. Auch wenn er sich immer hinter Sprüchen verschanzte wie: Man muss keine Eier legen können, um eine Hühnerfarm zu leiten. Egal, Ahlers wusste, er würde den Mann auch nach diesem Projekt noch mal brauchen.

Jedenfalls hatte ihn die Nachricht hart getroffen. Was hatte er da bloß verpasst? Was genau war in Kronberg passiert? War ihm ein Fehler unterlaufen, und war der noch reparabel? Auf Ahlers' Stirn sammelten sich kleine Tröpfchen.

Der Redaktionsleiter beobachtete ihn. »In Tretters Wohnung ist jetzt die Polizei«, sagte er. »Es ist die Rede von einem Brandanschlag. Sie durchsuchen die ausgebrannte Wohnung. Und wissen Sie, wen Sie suchen? Tretter! Der soll nämlich da gewesen sein, als es brannte.« Und er dachte: Jetzt habe ich dich! Der Redaktionsleiter genoss es, Ahlers kalt erwischt zu haben. Dieser eitle Kerl unterstellte ihm doch, dass er nicht mehr wusste, wie man Fernsehen macht. Von wegen! Er wusste mehr über diese Branche als so ein überbezahlter Autor. Und dass er lange keinen Film mehr selbst produziert hatte? Egal, man musste schließlich keine Eier legen können, um eine Hühnerfarm zu leiten, oder? Es war im Moment ein gutes Gefühl, diesem Fatzke einmal einen mitgeben zu können – darauf hatte er gewartet.

Verdammt, dachte Ahlers. Ihm war heiß, er hatte das Gefühl, dass man seinen Schweißausbruch sah, rang um Fassung und eine angemessene Erwiderung. Vielleicht so: »Na, das macht die Sache doch noch brisanter, oder?«

»Ja«, sagte der Redaktionsleiter kühl. »Stimmt. Jetzt, wo Sie es von mir erfahren haben.«

»Nun ja …«

»Herr Ahlers! Warum sehe ich nichts davon in Ihrem Streifen hier? Übermorgen wollen wir senden. Haben Sie eine Idee?«

»Ich«, sagte Ahlers, »bin schon unterwegs!«

22

»So. Los geht's!«, sagte van de Loo. Zusammen mit Cromm wollte er ihren Gast zu einem ersten richtigen Gespräch bitten. Auf Deutsch: zum Verhör. Dr. Becker war auch ins Haus gekommen. »Aus Neugier«, wie er sagte. Das hieß: Sein Einsatz war ausnahmsweise gratis.

Tretter war jetzt lange genug bei ihnen in Gewahrsam. Auf schlichte Begrüßungen wie »*Buenos días*« reagierte er nicht. Viel mehr hatten die Entführer allerdings bisher auch nicht von sich gegeben, und der Gefangene selbst hatte gar nicht gesprochen, geschweige denn etwas gefragt, gebettelt oder etwa eingelenkt. »Der ist hart drauf«, hatten sie festgestellt.

»Er macht es eigentlich nicht schlecht«, sagte Cromm. »Er weiß, dass wir ihn gekidnappt haben. Er weiß nicht so ganz genau, wo er ist. Aber glaubt wahrscheinlich, Mallorca. Er glaubt, wir halten ihn in seinem Haus fest. Das scheint zu funktionieren. Er weiß aber nicht, was wir von ihm wollen. Also bleibt er stumm und wartet ab. Charakter hat er!«

»Sag nicht Charakter«, sagte van de Loo. »Ich nenne das Sturheit.«

»Jedenfalls hält er stand«, sagte Cromm. »Wir müssen ihn bearbeiten.«

»Gut. Dann los!«, sagte van de Loo und blickte Cromm an: »Dein Job!«

Cromm setzte sich an das Pult, prüfte die Technik auf ihre Funktion, insbesondere den laufenden Rekorder. Dann drosselte er den Mallorca-Radiosender und schob den Lichtregler hoch. In Tretters Raum, bisher ausschließlich im Zwielicht, wurde es deutlich heller.

»*Buenos días!*«

Tretter schaute hoch und sagte nichts.

»Dr. Wilhelm von Tretter!«

Tretter blickte fest geradeaus, blieb sitzen und sagte nichts.

»Wir reden mit Ihnen!«

Tretter schwieg.

»Sie werden verhört!«

Tretter reagierte nicht.

Cromm griff zu einem Blatt mit einem vorbereiteten Text. Er las ab. Und zwar in einem unerbittlichen und kalten Tonfall. Wie ein Ankläger.

»Dr. Wilhelm von Tretter. Wir klagen Sie des fortgesetzten Betrugs an Ihren Kunden an. Während Ihrer Zeit als Vorstandsvorsitzender der Städtebank. Sie haben Zehntausenden von Kontoinhabern durch mangelhaft geschulte Vermittler extrem risikoreiche Finanzprodukte verkaufen lassen. Diese Verkäufer erweckten aufgrund Ihrer persönlichen Vorgaben den Eindruck, fest angestellte Bankmitarbeiter zu sein. Sie haben diesen Vermittlern unzulässigerweise interne Bankdaten und Kontostände Ihrer Kunden überlassen. Diese verkauften auf Ihre Anordnung und selbst häufig in Unkenntnis der enormen Risiken ihrer Produkte. Auch die Unkenntnis der Bankkunden wurde von Ihnen ausgenutzt. Sie wussten, dass die Kunden glaubten, ihr Geld sicher anzulegen; das Gegenteil war der Fall. Diese Produkte haben in der Folge weitgehend an Wert verloren, wodurch den Bankkunden ein erheblicher Schaden entstand. Sie sind für diesen Schaden verantwortlich. Sie haben mit den außerordentlich hohen Provisionen dieser riskanten Anlageprodukte den Gewinn Ihres Unternehmens stark steigern können. Sie haben durch diese Geschäftspolitik auch persönlich verdient, denn Sie ließen sich durch Ihren Aufsichtsrat hohe Bonuszahlungen genehmigen. Hinzu kommt, dass Sie von den betreffenden Fondsgesellschaften Gelder angenommen haben. Dieses Geld haben Sie gegenüber dem Aufsichtsrat nicht deklariert, und Sie haben es nicht versteuert. Sie persönlich haben sich unzulässig bereichert. – Herr Dr. Wilhelm von Tretter, Sie sind ein Wirtschaftskrimineller. Wir werden Sie dafür zur Rechenschaft ziehen.«

Tretter hatte die Verlesung der »Anklage« unbewegt zur Kenntnis genommen. Zwar zeigte sich ein leichter Schweißfilm auf seiner Stirn, aber er sagte nichts.

Cromm fügte hinzu: »Wir werden Sie hier, in Ihrem Haus in Santanyí, so lange festhalten, bis Sie Wiedergutmachung leisten.«

Tretters Augen hatten sich bei Erwähnung von Santanyí geweitet. Er glaubte jetzt zu begreifen, wo er war.

»Niemand, Herr Dr. Wilhelm von Tretter, vermisst Sie. Sie sind allein. Allein auf einer Insel. Allein in unseren Händen. Allerdings gibt es Tausende, die Ihre Feinde sind und die Sie gerne näher kennenlernen würden. Für diese Menschen sind wir im Einsatz. Für die kämpfen wir.«

Cromm verdunkelte das Licht in der Zelle und fuhr den Regler für das Mallorca-Gedudel wieder hoch.

Im Halbdunkel sahen Sie, dass Tretter sich die Lippen leckte. Er griff zu der Wasserflasche mit dem mallorquinischen Wasser und trank. Er sagte nichts.

Cromm drehte sich zu seinen Zuhörern um: »So. Das muss jetzt erst mal sacken.«

Er zeigte auf die Regler und wandte sich an Pfister: »Kannst du die Sachen hier bedienen?«

Pfister nickte.

»Dann sollten wir jetzt mit unserem Unterhaltungsprogramm beginnen. Jetzt sofort, okay?«

Pfister nickte noch einmal. Er beugte sich zu dem angeschlossenen DVD-Player. Das Radiogedudel wurde beendet. Er drückte auf Play und sorgte dafür, dass Monitor und Lautsprecher in Tretters Raum bespielt wurden.

Das sogenannte Unterhaltungsprogramm bestand aus einer DVD, auf der Aussagen von Mitarbeitern und Kunden der Städtebank zusammengeschnitten waren; alle stammten von Ahlers und waren für dessen TV-Dokumentation aufgezeichnet worden. Ahlers hatte van de Loo gefragt, wozu das Material gebraucht würde. Man hatte es ihm nicht gesagt. Er sollte nicht hineingezogen werden. Und er sollte Dritten nichts erzählen können.

Auf der DVD gab es laute und leise Klagen, hasserfüllte Äußerungen und Zusammenbrüche, traurige Gesichter und wütende Fratzen, darunter waren Schueffner, Frau Gutberlet und Frau Raue. Der Unterhaltungswert war gering, die Wirkung stark.

»Folter!«, hatte van de Loo bei der Besprechung vor ein paar Tagen gerufen, als er das Video erstmals gesehen hatte. »Das ist Folter! Ich halte das ja selber kaum aus.«

»Aber ich bitte dich«, hatte Cromm damals in sanftem Ton erwidert. »Sei froh, dass du nicht weißt, was Folter ist.«

Van de Loo hatte nicht weiter nachgefragt.

»Komm mit«, sagte van de Loo zu Cromm. Sie setzten sich in den Konferenzraum und wollten ihr weiteres Vorgehen besprechen, aber sie kamen nicht dazu. Feli schickte an beide eine SMS mit dem kryptischen Text: »Ich komme«. Sie zeigten sich gegenseitig ihre Smartphones, van de Loo zuckte die Schulter, Cromm sagte: »Mal sehen, was sie hat.«

Cromm zog die Schichtpläne heraus, um zu sehen, wer wann Dienst bei ihrem Gefangenen hatte. Demnächst musste eine Art Waschtisch in den Raum geschoben werden, dazu würden sie Wechselwäsche aus Tretters Gepäck reinreichen. Das Chemieklo musste geleert werden.

Solche Aktionen sollten jeweils bei Schichtwechsel stattfinden, damit sie zu zweit den Raum betreten konnten, während einer das Pult überwachte und für den Fall der Fälle das Pfefferspray bereithielt. Trotz seiner Kette hätte Tretter versuchen können, gegen seine Wärter gewalttätig zu werden oder ihnen die Hauben vom Kopf zu reißen. Das wollten sie verhindern und ihn notfalls mit Gewalt ruhigstellen.

Weitere Betäubung war zunächst nicht vorgesehen. Dr. Becker hatte davor gewarnt, die Spritze allzu oft einzusetzen: »Der Mann ist nicht mehr jung. Ihr wollte ihn doch lebend, oder?« Natürlich! Sie wollten ihn lebend, gesund, munter, schuldig und verbiestert. Darum ging es.

Feli rauschte in das Büro. Heute Berlin-Mitte-tauglich in Jeans und T-Shirt, Converse-Sneakers, aber immerhin mit Perlenkette.

»Habt ihr schon gehört? Jemand hat Kronberg abgefackelt!«

Van de Loo und Cromm guckten ungläubig. Feli setzte sich heftig atmend zu ihnen und legte nach. »Tatsache! Im Haus von Tretter hat es gebrannt. Oben in seinem Penthouse. Ein Brandanschlag! Jemand ist eingedrungen und hat Brandsätze geworfen. Wenn jemand in der Wohnung gewesen wäre, hätte er es kaum überlebt. Die Berufsfeuerwehr aus Frankfurt musste gerufen werden. Das ganze Haus wurde geräumt. Bei ihm im Penthouse ist alles komplett verkohlt und verbrannt.«

Es war selten, aber es kam vor: Van de Loo und Cromm waren sprachlos.

Feli lieferte weiter: »Die Bullen sind dort im Haus!« Cromm guckte geschockt, an das Wort konnte er sich nicht gewöhnen. »Sie suchen seine Leiche!«

Jetzt sprachen van de Loo und Cromm mehr oder weniger gleichzeitig. »Wann ist das passiert? Haben sie den Täter? Weiß Ahlers davon? Weiß man von uns?«

Die letzte Frage kam von van de Loo, und Cromm hielt sofort dagegen: »Woher sollen die von uns wissen? Im Gegenteil, jetzt haben wir erst einmal Ruhe, bis sie wissen, dass er nicht in seiner Wohnung war.«

»Und dann?«

»Na, sie werden rausfinden, dass Tretter kurz vorher in Kronberg war, dass er davor in Hamburg war und dass er verschwunden ist. Sie werden sich fragen, wer ihm ans Leder wollte und ob er freiwillig verschwunden ist oder ob ihn der Brandstifter mitgenommen hat. Das ist dann nicht so gut für uns, auch wenn wir kaum Spuren hinterlassen haben.«

Van de Loo nickte. Feli wollte loswerden, was sie noch wusste: »Also, Ahlers ist informiert, von seinem Redaktionsleiter. Ich hatte angerufen …«

»Mobil?«, fragte Cromm stirnrunzelnd.

»Na klar, wie sonst«, sagte Feli. »Ich konnte in dem Moment keine Rücksicht nehmen, oder?«

Sie bekam keine Antwort.

»Also«, sagte Feli, »Ahlers wurde von seinem Redaktionsleiter losgeschickt, in Kronberg vor Ort zu drehen. Er soll noch Szenen vom Tatort und Interviews mit Augenzeugen in seine Doku einbauen. Er ist schwer unter Druck!«

Klar, dachte van de Loo, der die Produktionszeiten noch kannte, dem brennt der Kittel. Der muss jetzt schnell sein. Seine Uhr läuft.

»Zurzeit lässt die Polizei nichts Konkretes raus. Zum Beispiel, ob in der Wohnung eine Person gefunden wurde oder nicht. Es heißt, sie durchsuchen noch. Deswegen spekuliert der Ahlers, dass Tretters Leiche da drin liegen könnte.«

Van de Loo musste lachen. Cromm runzelte die Stirn: »Na, wir können das kaum aufklären, oder?«

»Nein«, sagte van de Loo und lachte weiter. »Lassen wir ihn doch spekulieren.«

»Und der Täter?«, fragte Cromm.

»Weiß ich nicht«, sagte Feli. »Darüber schweigen sie sich aus, jedenfalls vor der Presse.«

»Hm«, sagte Cromm. Er blickte van de Loo und Feli nacheinander eindringlich an. »Das ist doch kein Zufall, oder? Dass es da einen Brandanschlag gab. Da ist jemand in unserem Windschatten!«

»Was meinst du?«, fragte van de Loo.

»Tretter hat seine Aufenthaltsorte so gut es geht geheim gehalten. Außer seiner Familie wusste niemand von dem Penthouse – vielleicht noch eine Putzfrau und sein Verwalter. Aber vor allem konnte wirklich niemand genau wissen, wann er in Kronberg war.«

»Außer uns!«

»Außer uns.«

»Du glaubst, da wollte jemand nicht nur die Wohnung abfackeln, sondern wirklich auch Tretter erwischen?«

»Ja«, sagte Cromm. »Das glaube ich.«

Van de Loo rieb sich die Stirn. »Könnte es sein, dass …?«

»Was?«

»Könnte es sein, dass der Schueffner …?«

»Der Schueffner?«

»Ja, Schueffner. Er war auf Rache aus. Hat er gesagt.«

»Und du meinst …?«

Van de Loo nickte.

Pfister kam dazwischen. »Ich muss euch kurz stören«, sagte er. »Kommt ihr mal mit?«

Sie folgten ihm in den Kontrollraum. Pfister wies mit einer Handbewegung auf den Monitor. Man sah Tretter in seiner Zelle. Der Mann stand aufrecht und blickte seinerseits auf seinen Monitor. Darauf lief die Schleife mit den O-Tönen seiner Kunden, seiner Mitarbeiter, seiner Opfer. Man sah, dass Tretter den Mund bewegte, hörte aber nur den Lärm der DVD und sein Geschrei, aber Worte waren nicht zu verstehen.

»Ich habe Zug um Zug den Ton in der Zelle laut gestellt«, sagte Pfister. »So war es doch besprochen.«

»Richtig so«, sagte Cromm. »Gehört zum Programm.«

Tretter bewegte den Mund. Schweiß auf der Stirn. Stress, Angst, Wut … Kein Wunder, denn inzwischen hatte er mehrfach und in wachsender Lautstärke die Anklagen gegen sich hinnehmen müssen, ohne dass er etwas dagegen tun konnte.

»Lass mich mal«, sagte Cromm und ging an das Pult. Die Uhr in Tretters Zelle zeigte 22:13. Cromm ließ die DVD weiterlaufen, zog aber den Tonregler runter. Tretter hörte auf zu schreien, atmete schwer. Er horchte. Cromm drückte auf die Sprechtaste.

»*Buenas noches*, Dr. von Tretter«, sagte Cromm.

Tretter blickte in seiner Zelle umher, als wolle er die Herkunft dieser Stimme finden, blickte dann auf die falsche Uhr, sagte nichts.

»Was sagen Sie?«, fragte Cromm.

Tretter sagte nichts.

»Sie müssen nicht reden«, sagte Cromm. »Es ist sogar besser, wenn Sie nicht reden. Dann also weiter mit unserem Unterhaltungsprogramm.«

Tonregler hoch.

Tretter war geschockt. Er hob die Hand zum Zeichen, dass er etwas sagen wollte.

Tonregler runter.

»Bitte! Leise! Bitte!«

Jetzt verliert er den Doktor, dachte Cromm: »Tja, Tretter, warum?«

»Bitte!«

»Nein, Tretter!«

Tonregler hoch.

Tretter sagte nichts mehr. Er versuchte, sich die Ohren zuzuhalten. Die Kette an seinem Arm klirrte. Dr. Wilhelm von Tretter mit Drei-Tage-Bart sah alt aus. Und müde.

Sie waren nicht zu überhören: Polizei, Rettungswagen der Feuerwehr mit Sanitätern, ein Einsatzfahrzeug mit einer Notärztin. Alle mit Blaulicht und Horn. Alle mit einem Ziel: Ein Haus in der Kasseler Nordstadt. Das Haus, in dem Hubert Schueffner wohnte.

Seine Frau hatte den Notruf um achtzehn Uhr dreißig abgesetzt, sofort nachdem sie nach Hause gekommen war. Jetzt stand sie im Treppenhaus. Sie war fassungslos und weinte, den Kopf in den Händen verborgen. Eine Nachbarin hatte Frau Schueffner fürsorglich einen Arm um die Schulter gelegt und sprach leise auf sie ein. Ein anderer

Nachbar öffnete eifrig den Beamten, den Rettungsdienstleuten und der Ärztin die Haustür. Schueffners Wohnungstür stand offen. Die beiden Polizisten gingen vorweg. Die anderen warteten im Treppenhaus. Der eifrige Nachbar wurde höflich und bestimmt ferngehalten.

Frau Schueffner schluchzte. Ein Sanitäter wandte sich ihr zu und versuchte, mit ihr zu sprechen.

Einer der Polizisten kam aus der Wohnung. Er war blass. Ein Nicken zur Notärztin. Sie folgte ihm.

Schueffner lag in seinem Arbeitszimmer auf dem Boden. Neben seinem Bürostuhl. Auf dem Boden eine Pistole. Später stellte die Spurensicherung fest, dass es sich um eine 9 mm Makarow mit Schalldämpfer handelte.

Schueffner war tot. Die Hälfte des Kopfs fehlte, war in weißen und roten Spritzern auf der Tapete und dem Teppich verteilt. Der Teppich war dunkel von Blut. Auf dem Schreibtisch lag ein weißer, verschlossener und unbeschrifteter Briefumschlag.

Die Ärztin stand im Türrahmen. Der Polizist blieb hinter ihr, tippte ihr auf die Schulter und zeigte fragend auf die Leiche. Die Notärztin nickte, kniete bei dem Körper nieder, nahm den rechten Arm und fühlte den Puls. Es war überflüssig, sie wusste es, der Polizist wusste es. Für sie als Ärztin gab es nichts zu tun. Sie sah noch einmal genau hin und musste schlucken, drehte sich um und sagte zu dem jungen blassen Hauptwachtmeister: »Kripo!« Der Polizist nickte.

Drei Stunden später. Der Streifenwagen war noch da. Die Rettungsfahrzeuge verschwunden. Vor dem Mietshaus parkten zwei neutrale dunkelgraue VW-Transporter. Einer war die Auffahrt vor dem Eingang hochgefahren und blockierte Mülltonnen und Fahrradständer. Absperrbänder. Schaulustige.

Frau Schueffner war von den Sanitätern ins Krankenhaus gebracht worden. Das Sozialamt suchte nach einem Hotelzimmer, ihr konnte der Aufenthalt in ihrer Wohnung nicht zugemutet werden. Die Kriminalpolizei hatte sich gemeldet, um mit ihr zu sprechen.

Der Arzt im Krankenhaus riet ab, aber der Kriminalkommissar blieb hart.

Vor dem Haus tauchten zwei Journalisten auf. Einer fotografierte.

Inzwischen arbeiteten die Polizisten vom Team der Spurensicherung. Es war eng in dem Arbeitszimmer, sodass immer nur zwei von ihnen gleichzeitig ihre Arbeit tun konnten. Der Briefumschlag steckte inzwischen in einem transparenten und versiegelten Beutel und würde demnächst ins Polizeipräsidium transportiert werden.

Erst kam der Leichenwagen.

Später die Leute von der Tatortreinigung.

Das mit den Wänden war schwierig.

Am nächsten Morgen lud die Polizei Kassel zu einer Pressekonferenz ein. Eine Stunde später war die Nachricht in den Medien, zunächst in den Online-Diensten, dann im Rundfunk, danach im Fernsehen. Die Zeitungen hatten ihre gierigen Reporter zum Haus in der Nordstadt geschickt. Die taten alles, um Augenzeugen, Nachbarn oder Besserwisser zum Reden zu kriegen. Boulevardreporter versuchten, über den Hofeingang in das Haus einzudringen, scheiterten an den Polizisten und verlegten sich darauf, die Namen von Freunden oder Verwandten Schueffners herauszukriegen, um die auszuwringen.

In den Räumen der Kriminalpolizei Kassel öffnete eine Beamtin vorsichtig mit Pinzette, kleiner Glasurzange und Elfenbeinstab den Umschlag. Sie las den Brief Schueffners an die Nachwelt. Er richtete zunächst einige Worte an seine Frau und entschuldigte sich bei ihr. Dann ging es weiter:

> … *Dr. Wilhelm von Tretter hat Unglück gebracht*, schrieb Schueffner. *Unglück für Kunden, Unglück für Mitarbeiter, Unglück für Leute wie mich, die anfangs an die Bank, die Arbeit, die Produkte geglaubt haben.*
>
> *Dr. Wilhelm von Tretter ist ein kalter Mann. Er ist ein herrschsüchtiger Besserwisser. Dieser Mann glaubt, allwissend zu sein, unbe-*

rührbar, hochmütig. Dabei ist er raffgierig, menschenfeindlich, böse. Dr. Wilhelm von Tretter ist der Anlass meiner Albträume. Ich hasse diesen Mann. Ich finde keine Ruhe. Es wird immer schlimmer. Ich will und muss ihn bestrafen. Er soll sterben. Für mich und für alle, denen er wehgetan hat. Ich habe mich entschlossen, ihn zu töten. Ich habe es getan. Ich stehe dazu. Jetzt ist es leicht.
Ich will aber nicht mit dieser Tat leben. Ich scheide aus dem Leben und bitte alle, denen ich Schlechtes getan habe: Verzeiht mir!
Verzeih mir, Sarah. Verzeih mir, Mutter. Ich konnte nicht anders.
Hubert Schueffner

Die Beamtin legte den Brief langsam ab und rief die Spurensicherung. Dann sprach sie mit ihrem Chef. Der entschied: Der Inhalt dieses Briefs sollte nicht veröffentlicht werden. Kopie für das LKA in Wiesbaden. Als PDF sofort dorthin schicken.

Eine Stunde später gab die Pressestelle der Polizei Kassel eine dürre Erklärung heraus, aus der hervorging, dass der Selbstmörder aus der Kasseler Nordstadt einen Abschiedsbrief hinterlassen habe, der nichts enthielt, was von öffentlichem Interesse sei.

Etwa um dreizehn Uhr fanden sich nach einem Alarmruf alle im Büro der Gesellschaft ein, um auf den aktuellen Stand gebracht zu werden. Alle bis auf Tabak, der den erschöpften Gefangenen vom Kontrollraum nebenan bewachte. Sie hatten während der letzten zwölf Stunden immer wieder die DVD mit den Interview-Ausschnitten in Tretters Zelle laufen lassen.

Van de Loo räusperte sich und sagte: »Setzt euch!«

Sie setzten sich.

»Gestern hat Hubert Schueffner in Kassel Selbstmord begangen«, sagte er. »Er ist, nein, er war einer unserer wichtigsten Zeugen in Sachen Tretter. Heute früh hat die Polizei in Kassel berichtet, dass man bei ihm einen Brief gefunden hätte, in dem er sich zu seiner Selbsttötung äußert.«

Der Konferenzraum war in helles sommerliches Licht getaucht. Auch der Gesundbrunnen konnte freundlich daherkommen, wenn auch viele Schnösel aus den besseren Bezirken das bezweifelten. Draußen schien die Sonne! Die Menschen auf der Straße guckten freundlich! Die Berliner Verkehrsgesellschaft war pünktlich! Es gab sogar Singvögel! In Gesundbrunnen! Vielleicht hatten sie sich verflogen, aber sie zwitscherten nun einmal.

Die drückende Stille im Raum stand in heftigem Gegensatz zur Stimmung da draußen. Keiner sprach. Jeder dachte nach, jeder etwas anderes.

Als dann alle gleichzeitig losredeten, hob Cromm die Hand.

»Ruhe!«, rief er. »Ihr wollt wissen, wie es weitergeht.« Hatte Cromm das gefragt? Oder war es der Beginn einer Ansage? Sogar Tabak ließ für einen Moment seinen Gefangenen aus den Augen und schob den Kopf in den Türrahmen.

»Also«, sagte Cromm, »wir haben jetzt einen gewissen Zeitdruck.«

Es wurde gelacht. Das war untertrieben.

Cromm kann genial die Luft rausnehmen, dachte van de Loo, Respekt.

Der Cromm geht mir auf die Nerven mit seinem Understatement, dachte Feli.

Cromm redete weiter. »Wir müssen jetzt schnell mit Tretter zu einem Ergebnis kommen«, sagte er. »Inzwischen bereitest du«, und dabei blickte er van de Loo an, »den Transport vor.«

Van de Loo nickte. Nur Cromm durfte ihm Anweisungen geben. »Wenn deine Schicht zu Ende ist«, rief er durch den Raum in Richtung Tabak, »mietest du den Van noch einmal. Wie beim letzten Mal: derselbe Mieter, für den du unterschreibst. Wieder einen mit dunklen Scheiben hinten.«

Tabak nickte.

»Du bleibst an Ahlers dran.« Cromm fixierte Feli. »Wir müssen wissen, was er noch in seine Sendung reinpackt und was er darüber hinaus vielleicht weiß.«

Feli nickte nicht. »Ich mag den Typ einfach nicht«, murmelte sie hörbar.

»Das ist ein Auftrag!«, sagte Cromm streng.

Feli nickte.

Eschweiler übernahm jetzt von Tabak die Schicht beim Gefangenen. Zuvor zogen beide ihre Sturmhauben über und betraten ohne Ankündigung Tretters Zelle. Er zuckte zusammen, als sie die Tür öffneten. Sie entfernten gemeinsam das eklige Campingklo, leerten es mit gerümpften Nasen in die Toilette und versorgten es mit einem frischen Schuss Chemie. Dann brachten sie es zurück in die Zelle, ohne Tretter, der sich stumm auf seiner Campingliege ausgestreckt hatte, auch nur eines Blickes zu würdigen.

Van de Loo schickte eine SMS mit einem Ausrufezeichen an Baumann, der das völlig richtig als Aufforderung verstand, sich wie zuvor vereinbart zur übernächsten vollen Stunde in einem Frankfurter Internetcafé einzufinden, um mit van de Loo zu sprechen, der sich seinerseits in Outdoorkleidung und mit Schiebermütze auf dem Kopf, aus seiner Sicht also angemessen ausstaffiert, zum selben Zeitpunkt in ein Internetcafé im Wedding begeben würde.

Außerdem würde van de Loo von dort aus Dr. Becker anrufen. Sie benötigten ihn. Außer Plan.

»Er ist reif«, sagte Cromm. »Außerdem läuft uns die Zeit davon.«

Das Verhör begann. Alle vom Team, die es einrichten konnten, waren am Pult versammelt und blickten gespannt auf den Monitor. Eschweiler rauchte, niemand protestierte.

Tretter war tatsächlich reif. Man sah es.

Er saß auf dem Klappstuhl, und seine Beine zitterten. Mit den Händen auf den Knien versuchte er, sie unter Kontrolle zu halten. Das Inferno der Vorwürfe hatte seine Wirkung getan. Das Dauerfeuer hatte ihn zermürbt.

Cromm bat Tabak, alle Regler runterzufahren, keine Töne mehr in der Zelle, kein Bild. Stille. Eine Minute Stille.

Dann griff er zu dem Mikrofon.

»Tretter!«, sagte er.

Keine Reaktion.

»Tretter! Hallo!«

Pause.

»Na? Nicht schön, oder? Was die sagen?«

Schwache Reaktion: Tretter schüttelte leicht den Kopf, als wolle er eine Fliege verscheuchen.

»Sie haben gehört, was die Menschen sagen?«

Tretter seufzte.

»Die hassen dich, Tretter!«

Zu ihrer Überraschung musste Tretter lachen. Fröhlich klang es aber nicht.

»Hallo, Tretter!«

Pause.

»Jetzt bist du dran!«

Tatsächlich. Es funktionierte. Er war dran. Er empfand das so. Irgendetwas aus seinem Inneren musste sich Luft machen: »So eine Scheiße …!«, sagte er gebremst, voll unterdrückter Wut.

»Ah?«

»So eine Scheiße … so eine Scheiße habe ich noch nie gehört.«

Cromm sagte nichts.

Also machte Tretter weiter. Er fühlte sich im Recht – und wie! Er empfand Verachtung für diese jaulende Masse.

»Was bilden die sich ein? Was wollen diese Leute?« Tretter wurde lauter. Seinen Zuschauern außerhalb der Zelle erschien es, als ob sich seine Wangen röteten. Er kam auf Betriebstemperatur.

»Die Leute! Diese gierigen, schmierigen alten Menschen. Sie wollen für ihr bisschen Geld höchste Zinsen. Ohne Risiko. Natürlich.«

Tretter musste durchatmen. Jetzt wurde er richtig wütend.

»Die verstehen nichts vom Geschäft, aber uns machen sie Vorwürfe!«

»Vorwürfe …?« Cromm musste den Redefluss erhalten.

»Vorwürfe! Weil es mal nicht so geklappt hat, wie gedacht! Diese alten schmierigen Leute. Diese Jammerlappen. Die nicken immer erst, und hinterher behaupten sie dann, man hätte sie nicht informiert.«

Cromm warf eine Frage ein, er wollte, dass Tretter konkret wurde. »Haben die denn unterschrieben?«

»Natürlich! Alle haben sie unterschrieben. Die haben unterschrieben und gewusst, was sie tun.«

»Die Kunden sagen, sie seien gedrängt worden …«

»Dass ich nicht lache!« Wieder lachte Tretter bitter. »Gedrängt! Haha! Klar sagen sie so etwas. Die erzählen irgendwas. Ist doch klar!«

»Was ist klar?«

»Dumme Frage, Sie! Wer sind Sie überhaupt?«

»Und was ist klar?«, wiederholte Cromm.

»Na, wenn ich mit meiner Geldanlage in der Scheiße sitze, dann gebe ich nicht mir die Schuld, sondern der Bank. Die anderen sind es. Auf die schiebe ich alles ab. Das ist klar!«

»Die Leute haben oft nicht verstanden, was sie unterschrieben.«

»Dann hätten sie es nicht tun sollen!«

»Na ja, deine Leute waren ziemliche Drängler.«

»Meine Leute Drängler? Unsinn! Die Kunden lügen. Die erzählen irgendwas. Sie sind Lügner, durchweg, alle.«

»Na ja, immerhin haben sie Geld verloren!«

»Geld? Geld verloren? Na und? Was wollen die Alten denn noch? Die sind doch sowieso bald tot! Hoffentlich sind die bald tot!«

Eschweiler blickte auf die Tonspuren, sah eine saubere Aufzeichnung und freute sich.

»Die geben dir die Schuld!« Cromm verstand sich auf das Beschleunigen von Bränden.

»Mir?« Tretter schrie jetzt. Eschweiler musste an den Regler. »Ich? Ich habe keine Schuld! Welche denn?!«

»Die Bank …« Weiter kam Cromm nicht.

»Die Bank!« Tretter brüllte. »Welche Bank? Das war ein Saftladen, bis ich kam! Ich habe überhaupt erst eine richtige Bank daraus gemacht. Da war nichts. Bis ich kam. Die haben alles von mir gelernt. Ich habe aus einem faulen Beamtenhaufen eine Geschäftsbank gemacht. Ich habe denen Gewinne gebracht. Und jetzt bin ich der Böse!« Und resigniert: »Na ja, einen Bösen braucht man halt. Das ist meine Rolle.«

»Vielleicht willst du einfach nicht einsehen, was du angerichtet hast?«

Tretter hatte genug. »Ich habe nichts angerichtet. Und von Ihrer Fragerei habe ich genug. Sind Sie auch so ein Journalist?«

»Tretter! Hallo!«

Tretter hörte nicht mehr hin. »Ihr von der Presse! Ihr glaubt diesen Jammerlappen ja alles. Mir glaubt ihr nicht. Ihr habt doch alle keine Ahnung von der Wirtschaft!«

»Nein? Aber Banker verstehen was davon?«

»Banker! Die meisten Banker sind doch nur hochgekommene Koofmichs. Überall. Bei allen Banken. Kleine Leute ohne Kultur, Maulhelden mit Krawatte, Nieten in Nadelstreifen. Das sind sie! Je weiter oben, je mieser. Ich bin kein Banker! Ich kam von außen und wusste, was da passieren muss. Die lahmarschigen Banker haben gebuckelt und haben sich an mich rangewanzt. Ich habe die gerettet. So war das. Aber das wollen Sie nicht hören!«

»Doch …!«

»Ach, lass mir doch die Ruh!« Tretter fiel jetzt auch ins Duzen. »Lass mich raus!«

Der letzte Satz kam unvermittelt.

»Freilassen?« Cromm schaltete zurück auf das Sie: »Was meinen Sie, wie sich alle freuen würden! Zum Beispiel Ihre Ex-Mitarbeiter: Die würden sich auf Sie stürzen.«

»Ha, diese Flaschen! Damals haben sie gutes Geld kassiert. Jetzt, nachdem sie es verpulvert haben, geben sie mir die Schuld!«

»Sie meinen die freien Vertriebsleute?«

»Alles Arschlöcher! Die Festen und die Freien, alles Arschlöcher! Feige Bande!« Tretter begann wüst zu schimpfen und wurde unverständlich, die Kette klirrte, als er zu fuchteln begann.

Er schrie: »Lass mich frei!«

»Warum?«

Diese trockene Rückfrage holte Tretter zurück auf den Boden.

»Warum? Sie fragen, warum? Wer sind Sie überhaupt? Lassen Sie mich frei. Ich tu Ihnen nichts. Lassen Sie mich raus und gehen Sie weg. Das ist mein Haus!«

Draußen blickten sie sich an. Tretter schien also wirklich zu glauben, sie hätten ihn in seinem Haus festgesetzt. Er meinte nicht die Wohnung in Kronberg, sondern tatsächlich Mallorca. Gut! Das hatte geklappt! Van de Loo stieß die linke geballte Faust in die Luft.

Cromm war auch zufrieden. »Gut, Herr Dr. von Tretter.« Jetzt musste der Mann wieder runterkommen. »Gut. Ich habe Sie verstanden. Nur noch einen kurzen Moment, dann sind Sie frei. Hauptsache, Sie verraten uns nicht.«

Alle grinsten. Das würde er nicht glauben, oder?

Und dann, um die Sache rund zu machen, sagte er noch ganz trocken: »*Adiós*, Dr. von Tretter.«

Tretter – in seinem Ausnahmezustand – ging ernsthaft darauf ein. »Ja, natürlich. Niemand erfährt was. Klar. Ich will hier nur raus. Ich muss raus.« Er redete wieder in normaler Tonlage, aber jetzt eifrig und bemüht. Zum Schluss entfuhr ihm sogar ein Wort, von dem keiner geglaubt hätte, dass es zu seinem Wortschatz gehörte: »Bitte!«

Cromm reagierte nicht.

Tretter sagte noch: »Bitte! Ich will was Deutsches zu essen. Und deutsches Bier.«

Cromm drehte das Mikrofon ab, blickte Eschweiler fragend an.

»Alles drauf«, sagte Eschweiler zufrieden.

»Dann los«, sagte Cromm. Er ging in die Küche zu den Vorräten und stellte auf einem Tablett zusammen: zwei Dosen Beck's, ein Päckchen Vollkornbrot vakuumverpackt, dem man bei genauer Prüfung ansah, dass es nach Mallorca importiert worden war (und von Pfister mitgebracht; aber das sah man nicht), und etwas mallorquinische Leberpastete.

»Festessen«, sagte Cromm, »weil er brav war.«

Er und Eschweiler zogen sich die Masken über, löschten in der Zelle das Licht, öffneten die Tür und schoben wortlos das Tablett hinein. Es roch wie ihm Zoo. Tigerkäfig. Tretter sprach sie an. Sie verstanden ihn nicht. Sie ignorierten ihn.

Als sie wieder draußen waren, sagte Cromm: »So. Ich übernehme. Du musst die Videos bearbeiten.«

Eschweiler nickte. Er hatte jetzt viel zu tun und wenig Zeit.

23

Für diesen Abend war die Dokumentation über die Machenschaften der Städtebank angekündigt. Der Sender hatte gute Vorarbeit geleistet: In den sozialen Medien war eine erwartungsvolle Diskussion entstanden, ob man so eine alte Geschichte überhaupt aufwärmen solle – kontra. Beziehungsweise, dass es gut sei, die Banken endlich mal öffentlich anzuklagen – pro. Und auch, ob es nicht verwerflich sei, auf eine hohe Quote zu spekulieren, indem man das Schicksals des Ex-Vorstandschefs hochspielte – kontra. Hauptsache, es wurde diskutiert. Das erzeugte Neugier. Ahlers war optimistisch, fast euphorisch.

Der Redaktionsleiter war zurückhaltender. Er kannte das Publikum. Eine Dokumentation findet selten ein großes Publikum, anders als ein Fernsehfilm oder eine Show. Aber immerhin: Die Nummer mit dem Brandanschlag und der verschwundene, vielleicht sogar tote Ex-Banker! Das weckte Neugier!

Trotz seiner Hochstimmung hing Ahlers in den Seilen. Er saß mit hängendem Kopf im Schneideraum und dachte: Ich bin fix und fertig.

Verena hatte klaglos den Stress der letzten Stunden hingenommen, auch unter Druck gute Arbeit geleistet, aber als sie fertig waren, hatte sie ohne weitere Ankündigung ihren Schnittcomputer runtergefahren. Das Summen der Geräte verstummte, die Kontrollleuchten verglommen, bis auf die Lüfter wurde es still. »Das war's!«, hatte sie gesagt, ihm ein Küsschen zugeworfen und war gegangen, nicht ohne ein aufmunterndes »Toi, toi, toi«.

Schön, dass es Verena gab.

Der Schluss der Dokumentation war sensationell. Es war richtig gewesen, noch einmal nach Kronberg zu fahren. Da war sein Reflex doch angemessen gewesen. Er hatte es durchgesetzt. Auch wenn sich der Redaktionsleiter jetzt damit brüstete. Wessen Idee war es denn? Wer hatte auf eigene Kosten Szenen am Ort des Verbrechens gedreht? Er selbst, Sönke Ahlers. Und nicht dieser Warmduscher!

Er war mit dem Kamerateam nach Frankfurt geflogen (teuer, weil das Equipment als Übergepäck galt), hatte in Kronberg das Haus, das im obersten Stockwerk ausgebrannt war, filmen lassen und mit Mietern und Nachbarn Interviews geführt. Keiner von denen hatte Tretter persönlich gekannt, aber jeder wusste etwas über ihn zu sagen.

Im Moment, da viele vermuteten, dass er tot war, nannten diese Leute ihn einen couragierten Mann der deutschen Wirtschaft. Sein Tod wäre ein Verlust! Ein scheußliches Verbrechen! Wie konnte das nur geschehen! Früher hätte es das nicht gegeben!

Ahlers hatte den Sprecher der Frankfurter Polizei vor die Kamera bekommen. Der hatte sich vorsichtig ausgedrückt und betont, dass noch keine Leiche gefunden worden sei. Es gebe inzwischen Zweifel, ob sich zur Zeit des Verbrechens ein Mensch in der Wohnung befunden habe. Aber dank geschickter Schnitte war diese polizeiliche Relativierung nicht so deutlich in seiner Dokumentation zu finden. Mit vorsichtigen Polizeiaussagen konnte man keine Neugier wecken. Für den Zuschauer würde es eindeutig rüberkommen: Ein Brandsatz. Ein Racheakt. Eine ausgebrannte Wohnung. Verschwundener Wohnungsbesitzer – alles klar!

Besser geht's nicht, dachte Ahlers und fand sich selbst gut. Nein, eigentlich sehr gut.

In zwei Stunden ging die Doku auf Sendung.

Ich glaube, ich brauche danach einen längeren Urlaub, dachte Ahlers. Dann klingelte sein Mobiltelefon.

Schueffner ist tot, sagte Feli.

Ahlers war so perplex, dass er nachfragte: »Wer ist …? … Mit wem spreche ich?«

»Hier ist Feli. Ich sag's noch mal: Schueffner ist tot. Selbstmord in Kassel.«

Ahlers hatte plötzlich Atemnot.

»Bist du noch dran?«, fragte Feli.

Ahlers machte ein Geräusch.

Feli machte also weiter: »Wir dachten, das interessiert dich. Du hast ihn doch interviewt. Er kommt doch gleich mit seinem Interview in deiner Sendung, oder?«

Ahlers blickte überflüssigerweise auf die Uhr und wiederholte das Geräusch, so eine Art »Grmpf«.

»Deswegen dachten wir, dass die Polizei sich vielleicht wundert und das in Zusammenhang bringt, oder?«

Ahlers gewann einfachste sprachliche Fähigkeiten zurück: »Ja ... also ... ich ... äh ...«

»Es könnte sein, dass die Polizei dich sprechen will. Wir möchten dir sagen, dass du vor allem eins beachten solltest: Klappe halten. Du kennst uns nicht. Du kennst mich nicht. Du bist solo unterwegs.«

Ahlers konnte im Augenblick nicht viel bieten, nur so viel: »Ja! Klar! Aber ...!«

»Hast du mich verstanden?«

Ahlers holte tief Luft: »Ja. Ich habe verstanden.« Und er beendete ohne ein weiteres Wort das Gespräch. Er verließ den Schneideraum. Suchte die Toilette auf, beugte sich über das Waschbecken und spritzte sich Wasser ins Gesicht. Ihm war schlecht.

»MAZ ab!«, rief im Hamburger Sender der Sendeleiter. Ein Techniker fuhr den Beitrag ab. Zwar gab es schon seit Jahrzehnten keine MAZ mehr, also die sogenannte magnetische Aufzeichnung, aber der Begriff hatte sich bei allen Sendern erhalten.

Es war so weit. Die Dokumentation über die Städtebank ging auf Sendung. Länge knapp dreißig Minuten. Guter Sendeplatz in der späten Primetime. In vielen Zeitungen angekündigt und als sehenswert markiert.

Ahlers saß in seinem Appartement. So oder so, jetzt war nichts mehr zu ändern. Also hatte er die Telefone ausgeschaltet, sich ein Bier aus dem Kühlschrank geholt, eine bequeme Sitzposition mit optimalem Blick auf seinen Fernseher eingenommen und freute sich trotz aller Aufregung. Besonders freute er sich über seinen Namen: groß im Vorspann! Cool!

Feli hatte ihren Laptop angeworfen. Er stand bei ihr zu Hause auf dem Küchentisch. Sie hatte die Homepage des Senders angeklickt und streamte das Programm. Zuvor hatte sie sich selbst ordentlich bekocht: Pasta mit Artischockenherzen und Thunfischstückchen, ein guter Rotwein dazu. Das lasse ich mir auch von Ahlers nicht miesmachen, dachte sie. Aber gucken wollte sie unbedingt. Schließlich hing der Erfolg der Aktion von dieser Sendung ab.

Der Pressesprecher der Städtebank hatte sich selbst ins Büro befohlen. Außerdem hatte sein Vorstandsvorsitzender ihm angekündigt, er sei die ganze Nacht über erreichbar, falls da in diesem Film üble Sachen vorkommen sollten. Falls man Stellung beziehen müsse. Also war er tapfer durch die Kölner Nacht gefahren, hatte das graue Hochhaus betreten und sich bei dem Pförtner, der ihn nicht erkannte, mit seinem Dienstausweis legitimiert. Mit dem Aufzug fuhr er in das achte Stockwerk, ging durch den langen Gang mit Notbeleuchtung, schloss sein Büro auf, packte den Schokoriegel aus, warf seufzend den kleinen Fernseher an und fuhr seinen Computer hoch. Er wollte vorbereitet sein. Er ahnte Böses.

Schon zwanzig Minuten später – die Dokumentation lief noch – begann das Dauerfeuer. Die Telefone der Städtebank liefen heiß. Niemand nahm ab. Das empörte die ohnehin wütenden Anrufer noch mehr und löste einen richtig heftigen Shitstorm aus. Die Telefonanlage verschluckte sich und zog es vor, Besetztzeichen von sich zu geben. Der Server ächzte unter der Last der bitterbösen Mails, die massenhaft einliefen. Kunden beschwerten sich. Kunden kündigten ihre Konten. Kunden drohten mit der Bankenaufsicht.

Der Pressesprecher stöhnte und versuchte, ein Statement zu entwerfen. Auf seinem Mobiltelefon sah er die Nummer seines Chefs blinken. Er meldete sich mit einem zaghaften »Hallo?«.

»So, Herr Tretter, dann wollen wir mal.« Mit diesen Worten, die beim Krankenhauspersonal vor der Operation üblich waren, betrat Tabak voll maskiert in Overall und Sturmhaube den Raum, in dem ihr Gefangener seit fünf Tagen festgesetzt wurde. Es roch. Das war eine Mischung aus Schweiß, Urin, Kot und Chemie.

Es war 13:10 Uhr. Die falsche Uhr in der Zelle zeigte 04:30. Vor knapp zwei Stunden war die Piper in Egelsbach gestartet. Jennifer Niklas hatte sich vor dem Start bei van de Loo auf dem Smartphone gemeldet und ihre voraussichtliche Ankunftszeit angekündigt. Wie mit dem Stringer Baumann vereinbart mit einer schlichten SMS, Inhalt: »02:00«. Wieder flog sie zum Landeplatz Werneuchen in Brandenburg. Angemeldet diesmal als Krankentransport für einen VIP: Diskretion bitte! Abstand halten!

Hinter Tabak trat Pfister in die Zelle, ebenfalls unkenntlich. Ihnen beiden kam die Aufgabe zu, Tretter festzuhalten. Da ihr Gefangener aber glaubte, er werde jetzt wirklich freigelassen, und in versöhnlicher Stimmung war, mussten sie nicht allzu viel Kraft aufwenden.

Das Licht in der Zelle war von Cromm gelöscht worden. Tabak und Pfister trugen Stirnlampen. Dadurch konnte ein geblendeter Tretter kaum erkennen, was ihm geschah. Pfister hielt ihn fest, Tabak öffnete den Gürtel und den Hosenbund, zog ihm die Hose herunter und setzte die vorbereitete Spritze. Als Tretter protestieren wollte, war schon alles vorbei.

Die Spritze brauchte ein paar Minuten. Die Männer hielten Tretter fest und sahen sich um. »Wollen Sie etwas mitnehmen?«, fragte Pfister ironisch.

Tretter schüttelte den Kopf und stand mit tief hängender Hose ziemlich jämmerlich da.

»So, Hose hoch!«, sagte Tabak. »Wir gehen!«

Tretter gehorchte, wurde schon wackelig und setzte sich erst einmal auf den Stuhl. »Ich bin wohl … ich bin …« Mehr kam nicht. Sein Kopf sank auf die Brust. Die beiden Männer mussten ihren Gefangenen unter den Armen festhalten, sonst wäre er zu Boden gefallen.

»Wir können!«, rief Tabak laut. Das Licht ging an, die Tür wurde von Cromm geöffnet, sie zogen ihren Gefangenen unter den Achseln gepackt mit schleifenden Füßen nach draußen. Dr. Becker wartete bereits. »Halten Sie ihn fest«, sagte der Arzt. Dann trat er an den schlafenden Tretter heran, zog ein Lid nach oben, kniff ihn in die Wange, fühlte seinen Puls. Dann nickte er: »Reisefähig!«

Er klingt, als wäre er Sanitätsarzt beim Bund, dachte Cromm. Und dann ging ihm noch durch den Kopf: Dem möchte ich nicht als Patient begegnen. Die Gefahr bestand zum Glück nicht.

Jetzt ging es los. Ein kritischer Moment lag vor ihnen. Jederzeit konnte ein Mieter oder Besucher das Treppenhaus betreten. Aber sie vertrauten auf die in Großstädten typische Gleichgültigkeit auch in ungewöhnlichen Momenten und schafften Tretter ins Erdgeschoss, durch die Hoftür bis zum wartenden Van. Es lief gut.

»Wir landen«, kündigte Jennifer Niklas an. Sie vollzog mit ihrem Flugzeug eine große Kurve, wobei sie die Maschine schön auf die linke Tragfläche stellte. Wer an Bord wach war, konnte auf die Küstenlinie sehen, erkannte sogar eine kleine Brandung, dahinter landeinwärts ausufernde Industriegebiete, von Plastikplanen überdeckte Gemüsefelder und ein paar traurige abgehalfterte Windmühlen. Niklas fuhr die Landeklappen aus und beobachtete ihre Instrumente. Die Pilotin stand im Funkverkehr mit dem großen Verkehrsflughafen in der Nachbarschaft und achtete sehr genau darauf, keinem der Linienflugzeuge nahe zu kommen.

Diesmal war es auf dem Platz in Werneuchen nicht ohne Formalien gegangen. Aber immerhin war alles wie angemeldet abgelaufen: Da war der schwarze Transporter ihrer Auftraggeber gekommen und ein kranker Mann im Rollstuhl, begleitet von einem streng aussehenden ziemlich dicken Typ im weißen Kittel, zur Maschine gerollt worden. Es gab keine Gaffer, da sich die Ultraleichtflieger glücklicherweise auf ihren Sport konzentrierten.

Der Flug war völlig problemlos verlaufen. Die Piper brummte vertrauenerweckend vor sich. Die Pilotin hatte sichtlich Spaß an ihrem Job. In der Kabine saß neben ihr van de Loo, gewissermaßen auf dem Platz des Co-Piloten. Hinter ihm standen sich vier komfortable Sessel gegenüber. Mit dem Rücken zur Flugrichtung saßen Tabak und Pfister, ihnen gegenüber Becker mit seinem während des gesamten Fluges angeschnallten schlafenden Gast. Becker war aufmerksam und kontrollierte mehrmals sorgfältig Tretters Zustand. Nach einer Weile zog er eine Spritze aus seinem Koffer und injizierte sie seinem Patienten. »Das müsste reichen«, murmelte er, aber wegen des Lärms in der Kabine hatte ihn niemand verstanden. Als van de Loo sich kurz vor der Landung fragend zu ihm umdrehte, zeigte Becker ihm nur den hochgereckten Daumen.

Zum Schluss hatten alle außer der Pilotin und Becker geschlafen. Van de Loo war rechtzeitig wach geworden, um den Sonnenuntergang zu erleben, und er hatte gesehen, wie sie sich der Insel im Abendlicht von Norden her näherten. Sie sieht gar nicht so übel aus, von oben jedenfalls, hatte van de Loo gedacht. Aber sein Vorurteil über die Insel, die er noch nie besucht hatte und von der er nur die üblen Ballermann-Storys kannte, ließ er sich nicht so einfach nehmen. Na ja, erst mal runterkommen!

Van de Loo hatte in aller Eile und gerade noch rechtzeitig seinen Frankfurter Stringer Baumann per Eilauftrag nach Palma beordert. Der war nach Barcelona geflogen, hatte dort ein großes Wohnmobil gemietet und damit per Fähre nach Palma übergesetzt. In seinem dicken ringgebundenen Adressbuch mit vielen handgeschriebenen Adressen hatte Baumann eine deutschsprachige Kollegin in Palma ausgemacht. Die hatte er angefunkt und dienstverpflichtet – dringend! Sie hatte zugesagt, wie versprochen einige finanzielle Vorleistungen erbracht, auch sonst gute Arbeit geleistet und ihn schließlich im Hafen von Palma erwartet, als er mit seinem hohen, dicken und schweren Fahrzeug an Land rumpelte.

Baumann war mit ihr zu dem kleinen Flughafen Son Bonet gefahren, dort in das kleine, heiße, karge Büro der Policía Nacional spaziert und hatte ihr zugehört, wie sie mit dem diensthabenden Beamten ein freundliches Gespräch in Mallorquin führte. Sie stellte Baumann als Impresario eines in Deutschland bekannten Künstlers vor, wozu er brav nickte. Das war seine Aufgabe.

Bald schon stellte sich heraus, dass der Polizist, dessen Karriere auf dem Flughafen ihren Tiefpunkt erreicht hatte, auch am nächsten Tag Dienst haben würde. Es kostete etwas Mühe und das Versprechen auf zwei bankfrische Fünfhundert-Euro-Scheine, dem Polizisten klarzumachen, dass ein Flugzeug eintreffen würde mit einem Prominenten an Bord, der sich in Behandlung befand – »Ganz schwieriger Fall! Die Psyche!« – und zum Schutz vor Paparazzi möglichst unerkannt bleiben müsse. Der Polizist hatte schon einige verrückte Deutsche erlebt. Insofern hielt sich seine Verwunderung in Grenzen. Allerdings kannte er seinen Wert: Die Formalitäten! Ja, die Formalitäten! Baumanns mallorquinische Kollegin hatte für diesen Fall die entscheidende Anregung parat. Siehe da: Auch Formalitäten waren durchaus gestaltbar. Sie versicherte dem Beamten mehr als einmal, wie hoch man seine Arbeit schätzte. Und dass man das zuverlässig unter Beweis stellen werde. Der Mann seinerseits ließ erkennen, wie sehr er sich über die Wertschätzung freute. Wirklich. Sehr. Alles lief äußerst höflich ab.

»Da ist er, der Aeródromo«, sagte Pilotin Niklas, stolz auf ihre Spanischkenntnisse. Sie zeigte nach unten auf die Landebahn und fuhr die Räder aus. Es rumpelte unter ihnen. Das Motorengeräusch veränderte sich hörbar. Die schlummernden Passagiere wachten auf, Pfister rieb sich die Augen. Diesmal war er deutlich schneller und komfortabler auf die Insel gekommen als bei seiner Zweitausendfünfhundert-Kilometer-Tour mit dem Caddy.

Das Flugzeug setzte sanft auf. Jennifer Niklas nickte, zufrieden mit sich selbst. Sie rollte auf das in die Jahre gekommene Abfertigungsgebäude zu. Während des Fluges hatte van de Loo die Pilotin informiert, dass ihr vermeintlicher VIP mit seinem Leibarzt an allen vorbei abtransportiert werden würde. Sie ihrerseits hatte ihm klargemacht, dass es sein könnte, dass alle anderen Passagiere durch eine Kontrolle mussten. Auch das Flugzeug würde registriert werden, und sie würde tanken müssen. Auf kleinen Flughäfen wie diesem ging es bei der Ein- oder Ausreise nicht ganz so locker zu wie bei den Großflughäfen mit täglich vielen Tausenden Passagieren aus dem Schengenraum.

Van de Loo hasste es, aber es ging nicht anders. Tretter sollte in seinem Haus aufwachen. Und anders hätte man ihn nicht auf die Insel bekommen – jedenfalls nicht in so kurzer Zeit.

Als das Flugzeug ausrollte, stand das Wohnmobil mit dem spanischen Kennzeichen bereits auf dem Vorfeld. Baumann und seine Kollegin hatten sich kostümiert. Weiße Kittel und ein Rollstuhl machten aus ihnen medizinisches Personal. Dass ihr Fahrzeug kein Rettungswagen war, spielte da kaum eine Rolle.

Pfister und Tabak kletterten aus der Maschine, van de Loo folgte. Dann hoben sie Tretter heraus, den sie als angeblichen Prominenten mit einem leichten großen Anorak und über die Augen gezogener Kapuze verhüllt hatten. Niemand schaute hin, und wenige Minuten später saß Tretter hinten im Wohnmobil und der fürsorgliche Dr. Becker neben ihm.

Baumann und van de Loo begrüßten sich. Die anderen schauten neutral zu. Baumann überreichte van de Loo einen Autoschlüssel für den Mietwagen, der vor dem Flughafen stand. Dann stieg er in das

Wohnmobil, seine Kollegin ebenfalls. Niemand stellte störende Fragen. Das Wohnmobil fuhr los und näherte sich dem hohen doppelflügeligen Metalltor. Ein Mann in khakifarbenem Overall öffnete, grüßte militärisch, das Wohnmobil passierte und verschwand.

Die Pilotin war inzwischen zu ihren Passagieren gestoßen. Gemeinsam gingen sie zu dem Abfertigungsgebäude, wo sie der Polizist erwartete, der im Stillen hoffte, im Sinne seiner persönlichen Einkommensentwicklung noch ein wenig hilfreich tätig werden zu dürfen. Der Mann wurde nicht enttäuscht.

Eine halbe Stunde später verabschiedete sich ihre Pilotin. Sie nahm ein Taxi zu einem Hotel am Rande von Palma, wo sie übernachten würde. Am nächsten Tag wollte sie auf eine Nachricht van de Loos warten, daraufhin zum Flughafen fahren, die Maschine auftanken und das Team in Empfang nehmen.

24

Sie fielen keinem auf, die kurzen Videos. Jedenfalls zunächst. Dann irgendwann schon.

Noch vor der Ausstrahlung der Dokumentation über die Städtebank hatte sich Eschweiler in eines dieser 24-Stunden-Internetcafés in Schöneberg gesetzt. Gerne war er nicht hingefahren. Erstens war Schöneberg doof. Zweitens hasste er Internetcafés.

Er hasste diese ganze Szene. Diese Typen, die da rumlungerten. Er nannte sie »die Wichser« und lag damit gar nicht so falsch. Die schmierigen Tische. Der dunkle Raum. Der Geruch. Ich glaube, dachte Eschweiler, hier fange ich mir noch was ein.

Egal, er musste da durch.

Eschweiler hatte auf einem Stick die von ihm geschnittenen Videos dabei. Es war die komplette Dr.-Wilhelm-von-Tretter-Show. Seine Ansprachen aus der Zelle. Sein totaler Mangel an Verständnis oder Einsicht. Seine Abwehr der Anklage. Seine Weltsicht, herausgebrüllt, widerwärtig in Bild und Ton. Die Videos sollten bei YouTube erscheinen. Ohne dass irgendwer rauskriegen konnte, woher die Dinger kamen und von wem sie gemacht worden waren. Also musste Eschweiler ein bisschen tricksen, in eine parallele Internetwelt eintreten, die Anonymität versprach, sich in einen Server hineinmogeln, der nicht in Europa stand, und von dort aus dann YouTube füttern.

Eschweiler machte Tempo, er war fest entschlossen, seinen Aufenthalt in dem Internetcafé nicht unnötig auszudehnen. Seine Videos begaben sich zügig auf eine kleine Weltreise. Er schaute ihnen wohlwollend dabei zu, wartete kurz und ging dann erneut ins Netz für eine Prüfung bei YouTube. Ja! Da waren sie! Gut angekommen! Willkommen, Herr von Tretter, und viel Glück!

Eschweiler freute sich und verließ die finstere Stätte. Auf der Straße saugte er mit ungebremster Gier an seiner f6, dass die Glut zentimeterlang glimmte und der Filter heiß wurde. Das desinfiziert, dachte er.

Er suchte sich in der Nachbarschaft ein bieder-braves, reinlich aussehendes Café mit Cremetorten in der Vitrine, ging aufs Klo und wusch sich lange die Hände. Dann trank er einen Kaffee. Aus Dank für die gediegene Örtlichkeit und das saubere WC.

Es dauerte nicht lange.

Schon kurz nach Eschweilers Aktion sah sich ein alter gelangweilter Rentner-Surfer in Krefeld, der ziellos auf Stöbertour bei YouTube unterwegs war, das erste Video an. Es war von schlichtester Qualität, ohne jeden Regie-Einfall, einfach eine feste Kamera auf das Gesicht dieses etwas ausgemergelten, stoppelbärtigen Menschen gerichtet. Der eine tiefe Falte auf der Stirn hatte und zum Fürchten guckte. Der mit unangenehmer Stimme sprach, und das auch noch in einem rechthaberischen Tonfall:

»*Was bilden die sich ein? Was wollen diese Leute? Diese gierigen, schmierigen alten Menschen. … Sie wollen für ihr bisschen Geld höchste Zinsen. Ohne Risiko. Natürlich. Die verstehen nichts vom Geschäft, aber uns machen sie Vorwürfe. Weil es mal nicht so klappt wie gedacht! Diese alten schmierigen Leute. Diese Jammerlappen. Die nicken immer erst, und hinterher behaupten sie dann, man hätte sie nicht informiert.*«

Hm, interessant, dachte der Alte, der Kerl meint uns? Und er schickte das Video seinen Freunden. »Schau dir den mal an«, schrieb er dazu. »So ein Arschloch!«

Etwa gleichzeitig unterbrach ein BWL-Student in Frankfurt genervt das Tippen seiner Bachelor-Abschlussarbeit. Und da er das Surfen im Netz nicht als Flucht aus der Pflicht verstehen, sondern irgendwie legitimieren wollte, suchte er unter dem Stichwort »Banken« bei YouTube:

»… wenn ich mit meiner Geldanlage in der Scheiße sitze, dann gebe ich nicht mir die Schuld, sondern der Bank. Die anderen sind es. Auf die schiebe ich alles ab. Das ist klar! Alle haben sie unterschrieben. Die haben unterschrieben und gewusst, was sie tun … Meine Leute Drängler? Unsinn! Die Kunden lügen. Die erzählen irgendwas. Sie sind Lügner, durchweg, alle.«

Er war begeistert. War da noch mehr von dieser Sorte? Oh ja, wie schön, es gab mehr! Er schickte Tretters Tobsuchtsanfälle weiter an seinen Prof, einen Alt-68er, der das gewiss zu würdigen wusste, und er schickte sie auch gleich an einige Kommilitonen.

»Herr Würth, Sie müssen sich da mal was ansehen«, sagte ein ehemaliger Kollege zu dem früheren Cargill-Boss am Telefon. Würth hörte dem Mann, der ihn beim zweiten Frühstück gestört hatte, eine Weile zu, ahnte Böses, hatte aber ein Kommunikationsproblem: Bei ihm zu Hause gab es kein Internet. Gleich der erste Anruf bei seinem Golfpartner, drei Straßen weiter, war erfolgreich.

»Ich komme«, sagte er zu Gert.

»Jetzt gleich?«, fragte dieser verdutzt.

»Jetzt gleich«, sagte Würth finster. »Du kannst schon mal deinen Rechner vorglühen!« Und ehe Gert noch nachfragen konnte, hatte Würth schon aufgelegt.

»Die Bank! Welche Bank? Das war ein Saftladen, bis ich kam! Ich habe überhaupt erst eine richtige Bank daraus gemacht. Da war nichts. Bis ich kam. Die haben alles von mir gelernt. Ich habe aus einem faulen Beamtenhaufen eine Geschäftsbank gemacht. Ich habe denen Gewinne gebracht. Und jetzt bin ich der Böse! Ich habe keine Schuld! Welche denn?! Na ja, einen Bösen braucht man halt. Das ist meine Rolle.«

Eine halbe Stunde später rief Würth die Frankfurter Polizei an. Er hätte etwas mitzuteilen. Über einen Sönke Ahlers, den Autor dieser Reportage, die gerade im Fernsehen gelaufen sei. Der hätte etwas zu tun mit dem Fall Tretter. Man hörte ihm zu.

Ein Schweriner Freizeit-Bodybuilder suchte auf YouTube Videos seines großen Vorbilds, des amerikanischen IFBB-Professionals William »Bill« Tretter. Dieser Tretter hatte Schenkelmuskeln, die dicker waren als seine Taille. Der Schweriner Eisenfresser stieß also nur versehentlich auf den schmächtigen Dr. Wilhelm von Tretter und staunte. Hey, das mussten die anderen Jungs sehen.

»Sie lügen. Sie lügen alle. Sie sind Lügner, durchweg, alle. ... Geld verloren? Na und? Was wollen die Alten denn noch? Die sind doch sowieso bald tot! Hoffentlich sind die bald tot!!!«

Oh Mann, dachte der Muskelmann, der hat zwar nix auf dem Bizeps, aber das Maul reißt er trotzdem auf. Der hat vor niemandem Angst.

»Können Sie mal bei YouTube reinschauen?«, sagte in Berlin der Präsident des Bankenverbands am Telefon zu seinem Pressesprecher. »Stichwort Tretter. Wenn Sie das gesehen haben, kommen Sie bei mir vorbei. Und zwar schnell!« Der Pressesprecher warf von seinem Büro aus noch einen sehnsüchtigen Blick auf die Spree. Der Fluss glänzte in der Sonne. Im James-Simon-Park am Ufer hatte er seine Mittagspause verbringen wollen – mit seiner neuen Sekretärin. Er hatte das Gefühl, dass Mittagspause wie auch Sekretärin akut gefährdet waren.

»Banker! Die meisten Banker sind doch nur hochgekommene Koofmichs. Überall. Bei allen Banken. Kleine Leute ohne Kultur, Maulhelden mit Krawatte, Nieten in Nadelstreifen. Das sind sie! Je weiter oben, je mieser. Ich bin kein Banker! Ich kam von außen und wusste, was da passieren muss. Die lahmarschigen Banker haben gebuckelt und haben sich an mich rangewanzt. Ich habe die gerettet. So war das!«

Wo er recht hat, hat er recht, dachte der Pressesprecher des Bankenverbands, nachdem er das Video gesehen hatte. Aber mit dieser Einschätzung wollte er seinen Präsidenten besser nicht konfrontieren.

Inzwischen hatten die Freunde des Rentner-Surfers ihrerseits ihre Freunde angefunkt: »Guckt mal!«

Der Alt-68er-Professor hatte sich bei seinem Bachelor-Prüfling gemeldet und ihn gelobt: »Genial! Dieses Kapitalistenschwein! Da könnten wir was draus machen!« Persönlich fand der Student Kapitalismuskritik zwar nicht so wesentlich, aber wenn es seiner Uni-Karriere nützte … Er schlug dem Prof vor, ein Seminar über die Geschichte der Städtebank zu machen, etwa unter dem Titel »Strukturelle Analyse der Veränderungen einer Bank unter neoliberalem Vorzeichen«. Er, der Student, könne da gut zuarbeiten. Von diesem Augenblick jedenfalls war er der Überzeugung, dass zielloses Surfen durchaus zu was gut sein könne.

Der Pressesprecher des Bankenverbands stand vor seinem Präsidenten und dachte: Mist! Diese Videos sind aus Verbandssicht verheerend. Und der Präsident hatte eine Sauwut. Schlecht für mich als Pressemann.

»Wir haben uns ja nie in irgendeiner Form von dieser Bank oder von Tretter distanziert«, hob der Pressesprecher an. Er trug nicht zur Verbesserung des Klimas bei.

»Na und?«, bellte der Präsident. »Das war mal. Es geht um heute und jetzt. Die Städtebank ist Mitglied im Verband. Was schlagen Sie vor?«

Deinen Rücktritt, dachte der Pressesprecher und sagte: »Nun ja, oft ist es in solchen Situationen gut, erst mal gar nichts zu tun …« Er wollte noch hinzufügen: »… bis der erste Sturm vorüber ist«, kam aber nicht dazu.

»Na, danke«, sagte der Präsident sarkastisch. »Wir haben einen echten Shitstorm, und Sie stecken den Kopf in den Sand.«

Das Telefon klingelte. Der Präsident hatte sich jede Störung verbeten. Das Telefon klingelte tapfer dagegen an. Er hob ab, wollte sagen: »Was soll das denn …?«, aber dann hörte er seiner Sekretärin zu. Und antwortete: »Sagen Sie ihm, wir rufen zurück.« … »Nein!« … »Nicht jetzt!« … »Wir rufen zurück, sagte ich!«

Der Präsident blickte angenagt seinen Pressesprecher an, der nicht wusste, ob das flaue Gefühl im Magen vom Hunger kam oder von der Krise, die sich gerade aufbaute.

»Wissen Sie, wer da in der Leitung war?«, fragte der Präsident rhetorisch. »Das war *Hart aber fair*. Die wollen am Montag eine Sendung machen. Über diese Bank. Über den Fall Tretter. Mit mir!«

Sie werden dich schlachten, dachte der Pressesprecher voller Vorfreude. Das wird hart und unfair, dachte er anschließend. Und zum Schluss dachte er noch: Geschieht dir recht.

Inzwischen waren auf Twitter unter den Hashtags *#Tretter* oder *#Städtebank*, *#Banker* oder auch *#Gier* kräftige Kommentare unterwegs. Der Hass auf die Banken, den viele Menschen seit Jahren fühlten und der seine Ursache im skrupellosen Geschäftsgebaren der Institute hatte, fand ein Ventil. Die Videos wurden auf jede denkbare Weise geteilt und verbreiteten sich schnell in den sozialen Netzwerken. Auch der Sender, der Ahlers' Reportage gesendet und über Tretters Tod spekuliert hatte, bekam sein Fett ab. *Was für eine grandiose Falschmeldung*, postete ein Zuschauer. *Was sind das denn für Dilettanten?*

Der Redaktionsleiter des Senders blickte auf die Einschaltquote – besser als gedacht – und auf das Telefonprotokoll – kritisch, zum Teil aber auch positiv – sowie auf die Facebook-Einträge – verheerend. Er beschloss, zu reagieren wie immer: Was gut gelaufen war, buchte er auf sein Konto. Die negative Kritik? Für Ahlers! Das würde er ihm sagen, sollte der sich blicken lassen.

Der Pressesprecher des Bankenverbands war sich bewusst, dass er etwas unternehmen musste. Oder dass er wenigstens so tun musste, als ob er etwas unternahm. Also suchte er die Berliner Adresse von Google heraus. Aha, dachte er, Unter den Linden sitzen die. Nicht schlecht. Er wählte die Nummer. Eine Stunde später wusste er, dass er seinen Präsidenten bald würde schreien hören. Denn er würde ihm mitteilen müssen, dass man ihrem Thema bei Google Deutschland lediglich höfliches Interesse entgegengebracht hatte. Sein konkreter Wunsch, die Videos bei YouTube herauszunehmen, war freundlich, aber entschieden abgelehnt worden.

Zum Abschluss des Gespräches hatte ihn die freundliche Gummiwandstimme, die ihn auch noch geduzt hatte, an Mountain View verwiesen, ohne jedoch einen konkreten Namen oder eine Nummer nennen zu können. Oder zu wollen, dachte der Pressesprecher. Er hatte es in den USA gar nicht erst versucht, weil er nicht wusste, wie »Bundesverband deutscher Banken« auf Englisch hieß und ob die auf der anderen Seite nur lachen würden. Er jedenfalls würde lachen. Und in diesem Augenblick keimte bei dem Pressesprecher des Bundesverbands deutscher Banken erstmals der Gedanke, ob dieser Job der richtige für ihn war. Den jedoch schob er erst einmal in seine Wiedervorlage, schluckte und ging zu seinem Präsidenten.

»In den USA haben sie es abgelehnt, die Videos zu entfernen«, behauptete er mit fester Stimme dem Chef gegenüber. Der blickte ihn daraufhin an, als ob er ihn nicht besonders schätzte und als ob er überlegte, ob sein momentaner Pressesprecher der Richtige für diesen Job war. Zu weiteren Gesprächen kam es jedoch nicht, da sich die Repräsentanten der Verbandsmitglieder meldeten, direkt aus dem Vorzimmer des Präsidenten, jene wichtigen persönlichen Referenten der wichtigen Vorstandsvorsitzenden der wichtigen deutschen Bankhäuser, die förmlich, freundlich und eisig wissen wollten, was der Verband zu tun gedenke, um dieses Desaster zu beenden, und was sie ihren jeweiligen großen (wichtigen) Vorstandsvorsitzenden Tröstliches ausrichten könnten.

Der Präsident spürte einen feuchten Film auf seiner Stirn, ahnte, dass er bald sein Hemd würde wechseln müssen, und bemerkte dabei kaum, dass der Pressesprecher mit den Worten »Ich glaube, ich werde jetzt mal …« den Raum verlassen hatte.

25

Vor Mitternacht ging es nicht. Eher deutlich später. Sie wollten keine Zeugen.

Baumann und seine Kollegin hatten ihnen Wohnmobil und Pkw überlassen und waren per Taxi nach Palma gefahren. Jetzt mussten sie Zeit schinden. Denn sie konnten nicht einfach so mit ihrem auffälligen Konvoi durch die fröhlich feiernden Touristenscharen in Cala Santanyí fahren. Das Risiko war zu groß.

Also musste Dr. Becker weiterhin als Anästhesist seine Pflicht tun. Das hieß sich im Wohnmobil auf einem großen Parkplatz am Rande der Straße nach Santanyí um seinen Patienten kümmern (mit van de Loo, Tabak und Pfister im Mietwagen direkt daneben, von wo aus Mineralwasser, Brötchen und Schokokekse geliefert wurden); ferner dafür sorgen, dass die Klimaanlage im Wohnmobil auf vollen Touren lief, damit es drinnen einigermaßen erträglich blieb; dem Schützling eine Infusion setzen, um Austrocknung zu vermeiden; und schließlich – kurz bevor Tretter endlich in seinem eigenen Haus abgeliefert werden konnte – noch einmal eine schlafverlängernde Spritze setzen.

Inzwischen hatte sich Feli gemeldet. Sie hatte sich – wie vereinbart – kurz gefasst, aber ihre Euphorie zur Überraschung aller kaum bremsen können. Die Dokumentation hatte eine gute Einschaltquote gehabt. Die Städtebank war aktuell unter Kundenbeschuss. Die YouTube-Aktion provozierte einen regelrechten Aufschrei. Also: Alles war gut. Und eins noch: Ahlers war doof. (Inzwischen für niemanden mehr eine Neuigkeit.) Viel Erfolg und tschüs.

Um Mitternacht fuhr der Konvoi los, der Mietwagen mit van de Loo an der Spitze. Eine halbe Stunde später rollten sie auf den öffentlichen Parkplatz direkt an der Meeresbucht, löschten alle Lichter, stiegen aus, ließen Tretter ein paar Minuten unbeobachtet schlafen und besprachen ein letztes Mal das weitere Vorgehen.

Etwa um ein Uhr nachts setzte sich die Gruppe in Bewegung. Zu Fuß – es waren ja nur ein paar Hundert Meter. Vorweg Tabak mit einem Rucksack. Dahinter van de Loo und Dr. Becker, der inzwischen seinen weißen Kittel gegen dunkle Kleidung ausgetauscht hatte, um nicht in der Nacht zu leuchten. Es folgte Pfister, den Rollstuhl mit Tretter schiebend. Der hing mehr in dem Stuhl, als dass er saß. Niemand begegnete ihnen, niemand sah sie. Nur der Hund auf dem Gartengrundstück in der Nähe von Tretters Haus regte sich mächtig auf, eine Männerstimme aus dem Inneren eines der Häuser brüllte, woraufhin der Hund betroffen schwieg. Hatte er es denn nicht richtig gemacht?

Vorsichtshalber schwiegen jetzt auch die Zikaden und beobachteten die Menschengruppe von den Bäumen herab.

Vor dem Gartentor ließen sie Pfister vor. Er hatte die Ortskenntnis. Zunächst zog er sich Handschuhe an, öffnete das Gartentor und fischte aus dem im Zaunpfeiler integrierten Briefkasten den Hausschlüssel. Er ging voraus. Tabak schob den Rollstuhl. Becker und van de Loo folgten leise.

Im Garten, neben der Einfahrt, stand das spanische Toi-Toi-Klo und sorgte für scharfen Geruch.

Pfister schloss die Haustür auf. Alarmanlage? Nicht eingeschaltet! Wie denn auch, er hatte sie bei seinem letzten Besuch stillgelegt. Alle drängten hinein: erst mal so schnell wie möglich weg von der Straße!

Im Flur zogen sich die anderen ihre Latexhandschuhe an, falls irgendwann jemand auf die Idee käme, das Haus einer gründlichen Untersuchung zu unterziehen.

Auch innen machte Pfister den Vorreiter, eilte mit seiner kleinen Taschenlampe zu den Fenstern und zog die Vorhänge zu. Jeder bekam eine kleine Lampe. Großes Licht und Geräusche mussten sie vermeiden, denn das nächste bewohnte Haus, vor dem sie einen Mietwagen in der Einfahrt gesichtet hatten, befand sich nur fünfzig Meter entfernt.

Innen sah alles so aus, wie Pfister es vereinbart hatte. Guter Mann, dieser Anstreicher, dachte er. Die Möbel waren von den Wänden gerückt und standen konzentriert in der Raummitte: im Wohnzimmer und im Arbeitszimmer. Sie waren mit Plastikfolien abgedeckt, ebenso die Böden, an den Rändern mit Klebebändern gesichert. Jeder Schritt erzeugte ein Rascheln und Knistern. Es stank nach frischer Wandfarbe. In der Küche hatten die Handwerker leere Wasserflaschen zurückgelassen, offene Konservendosen, aufgerissene Plastikverpackungen von Brot und Gebäck.

Tabak ließ sich von Pfister dirigieren und schob den Rollstuhl in das Arbeitszimmer. Gemeinsam hoben sie Tretter heraus und setzten ihn auf den Küchenstuhl – einen Zwilling des Stuhls, auf dem er in Berlin gesessen hatte. Sein Kopf fiel vornüber. Sie rückten einen Sessel heran, packten seine Beine auf die Sitzfläche, sodass er nicht abstürzen konnte. Tabak durchsuchte Tretters Taschen und fand nichts, was auf dessen Berliner Aufenthalt hindeuten könnte. Dr. Becker prüfte an Tretters Hintern die Einstichspuren der Injektionen und kam zu dem Ergebnis, dass man sie nur finden konnte, wenn man sehr bald und sehr konzentriert danach suchen würde – also praktisch nicht.

Dann ging es ganz schnell: Taschenlampen aus, Vorhänge aufziehen, im Gänsemarsch das Haus verlassen, Alarmanlage einschalten, Haustür zuziehen, Gartentor schließen, Türschlüssel in den Briefkasten werfen – und nichts wie weg!

Am Morgen traf Baumann den Trupp am Fährhafen wieder. Das Team hatte in der Dämmerung in einer Bar am Hafen zusammen mit Matrosen und Arbeitern gefrühstückt. Der Mietwagen wurde der Stringerin übergeben, die ihn zur Verleihfirma zurückbringen würde. Alle kletterten in das Wohnmobil und verteilten sich hinten auf den Polstern,

Baumann fuhr. Eine Stunde später rollten sie auf den Parkplatz des Flugplatzes Son Bonet. Die Piper von Jennifer Niklas war vollgetankt und wartete hinter dem Zaun. Keine Kontrolle, niemand beachtete sie.

Ihre Pilotin grüßte munter. Die Sonne schien, und sie hätte sich gerne für ein paar Stunden an der Playa de Palma an den Strand gelegt, Ballermann hin oder her. Aber ihre Kunden hatten es eilig, wieder nach Berlin zu kommen. Na gut, sei's drum. Sie startete den Motor.

»Wir wissen inzwischen, dass der Brandanschlag von diesem Herrn Schueffner allein verübt wurde. Wir haben herausgefunden, wie er sich das explosive Zeug beschafft hat.«

Dreier hörte zu. Er hatte einen Kollegen aus Wiesbaden vom LKA Hessen am Telefon. Der wollte etwas von ihm.

»Es gibt auch keinen Zweifel, dass Schueffner Selbstmord begangen hat. Nur dass er in seinem Abschiedsbrief behauptet, den Eigentümer der Wohnung ermordet zu haben: Wir wissen inzwischen, das ist falsch. Da war niemand. Glück gehabt.«

»Wer hat Glück gehabt?«, fragte Dreier.

»Na, der Wohnungseigentümer«, sprach es irritiert aus dem Hörer. »Dieser Tretter. Wir haben seine Spur.« Der Kollege versuchte es spannend zu machen. »Bei uns hat sich ein Hans-Bernd Würth gemeldet.« Dreier schrieb mit. »Der ist ein ehemaliger Unternehmensberater, ein hohes Tier. Er hat uns von dem Besuch eines Journalisten berichtet: Sönke Ahlers. Ein Fernsehreporter.«

»Hmhm, kenne ich«, gab Dreier von sich. »Von dem lief gerade eine Dokumentation im Fernsehen. Über die Städtebank und ihre Betrügereien.«

»Aha?« Der Kollege war offenbar ahnungslos. Hielt wohl nicht viel vom Fernsehen. »Jedenfalls dieser Ahlers, hat der Würth behauptet, der könnte mehr über Tretter wissen.«

»Na, das ist doch klar«, sagte Dreier, »das war das Thema seiner Sendung. Tretter war mal Chef dieser Bank.«

»Jahaha, aber er lebt zurückgezogen!« Jetzt klang der Kollege triumphierend. »Die meiste Zeit hält er sich in Amerika auf, selten hier in seinem Haus in Kronberg, manchmal auf Mallorca. Keiner kannte die Adressen. Aber Würth hat die deutsche Adresse vor einiger Zeit dem Ahlers gegeben.«

»Haben Sie denn die Adressen im Ausland abgeklappert?«, fragte Dreier.

Der soll sich nicht um unseren Job kümmern, dachte der Wiesbadener. Das hessische LKA hatte die amerikanischen Kollegen zum Nachschauen nach Hilton Head Island geschickt. Das war ziemlich schnell gegangen: Tretter hätte sich bei den Nachbarn und der Verwaltung verabschiedet, zu einem Trip nach *good old Europe*, mailten die Amerikaner nach zwölf Stunden. Sie hatten auch eine Anfrage nach Palma geschickt, zu den mallorquinischen Kollegen. Da ging es mit dem Antworten nicht ganz so schnell.

»Und jetzt?«, fragte Dreier.

»Könnten Sie sich diesen Ahlers mal holen? Und ihn befragen? Im Zeugenstatus?«

»Befragen?«

»Befragen! Wir haben da eine Wunschliste. Wenn Sie die vielleicht, äh, abarbeiten könnten?«

Abarbeiten!, dachte Dreier. Aber er sagte nichts dazu, sondern machte auf Kooperation: »Her mit der Liste! Ich schaue mal, wann ich Zeit habe.«

»Nun, es eilt!«

Leck mich, dachte Kriminalkommissar Dreier vom LKA Berlin und verabschiedete sich ausgesucht höflich.

Schon drei Mal hatte er gerüttelt. An der Tür dieses komischen Verbraucherbüros. Immer war die Tür verschlossen gewesen, heute ging sie auf.

Der Mann war überrascht, er stieß sie ganz auf und trat ein. An einem Tisch saß jemand in grauen Jeans, dünnem grauem Pullover und weißem Hemd: Cromm. Auf dem Tisch ein Glas Wein. Er guckte neutral und fragte: »Was gibt es?«

Cromm hatte Stallwache. Während die anderen ihr Abenteuer auf Mallorca erlebten, musste er den Standardbetrieb im Laden aufrechterhalten. Damit bei keinem Beobachter Zweifel aufkommen konnten, ob das Büro echt war oder Fake. Cromm hatte sich widerspruchslos in seine Nebenrolle gefügt.

Er hatte sich die Geschäftsordner bei seiner Schwester abgeholt und brütete gerade über Rechnungen. Den Fischlieferanten hatte er bereits für zu teuer befunden, zumal es aus der Küche Klagen gegeben hatte, dass der *branzino* in letzter Zeit nicht immer ganz frisch gewirkt habe. Ich muss wohl mal nach einem neuen Händler Ausschau halten, hatte Cromm gedacht und einen Schluck Wein genommen.

Jetzt also Kundschaft. Ein Mann, mittelalt, gut angezogen. Freizeitlook. Schlenkerte in der rechten Hand einen Autoschlüssel, der nach groß und teuer aussah. Cromm appellierte an das Preußische in sich und straffte den Rücken.

»Endlich ist mal jemand da«, eröffnete der Mann das Gespräch.

Cromm büßte auf einen Schlag zwei Drittel seiner preußischen Gesinnung ein und ließ den Italiener durchbrechen. »*Cretino!*«, murmelte er und lächelte zur Tarnung der Unverschämtheit tückisch. Dann ließ er ein verbindliches »Ja, tatsächlich, es ist jemand da« folgen.

»Ich will nämlich beraten werden«, machte der Mann schlüsselwedelnd weiter. »Ich habe da einen Prospekt«, er schwenkte ein buntes Faltblatt, »mit einem Angebot, das mich interessiert.«

»Aha«, sagte Cromm. »Kommen Sie.« Er deutete auf den Stuhl. »Zeigen Sie mal.«

Cromm war allein. Keine Videoüberwachung. Eigentlich sollte es so nicht sein, aber na ja. Vielleicht müssen wir die Truppe vergrößern, dachte Cromm. Dann blätterte er in dem bunt glänzenden Faltblatt, das ihm sein Besucher herübergereicht hatte. Es war Geldanlagewerbung der primitiven Art, es ging um ein Investment, man sollte sein Geld rausrücken für ein Waldprojekt in Indonesien. *Zwölf Prozent!*, kreischte die Reklame. *Ökologisch anerkannt!* Sowie *Hilfe für ein armes Land!*. Mit anderen Worten: Grauer Kapitalmarkt. Nicht verboten. Aber problematisch.

»Sagen Sie mal«, näherte sich Cromm dem Thema, »warum haben Sie Interesse an so etwas?«

»Ooch, ja, wissen Sie, ich habe gerade ein Mietshaus verkauft«, sagte sein Besucher. »Mir wurde das lästig mit den Mietern. Die haben immer mehr Rechte und beschweren sich dauernd. Bei jeder Mieterhöhung protestieren die. Das hat mich genervt. Jetzt habe ich nur noch drei Häuser – und die gehen auch bald weg. Aber das Geld aus dem Verkauf soll was einbringen. Um dieses Geld geht's! Verstehen Sie was davon?«

»Ja. So. Aha«, sagte Cromm. Er musste das erst mal verdauen.

»Ja!«, bekräftigte der Besucher. »Ich will wissen, ob diese Holzspekulation da wirklich fetten Ertrag bringt. Klar?«

Cromm musste durchatmen, um dem Besucher nicht postwendend zu sagen, was er von ihm hielt. So einen Typ hatten sie hier noch nie gehabt. Wie hatte der sich bloß in den Gesundbrunnen verirrt?

»Also«, sagte Cromm und dehnte das »o«. »Wir sind hier eher für die Menschen da, denen andere das Geld wegnehmen.«

»Ach?«

»Ja. Zum Beispiel gierige Banker.«

»Gierige …?«

»Oder geldgeile Vermieter! Wir kämpfen hier für die Armen gegen die Finanzhaie.«

Sein Besucher hatte einen starren Blick bekommen. Er war aufgestanden.

»Denen rücken wir auf den Pelz«, lächelte Cromm. »Wie war noch mal Ihr Name?«

»Finanzhaie! Das gibt's doch nicht!«, krächzte sein Besucher. Er ging mit weiten, schnellen Schritten zur Tür. »Ich glaube, Sie sind nicht ganz dicht. Ich bin hier falsch, oder?«

Er verschwand. Die Tür ließ er offen.

Cromm lachte vergnügt. »Ja, du warst falsch«, rief er zur Tür hinaus. Die Müdigkeit war weg.

Ein paar Sekunden später war der Besucher wieder da. Er grapschte seinen dicken Autoschlüssel vom Tisch, während er Cromm stechend anblickte, und verschwand zum zweiten Mal.

Cromm ging zur Tür und schloss sie. Dann nahm er sich die familiären Geschäftsunterlagen wieder vor. Seine Laune hatte sich gebessert.

»Das ist ungerecht«, protestierte Ahlers. »Alles andere war doch große Klasse!«

Er hatte sich die Videos auf YouTube angesehen. Er hatte sich bei Facebook und Twitter getummelt. Er hatte seine E-Mails auf- und gleich wieder zugemacht. Er hatte mit dem Redaktionsleiter telefoniert. Jetzt fühlte er sich nicht wirklich gut.

Es war falsch gewesen, am Ende der Dokumentation die Vermutung zu äußern, dass Tretter in den Flammen umgekommen sein könnte. Aber war das seine Schuld? Hatte das nicht dieser Redaktionsleiter von ihm verlangt? So etwas passierte, wenn Dilettanten sich einmischten. Hätte er nur nicht auf diesen Typ gehört, der ihm jetzt auch noch Vorwürfe machte.

»Alles ungerecht«, klagte Ahlers und wartetet darauf, dass ihm vielleicht ein wenig Trost geboten wurde.

»Ja, Hase!«, sagte Verena. »Ganz ruhig!« Dabei streichelte sie ihn halbherzig. Jammerei konnte sie nicht leiden. Wo war denn der supercoole Reporter geblieben? Neben ihr im Bett sabberte ein Weichei.

Erst hatte er lang und breit mit der Pressestelle des Senders geredet. Die Pressefrau hatte gefragt, ob er vielleicht mal bei YouTube reinschauen könne? Da wären Videos eingestellt, Aussagen Tretters, offensichtlich ganz frische O-Töne. Ob er davon wüsste?

»Nein«, hatte Tretter gesagt, »weiß ich nicht.«

»Das sind starke Aussagen. Die hätten wir gerne gesendet. Warum hatten Sie die nicht drin?«

»Sie hätten die gerne gesendet, klar …«, krächzte Ahlers.

»Tja, wir finden das nicht so gut«, hatte die Pressefrau des Senders noch gesagt, was übersetzt aus dem PR-Deutsch bedeutete, dass sie angepisst war.

»Wissen Sie«, sagte die Pressefrau, »da läuft gerade eine Kampagne gegen uns, und Sie sind der Auslöser.«

»Was?«, hatte Tretter gekreischt. »Ich bin schuld? Was wollen Sie?«

»Unsere Leute hier« – und Ahlers verstand im selben Moment, dass »unsere Leute hier« die versammelten Chefs, Redaktionsleiter und Produktionsleiter waren und damit alle gegen einen, nämlich ihn – also: »Unsere Leute hier fragen sich, warum da O-Töne von diesem Tretter im Netz vagabundieren und Ihre Doku ganz schön alt aussehen lassen. Sie sollten da was tun!«

»Was soll ich denn …?«, hatte Ahlers angefangen, aber gemerkt, dass die Pressefrau aufgelegt hatte.

Ahlers jaulte vor sich hin. Dann hatte er sich die Videos reingezogen und war sichtlich beeindruckt gewesen. Und als Nächstes hatte er seine Mails gecheckt! Im Bett! In ihrem Bett! Wie geschmacklos! »Ich … entschuldige … aber«, hatte er gestammelt, zu allem Überfluss aber auch noch seine Mailbox angewählt und die Nachrichten abgehört.

Den muss ich loswerden, dachte Verena.

»Ich muss weg. Sofort«, sagte Ahlers und Verena dachte: Wunscherfüllung!

»Ich muss weg«, sagte Ahlers noch einmal. »Da ist auf der Box ein Bulle vom LKA, der will mich sprechen!«

»Mach's gut, Sönke«, sagte Verena. Sie meinte es nicht. Er hörte es nicht.

Wer klingelt da?, dachte Tretter. Warum? Wo bin ich? Wie spät? Gerade als er dabei war, zu denken: Wer bin ich?, ertönte die Klingel wieder, mehrmals hintereinander, drängend.

Tretter entschied sich, dem Geräusch nachzugehen. Er wollte aufstehen. Da er nicht wusste, dass er auf einem kippeligen Klappstuhl saß, die Beine hochgelegt auf einem herangezogenen Sessel, geriet er in Turbulenzen. Noch schläfrig und mit halb geschlossenen Augen fiel er seitlich von dem Stuhl. »Au!«, rief er laut.

Es klingelte schon wieder. Tretter ächzte und versuchte aufzustehen. Es fiel ihm schwer, und er entschied sich für einen Zwischenstopp auf dem Boden, um sich zu sammeln. Der Boden war mit einer Folie bedeckt, und so glaubte er zu erkennen: Ich bin in der Zelle. Immer noch. So eine Scheiße. Und dann dachte er: Ich habe doch geträumt, ich komme frei. Einen Moment später fragte er sich: Warum klingelt es in der Zelle? Nach einem weiteren Augenblick: Ein Sessel? In der Zelle!?

Da drang ein fernes Geräusch an sein Ohr. Jemand war an der Tür. Jemand stocherte im Schloss herum. Während er langsam die Augen öffnete, explodierte etwas in seinen Ohren. Heulte los. Die Alarmanlage machte ihren Job. Meldete elektronisch an *Trablisa* in Palma: Einbruch in Cala Santanyí im Haus von Dr. von Tretter.

Tretter wankte durchs Zimmer, durch die Diele zur Haustür, riss sie auf. Vor ihm standen zwei Polizisten. Mit der Waffe in der Hand. Hinter ihnen parkte in der Einfahrt ihr blau-weißer Citroën. Policía Nacional.

»*Alarma!*«, rief einer der Polizisten.

Ein paar Stunden später saß Tretter in einem Polizeibüro in Palma. Das Fenster stand offen, man konnte auf die Straße sehen, der warme Wind bewegte die Vorhänge.

Man hatte dem Kommissar der Policía eine Dolmetscherin beigeordnet. Zwar sprach der Polizist ein wenig Deutsch, aber er wollte lieber offiziell übersetzen lassen. Das dauerte etwas länger, war aber gut für die Dokumentation. »Man hat Sie entführt, sagen Sie?«

»Wie oft soll ich das noch sagen? Ich bin gerade freigekommen! Ich saß eine Woche in meinem Haus. Eingesperrt in meinem eigenen Haus!«

»Eine Woche?«

»Eine Woche oder noch länger, Herrgottnochmal.«

»Wie erklären Sie sich, dass Sie vor fünf Tagen aus Hamburg kommend in Frankfurt gelandet sind? Vor fünf Tagen!«

»Ich …«

»Wie, glauben Sie, sind Sie nach Cala Santanyí gekommen?«

»Man hat mich entführt!«

»Das sagten Sie. Aber wann und wie?«

»Na, von Kronberg hierher! Ich war in Kronberg. Ist doch klar!«

»So klar ist das nicht, Dr. von Tretter.«

»Sie glauben mir nicht?«

»›Glauben‹ ist das falsche Wort. Sie sind wohl extrem angestrengt, Dr. von Tretter. Und Sie sind nicht so kooperativ, wie wir uns das wünschen.«

»Zum Teufel! Was wollen Sie?«

»Wir fragen uns zum Beispiel, wie das Haus in Santanyí in diesen Tagen renoviert werden konnte, während Sie angeblich drin waren. Sie haben nichts davon gemerkt?«

»Ah! Da! Sehen Sie! Vielleicht waren das keine Handwerker! Prüfen Sie das!«

»Ja, Dr. von Tretter. Wir haben das bereits geprüft. Es war die Firma von Herrn Decker. Der lebt und arbeitet hier auf der Insel. Er ging mit seinen Leuten ein und aus, unter anderem in dem Zimmer, das Sie Zelle nennen. Er hat es frisch gestrichen.«

»Das ist er! Der Entführer!«

»Die Firma Decker gibt es seit fünfzehn Jahren. Das Unternehmen streicht alle deutschen Wände auf Mallorca. Wir kennen die Firma. Wir kennen den Mann. Er sagt, Sie hätten ihn beauftragt, das Geld bereitgelegt und vor dem Haus eine mobile Toilette aufgestellt. Alles gut vorbereitet.«

»Das ist eine Lüge.«

»Na, Sie sollten vorsichtig sein, Dr. von Tretter.«

»Sie sind vielleicht überfordert mit meinem Fall. Wissen Sie überhaupt, wer ich bin?«

»Oh, Dr. von Tretter, ja! Das wissen wir. Das ist es ja.«

»Tja!«

»Warum hat ein Mann namens Schueffner Ihr Haus in Deutschland angezündet?«

»Waaas?«

»Also noch einmal: Ein Mann mit dem Namen Herbert Schueffner. Kennen Sie ihn?«

»Nein.«

»Er hat Ihr Haus abgebrannt. Und sich dann getötet.«

»Ich … Oh Gott …!«

»Was wissen Sie von ihm?«

»Ich … nichts. Mein Haus? In Kronberg? Was ist mit meinem Haus?«

»Wissen Sie, dass man ganz viel von Ihnen im Netz finden kann? Sie sagen sehr böse Sachen. Ganz aktuell.«

»Ich? Was? Ich?«

»Tja, ich verstehe nur einen Teil davon, aber es klingt nicht gut.«

»Sie reden in Rätseln. Was ist mit meinem Haus?«

»Jedenfalls warten deshalb hier Leute auf Sie.«

»Leute? Was? Warum?«

»Da sind Journalisten, hier von der Insel, aber auch welche aus Deutschland.«

»Wegen meiner Entführung?«

»Entführung? Bleiben Sie dabei, dass Sie entführt wurden?«

»Ich war in der Gewalt brutaler Gangster!«

»Und was haben die für Ihre Freilassung von Ihnen gefordert?«

»Gefordert? Nichts!«

»Aha. Sie meinen, Sie werden länger als eine Woche entführt und dann einfach freigelassen?«

»Ich … Was weiß ich? Sie müssten das doch wissen!«

»Was wir wissen, Herr Tretter, spricht nicht für Sie.«

»Ich will hier raus!«

»Gerne! Jederzeit! Die Leute da draußen wollen Sie ohnehin dringend sprechen. Man glaubt, dass Sie etwas erklären müssen. Außerdem sind da auch noch ein paar deutsche Touristen. Die wollen Sie auch, na ja, sprechen …!«

Tretter begann, heftig nachzudenken.

Was war da außer Kontrolle geraten? Die Entführung war zu Ende gegangen, ohne dass er größere Blessuren erlitten hatte. Die Täter waren vielleicht als Anstreicher gekommen, und die blöde Polizei erkannte das einfach nicht. Oder die Täter hatten sich einfach davongemacht, vielleicht weil er ihnen ganz knallhart die Meinung gesagt hatte. Darauf war er stolz. Es lohnte sich nicht, mit Entführern zusammenzuarbeiten. Von wegen Stockholm-Syndrom und so. Hart bleiben! Das war es. Trotzdem, irgendetwas lief verquer. Was wollten diese Menschen da draußen?

Tretter hasste andere Menschen, er hasste die Öffentlichkeit. Die Presse hasste er sowieso.

Der spanische Kommissar sah ihn abwartend an.

Tretter räusperte sich und änderte die Tonlage: »Nun, das ist unangenehm. Ich möchte am liebsten nach Hause, also, ich meine nach Deutschland. Wie lange brauchen Sie mich?«

»Wir brauchen Sie gar nicht«, sagte der mallorquinische Beamte, dem dieser deutsche Arroganzpinsel auf dem Nerv stand. Der Mann beschädigte allein mit seiner Anwesenheit den Ruf der Insel. Man hatte ihm von oben mitgeteilt, er solle ihn zügig freilassen, damit der Mann noch zügiger die Insel verlassen möge. Er sagte: »Wir brauchen Sie nicht. Wir möchten, dass Sie gehen!«

»Ja«, sagte Tretter. »Ich will nach Deutschland. Schnell.«

»Wir hätten Sie auch gerne in Deutschland, Dr. Tretter.« Der Polizist grinste. »Wir sehen hier kein Verbrechen. Wir glauben, es gab keine Entführung. Wir wollen das nicht weiter verfolgen. Sie haben hier vielleicht irgendetwas inszeniert, und wir könnten Sie dafür belangen. Aber wir haben kein Interesse daran, verstehen Sie?«

»Sie sehen – kein Verbrechen?« Tretter konnte es nicht fassen. Und sagte es: »Ich fasse es nicht!«

»Tut mir leid«, behauptete der Kommissar aus reiner Höflichkeit. »Sie können gehen. Wir haben ja Ihre Adressen.«

Tretter stand schweigend auf. Er verabschiedete sich nicht. Weder von diesem Trottel der Policía Nacional noch von der ebenfalls trotteligen Übersetzerin.

Tretter öffnete die Tür. Der Polizist rief noch *»Atención!«*, aber er hörte es nicht, er trat hinaus auf den Flur und schloss hinter sich die Tür.

Eine Meute wartender Menschen stürzte auf ihn zu. Fotoapparate blitzten ihn an. Eine TV-Kamera richtete sich auf ihn. Ein Reporter hielt ihm ein Mikrofon entgegen, »ARD« auf dem blauen Windschutz. Ein Rundfunkmann von Radio Mallorca schwenkte einen Rekorder. Viele Leute, dem Aussehen nach deutsche Landsleute im Urlaubsdress, näherten sich ihm und guckten dabei merkwürdig. Die Leute klangen unfreundlich laut, man verstand die Rufe nicht. Ein herzliches Willkommen war es nicht.

Mit einer einzigen Drehung stand Tretter wieder vor der Tür zum Büro des Kommissars, öffnete sie zügig, machte einen Schritt hinein und schloss die Tür. »Ich«, stammelte er, »ich … also … bitte! Bringen Sie mich weg!«

Der Kommissar sah ihn ausdruckslos an. Die Übersetzerin lachte ihn aus.

»Der vermisste ehemalige Vorstandschef der Städtebank, Wilhelm von Tretter, ist heute aus Mallorca kommend auf dem Frankfurter Flughafen eingetroffen. Er wurde unter Polizeischutz in ein Hotel im Rhein-Main-Gebiet gebracht. Sein genauer Aufenthaltsort ist unbekannt. Wilhelm von Tretter war in Mallorca aufgetaucht und hatte behauptet, entführt worden zu sein. Sein Wohnsitz in Kronberg im

Taunus war in der vergangenen Woche durch einen Brandanschlag zerstört worden. Ein ehemaliger Mitarbeiter der Bank hatte die Tat gestanden und Selbstmord begangen. Seit Tagen sorgen Internet-Videos, in denen sich der ehemalige Vorstandsvorsitzende über die Privatisierung der Städtebank äußert, bei Kunden und Bankmitarbeitern sowie in den sozialen Netzwerken für Unruhe. Von Tretter selbst stand uns für ein Interview nicht zur Verfügung. Und damit zurück zur *Tagesschau* nach Hamburg.«

Dreier schaltete die Aufzeichnung der Nachrichten vom Vorabend aus und wandte sich Ahlers zu. »Sie haben dem Mann nachgespürt«, sagte er. »Was wollten Sie von ihm?«

»Na, das ist doch klar«, sagte Ahlers. »Ich habe wochenlang für meine Dokumentation recherchiert, die gerade gesendet wurde. Ich wollte all die vielen Skandale der Allgemeinen Städtebank mit Tausenden enttäuschten Kunden aufarbeiten. Da spielt Tretter die entscheidende Rolle.«

»Ich habe die Sendung gesehen«, sagte Dreier, »Tretter kommt nicht persönlich vor.«

»Weil ich ihn nicht gefunden habe. Er hielt sich versteckt.«

»Aber Sie hatten seine Adresse.«

»Ist das eine Frage?«

»Nein. Sie hatten die Adresse. Sie waren dort. Das Haus ist abgebrannt.«

»Aber … was soll das? Glauben Sie, ich war's?«

»Ich habe eine grundsätzliche Frage!«

»Ja?«

»Wie sind Sie überhaupt auf das Thema gekommen?«

Ahlers war vollkommen überrumpelt. Sollte er sagen: Weil ihn van de Loo angesprochen hatte? Das konnte und wollte er nicht sagen. Also dann so: »Das Thema war einfach reif. Ich wollte schon lange über die Machenschaften dieser Bank berichten. Es war überfällig.«

»Hat man Ihnen geholfen?«

»Was?«

Lauter: »Hat man Ihnen geholfen?«

»Ja – ha! Natürlich. Der Kameramann. Die Cutterin ...«

»Kein Witz, Herr Ahlers!« Dreier wurde schmallippig.

»Nein, man hat mir nicht geholfen.«

»Kennen Sie Felicitas Hahmann?«

Wie zum Teufel ...? Was sollte das ...? Woher wusste der ...? Ahlers entschied sich für einen Teil der Wahrheit: »Ich war mal mit ihr befreundet.«

»Befreundet?«

»Ja. Wir waren zusammen.«

»Waren?«

»Sie, ja, nein, wir haben uns getrennt.«

»Eine kurze Geschichte?«

Was der alles wusste. Er musste aufpassen. »Ja, eine kurze Freundschaft.«

»Hat sie Ihnen Informationen verschafft? Zum Beispiel über die Städtebank? Zum Beispiel über Dr. von Tretter?«

Ahlers hatte das blöde Gefühl, dass aus dem Gespräch ein Verhör wurde. Der Mund wurde trocken. Wo wollte der Polizist mit seiner Fragerei hin?

»Ich habe mit Feli über alles gesprochen. Auch über meine Arbeit natürlich, wie das so ist.«

»Feli! Natürlich!« Der Kommissar machte eine Pause. Das empfand Ahlers als mindestens so unangenehm wie die Fragerei. Nach der Pause: »Noch einmal. Ich frage, ob sie Ihnen Informationen verschafft hat?«

»Informationen? Was meinen Sie?«

»Ich spreche doch ziemlich deutlich, oder? Und immer wieder müssen Sie nachfragen? Ich finde das merkwürdig!« Dreier beugte sich vor, betrachtete die kleinen Schweißtröpfchen auf der Stirn seines Gesprächspartners. »Sie schwitzen.« Pause. Ahlers hätte gerne gesagt, was er von solchen Feststellungen hielt, aber da das nicht ging, schwitzte er wortlos weiter.

»Frau Hahmann, Ihre Feli, gehört zu so einer Gruppe. Die nennen sich Gesellschaft für unkonventionelle Maßnahmen.«

Ahlers musste langsam wieder etwas sagen. Ihm fiel etwas ein: »Aha.«

»Was heißt ›Aha‹?«

Das heißt, du kannst mich mal, dachte Ahlers und sagte wieder nichts.

»Wussten Sie das?«

»Ja. - Nein. - Ja, also ich wusste das. Aber das war doch kein Thema. Wir waren befreundet.«

»Hat Frau Hahmann Schluss gemacht, nachdem Sie Ihre Aufgabe erfüllt hatten?«

»Aufgabe? Was soll das heißen? Ich nehme keine Aufträge an – was immer Sie damit sagen wollen. Das ist doch Unsinn, Herr Dreier!«

»Was haben Sie mit van de Loo besprochen?«

»Ich weiß nicht, wovon Sie reden!«

»Wissen Sie, dass Cromm mal Polizist war?«

»Ich … also, ich kann Ihnen nicht folgen.«

»Doch, Herr Ahlers. Ich glaube schon, dass Sie folgen könnten, wenn Sie folgen wollten.«

Ahlers empfand es in diesem Stadium als angemessen, dauerhaft nichts mehr zu sagen. Er schwieg.

»Wir glauben nämlich, dass Sie sich von van de Loo und Cromm und den anderen auf einen Zug haben setzen lassen. Oder – damit Sie es besser verstehen und folgen können – Sie haben sich von denen benutzen lassen.«

Ahlers schwieg.

»Wir glauben, dass Tretter entführt wurde. Von denen.«

Ahlers schwieg.

»Mittäterschaft ist eine böse Sache.«

Ahlers beendete sein Schweigen: »Ich will mit Ihnen nicht mehr reden.«

»Das kann ich verstehen.« Dreier betrachtete sein Gegenüber. Reif war der noch nicht. Allerdings angenagt.

»Für heute machen wir Schluss. Ich gebe Ihnen Zeit, nachzudenken. Hier ist meine Karte. Wenn Ihnen die Antworten leichterfallen, rufen Sie mich an.«

Dreier schob eine Visitenkarte über den Tisch.

Und dann sagte er: »Wenn mir meine Fragen drängender erscheinen, rufe ich Sie an. Dann wird es ernst.«

Ahlers verließ das LKA mit schnellem Schritt. Draußen, nur ein paar Hundert Meter weiter, holte er sein Mobiltelefon aus der Tasche. Er wählte die Nummer von Feli.

Ich muss hier weg, dachte Tretter. Er saß in einem Ein-Zimmer-Appartement, das die Frankfurter Polizei für ihn in einem anonymen Offenbacher Hochhaus in einer Gegend mit vielen anonymen Hochhäusern gemietet hatte. Das war nicht Tretters Standard, nicht diese Stadt, diese Architektur, nicht der Bauzustand, nicht die Nachbarschaft und nicht die Einrichtung. Und dann die furchtbaren Gerüche. Sie erinnerten ihn an – na ja, daran wollte er nicht schon wieder denken.

Ich will so schnell wie möglich weg, dachte er. Aber wohin? Deutschland geht nicht, dachte Tretter. Mallorca? Da wollen sie mich nicht sehen. USA! Am liebsten in mein Haus auf Hilton Head.

Er hatte in den letzten Tagen viel aushalten müssen. Ohne Geld, ohne Freunde, ohne Helfer. Der Druck der wütenden Öffentlichkeit. Vor den aggressivsten Nachfragen der Presse hatte ihn die Polizei bewahrt. Auch vor den Menschen, die ihm gedroht hatten.

Er hatte sich die Videos mit seinen Aussagen inzwischen bei YouTube angeschaut. Es hatte ihn geschmerzt, sich zu sehen: so heruntergekommen und graustoppelig.

Vor allem aber hatten ihn seine eigenen Aussagen geschmerzt. Nicht inhaltlich - das war seine Meinung, dabei blieb er, er war im Recht. Aber er hätte das alles niemals laut aussprechen dürfen. Man sagte so etwas nicht laut. Er hatte sich übertölpeln lassen.

Es war ein Fehler gewesen. Es war naiv gewesen, zu glauben, dass die Entführer nur einfach so mit ihm hatten sprechen wollen. Er hatte die kleine Kamera an der Stirnwand gesehen, das Mikrofon auch, aber er hatte nicht daran gedacht, was man damit machen konnte. Dass man das ins Netz stellen würde. Er hatte seine Entführer unterschätzt. Auch dass sie seine Konten räumen würden, hätte er nicht erwartet.

Tretter ärgerte sich über sich selbst. Er hatte Fehler gemacht. Böse Fehler.

Ich muss weg, dachte er wieder. Für immer. Weg aus diesem beschissenen Land.

Da gab es allerdings zwei Probleme.

Erstens, er musste aus der Geschichte mit der Entführung herauskommen. Die Polizei glaubte ihm nicht. Die Polizei glaubte eher ihren spanischen Kollegen. Die hatten aus Palma nichts geliefert und Tretter wie einen Spinner aussehen lassen. Jedenfalls hatte kein Staatsanwalt, weder hier noch dort, auch nur an Vorermittlungen gedacht. Tretter war in den Augen der Ermittler kein Opfer, sondern ein Schwätzer, ein Wichtigtuer.

Tretter wusste das alles. Die Zahl seiner Unterstützer war nie groß gewesen, sogar in der Szene der Banker war er schon immer umstritten gewesen. Seit aber diese Videos im Netz kursierten, hatten sich auch seine letzten Freunde verabschiedet. Er war auf der *shitlist* – bei allen.

Zweitens, und das war fast noch schlimmer: Seine Girokonten waren leer. Nicht nur leer, sondern tief im Dispo. Nicht nur im Dispo, sondern im überzogenen Dispo. Er ahnte, wie das gelaufen war. Aber er sah keinen Sinn darin, mit überforderten Polizisten über die Möglichkeiten des anonymen Geldtransfers zu verhandeln. Die würden nichts begreifen. Die würden ihn beschuldigen. Im Zweifelsfall käme der Begriff der Vortäuschung einer Straftat ins Spiel. Oh, wie er das alles leid war.

Er hatte also kein Geld. Kein Ticket. Keine anständigen Kleider. Alle Versuche, mit diesen subalternen Arschlöchern seiner Ex-Bank vernünftig zu reden, waren auf kalte Abwehr gestoßen. Die ließen ihn abblitzen. Der nächste Versuch führte ihn zum Bankenverband. Sein Anruf dort ließ ihn mit dem Gefühl zurück, die Pest zu haben. Man ließ sich verleugnen. Sie kannten ihn nicht mehr. Weil er am Boden war. So geht es also Kunden, die Probleme haben?, dachte Tretter ganz kurz. Aber der selbstkritische Anfall ging vorüber.

Tretter atmete die Gerüche seines Ein-Zimmer-Appartements und der Nachbarwohnungen ein, diese Mischung aus Knoblauch, Kohl, Zigarette, Bier, Döner. Offenbach!, dachte er. Gruselig!

Er horchte auf das Gemisch aus Hip-Hop, fremdsprachigem Fernsehen und Musikklängen, die nicht dem westlichen Harmonieverständnis entsprachen. Grauenhaft. Dann fing links hinter der dünnen Wand ein Mann in einer ihm unbekannten Sprache an, irgendjemanden anzubrüllen. Gebrüll. Stille. Wieder Gebrüll. Tretter litt.

Er musste seine Abreise irgendwie hinkriegen. Hier war er verloren. War da noch jemand? Vielleicht sein alter Förderer und Unterstützer, der Würth! Er musste Würth anrufen. Der, hoffentlich, stand noch zu ihm. Er wählte die Nummer.

Sogar im Regenmantel sah Feli gut aus. Sie hatte sich tapfer durch den strömenden Regen gekämpft, den Trenchcoat hoch verschlossen und sogar den Gürtel fest zugezogen. Sie hasste Hüte und ähnliche Kopfbedeckungen, lieber nasses Haar! Jetzt schlüpfte sie durch den Hintereingang in das Treppenhaus und lief leichtfüßig hoch zum Büro. Van de Loo machte auf. Er wirkte ein bisschen müde (Na, ist ja auch nicht der Jüngste!, dachte sie), weil er in der Nacht mitgeholfen hatte, die Einrichtung der Zelle und alle sonstigen Überbleibsel, sogar die Reste der mallorquinischen Lebensmittel, zu entsorgen. Das

Zeug steckte im Moment in großen grauen Plastiksäcken im Lieferwagen des Cromm'schen Pizzeria-Imperiums. Und Tabak hatte versprochen, eine Tour zu einer Müllhalde zu fahren. So eine Grube mit kaputtem Zaun, bei der alles ohne Nachfragen und Zeugen versenkt werden konnte.

Unten im Verbraucherbüro stand ein eher ruhiger Regelbetrieb an. Mit Kunden, die über ihre Bank klagten, ihre Handwerker, ihre Vermieter oder ihre Mieter. Standard also. Wäre da nicht die Neugier dieses LKA-Manns, der in der Sache Schueffner/Tretter herumstocherte. Der gab keine Ruhe.

»Genau«, sagte Feli zu van de Loo und schüttelte das Haar. »Der gibt einfach keine Ruhe. Gestern hat mich mein Freund Ahlers« – Betonung auf »Freund« – »angerufen.«

»Aha«, sagte van de Loo.

»Er ist unter Druck, der Arme.« (Betonung auf »der Arme«.)

»Und?«

»Die Polizei fragt ihn aus. Und so, wie ich ihn kennengelernt habe, hält er nicht lange stand.«

»Und dann?«

»Und dann schiebt er alles auf uns.«

»Ich kümmere mich«, sagte van de Loo. Er dachte, Cromm, der muss ran. Das ist ein Thema für ihn.

Cool, dachte Feli. Gut, der Alte.

»Na gut«, sagte sie. »Ich hoffe, du kannst uns schützen.«

»Ich bin's«, sagte Cromm. »Cromm.« Er hatte Dreier angerufen. Von sich aus. »Das letzte Mal hast du mich angefunkt. Jetzt frage ich nach dir.«

Dreier freute sich. Erstens generell, dass Cromm sich meldete. Zweitens, dass er offensichtlich einen Anlass hatte, sich zu melden. Aber er zeigte seine Freude nicht.

Er sagte verhalten: »Aha. Hallo. Wie geht's dir?«

»Gut. Können wir mal reden?«

»Um was geht's?«

Cromm musste schlucken. Der machte es ihm nicht leicht.

»Na ja, ich dachte, wir könnten uns wieder mal sehen. Du hast doch beim letzten Mal gesagt, dass wir uns öfter mal austauschen könnten.«

»Ja, im Prinzip gerne«, sagte Dreier. »Aber«, log er, »ich stecke tief in der Arbeit.«

»Das heißt: Nein?«

»Das heißt: Um was geht es?«

»Tja, mich interessiert diese Geschichte um den Banker, dessen Haus in Kronberg angezündet wurde. Tretter heißt der Mann, Wilhelm von Tretter.«

Ha!, dachte Dreier. Und log noch einmal: »Also, da sind die Kollegen vom LKA Hessen in Wiesbaden zuständig.«

Cromm reichte es. Lügen konnte er auch.

»Ach so, na gut, dann rede ich mal mit denen.«

Jetzt musste Dreier eine schnelle Wende machen: »Na gut, du kannst natürlich auch mit mir reden.«

Cromm bekam Oberwasser. »Aber wenn es dich nicht betrifft …?«

»Ach, wer weiß? Du kennst das ja. Wir arbeiten alle zusammen.« Schön wär's, dachte er. »Willst du was Bestimmtes loswerden?«

»Nicht am Telefon!«

»Dann komm hier ins Büro.«

»Niemals!«

»Feigling!«

»Mach's gut!«

»Okay, langsam! Neutraler Boden?«

»Neutraler Boden! Aber nicht wieder so eine Hipsterspelunke wie beim letzten Mal. Wie wär's mit einem Café – einem ganz normalen?«

»Mach einen Vorschlag!«

»Einstein!«

»Damit uns jeder sieht?«

»Nicht Unter den Linden. Im Stammhaus!«

»Die Villa in der Kurfürstenstraße? Gut, einverstanden. Um drei?«

»Um drei!« Cromm beendete das Gespräch und legte sich in Gedanken eine Gesprächsführung zurecht. Die Lage war schwierig!

Dreier hatte aufgelegt und ebenfalls nachgedacht. Eigentlich war der Fall beendet. Die Wiesbadener hatten signalisiert, dass seit dem Selbstmord Schueffners und seinem Bekennerbrief das meiste geklärt sei. Der dubiose Aufenthalt Tretters auf Mallorca ließ sie kalt. Tretters Abreise in die USA stand bevor. Sie würden den Typ bis zum Flughafen abschirmen und dann: Auf Wiedersehen! Die LKA-Führung Hessen hatte signalisiert, dass auch auf politischer Ebene niemand ein Interesse am Verbleib des Mannes in Deutschland oder an seinem Wohlergehen hatte. Im Gegenteil.

Es ist jetzt also mein persönliches Ding, dachte Dreier. Cromm weiß nicht, dass offiziell nicht mehr ermittelt wird. In der Presse steht nichts darüber. Dreier beschloss, Cromm auf den Zahn zu fühlen. Mal sehen, was herauskommt, dachte er. Einfach so. Für mich.

Sie standen und glotzten, die Paparazzi. Die Fotografen. Die Hyänen der Presse.

Sie warteten dort vor der Sicherheitskontrolle, »Economy«-Schild, wo normale Menschen durchmüssen, wenn sie abfliegen wollen. Für VIPs gibt es Ausnahmen. Aber der, auf den sie warteten, war kein VIP, nicht mehr, nie mehr. Es war ein älterer, müde aussehender, einfach gekleideter Economy-Fluggast mit einem Einweg-Ticket Frankfurt–Atlanta. Eine kleine Reisetasche über der Schulter war alles, was er dabeihatte. Außergewöhnlich war nur das Begleitkomitee, das ihn bis zum Eingang zur Sicherheitskontrolle gebracht hatte: zwei Männer in Zivil, aber mit einer Körpersprache, die eindeutig amtlich war.

Der Fluggast hieß Dr. Wilhelm von Tretter. Vor wenigen Tagen erst elegant und aufrecht als Business-Reisender einem Airbus entstiegen. Mit gefüllten Konten. Dr. von Tretter auf dem Weg zu seinem schönen Haus im reichen Kronberg. Jetzt war er für seine Begleiter der Herr Tretter. »Guten Flug«, wünschten sie ihm, und er fragte sich, ob das Ernst oder Ironie war. Alle anderen Fluggäste rückten etwas zur Seite. Die Szene gefiel ihnen nicht.

»Hallo! Herr Dr. von Tretter! Hiiiier! Hierher!«, schrie ein Fotograf. Tretter blickte unwillkürlich hin und wurde vom Blitz geblendet. Noch eine Fotografin, noch ein Blitz. »Herr von Tretter, wo fliegen Sie hin?«, rief eine Frau mit Rekorder in der Hand. »Machen Sie Urlaub?« »Herr Tretter, hallo, was macht die Kundschaft?«, schrie ein Mann. Ein Reporter fragte hoffnungsfroh nach dem Stand seines Kontos. Tretter wandte sich ab. Er musste sich beherrschen.

Hoffentlich habe ich im Flugzeug meine Ruhe, dachte er. Dann schob er sich in die Schlange vor der Kontrolle. Ein Security-Mann wartete schon auf ihn, voller Vorfreude. Bei diesem Typ würde er alles durchexerzieren, was die Sicherheitskontrolle vorsah, ohne dass es später Schikane genannt werden konnte. Tretter stellte sich mit erhobenen Armen in den Körperscanner. »Ziehen Sie Ihre Schuhe aus«, sagte der Sicherheitsmann.

»Es hat doch gar nicht gepiept«, protestierte Tretter.

»Wollen Sie mit mir diskutieren?«, fragte der Mann.

Nein, Tretter wollte nicht diskutieren. Er hatte nichts zu sagen. Er zog die Schuhe aus.

»Schön, dich zu sehen«, sagte Dreier zu Cromm und meinte es ernst.

Die Stimmung war deutlich entspannter als bei ihrem letzten Treffen. Sie konnten normal miteinander reden.

»Danke«, sagte Cromm und setzte sich zu ihm an den kleinen runden Tisch im Wintergarten.

Das Einstein-Stammhaus war eine Villa vom Anfang des zwanzigsten Jahrhunderts, mit großen hohen Räumen, geräumig möbliert mit bequemen Stühlen, Sesseln und großen Tischen. Hinten führte eine Treppe hinab in einen leicht chaotischen kiesbestreuten Garten mit Büschen und Bäumen – es war ruhig und warm und ganz anders als im Einstein Unter den Linden, wo Politiker und Journalisten sich trafen, um gesehen zu werden. Hier konnte man reden. Hier guckte niemand niemanden an. Hier konnte man bei einer Tasse Kaffee stundenlang Zeitung lesen. Fast wie in Wien.

»Erzähl mal«, sagte Dreier.

Cromm grinste. »Erst müssen wir die Konditionen klären.«

»Hä?«

»Ich meine, alles, was ich erzähle, bleibt unter uns. In deinem Herzen verschlossen. Wir sind hier privat. Falls einverstanden: Bitte nicken!«

»Ich nicke hiermit«, sagte Dreier.

»Du hast kein Mikro bei dir, hoffe ich?«

»Du hoffst richtig.«

»Ich auch nicht.«

»Gut.«

Eine junge Kellnerin trat an ihren Tisch. Dreier bestellte seinen zweiten Espresso, Cromm fragte nach einem italienischen Rotwein.

Sie konnte einen Bardolino anbieten. Cromm nickte.

Als das Mädchen verschwunden war, fragte Dreier: »Rotwein? Um diese Zeit?«

»Lass gut sein.«

»Okay, es ist deine Leber.«

»Genau.«

»Und jetzt sprich.«

»Also gut. Es geht um Tretter. Um den Fall Wilhelm von Tretter.«

»Ich weiß.«

»Du weißt? Weil du ermittelst?«

»Nein. Der Fall ist abgeschlossen. Es gibt nichts zu ermitteln.«

»Ehrlich?«

»Das LKA hat die Sache beendet. Es gab den Brandanschlag in Kronberg. Der Schueffner hat die Brandstiftung gestanden und sich selbst getötet. Tretter war abgetaucht, ist unter konfusen Umständen in Mallorca aufgefunden worden, danach nach Frankfurt gekommen, und im Augenblick wird er gerade zum Frankfurter Flughafen gebracht, damit er in die USA ausfliegt. Er hat zwar viel Stuss geredet, hat sich jedoch nichts zuschulden kommen lassen. Wir finden aber auch niemanden, der ihm gegenüber straffällig geworden ist. Das ist unser Stand.«

Cromm grinste.

Dreier fuhr fort: »Die hessischen Kollegen mussten ihn schützen, seit er sich vor irgendeiner Kamera« – hier blickte Dreier Cromm scharf an, der inspizierte den Wein: War da ein Stückchen Kork? – »so übel über Bankkunden, Bankmitarbeiter, Freunde, Kollegen geäußert hat, dass wir um sein leibliches Wohl fürchteten.«

»Ihr seid so gut«, sagte Cromm.

Dreier ließ sich nicht beirren. »Er fliegt jetzt nach Atlanta und behauptet, nie wieder nach Deutschland kommen zu wollen. Wir sind der Meinung, dass das eine kluge Entscheidung ist. Seine klügste Entscheidung seit langem.«

»Wer ist ›wir‹?«

»Na, wir, die wir die Sache beobachtet haben.«

»Aber wenn alles beendet ist: Was beschäftigt dich denn noch?«

»Ich bin neugierig.«

»Du? Privat?«

»So kannst du es sagen.«

»Du hast doch gerade noch den TV-Mann Ahlers verhört. Du hast ihn vorgeladen, du hast ihn aufgescheucht und auf uns gehetzt.«

»Ach, der Ahlers!«

»Ja, der! Er hat unsere Mitarbeiterin Hahmann verrückt gemacht.«

»Ich habe ihn gar nicht verhört. Ich habe mich mit ihm unterhalten. Es war ein gutes Gespräch.«

»Er sieht das anders.«

»Typisch Journalist. Einmal angeguckt, schon kreischt er.«

»Du hast ihm Angst gemacht.«

»Das tut mir echt leid.«

»Hmhm, sehr überzeugend.«

»Ich habe mit ihm ein Gespräch geführt. Das ist alles.«

Cromm musste grinsen. Gespräch! Er wusste genau, wie dehnbar dieser Begriff beim LKA war.

Dreier sagte: »Wenn die bei mir im Amt offiziell die Sache beerdigen, ist das ihr Ding. Ich will einfach wissen, was da war.«

»Warum?«

»Warum. Ich glaube, dass da eine ziemlich gut geplante Sache durchgezogen wurde, unterhalb unseres Radarschirms. Da wurde mit diesem arroganten Banker etwas gemacht, was für viele Leute wie eine Aktion für Gerechtigkeit aussieht. Der Herr Dr. von Tretter hat in Deutschland nichts mehr verloren, viele seiner Opfer spüren Befriedigung, die ganze deutsche Bankerbande hat Angst bekommen. Nur einer hat dabei verloren, sogar sein Leben verloren, das ist der ehemalige Vertriebsmann Hubert Schueffner.«

»Es hätte nicht sein müssen.«

»Was sagst du?« Dreier, bisher entspannt im Caféhaus-Sessel, richtete sich steil auf.

»Es hätte nicht sein müssen«, wiederholte Cromm. »Wir hatten die Geschichte voll im Griff. Der Schueffner kam uns in die Quere.«

»Es war also wirklich eure Aktion?«

»Ja.«

»Hattet ihr ihn auf Mallorca festgesetzt?«

»Eigentlich nicht. Nicht auf Mallorca.«

»Das heißt?«

»Na, hier. Hier mitten in Berlin.«

»Aber …« Dreier zögerte. »Der glaubt bis heute, dass er auf Malle gefangen war!«

»Na, das sollte er auch glauben.«

Dreier pfiff durch die Zähne. Cromm betrachtete ihn zufrieden.

Dreier lehnte sich vor und blickte Cromm scharf an. »Hättest du die Güte, mich aufzuklären?«

Cromm lächelte. Er nahm einen Schluck. Setzte sich fest in seinen Sessel und sagte: »Pass auf! Es war so …«

Gut war die Stimmung nicht in dem kleinen Büro hinter der Supermarkthalle. Tabak hatte das erwartet. Aber dass sein Vater so mies drauf war, überraschte ihn doch. »Das kannst du nicht machen«, hatte der getobt. »Nicht mit mir!«

Ich habe ihm gefehlt, dachte Tabak. Er kommt allein nicht mehr gut klar. Den Krach ließ Tabak an sich abperlen, aber der Gedanke, dass sein Vater zunehmend Hilfe im Geschäft brauchte, gefiel ihm nicht. Er hatte nicht die Absicht, den Rest seines Lebens als Geschäftsführer eines Supermarkts zu verbringen. Das konnte er seinem Vater jetzt nicht sagen. Aber irgendwann …? Daran wollte Tabak nicht denken.

Zu Hause war es einfacher gewesen. Seine Frau hatte seine Auszeit ohne weiteres akzeptiert. Sie glaubte an die Sportfreizeiten. Und die Kinder, na, die Kinder hatten sich einfach gefreut, als Papa wieder da war.

Was mache ich bloß mit dem Alten, dachte Tabak. So schön die Woche gewesen war, so blöd jetzt dieser Abschluss.

Ich bin stolz, bei solchen Aktionen mitmachen zu können, dachte Tabak. Es macht einfach Spaß. Aber ich darf das nicht zugeben, und ich kann ja keinem davon erzählen. Das ist schade.

Richtig gut hatte es Eschweiler getroffen. Nach einigen vergeblichen Briefen an Unternehmen der IT-Branche und nach einem Blick auf die sorgenvolle Miene seiner Frau hatte er sich bei der Berliner Niederlassung einer Firma beworben, die Geldautomaten in Westdeutschland produzierte und überall im Land in Banken aufstellte und anschloss. Er hatte sich persönlich vorgestellt. Die hatten ihn angeschaut, ausgequetscht, in die Werkstatt geschickt, um dort von den Monteuren begutachtet zu werden, dann nochmals schärfer angeschaut und schließlich weggeschickt: »Sie hören von uns!«

Das war's wohl, hatte Eschweiler gedacht. War es aber nicht. Nach drei Tagen kam ein Brief. Ein richtiger Brief auf Papier – wie altmodisch, hatte Eschweiler gedacht – mit der richtigen Post: »Wir freuen uns, Ihnen mitteilen zu können …« Und so weiter.

Eschweiler war angenommen. Gehalt okay. Einsatzgebiet Berlin, Brandenburg und Mecklenburg-Vorpommern. Als Erstes eine Drei-Wochen-Schulung in der Zentrale. In Paderborn.

Mein Gott, wo ist das denn?, hatte Eschweiler gedacht. Ist das eine Stadt? Ist die in Deutschland? Aber er wusste, dass er das überleben würde. Er steckte sich zufrieden eine f6 an.

Richtig gut ging es Pfister, in Frieden und Freundschaft wieder aufgenommen im Kreis seiner Genossen in der Schreinerei. Er konnte es nach den harten Tagen ruhig angehen lassen. Kein Zeitdruck. Immer ein Kasten Bier in Reichweite. So etwas brauchte er jetzt.

Feli dagegen war nicht richtig froh. Nach Aktionen wie der letzten hatte sie immer so eine Art Kater. Wenn die Spannung wich, kam die Enttäuschung. Zumal Ahlers sich definitiv als Blödmann erwiesen hatte. Jetzt hatte sie wieder als Finanzberaterin reichen Leuten zu erklären, wie man Geld ertragreich anlegen konnte. Das war nicht so recht die Erfüllung. Feli wollte mehr!

Wobei, wenn sie an den gestrigen Termin dachte …! Da hatte sie eine Millionenerbin in Dahlem aufgesucht. Ein lange zuvor vereinbarter Beratungstermin. Dahlem, das hieß: Villa im Tessiner Stil mit Walmdach, großer Garten. Mercedes Cabrio auf dem Kies vor der Garage. In der Küche eine philippinische Haushälterin. Anzulegender Geldbetrag zehn Millionen Euro, nur ein Bruchteil des gesamten Vermögens. Gleich zu Beginn hatte die Frau über den Fall Tretter gesprochen. Sie hatte sich empört. Aber nicht über Tretters Kundenbeschimpfungen, seine Zeit als Banker, seine abfälligen Bemerkungen gegen seine Kollegen und Konkurrenten.

Die Dame hatte in ihrem biedermeierlich brokatbezogenen Sessel gesessen, den Rücken durchgedrückt, eine feine Teetasse in der Rechten, und sich empört: »Wie kann man einem erfolgreichen Manager so mitspielen. Der arme Mann. Hach, die Menschen sind schrecklich.«

»Ja, wer weiß, was Herrn von Tretter alles widerfahren ist. Schrecklich.« Feli hatte zustimmend genickt. Und nach einer der Dramaturgie geschuldeten Pause: »Nein, nein, diese bösen Menschen!« Danach war das Eis gebrochen, und als Feli die Villa nach zwei Stunden verließ, hatte sie sich eine dicke Provision erarbeitet.

Schmerzensgeld, dachte Feli.

26

»Red nicht so viel, Blödmann!«

Oha, hat der aber schlechte Laune!« Vorsichtig schielte Ahmed vom Beifahrersitz zu seinem Kollegen rüber. Narek war auch früher öfter mal muffig gewesen. Aber so schlimm wie in den letzten Wochen? Was war los? Narek fluchte, weil Ahmed von seinem schönen und gelungenen Wochenende erzählen wollte, nur so, um ein bisschen zu reden. Narek fluchte auf die anderen Autofahrer. Narek fluchte auf das Wetter. Der hatte wirklich eine Mordswut in den düsteren und nassen Montagmorgen hineingebracht. Da schweigt man vielleicht am besten?

Narek quälte die Lkw-Schaltung. Sie fuhren zur Kleidersammelstelle in Charlottenburg. Er hatte inzwischen versucht, das fremde Empfängerkonto ausfindig zu machen. Herausbekommen hatte er: nichts!

Und Narek wusste, dass er ganz vorsichtig bleiben musste. Denn das mit der Säure war nicht witzig.

Und seine Laune wurde auch nicht besser, wenn er an die Zukunft dachte. Das Geschäftsmodell »Rechts vor links« mit seinem libanesischen Boss war hinüber. Der hatte ihn beschimpft. Ihn bedroht. Ihn gefeuert. Wie war die Zusammenfassung des zehnminütigen Gebrülls? »Du hast mir hier mein Geschäft kaputt gemacht. Die Polizei hat uns auf dem Kieker. Die kennen uns jetzt. Du Arschloch!«

Wo sollte da gute Laune herkommen?

Narek manövrierte den Lastwagen rückwärts zum Kleidersammelplatz neben dem Kindergarten. Ahmed hielt ganz still. Narek stellte den Motor ab. Beide sprangen heraus. Ahmed ging zur Ladefläche und klappte die Ladebrücke herunter. Narek – das war sein Vorrecht, er hatte das gleich zu Anfang ihrer Zusammenarbeit klargemacht – öffnete den Kleidercontainer. Wie immer kamen ihm viele Säcke entgegen. Und mittendrin, wie nett!, eine glänzende flache Blechschachtel. In ihrem ersten Leben hatte sie englische Kekse enthalten. Jetzt klebte ein Zettel drauf: »Narek«, in Großbuchstaben, handgeschrieben. Er riss hoffnungsfroh den Deckel ab. Sein Handy kullerte ihm entgegen. Und ein Zettel: »Narek, denk dran.«

Ahmed erschrak. Was hatte sein Kollege nur? Narek trat mit voller Wucht mehrmals gegen die Kleidersäcke.

»Achtung, Kundschaft!«, erklang es in Cromms Ohr.

»Sehe ich«, brummte er.

»Na dann: Viel Spaß!«

»Danke!«

»Was sagten Sie?« Der Besucher von neulich – lässig gekleidet, Autoschlüssel demonstrativ in der Linken – hatte die Tür aufgestoßen und steuerte den Schreibtisch an.

»Die Tür!«

»Hä?«

»Die Tü-hür! Bitte schließen!«

»Ach so. Ja. Hm.« Der Mann schloss die Tür und wandte sich erneut dem Schreibtisch zu.

»Kennen wir uns nicht?«

»Klar! Ich bin hier vorbeigekommen und dachte …«

»Und ich dachte, Sie kommen nie wieder!«

»Ach, na ja, ich bin nicht nachtragend.«

»Nicht nachtragend? Na, setzen Sie sich mal hin. Um was geht's diesmal?«

»Ja, wegen der Geldanlage. Ich habe hier wieder was mitgebracht. Und Sie als Verbraucherzentrale sollten mal …«

»Wir sind keine Verbraucherzentrale! Dies ist das Büro der Gesellschaft für unkonventionelle Maßnahmen. Wir beantworten auch Verbraucherfragen.«

»Ja, Verbraucherzentrale. Guter Ruf!«

»Hihi!«, hörte Cromm im Ohr. Er blickte zur Decke.

»Haben Sie was?«

»Nein.« Cromm konzentrierte sich wieder auf seinen Besucher, zu fünfzig Prozent genervt und zu fünfzig Prozent neugierig. »Also raus damit!«

»Ach so …!« Der Mann kramte in seinem Portemonnaie und fand einen leicht zerfledderten Flyer, faltete ihn auf. »Es ist so, ich wollte Geld anlegen, weil ich dieses Mietshaus …«

»Ich weiß.«

»Was?«

»Ich weiß. Sie waren schon mal da.«

»Hier? Ich war schon mal hier?«

Cromm blies die Luft aus. »Sagen Sie mal, wollen Sie mich verarschen?«

»Also, ich muss was anlegen, ja?«

»Na gut, also: Um wie viel geht es denn?«

Der Mann guckte listig: »Das wüssten Sie wohl gerne, was?«

»Vergessen Sie es! Was haben Sie da?«

Der Mann legte den eindrucksvollen Autoschlüssel auf den Tisch und schob den Flyer rüber.

Cromm las: *Mittelstandsanleihe. Bäckerei. Erweiterung. Solide Branche. Acht Prozent Rendite.* Cromm schob das Papier zurück.

»Gut, was?« Der Mann guckte stolz. »Hab ich gemacht.«

»Sie haben was!?«

»Ich hab es gemacht. Das ist mein Bäcker. Tja, darauf sind Sie nicht gekommen, oder? Dem habe ich alles gegeben.«

»Alles?«

»Alles!«

»Viel?«

»Hihi!«

»Na, dann kann ich Ihnen nicht mehr helfen. Sie können gehen!«

»Hä?«

»Gehen Sie!«

»Wieso?«

»Das kannst du doch nicht machen!«, sagte van de Loo ins Ohr.

»Und ob!«, antwortete Cromm mit Blick zur Decke, und zu ihrem Besucher sagte er: »Gehen Sie! Und vor allem: Kommen Sie auf keinen Fall wieder!«

»Na also, Sie sind aber …!«

»Gehen Sie. Viel Glück mit dem Bäcker!«

Der Mann erhob sich. Und wollte nach seinem Flyer greifen. Cromm kam ihm zuvor, hatte das Papier gegriffen, zerknüllt und in seinen Papierkorb geschmissen.

»Du bist unfreundlich!«, hörte er.

»Sie sind aber unfreundlich!«

»Ja, bin ich. Gehen Sie! Tschüs!«

Der Mann ging langsam rückwärts zur Tür.

Cromm rief »Da!« und warf ihm den Schlüssel zu. Er fiel auf den Boden. Beleidigt bückte sich der Mann.

»Weißt du was? Ich glaube, du brauchst mal eine Kur, im Polizeikurheim!« Wieder ein Kommentar von oben.

Cromm rollte die Augen und wedelte gleichzeitig mit beiden Handrücken den Mann hinaus.

Der schüttelte den Kopf und fiel ins Duzen: »Du bist doch nur neidisch, weil du darauf nicht selbst gekommen bist.« Er schüttelte noch mal wütend den Kopf, dann knallte er die Tür zu und war weg.

»Von wegen! So geht's auch mal!« Cromm stand auf, zog sich den Stöpsel aus dem Ohr. »Es reicht! Deine Kur kannst du dir sonst wohin …!« Warf den In-Ear-Monitor auf den Tisch, ging zur Tür und drehte das baumelnde Schild um. Aus »open« wurde »closed«.

Cromm ging zur Treppe. »Ich komme!«, rief er.

Na gut, dachte van de Loo. Er ging nach hinten in die Teeküche. Er holte eine Flasche Montepulciano und zwei Gläser.

27

Der Redaktionsleiter blickte Ahlers an, Ahlers blickte den Redaktionsleiter an. Beide waren festlich gekleidet: Anzug, weißes Hemd, Krawatte – für Journalisten ungewöhnlich. Sie standen auf der Bühne und hörten die letzten Worte des Laudators:

»… ein Meisterstück des investigativen Journalismus. Es gehört Mut dazu, diese Recherche durchzuziehen, die vielen Zeugen aufzutreiben, sie zum Sprechen zu bringen und auf den Punkt genau eine spannende Reportage daraus zu machen. Es gehört nicht minder Mut dazu, als Sender so eine Dokumentation möglich zu machen und diese durchaus nicht leichte Kost dem Publikum zu präsentieren. Ihnen beiden, dem Macher und dem Redaktionsleiter, möchte ich deshalb gratulieren. Die Jury war einhellig der Meinung, dass Sie beide …«

Ahlers dachte: Ich! Ich war's! Gegen deinen Widerstand.

Der Redaktionsleiter dachte: Ohne mich hättest du das Machwerk nicht auf die Reihe gekriegt.

Der Juror übergab Ahlers eine scheußliche kleine Statue und schüttelte ihm und dem Redaktionsleiter die Hände.

Ahlers und der Redaktionsleiter schüttelten sich ebenfalls die Hände. Nach nur ganz kurzem Zögern umarmten sie sich.

Das Publikum war gerührt und klatschte.